JN304389

# 不屈の弾道

ジャック・コグリン&ドナルド・A・デイヴィス

公手成幸訳

早川書房

6884

日本語版翻訳権独占
早　川　書　房

©2011 Hayakawa Publishing, Inc.

KILL ZONE

by

Jack Coughlin with Donald A. Davis

Copyright © 2007 by
Jack Coughlin with Donald A. Davis

Translated by
Shigeyuki Kude
First published 2011 in Japan by
HAYAKAWA PUBLISHING, INC.
This book is published in Japan by
arrangement with
ST. MARTIN'S PRESS, LLC
through JAPAN UNI AGENCY, INC., TOKYO.

# 不屈の弾道

登場人物

カイル・スワンソン……………………アメリカ海兵隊一等軍曹
シャリ・タウン…………………………カイルの恋人。国家安全保障会議の中東担当情報分析官
サー・ジェフリー（ジェフ）・コーンウェル…………ハイテク兵器開発会社社長
ティモシー（ティム）・グラッデン……………同副社長
ブラッドリー・ミドルトン………………アメリカ海兵隊准将
ヘンリー（ハンク）・ターナー…………同大将。統合参謀本部議長
ラルフ・シムズ…………………………同大佐。第三三遠征隊司令官
オーヴィル・オリヴァー（ダブル・オー）・ドーキンズ…………同曹長
ピーター（ピート）・ブレイディ………アメリカ第一一空軍司令官
ジェラルド・ブキャナン…………………国家安全保障担当大統領補佐官
ゴードン・ゲイツ………………………ゲイツ・グローバル社のオーナー
ルース・ヘイゼル・リード………………上院議員
トーマス・グレアム・ミラー……………上院軍事委員会委員長
サミュエル（サム）・シェーファー……………ブキャナンの顧問
ヴィクター（ヴィク）・ローガン
ジム（ジンボ）・コリンズ
……〈シャーク・チーム〉のメンバー
アリ・シャラル・ラサド（〝レベル〟・シャイフ）…………………反フセインのイラクの実力者
ユーセフ・アル・シューム………………シリア総合保安庁の作戦部長
ピエール・ファレーズ（アブー・ムハンマド）…………………フランスのスパイ
レイラ・マフフーズ・タウン……………シャリの母親。ヨルダン大使館員

# プロローグ

夜明けの直前、土と煉瓦でできた小屋が何軒か並んでいるところを埃っぽい靄が包み、調理の火から出る煙がスナイパーたちのほうへ漂ってきた。棒を持った少年が、山羊どもに食ませる草が生えている場所を求めて、東のほうにひろがる石ころだらけの土地へその小さな群れを追いたてていた。そこは、少数の人間しか生きていけそうにない、荒れ果てた不毛の地だった。ひとりしかいない警備兵が、なんとか眠らずにいようと、ＡＫ-47を携えて歩きまわっている。

海兵隊一等軍曹カイル・スワンソンと彼の監的手であるエリック・マルティネス伍長が、その場所を見おろす潜伏地点に到着するには、ヘリコプターから降下したのち、七十二時間を費やさねばならなかった。彼らはまず、かすかな踏み分け道をたどって、いくつもの谷を抜け、急な尾根をこえ、その名もなき村を通りぬけていく悪路のそばに出た。

動けるのは、暗いあいだに限定されていた。なにしろ、服装は地元民と同じようなものではあっても、明らかに見かけが異なっているからだ。カイルは、赤みがかった金髪(ブロンド)をしたマサチューセッツ出身のアイルランド系アメリカ人、マルティネスは、オリーヴ色の肌をしたメキシコ系アメリカ人。顔立ちが明瞭にちがっているのに加え、どちらも武装しているから、間近で見られる危険を冒すわけにはいかなかった。

彼らは二時間おきに無線で連絡をとって、スケジュールを調整することになっていた。カイルが先に立って悪路沿いに進んでいくと、やがて、遠くに村の灯りが見えてきた。最後にもう一度、地図で位置を確認すると、彼は笑みを浮かべて地図をたたみ、ポケットに押しこんだ。

村を見おろす尾根の深い洞穴に彼らが身をひそめたのは、まだ夜の闇がもっとも深いころだった。その洞穴には奥のほうにも出口があって、探知されることなく外に這い出ることが可能だった。彼らは尾根の反対側に出て、雑草や藪(やぶ)の小枝を集め、それらで即席のギリースーツ(スナイパーやハンターが周囲の環境に溶けこむために身にまとう迷彩服)をつくって、身を覆(おお)い、夜の闇にまぎれこんだ。そして、それぞれの配置に就いて、ライフルとスポッティング・スコープを用意し、小さな洞穴の十五ヤードほど奥にあたる暗闇のなかに伏せて、静止した。

ターゲットは、アフガニスタンからパキスタンへつづく、眼下の道路沿いに並んでいる小屋のひとつにいた。

午前五時、マルティネスが無線で連絡をとり、ハンターキラー・チーム(敵の支配地域に侵入して待ち伏せや強襲をおこなう小編成の特殊部隊)が配置に就いたこと、そしてターゲットがまもなく動きだすと予想されることを伝えた。カイルが彼に地図の座標を示し、無線の相手から、手順どおりの確認の返事がやってきた。この最終的な無線チェックの指示にはなんの矛盾点もなく、任務の遂行が促(うなが)されたので、スナイパーたちは交信を終了した。バッテリーの節約のために無線の電源が落とされ、バックアップ用の衛星電話の電源も切られた。

脱出が容易になるよう、夜間に全作戦を遂行するのが望ましかったが、そこの環境は戦闘の敢行にふさわしいものではなかった。このような場合、好機をとらえられるのはごく短時間にかぎられるだろう。ただちに決行しなくてはならなかった。

彼らはレーザー測距装置(レンジファインダー)を使って、ひとつひとつの小屋との距離を調べ、当然ながら、ターゲットがいる小屋の玄関ドアと、ひとつきりしかない窓、そしてその表側に駐められている古いピックアップ・トラックとの距離も調べた。ピックアップ・トラックの荷台にはがらくたが積まれていて、不用品をどこかのバザーへ売りに行こうとしているトラックのように見受けられた。

カイル・スワンソンはその一帯を、並んでいる小屋からトラックへとよどみなくスコープごしに観察していった。スコープを通して見るイメージは、増幅されているせいで揺れ動き、手をのばせば触れられそうなほど間近に感じられた。見張り番がひとり、漫然と歩きまわっているのが見える。まだ、状況の悪化はない。

窓の内側に、光がともった。ランタンの黄色い光だ。

「動きがあります」マルティネスがささやいた。

大柄な男がひとり、戸口から外に出てくる。スナイパーたちは写真で見た顔を思い起こしながら、スコープごしにその男を詳細に検分して、肯定的な確認を得た。明るい朝の光のなかで見るそのひげ面は、アリ・ビン・アッサムのものにちがいなかった。

「やつです」マルティネスが言った。

アリは、アルカイダの高位の軍事要員であり、謀略を計画して、仲間たちに襲撃を決行させる工作員のひとりだ。多数の罪のないひとびとを死なせた張本人であり、アメリカ軍情報部は、先週、バグダッドで失敗に終わった自爆攻撃の背後にその男の存在を嗅(か)ぎつけていた。カイルとマルティネスは、その男を殺害する任務を課せられたのだった。

カイルは、その凶悪な男にスコープの十字線(クロスヘア)を重ねた。

「ターゲットを視認」マルティネスが言って、すばやく軍務日誌に目を通す。「戸口との距離、四百十一メートル」

「風は？」カイルは小声で尋ねた。

マルティネスが、小屋の上方にたなびいている煙を見やる。

「左方から毎秒二メートル」

カイルは、アリ・ビン・アッサムの姿がスコープの全体を占めるところまで倍率をあげていった。

「中心部に狙いをつけるようにする」

「了解(ラジャー)。捕捉してください」

そのテロリストはまばゆい空を見あげて、朝の到来をよろこんでいるように見えた。この新たな一日が、アフガニスタンからパキスタンへとつづく峻厳（しゅんけん）なトラボラ山地の洞穴群に用意された避難所という、安全をもたらしてくれるはずだからだ。男がでかい両手をあげて、のびをし、腰を曲げる。

「ターゲット、捕捉」引き金の遊び部分を絞りこみながら、カイルは言った。

「いつでも発砲よし」

カイルが静かに息を吐いて、引き金をまっすぐに絞りこむと、銃身の長いライフルが火を噴いた。七・六二ミリ弾がアリの体の中心部、そのやや左方をつらぬいて、重要な内臓と動脈を引き裂き、心臓の一部をもぎとった。アリが後方へよろめき、血を撒（ま）き散らしながら、小屋のよごれた壁にぶつかって崩れ落ちる。

見張り番が、倒れたリーダーを驚きの目でながめたとき、カイルはその男にライフルの銃口をめぐらせて、薬室に次弾を送りこみ、そいつの胸に銃弾をぶちこんだ。その男の体がぐしゃっと地面に落ち、つかの間、ゼリー菓子（ジェロー）のように小さく震えた。

「二発で」マルティネスが確認する。「二個のターゲットを射殺」

念のためにと、カイル・スワンソンはアリの頭部にもう一発、弾を撃ちこんだ。

狭い峡谷に銃声がこだましたが、小屋から戦士たちが飛びだしてくることはなく、スナイパーを求めての応射もなかった。死が身近にあるこの過酷な地では、いまなにが起こったにせよ、それに関わろうとする者はなく、だれもが小屋の内部にとどまっており、例外は、山羊たちを放りだして逃げ去っていく幼い少年ただひとりだった。彼らは、その少年は放置しておいた。

　マルティネスが洞穴の奥へ行き、反対側の出口から外に出て、倒れこんだターゲットのほうへ駆け寄っていき、その間、カイルは彼の掩護(えんご)に就いた。マルティネスが検査チューブを収納したキットを開き、サンプルとして、アリの髪の毛の一本を引き抜き、唾(つば)のサンプルを採るために、死体の舌の奥のところを長いコットンの棒でこする。両方のサンプルをチューブに採取すると、彼はそれを小さな箱におさめてロックした。あとでDNAのサンプルが検査されて、肯定的な確認がなされるだろう。

　マルティネスがぶじに戻ってきたところで、彼らは尾根をこえて、八百メートルほど離れた平らな場所へひきかえしはじめた。そこに行けば、二機の対地攻撃用武装ヘリコプター(ガンシップ)、アパッチに護衛されたブラックホーク・ヘリコプターによる白昼の回収が可能だろう。いまはもう隠密行動は不要であり、スピードが肝要だった。作戦が完了すれば、スナイパーは現地を離脱しなくてはならない。

　マルティネスが無線の電源を入れなおし、地図の座標をヘリコプターに伝達したが、返ってきた声には怒気がみなぎっていた。

「いままでどこにいた?」その声が問いつめてくる。「こちらはこの三十分、きみらの所在を探しつづけていたんだぞ!　この任務は中止する。くりかえす、この任務は中止する!」

　マルティネスが愕然(がくぜん)と無線機を見つめたが、カイルは彼にウィンクを送って、送話器をつかみとった。

「手遅れですな！　任務完了」

「くそ！」無線の向こうから届く声に、パニックの気配が混じりこむ。「きみらが通知してきた村の座標はまちがっていた。きみらがいるのは国境の反対側なんだ。くそ！　輸送ヘリがそちらへ向かっている。本件については、きみらが帰還したときに処理することにしよう」

交信が終了した。

カイルはマルティネスに送話器を返した。

「さあ、帰投しよう」

彼らはヘリコプターの着陸地点をめざして、峡谷を駆けおりはじめた。

「一等軍曹（ガニー）、われわれは困った立場に？」

「エリック、われわれはきょう、真の悪党野郎をひとり始末したことだけを頭に入れておけばいいんだ。それがもとでちょっとした面倒をかかえこむことになるだろうが、彼らのわめきちらしはすぐに終わるし、アリの野郎はまちがいなく死んだのだから、それでじゅうぶんだ。あいつは、多数のアメリカ人とイラク人の生命を手にかけた、ろくでもないやつだったからな。なんにせよ、われわれとしては、やつを撃たないわけにいかなかっただろう？　やってしまったことは変えられない。おれはどんな咎（とが）めでも受けるつもりだが、おそらく、彼らはことをうやむやにするだろう。ＣＩＡは失敗をぜったいに認めはしないんだ」

「あなたは、われわれが国境の反対側にいることを知ってたんですか？」

そのとき、接近するヘリコプターの轟音が聞こえてきて、カイルは自分たちの位置を知らせるために発煙筒を焚いた。

「地図を読むのは、昔から苦手でね」カイルはにやっと笑った。「あれは殺す必要があった野郎で、そいつがいまは死体になってる。それがわれわれの仕事だったんだ。国境など、くそくらえだ」

# 1

冷たい霧に包まれたボートの上に、船頭の男が立っている。長いオールの先端部を形成するぼろぼろのブレードは、黒い水のなかに没している。船頭は死のにおいを漂わせ、身にまとったローブが寒風を受けて、なびいている。

「まだ、ほかにいるんだろう？」

「いや。今回はこれだけだ」

カイル・スワンソンは、その浅いボートの上に五名の物言わぬ乗客がいることを知っている。というのも、彼みずからが、その五名をひとりずつ順に連れてきたからだ。彼らは生命の失われたうつろな目で虚無を見つめているだけで、彼のことなどは知りもしない。

「それだと、空席がひとつ残る」船頭が言う。「近々、だれかを用意するつもりはあるのか？」

「わからない。あるかもしれない。いや、ないかも」遠い岸沿いに荒れ狂う砲火の炎が、船頭の肩ごしに見えている。「ないな」

亡霊のような船頭が首をふって、くさい息を吐きだす。

「空席があっては出発できないだろう」

「いや。オーケイだ」カイルはまわりに目をやるが、ほかにはだれもいない。完全に装塡したM40A1スナイパー・ライフルをそっと下に置き、ウェビング（武器・弾薬・水筒などを装備するための、ストラップでつなぎあわされたベルトや装具袋）のスナップをはずして、装備一式をおろす。粘土状のC－4可塑性爆薬を取りはずして、わきへ投げやる。剃刀のように鋭い刃のあるナイフが二本。血の筋がついて、濡れ光っている。消音器付きの九ミリ拳銃。銃身を切りつめた散弾銃。M16ライフル、AK－47ライフル、クレイモア地雷とそれの起爆装置。発煙、破片および焼夷手榴弾。小型の衛星電話。すべてが、スナイパーという仕事にまつわるツールだ。手放したくないものがある。「ブーツは残しておいていいか？」

「もうブーツは不要だろうが、かまわんさ」

「あれは快適なんでね。ちょうど履き馴らしたところなんだ」

「残しておけよ」

ひとつの好意。顔面の骨が分かれて、乱杭歯が姿を現わす。船頭は寡黙なのがふつうだが、彼とカイル・スワンソンはずっと前からの知り合いだ。

カイルは軍帽を脱いで、積みあげた備品の上に載せる。アメリカ海兵隊のエンブレムである、鷲と地球と碇の絵柄が見えるように置く。それから、ラミネートフィルムで包んだ写真を取りだす。それに写っている、黒い髪と目をした美しい若い女性にキスをしてから、写真を備品の山の上に置く。

「まだほかになにか？」

「ない」

「だったら、行くか」船頭が、骨張った長い手をのばしてくる。

カイルはその手をつかんで支えにしながら、ボートに乗船し、最近殺した五人のあいだに座を占める。かたわらにすわっているアリ・ビン・アッサムは、顔が灰色で、体にでかい穴が開いている。

船頭が船を出し、カイルは小さなボートがやさしく揺れるのを感じる。船頭が強くオールを搔いて、黒い川にボートを進め、炎が躍る硫黄の対岸へと渡っていく。

なにはともあれ、ブーツは残っている、と彼は思う。なにはともあれ、わが魂は残っている。

そのとき、だれかの手が彼の肩をつかんだ。

## 2

「カイル、出かけるぞ。そろそろ、射撃をおこなう時間だ」

サー・ジェフリー・コーンウェルがそっとカイル・スワンソンの肩をゆすって、目覚めさせ、彼をぎくりとさせた。イギリス陸軍特殊空挺部隊（SAS）の退役大佐であるジェフは、戦士がときに夢を見ることをよく理解しており、スナイパーが夢にうなされて身を痙攣（けいれん）させるさまを、ふさふさした眉の下にあるその鋭い目で観察していたのだ。

カイルは、エーゲ海を磨きあげた銅のように輝かせているまばゆい陽光を浴びて、目をしばたいた。船がやさしく揺れていたが、これは死者を運ぶボートではなかった。今回もまた、あのいまいましい船頭によって運ばれていくことにはならなかった。そうはならず、彼はいまもぶじに、ジェフのおもちゃのひとつである〈ヴァガボンド〉の船上にいるのだった。このヨットは全長が百八十フィート、全幅が二十九フィートと、針のように鋭い流線型をしていて、五室の豪勢なキャビンがあり、十一名のクルーと、フルタイムの船長が乗り組んでいる。磨きあげたチーク材から成るデッキの下方のどこかで、三千二百四十馬力を誇るエンジンが静かに回転していた。

カイルはあくびをして、

「オーケイ」と応じた。「ちょっと顔を洗って、口のなかを湿らせてくれるものを飲んでこようかな。それがすんだら、準備よしです」喉（のど）がからからだった。「あなたは客人たちの相手をしていてください。五分ですませます」

ジェフがほほえんで、彼の背中をぴしゃりとやり、エアコンのきいたメイン・キャビンへひきかえしていく。そのキャビンでは、ヴェンチャー・キャピタルの投資家である二名のアメリカ人と一名のイギリス人がドリンクを楽しんでいるところで、彼はその三人を相手に、有望な儲（もう）け話の売りこみを再開しようとしているのだった。ジェフは、ＳＡＳを除隊したのち、いくつかの軍需産業のコンサルタントになって、短期間で大金をつかみ、その後、みずからハイテク兵器を設計、生産、販売して、さらに巨万の富をなしていた。六十になった彼は、もちろん表立ってではないが、いまも大英帝国のために働いていて、その目覚ましい業績によってナイトの称号を授けられ、ビル・ゲイツ並みの小切手帳と、ドナルド・トランプよりも豊かな髪を持っている。

カイルは立ちあがって、のびをし、海水着のぐあいを直してから、温水浴槽（ホットタブ）があるエリアへ歩いていった。

ジェフの妻、レディ・パトリシアが、ラウンジ・チェアに腰かけていた。大きな白の麦わら帽をかぶっていて、影が丸くその顔に落ちている。ストレートのウィスキーを飲み、細い葉巻を吸いながら、ダニエル・スティールの小説を読んでいるところだった。つややかなブルーのワンピース水着に身を包み、薄く軽いタオルをはおっている。長年、軍人の妻という境遇に耐えてきたレディ・パットは、いまようやく開かれた良き人生を楽しんでいるのだ。それに値する女性だと、カイルは考えていた。

　ヴェンチャー・キャピタリストたちは、ギリシャの島々のあいだをめぐるこの週のクルージングのために、目を楽しませてくれるもの、すなわち、目を見張るほど美しくて若い箔付け妻（トロフィー・ワイフ）を伴っており、彼女たちは二日前にヨットがナポリを発（た）ったあとはほとんどの時間、トップレスですごしてきた。いまも、彼女たちはプールのそばに敷いた大きなタオルの上に身をのばして、肌を焼いているところで、整形で大きくした胸がオイルで光っている。カイルはふと、金持ち老人たちのためにああいう若い女を鋳型（いがた）で生産する工場がどこかにあるのだろうかと考えてしまった。

　彼はホットタブの縁にすわって、温かい湯のなかに両脚を浸し、彼女たちのほうへ顎をしゃくってみせた。

「きみもあんなふうにしたらどうだ」恋人のシャリ・タウン少佐に話しかける。「ちょっとの間、トップを脱ぐとか。らくそうに見えるぞ」

「いやよ」と彼女が言い、身を守ろうとするように、赤いビキニのトップのずれを直した。

「制服はとうに脱いでしまってるじゃないか」

　彼女の濡れた長い黒髪が浅黒い肌の肩にかかっていたが、シャリはアメリカ海軍きっての優秀な情報将校なのだと考えると、カイルとしてはその黒い目を見つめることしかできなかった。彼女は、アメリカ人を父に、ヨルダン人を母に持つ、ヨルダン生まれの女性で、両親はそれぞれの国の政府機関の職員だった。父親は国務省の若手外交官としてアンマンに勤務していたが、シャリがまだ六歳でしかなかったときに、飛行機事故で亡くなった。母親は広報と観光の専門家で、カイロ、パリ、東京の大使館に勤務し、現在は在ワシントン・ヨルダン大使館で広報部門の長を務めている。

シャリは、ジョージ・ワシントン大学に入学したときには、すでに数カ国語に堪能になっていて、卒業すると同時にアメリカ海軍に採用された。そして、さほどもなく海軍情報部に配属され、そこで文句のつけようのない業績をおさめて、国家安全保障会議の分析官に抜擢された。彼女のオフィスはデスクがひとつあるだけの地下の小部屋だが、そうではあっても、そこの住所は街で最高のものだ。ペンシルヴェニア・アヴェニュー一六〇〇番地。すなわち、ホワイトハウス。

「あっちへ行って」とシャリがカイルに言って、目を閉じ、高圧力のジェット噴射によって体の周囲で泡立っている湯のなかへ身を浸す。顔だけを湯の上、日ざしのなかに出していた。

「ヘイ」カイルは言いかえした。「きみのオッパイは本物なんだ！　おれたちとしては、それをみんなに見せつけてやるべきだろう」

「おれたち？　その手にはのらないわよ。乳房が見たいんだったら、あそこへ行って、『デスパレートな妻たち』のを盗み見ることね」息を荒らげもせず、目を閉じたまま、彼女はこきおろした。そして、アラビア語で付け足した。「くたばれ」

「くたばれ？　まあ、それもそうだ」

同じくアラビア語で、カイルは応じた。口でやりあうのはうまくいかなかったが、夜になってからを期待することにしよう。カイルは湯で顔を洗って、やわらかいタオルで水気を拭い、シャリのかたわらにあるグラスのアイスティーを二、三口、飲んだ。

上方のデッキでは、ジェフが将来の投資者たちを手摺のそばへ集めて、これから起こることを説明していた。

カイルはそちらに目をやった。ショートパンツに色鮮やかなシャツという姿の、軟弱な男たちだ。

「いまから仕事に取りかからなくてはいけない」彼は言った。「ジェフのお友だちのために、何発か弾を撃つことになってるてね」

「だったら、行って」命令口調でシャリが言った。それから目を開いて、彼に笑みを送ってきた。

レディ・パットがロマンス小説を下に置き、つかの間、サングラスの上から彼をのぞきこみながら、いくぶん棘を含んだ声で言う。

「それと、カイル、あの紳士淑女のみなさんはサー・ジェフリーの親愛なる友人であり、たいせつな客人であり、投資家であることを、どうか忘れないようにね。つねにいい子にして、少なくともディナーが終わるまでは、だれも殺さないようにしてもらえるかしら？」

「そのだれもには、あの思いあがった淫売たちも含まれているんですね、マイ・レディ？」

# 3

船ははるか沖、開けた海上に出ていて、周囲には乱れのない水平線がまっすぐにつづいていた。光学装置を通すと、その光景は海が頭上にあるように見えて、自分が皿の底にいるように感じられる。

カイルが船尾側の広い下層デッキへ歩いていくと、長身の痩(や)せた男が五十五ガロンのドラム缶が三個並べられたところで作業をしているのが目に入った。

「ヘイ、ティム」と彼は声をかけ、新品のでかいライフルが宝石のようにおさめられている、クッション入りの保護ボックスを開いた。「準備よし？」

ティモシー・グラッデンは、イギリス軍の精鋭空挺部隊で十年間にわたって指揮官を務めたのち、右脚を骨折し、その負傷が完全には治癒(ちゆ)せず、それがために、航空機から飛び降りる仕事の継続を医師が許可しなかったというだけの理由で、空挺部隊を辞(や)めたという男だ。除隊後は、イギリス軍の診断はまちがいであることを証明するのを主たる目的に、トライアスロンという過酷な新しい趣味に身を投じた。実際、彼の脚にはなんの支障もなく、オックスフォードで磨いた脳みそも健在というわけで、ジェフが彼を成長部門である兵器開発事業るのだ。

に雇い入れた。ウェールズの貧乏な田舎少年だったティムが、いまは副社長におさまってい

「もちろん、よしさ」彼が応じた。「まず青のドラム缶を海面へ投げこみ、そのあと、視認が徐々に困難になるように、十五秒間隔で、赤、黄のドラム缶を投げこむ。青のやつは、きみにとってきわめて視認しにくい射撃目標となってくるだろう」

彼が一個のドラム缶をたたくと、ゴーンとうつろな音が響き渡った。そのなかに入れられているガソリンはわずか十ガロンで、残りの空間には爆発性の気体が充満している。

「船長は二十ノットを維持して船を航行させ、きみの準備ができたところで、直進に持ちこむことになっている。三発とも伏射で撃ちたいということなら、そうしてくれてけっこうだ」

船尾側手摺の一部が取はらわれていたので、カイルは腹這いというなじみの射撃姿勢をとって、デッキシューズの爪先をゴム製のマットに食いこませた。新世代のスナイパー・ライフルを設計するにあたってのひとつの問題は、戦闘状況において現実の敵兵を撃つテストは許されないということだ。つまり、事情はまったく異なってくる。射撃用のターゲットは思考ができないから、反応したり応射したりすることはないのに対し、人間のターゲットは瞬時に身を転じたり、隠れたり、つまずいたり、逃げだしたりするかもしれず、それがために、完璧であったはずの射撃が失敗に終わることがありうる。この実地テストは、そういった予期せぬ動きを模倣すべく立案された。海面を漂う色つきのドラム缶は波を受けて、浮きあが

ったり、沈んだり、回転したり、はずんだりするであろうというわけだ。

ジェフが興奮もあらわに目を輝かせて、梯子(ラダー)を降りてくる。

「上にいる客人たちはすっかりできあがって、火遊びが見たくてうずうずしているから、わたしに遠慮せず、さっさと取りかかってくれ、カイル」硬い声で彼が言った。

カイルは世界最高のライフル、エクスカリバーの冷たいグラスファイバー製銃床を、しっかりと肩に押しつけた。この銃床は、カスタムメイドのアルマーニ・スーツのように、彼の体にぴったりと合わせて成形されている。

「静かにしていてください、ジェフ」彼は言った。

ふたたび、イギリス人の貴族めいた声が聞こえてくる。

「プレッシャーを感じる必要はまったくないぞ、カイル。好きなだけ時間をかけて、うまくやってくれ」

カイルはスコープに目をあてがって、親指でボタンを押した。BA229リチウム・バッテリーが作動して、ヘッドアップ・ディスプレイを表示し、スコープが起動して、数字を並べ、その表示が着実に移り変わっていく。ターゲットとの距離は、赤外線レーザーによってメートル単位で測距されて、上辺右隅に示され、上辺左隅には、風向と風力の指標値があった。気圧は下辺右隅に示され、下辺左隅に、それらすべてを総括した数字が並んで、スコープのダイヤルを正確に調整できるようになっていた。この武器は、通常なら頭のなかでこなさなくてはならないアルゴリズムを処理してくれるのだ。

「このテストはビデオに記録することになっている」ジェフが期待をこめて両手を擦りあわせながら、言った。

電子回路が高速で演算して表示する数字の羅列になじむには、カイルにしてもそれなりの時間が必要だったが、練習を重ねるうちに、それは背景の一部と化して、集中を妨げる要素ではなくなっていた。深呼吸をし、左の掌のなかでエクスカリバーを安定させ、軽く息を吐きながら、引き金にかけた指に力をこめていく。姿勢を変えるおそれのある動きは、なにひとつしたくなかった。

「わかってますよ、ジェフ。プレッシャーは感じるな！　ビデオで撮る！　そろそろ、あなたも静かにしてもらえませんか？」

プレッシャーはなかった。こちらを見ているのは、片手にドリンクを持ち、ポケットにぶあつい小切手帳をつっこんで、ヨットの船尾デッキの手摺沿いに並んでいる、強欲なヴェンチャー・キャピタリストたちだけだ。きょう、カイルがエクスカリバーをみごとに〝歌わせる〟ことができれば、彼らは、夢の世界に出てくるような秘密兵器を生みだそうというジェフの計画に何百万ドルもの資金を投じる気になるだろう。とはいっても、カイルにすれば、それはたんなるカネの問題でしかなかった。プレッシャーが押し寄せるのは、もし撃ち損じれば仲間たちの死を招くことになる、戦闘のさなかなのだ。

「全事業の将来を血に飢えた海兵隊員の手にゆだねようとは、われながら信じがたい」ジェフがこぼした。

「SASこそ、朝めしに糞でも食らうような部隊でしょうが」うなるようにカイルは言いかえした。「そろそろ口をつぐんで、船の動きを安定させ、ドラム缶を投げこんでください」

彼は全世界を心のなかから閉めだして、スコープに集中し、他人を寄せつけない静寂の繭のなかに入りこんだ。事物の動きが緩慢になって、五感が鋭敏になり、背景ノイズがただのささやきでしかなくなった。おのれがライフルと一体化していく。

ティム・グラッデンが声をかけてきた。

「数字を信頼しろ、カイル。数字を信頼するんだ」

大きなヨットが、ちっぽけなスポーツカーのようにくらくらと操縦されて、なめらかに航行しはじめる感触が伝わってきた。

カイルがジェフ・コーンウェルと知りあったのは、イギリス軍との合同特殊作戦を遂行しているときで、その後の年月を通じて、ふたりは友情を深めてきた。やがて、コーンウェルは部下の技術者と科学者たちを動員して、長距離精密射撃のための最新兵器の開発に着手し、その時点でペンタゴンに対し、カイルが任務に就いていないときにかぎって彼を臨時のコンサルタントとして出向させることを要請し、ペンタゴンの将軍たちはそれに許可を与えた。

カイルはその兵器を、初期の設計図を目にした段階でおおいに気に入り、ジェフはスナイパーをその気にさせる持ちかけかたを心得ていた。そして、彼らはまる三年にわたって、技術者たちとともに、スナイパーの見果てぬ夢の現実化に取り組んできたのだった。

それはきわめて優秀な武器であり、長距離射撃において強大な衝撃力をもたらすようにハンドクラフトで製造された五〇口径弾を発射する。試作品を開発するなかで、カイルとジェフは、戦場での携行が容易になるようにと武器の軽量化を主張し、技術者たちは、銃床のためにスーパーエポキシ樹脂を、引き金関係の部品のために特殊合金を開発した。このライフルは、完全に装弾しても、十九・九ポンドの重量しかないまでに軽量化されている。戦闘のなかで終日、持ち運ばなくてはならない兵士にとって、これは死活的な要素となる。通常の五〇口径スナイパー・ライフルは、装弾していない状態でも三十七ポンドはあるのだ。銃身はフリーフローティング化され、発射時に上下するようになっていて、照準を見失うことはなく、内部のジャイロスタビライザーがさらにその効果を強めている。ジャイロスタビライザー付きの赤外線レーザーが、銃床に装備された小型のGPS送受信装置と協働して、ライフルとターゲットとの正確な距離を測定する。GPSは、世界のどこにいても正確な位置を知らせることによって、スナイパーにさらなる安全をもたらす。スナイパーがまったくの単独で行動している場合、このちょっとした情報が大きな意味を持つことになる。つまり、このライフルはたんなる機械部品の寄せ集めではないということだ。これは信じがたいほど正確な武器であって、撃ち損じの可能性を少なくとも七十五パーセントは軽減してくれる。多数のテストのなかで、カイルは、最上の結果としては、昼間では千六百メートル、夜間では一千メートルの射程において、着弾を八インチの円内にグルーピングしており、これは半分角（ハーフ・ミニット・オヴ・アングル）の精度に該当する。人間の平均的な頭部の大きさは、十ないし十二インチ。一マイルの距離から敵を捕捉すれば、一発でその頭部をふっとばして殺すことができるだろう。このライフルは、いかなる悪党の生命をも奪う力を十二分に備えているということで、アーサー王の魔剣にちなんで、エクスカリバーと名づけられた。

ジェフが、ファイヴからカウントを始めて、「やれ！」とささやきかけた。ティムが青のドラム缶を舷側から押しだし、それが盛大なしぶきをあげて海面に落ちる。二十ノットというのはそれほど高速とは思えない速度だが、そのターゲットはよじれながら急速にヨットを離れて、航跡のなかへ転がっていき、またたく間に小さくなった。三個のターゲットのすべてが海面へ投じられるまで、カイルは射撃を開始できない。赤のドラム缶が押しだされる音が聞こえ、それが回転しながら遠ざかっていくのがスコープを通して見え、永遠とも思える最後の十五秒が過ぎたとき、黄色のドラム缶が舷側をこえて海面にしぶきをあげた。

「五秒たったら、射撃を始めてよし」とジェフが言ったが、そのカウントはとらなかった。カイルは黄色のドラム缶を探したが、それはすでに水流に押されて、スコープの視野から消え去っていた。それでもまだ距離が近すぎるので、彼は焦点リングを微調整して、倍率をさげた。それをスコープごしの像としてとらえたところで、レーザー・ボタンを一度押して、ターゲットにロックオンし、もう一度押して、射程(レンジ)をつかむ。五百四十七メートルちょうど。数字が記された表をあたる必要もなければ、助手のスポッターから情報をもらう必要もないのだから、それだけでも驚嘆に値する。必要なものはすべてスコープのなかにあって、ライフルが自動的に調整をおこなう。レーザーがロックオンして、GPSシステムと会話し、GPSがジャイロスタビライザーと短いおしゃべりをするあいだ、カイルはドラム缶がいまどの距離にあるかなどは気にせず、それを視野におさめているだけでいいのだ。どんな変化があっても、エクスカリバーが射撃に必要な解答を自動的に演算し、調整してくれる。ドラム缶が水中でのたくり、ライフルがそれを追い、スコープのなかにさまざまな数字が羅列された。

「射撃を開始してよし」ジェフが言った。

スコープが一瞬、端の部分に明るい青のストライプ光をまたたかせて、すべての準備ができたことを知らせた。引き金の絞りかたが少しでも横へずれると撃ち損じることになるから、カイルはそっと引き金をまっすぐに絞りこんだ。

エクスカリバーが空気を切り裂く鋭い音を発して、銃弾が黄色のドラム缶のどまんなかに命中し、内部に充満していたガソリンの揮発ガスに点火して、小さな爆弾が炸裂したような爆発が生じる。騒々しい爆発音とともにドラム缶が粉砕されて、破片が雨あられとふりまかれ、なかには〈ヴァガボンド〉のそばまで飛んでくるものもあった。これは、レディ・パットのお気には召さないだろう。

そのときには、カイルはすでに、オレンジ色の火球と灰色の煙のどこか向こう側にあるはずの赤のドラム缶を探していた。海面の通常の動きとは対照的な動きが、どこかにあるはずだ。すると、船からフットボール・フィールドのサイズにして九面ぶんにあたる、八百九十三メートルの距離のところに、それが見つかった。今回は青のストライプ光の出現を待たず、レーザーをロックオンしただけで、引き金を絞る。また爆発が生じたことを示す海面の動揺があり、それにつづいて火球と煙があがったところで、彼はまた次弾を薬室に送りこんだ。

その横手で、ジェフが浮かれたように踊っている。彼が投資家とその妻たちのほうを盗み見ると、彼らは興奮したようすで、指さし、しゃべっていた。

「彼ら、いまにもパンツを濡らしそうだぞ」ジェフが言った。

ティム・グラッデンは、大きな双眼鏡を目にあてている。

だが、煙が晴れたとき、カイルには海面以外、なにも見てとれなかった。いまいましいことに、最後のドラム缶はどこかへ消えてしまったようだが、それでも彼はスコープから目を離そうとはしなかった。

「ドラム缶が見えないな、カイル」グラッデンが言った。

カイルはヨットの真後ろにのびている航跡をゆっくりとスコープでたどって、海面をレーザーでスキャンし、固体の存在を探し求めた。やがて、レーザーが揺れ動くドラム缶の固い表面を探し当てて、つかの間、光をちらつかせ、海面の色とさほど変わらない色合いの青い点が低い波間を上下しているのがカイルの目にとまった。

「あそこだ！」とグラッデン。「約一千メートルの距離、左舷後方一〇度方向」

レーザーが測距し、コンピュータが演算をする。正確に九百六十六メートルの距離。微妙な射撃になる。揺れ動く丸い点を追い、数字を信頼せよ。カイルが息を吐いて、引き金の遊びを絞りこんだとき、スコープのなかに青のストライプ光が点じられた。引き金を絞れ。エクスカリバーが勝ち誇った咆哮（ほうこう）を発し、銃弾によって瞬時に引き裂かれた空気に乱れが生じるのが見えた。今回は、爆発音がヨットに届く前に、全員が火球の出現を目にしていた。

「やった！」ティムが歓呼した。「なんとまあ、すごい射撃じゃないか！」

戦士から戦士への賞賛としては、これ以上のことばは期待できないだろう。

「すばらしい」ジェフが安堵（あんど）の声で言った。「すべてに命中させてくれたな」

ライフルをさげて、かたわらのマットに置かれている小ぶりなスタンドに立てかけたとき、カイルは自分が汗にまみれていることに気がついた。

「いやいや」彼はことばを返した。「こいつがやってくれたんですよ」

この実演（デモンストレーション）会における自分の役割は終わった。これで、以後の十日間はシャリとともにくつろいですごすことができるだろう。このあと二、三日、ティムがいろいろと雑用をこなし、その間に、ジェフが感銘を受けた投資家たちから大金をせしめるという段取りだ。このクルージングの残りの期間は、土地のワインや料理、葡萄（ぶどう）やチーズ、そしてピレウスやモネンヴァシアやミコノスでつくられる〝ギリシャの火酒〟、ウーゾの味を試しながらすごす、すてきな日々になる。そのうちヴェネツィアに着いたら、ふたりきりになって、嘆きの橋を歩き、ドージェ宮殿を訪ね、ゴンドラと呼ばれるでかいカヌーに乗って運河をめぐり、月光を浴びるサン・マルコ広場の濡れた石畳の上で踊ろう。

## 4

傭兵がふたり、崩れやすい砂地に掘った窪(くぼ)みに肘(ひじ)を置いて、双眼鏡を安定させ、木曜日の朝が明けて自動車が行き交いはじめるのを待ち構えている。そこは、低木の茂みに覆(おお)われた高さ十メートルほどの小さな丘の上で、サウジアラビアのリヤドとダーランを結ぶ下方のハイウェイからは、茶色系の砂漠迷彩が施された彼らの両手と頭部が見てとれるだけだった。彼らの背中にはＡＫ－47突撃(アサルト)ライフルがあり、それぞれのかたわらにロケット推進榴弾(RPG)のランチャーがある。ふたりのあいだに、砂から守るためにビニール袋に密封された無線機が置かれていた。拉致(らち)誘拐を目的とする待ち伏せの準備は万端だった。

前夜、彼らは休みなく作業して、ハイウェイに面する砂利の地面に穴を掘った。空が白んできたころには、通過していく自動車があたりに漂う砂や埃(ほこり)を吹き飛ばして、彼らの作業の痕跡をほぼ掻(か)き消していた。そこに爆弾が埋められていることを示すものは、地面から六インチほど突きだしている、針のように細いワイヤアンテナだけだ。

夜がだしぬけに明け、彼らの背後からまばゆい夏の太陽が昇ってきて、車を走らせてきたドライヴァーたちの目を焼く。すでに気温が摂氏三十二、三度にもなっていて、暑く、汗が顔に滴(したた)っていたが、彼らは双眼鏡をさげようとはしなかった。

「暑くなりそうだぜ、ヴィク」アメリカ陸軍レンジャー連隊（特殊作戦を支援する緊急即応部隊）の元兵士、ジム・コリンズが言った。背丈が六フィートはある男だが、それでももうひとりの男よりは小さい。

「くだらんことを言うじゃねえか、ジンボ？ サウジアラビアにいて、この程度で暑いだと？ 話にもなりゃしねえ」ヴィクター・ローガンが、低くうなるようなガラガラ声で応じた。彼はアメリカ海軍特殊部隊、SEAL(シール)の元上等兵曹で、この〈シャーク・チーム〉の指揮官がどちらであるかをつねにコリンズに思い起こさせようとする。

「言ってみただけさ」とコリンズは応じ、それっきり口をつぐんで、代わりにカネのことを考えようとした。

彼らはいずれも、この仕事をやってのければ五万ドルがもらえることになっていた。コリンズは、そのカネでなにをする腹づもりでいるかをしゃべりたかった。なにはさておき、新品のトラックを買う。いずれ家に帰ったら、eBay(イーベイ)モーターズのサイトに入って、ちょっと買いものを楽しむとしよう。

ヴィク・ローガンとジンボ・コリンズは、ある多国籍民間警備企業が記録に残せないハイリスクの仕事をやらせるために選抜して雇い入れた、元特殊部隊員から成るエリート・グループの一員だ。

ローガンがにやりとした。おれたちが〈シャーク〉なら、おれはホオジロ(グレイトホワイト)で、この間抜け野郎はせいぜいがシュモク(ハマーヘッド)ってとこだぜ。

　このでかいアメリカ人は、当人をも含めて、あらゆる人間に腹を立てていた。名誉除隊するつもりでいたのに、それまであと半年たらずのころ、二十年間におよぶ海軍での軍歴が水の泡と化したのだ。そのころ、若い娼婦の無残に殴り殺された死体がナポリの裏道で発見され、そこから一ブロックほど離れた地点で酔いつぶれて眠りこんでいる彼を海軍巡邏隊(じゅんらたい)が見つけだした。唯一の目撃者は死者であり、娼婦殺しと彼を結びつける証拠はなにもなく、警察は彼を釈放したが、ＳＥＡＬはヴィク・ローガンを部隊から放りだした。あまりにあっさりと部隊からたたきだされたために、彼はめまいを覚えたほどだった。おれはそんな悪事はぜったいにやっちゃいねえってのに！　軍法会議にかけられるほどの証拠はなかったが、海軍法務局の連中が彼の軍歴を調べあげて、けんかや酒酔いやある将校に対する暴行、フィリピンのスービック湾に面する猥雑(わいざつ)な街、オロンガポにおける別の娼婦殺しに関する嫌疑という、おおいに不都合な過去の記録を掘り起こし、彼を行政的除隊(Ａｄｓｅｐ)に処するための聴聞会が開かれた。そのＡｄｓｅｐ(アドセプ)聴聞会において、ローガンは軍務に関して倫理的に適合せずと認定された。海軍の腰抜けどもは、そんなやりかたで彼を放りだしたのだった。それによって、あらゆるもの——階級、逸失(いっしつ)利益、各種の恩典、退役軍人としての身分——が奪いとられ、そのうえ、営倉入りになったり連邦法によって有罪を宣告されたりしなかっただけでも幸運だったと考えろと言い渡されたのだ。

　海軍も、ＳＥＡＬも、くそくらえだ。娼婦どもも、死体が発見されずじまいになった連中も含めて、くそくらえだ。彼の視点では、そのアドセプはとんでもないでっちあげだった。国家の敵を殺せば、勲章がもらえる。なのに、娼婦がカネをむしりとろうとするのを二度ばかりやめさせただけで、汚名を着せられるとは。そのあと、半年もしないうちに、彼は傭兵として雇用された。見返りをもらう時だ。

　この仕事のもっとも困難な部分は待つことであり、その彼らの忍耐は、三台の黒光りする高機動多目的装輪車輛（ハマー）が巨大なカブトムシの行列のように連なって視野に入ってきたときに報われた。

　それぞれの車輛にだれが乗りこんでいるかを、彼らは正確に知っていた。車輛隊（コンヴォイ）がリヤドのアメリカ大使館を出発した直後、無線で最新情報が送られてきたのだ。小編成コンヴォイの中央に位置するでかい車輛には、その後部シートに、アメリカ海兵隊のブラッドリー・ミドルトン准将が単独で乗っている。前部シートに海兵隊の護衛が一名と、サウジ人の運転士。

　先頭のハマーには、運転士とショットガンで武装した海兵隊員が一名、その後部シートにはサウジの警備兵が二名、乗りこんでいる。最後尾の車輛には、運転士とサウジの警備兵が一名、その後部シートには、准将の補佐官である海兵隊の若い女性大尉と、彼女のエスコート役を務める大使館付きの文官が一名。

　そのコンヴォイが、ひろびろとした道路を矢のように突き進んでくる。距離は一マイル。それが半マイルになり、さらに近づいてくる。丘の上で、ヴィク・ローガンが小さな無線送信機の準備に取りかかった。

先頭車輌のなかでは、ノーマン・バローズ二等軍曹が、この移動がぶじに終わりかけているとあって気をよくしていた。装甲のない民間スタイルのハマーに乗っているために、丸裸でいるような気分だったのだ。涼しい空気が足もとに吹きつけているのは快適だが、たとえ不快ではあっても、上部に五〇口径機関銃が装備された海兵隊の装甲車輌に乗っているほうが好ましい。バローズは、この土地が好きになれなかった。砂漠の砂そのものから、トラブルが湧きだしてくるように思えるのだ。サウジ人の警備兵と運転士は、周囲に注意をはらわず、冗談を飛ばしたり、煙草(たばこ)を吸ったりしている。セキュリティなど、どこ吹く風だ。二等軍曹は帽子の縁をつまんで、さげ、サングラスのぐあいを直してから、朝の日ざしのなか、彼にとっての現実の世界、すなわち、ペルシャ湾の巡回任務を遂行中の艦に乗り組んでいる海兵隊遠征隊へとつづく、その道路の残りのマイル数をふたたび数えはじめた。その指は、実弾を装填(そうてん)して膝のあいだにはさんでいるM16ライフルの引き金の用心鉄(トリガー・ガード)を、無意識にまさぐっていた。

その車輌の運転士が、落ち着きのないアメリカ兵を見て、にやっとした。ダーランとリヤドはこの王国ではもっとも安全な場所であり、その二カ所をつなぐ長い道路はガラスのようになめらかで、安全このうえないのだ。彼はこの一年間だけでも百回はここを走っており、まもなくこの不快な暑さから解放されて、涼しいダーラン・ヒルズのヴィラで残りの時間をすごし、夕方にリヤドへの帰路に乗せていく政府職員の到来を待つだけのことだとわかっていた。

バローズは潜在的脅威を探して、絶えず視線を動かしていたが、その目が朝日を浴びて揺れ動く細いワイヤアンテナの光をとらえたときには、高速で走るハマーはすでに殺戮地帯(キル・ゾーン)に入りこんでいた。二等軍曹は警告の叫びを発しようとしたが、それはかなわなかった。

爆弾がすさまじい轟音を伴って爆発し、先頭のハマーが宙にふっとばされて、二回転したのち、裏返しの状態で地面に落ちた。引火した車体の残骸(ざんがい)が、煙と炎を撒(ま)き散らしながら、路面を前方へ滑っていく。

爆風の第一波が吹き寄せたとき、ローガンとコリンズはなめらかに膝立ちになって、RPGのランチャーを肩にかついだ。二発の榴弾が発射されて、低い風切り音とともに最後尾のハマーへ飛翔(ひしょう)し、車体が爆発して、火球に包まれる。

ふたりはランチャーをわきに置き、AK‐47を手に斜面を駆けおりた。コリンズが最後尾の車輌をチェックしに行き、その間に、ローガンが中央部のハマーへの発砲を開始して、慎重な射撃でタイヤを破裂させ、エンジンを粉砕し、フロントガラスを撃ち砕いて、前部シートにいる運転士と警備兵を殺害した。銃弾がうなりをあげ、跳弾が舞い、ガラスが粉々(こなごな)に砕け、破壊された車輌から、焼けたゴムのにおいが漂い、油っぽい煙が吹きあがる。

ジンボ・コリンズが最後尾の車輌のところから、准将の補佐官、リンダ・ハースト大尉の腕をつかんでひきずりながら、そこへやってきた。

　大尉はめまいを起こしていた。顔と短いブロンドの髪に血がまみれつき、肋骨（ろっこつ）に痛みがあり、片脚を骨折している。残骸からひっぱりだされたときは、目の焦点を合わせることもろくにできず、一瞬、救出されたのかと勘ちがいしたほどだった。だが、そうではなく、実際には、車輛から手荒に引きだされ、道路の上に、路面でこすられた両脚の皮膚から流れだす血の筋を残しつつ、ひきずっていかれた。彼女が放りだされたのは、着古したブルージーンズと茶色のTシャツを着て、タン色の砂漠用戦闘ブーツを履（は）き、茶色のスカーフで顔を覆っている大男の前だった。ハースト大尉は悲鳴をあげていたが、RPGが爆発したときの轟音で鼓膜が破れていて、自分の声が聞こえなかった。

「ミドルトン准将！　さっさと車輛から出てこい！　さもないと、この女を殺すぞ！」負傷し、血を流している女性大尉に、ローガンがライフルの銃口を突きつけた。

　ミドルトンは煙を吸いこんで、あえぎながら、拳銃を抜きだしたが、これはどうにもならない状況だと気がついた。先頭のハマーが爆発して、炎上し、そのあとRPGが最後尾の車輛を爆破するのを目撃したとき、彼は床に伏せて身を守ろうとしたが、そのときにこの車輛も銃弾を浴びて、打ち壊されたのだった。警護態勢は完全に崩壊し、彼に残されたのは一挺のコルト45のみであり、相手の襲撃者たちは自動火器とRPGを備え、人質まで取っている。

　そのすべてを認識していてもなお、彼はためらっていた。海兵隊はけっして降伏はしないからだ。それにしても、なぜやつらは自分だけは殺そうとしなかったのか？

数秒後、またもやＡＫ－47が火を噴いて、ハースト大尉の右腕を撃ちぬき、彼女の悲鳴があがった。ハイウェイの反対車線を通りかかって減速していた数台の車のドライヴァーが、いま起こったことを目にして、あわてて逃げていく。

「車輛から出てこいと言っただろう！」ふたたびヴィク・ローガンがどなった。

ミドルトンは、外に倒れている若い将校のことはろくに知らなかった。この移動をおこなう時点で、一時的に補佐官に任じられた将校であり、これまでに彼女がやったのは、リヤドでサウジの関係者と協議しているあいだ、ブリーフケースを持っていてくれたという程度のものだ。自分ひとりなら、戦うことを選んだだろうが、若い将校を死なせるわけにはいかない。

「わかった！　いまから出ていく！」

彼は声を返して、拳銃を捨てた。車輛のドアを開き、頭上に両手をあげて、まぶしい日ざしの下へ足を踏みだす。

ジンボ・コリンズが准将の両腕を背中へおろして、ねじりあげ、スミス・アンド・ウェッソンのスティール製手錠を慣れた手つきでかけた。准将を拘束したところで、ヴィク・ローガンがなにげない調子でハースト大尉に銃口を向け、二度発砲する。二発の七・六二ミリ弾が彼女の後頭部を粉砕した。

〈シャーク・チーム〉は准将を押して、ハイウェイで炎上する残骸のそばを離れ、砂地の丘をこえて、涸れ谷のなかに駐めてあるダークグリーンのランドローヴァーをめざした。そこに着くと、彼らは後部シートに准将を放りこんで、かたわらにローガンが乗りこんだ。コリンズが運転席に身を滑りこませて、エンジンをかけ、強力なランドローヴァーが四駆にものをいわせて急発進する。

ミドルトンは、腕に皮下注射器の針が突き刺されたのを感じて、たじろいだ。モルヒネが神経に作用する感触があり、彼は歯を食いしばって、言った。

「いつか、ふたりとも殺してやるぞ」

「黙ってろ」ローガンが言った。「おまえはだれも殺せやしねえぜ」

注射器を窓から外へ投げ捨てる。

意識が薄れゆくなか、ミドルトンはようやく、ことの展開が速すぎて、現実を認識できていなかったことに気がついた。モルヒネの作用で心が闇へ落ちていくとき、准将が最後に思ったのは、こうだった。くそ、こいつらはアメリカ人だ！

# 5

「まったく、あなたは面倒くさい人物ですね」

ナイトの称号を持つ男に向かって、スナイパーが言い、〈ヴァガボンド〉船上のしゃれたランチ・コースの前菜として、美麗に盛りつけて運ばれてきた椰子の新芽（ハーツ・オヴ・パーム）のサラダを指さした。それが、かつては特殊部隊員であった男ならではの食材だったからだ。食糧の携行なしでおこなわれる砂漠のサバイバル・トレーニングでは、食用にできる材料は椰子（やし）の木を切り倒して手に入れるものが中心になる。そんな経験をさんざんしてきた人間はだれであれ、ハーツ・オヴ・パームだけは死ぬまで二度と食べたくないと思うようになるものだ。

「きみは恩知らずのアメリカ人だ！　わたしのシェフががっかりするぞ」ジェフが愉快そうに笑いながら、そう言って、彼自身もサラダをわきへよけた。「おおかた、きみはピーナッツバターとゼリーのサンドイッチが好みなんだろう？」

ティム・グラッデンもまた、サラダをわきへ押しやった。

テーブルに着いているほかの面々には、三人の軍人たちがなんの話をしているのかさっぱりわからないとあって、ジェフが話題を変え、ビジネス関係の客たちが嬉々として語りあえる方向へ持っていく。すると、ぜんまいが巻かれた人形のように、彼らはすぐ、新規株式公開を準備してはいるものの、じつは、いずれは倒産へ持ちこんで膨大なボーナスをせしめる計画をしていて、以前にも経済事犯で起訴されたことのある、いくつかの新規創業企業を槍玉にあげて、まくしたてはじめた。この種の連中は、同類が話題となると、いくらでもしゃべりまくる。彼らの会話には、金融とヴェンチャー・キャピタルの世界に属さない者は不要であり、話題から排除されるのだ。レディたちは、三流タブロイド紙が取りざたするセレブたちの結婚や離婚という、彼女たちにとっては深刻な人間関係に話題を切り換え、そのゴシップ話にレディ・パットとシャリも加わっていくと、ジェフがティム・グラッデンとカイル・スワンソンをテーブルから引きはがして、外のデッキへ連れだした。

そこで、三人はよく冷えた緑色のボトルのハイネケン・ビールを飲み、真新しい葉巻に火をつけた。その葉巻は、ジェフが断言したところでは、キューバのヴァージンたちの膝の上で巻かれ、彼女たちはそのあと、ほかならぬカストロによって処女を奪われたという。

カイルは口を開いた。

「さっき、あのブロンドの小柄な女、テーブルクロスの下にもぐりこんで、亭主にフェラチオ(ブロージョブ)をしていましたね。亭主の目がぼうっとした感じになってましたよ」

「へえ。まあ、新婚さんだから、しょうがないんじゃないか? 彼女、亭主より三十も若いんだしな。彼がエクスカリバーに投資をしてくれる前に、心臓麻痺(まひ)を起さなければいいんだが」ティムが言った。

「その投資については、わが社の銀行がすでに確認をとってくれている」ジェフが言った。「彼は、もし死ぬことになっても、笑顔で死ぬだろうし、われわれは彼を海に葬って、嘆く未亡人を慰めるだけのことだ」カイルのほうに向きなおって、真剣な表情を浮かべる。「で、きみの回答は？」

「いつもと同じ。ありがたいことですが、受けられません」風が葉巻の煙をひっさらい、長靴状をしたイタリア半島の踵部分に沿って並んでいる遠い灯りのほうへ流れていく。

「カイル、いつまでも若いわけじゃないんだぞ。永遠にその種の仕事をやりつづけることはできないんだ」

「自分のやっていることが好きなんでね、ジェフ。おれはきわめつけに優秀なスナイパーだし、だれかがその仕事をやらなくてはいけないんです」

ティムが口をはさんでくる。

「ちょっと言わせてもらうよ、きみ。きみにしても、取り換えがきかないわけじゃない。きみが除隊すれば、別の海兵隊員がその後釜にすわるだろう。わたしにしても、自分が抜けたあと、第一〇空挺大隊はやっていけるんだろうかと考えたものだが、彼らはそれなりにうまくやっていったんだ」

ジェフが同意する。

「最大の難関は、なにより、制服にしがみつこうとすることでね。遅かれ早かれ、きみもその気になるに決まってるんだ」

「いまはその時じゃない。いつか来ることはわかってますよ。でも、いまはまだ」

「あまり先のばしにしないことだ」とティム。「この無愛想なご仁のおかげで、わたしはやりがいのある新しい仕事を見つけることができたんだ。前は、十万ドルが大金だと思っていたが、この会社が取得した特許とそれに基づく商品は、はるかに膨大なカネを生みだしてくれる。そして、われわれはこの新たなプロジェクトに関して、なんとしてもきみの助けを必要としているんだ」

ジェフがビールを飲みほして、船外へボトルを放り投げ、新しいボトルのキャップを開ける。

「エクスカリバー・プロジェクトのすべてを知っている人間は、きみとティムとわたしだけだ。技術者たちには、それぞれの専門分野のみをやらせているからね。実演会が首尾よく完了すれば、この銃は黄金を生みだすんだ、カイル。きのう、きみがあれをやって見せたことで、投資家たちは一刻も早く小切手を切らずにはいられない気持ちになっている。きみはもっと多くの見返りをもらうのが当然なんだ」

「おれは、自分の仕事の一部としてやっただけでね、おふたりさん」とカイルは応じた。

「もし余分な見返りをもらったら、海兵隊からたたきだされることになるでしょうな」

これは、不意を衝く申し出だった。来るべきエクスカリバーの特許取得と販売に伴う事業活動の一翼を担うようにと、彼らは持ちかけているのだ。富を勝ちとれと。

「われわれとしては、政治家たちを抱きこむだけでいい」ティムが言った。「きみはわが社にとってきわめて有用な人材であり、わが社はきみの懐ぐあいをおおいによくできるということを指摘すれば、それですむ」

ジェフが、罪びとを前にした牧師のような目でカイルを見つめ、唐突に話題を変えた。

「いっそのこと、きみとシャリがそろって、軍人稼業を辞めてしまえばいいんじゃないか？　きみたちが結婚したがっていることはわかってる。それなのに、きみたちは結婚せずに、いまだに仕事にしがみついているんだ。それはいいことでもなんでもないぞ、きみ。好機というのは、過ぎ去ってしまう前につかまなくてはいけない。それに、わたしとしては孫息子もほしい」

「もう、その話を彼女にしたんですか？　なんにせよ、あなたとおれは親子じゃないんだから、あなたに孫息子ができるわけがないですよ」

「世代一般の話として言っただけさ。孫娘でも、同じく大歓迎だ。いや、彼女にはまだ話していない。もっとも、パットはとうに、きみたちの結婚式、とんでもなくロマンティックで豪華絢爛な結婚式を、近々おこなう計画を立てているがね。きみはまだ、民間企業に転じようという覚悟はできていないようだが、いずれはそうなるんだ、わが友よ。そして、そうなったときには、軟着陸ができるようにわたしが取り計らおう。われわれとしては、その時期を早めたいというだけのことなんだ」

「決めたら、まっさきに知らせますよ」

ティムが、いかにも元指揮官らしい無愛想な顔を向けてくる。

「市場価値がおおいに高いきみの技術に目をつけている競争相手がいるのか？　胸くそのわるいＰＳＣのどれかがきみのドアをノックして、スーパースナイパーに大枚の報酬を申し出たとか？」

　ＰＳＣというのは、民間警備企業（プライヴェート・セキュリティ・カンパニー）、つまり現代の傭兵会社のことだ。

「いや、まさか。傭兵になろうという気はまったくないですよ。いまはあの手の仕事が山ほどありますが、ああいう仕事をしている連中は、忠誠心の置きどころが実際にどこにあるかが不明ですから、信頼できません。フランケンシュタイン博士が生みだした怪物みたいなもので、いつなんどき制御が効かなくなってもおかしくない。それに、ひとを殺すのが許されるのは、制服を着ていればこそです。もし傭兵たちが戦闘任務を担（にな）うようになったら、どんな展開になるものか、わかったもんじゃないでしょう」

　ティムが笑いだす。

「おう、カイル、それは世間知らずもいいところだぞ。彼らはすでに戦闘任務を担っている。もう何年も前からだ。ＰＳＣのいくつかは装甲車輌やヘリコプターを保有しているし、なかには旧式のジェット戦闘機まで持っている会社もある。彼らは、いちばん高値を付ける相手になんでも売る、血なまぐさい私兵集団なんだ。そして、アメリカ合衆国は軍の民営化をもくろんでいるから、彼らが公的に軍と認められて、報酬をもらい、彼らのみでひとつの戦争を戦うことになるのは時間の問題にすぎない。たとえば、もし南アフリカの傭兵団がささいな問題ではなく、大義のために戦って、全滅したとすれば、それを公表したほうがよい反響す？」
「傭兵がそれほどすばらしいものなら、おふたりがそれに首をつっこまないのはなぜなんで
絶好のビジネス機会を見逃すというのは、ジェフらしくない。ＰＳＣという事業分野には
何百万ドルもの大金が埋まっているのだ。
ジェフが肩をすくめる。
「きみと同じさ。われわれは長い長い期間、職業軍人として生きてきた。わたしは自分の会
社、その商品に満足以上の気持ちをいだいているし、なにしろ古風な人間だから、女王とそ
の国家に奉仕できれば、それで満足なのだよ」
「つまり、きみの国の海兵隊員の言いかたに倣えば、〝くたばれ、フランケンシュタイン〟
ってわけだ」ティムが言って、ビールのボトルを高く掲げた。
ジェフもボトルを高くかざす。
「くたばれ、フランケンシュタイン」
カイルは、自分のボトルを彼らのボトルに合わせた。
「くたばれ、フランケンシュタイン」

# 6

ミッドナイトブルーに塗られ、ゴールドの縁取りがされた、傷ひとつないスイス製の単発私有機、ピラタスが一機、干上がった川床からなめらかに離陸し、浮きあがった瞬間、その強力なターボプロップ・エンジンの後流で砂を紡錘状（ぼうすいじょう）に舞いあげた。砂煙が川床に落ち着いたころには、優美な航空機はすでにそこを遠く離れ、レーダーを避けるために二百フィート以下の高度を保ちながら、速度を二百ノットへあげて、砂漠の上空を飛行していた。そして、間に合わせの滑走路を離陸して二時間半が過ぎたときには、ダーランの北東に達し、そこからサウジアラビアを離れて、ヨルダンの領空へ、どちらの国の防空網にも捕捉されることなく、侵入した。富と権力を兼ね備えた王子（プリンス）や族長（シャイフ）の所有する航空機がまた一機、そういうやりかたで国境をこえたというだけのことだ。もし捕捉されたとしても、だれも誰何（すいか）はせず、ろくに注意をはらいもしなかっただろう。機体の塗装の色彩が、バスラの反権力（レベル）シャイフであり、大きな権力を有するイラク人、アリ・シャラル・ラサドの所有機であることを示しており、彼のことは詮索（せんさく）しないのが最善だと考えられているからだ。

とある村のはずれを通るマカダム舗装の道路にピラタスが着陸すると、薄汚れたトラックがそこに待機していて、意識のないブラッドリー・ミドルトン准将が、彼を拉致した二名のアメリカ人によって航空機から運びだされ、待機していたトラックの後部シートへ押しこまれた。トラックは所定の場所への十分ほどのドライヴに取りかかり、ヴィク・ローガンが医療キットから別の注射器を取りだして、ミドルトンを目覚めさせるための注射をした。

薬物で混濁したミドルトンの意識のなかで、ぼんやりとした色彩や、意味不明なことばや、ぎくしゃくした動きの映像が、入り混じって渦巻いていた。脳が、周囲で起こっているさまざまな現象を個々に認識することができず、意味を把握することもできなかったのだ。唯一、はっきりと感じとれるのは、ずきずきする頭の痛みだった。痛みが全身にひろがっていく。両腕が、だれかの強力な手でつかまれていて、その手が体を前へ押していた。足がそれについていかない。両足がゴムになったようだ。ひきずられるのが終わって、椅子にすわらされた。理解できないことばがまた聞こえ、濡れた冷たいものが顔に押しあてられる感じがあった。強くこすられた。なにかのことば。頭のなかの蜘蛛の巣をふりはらおうと首をふったが、そのかいはなかった。笑い声。だれかの手が着衣に触れて、カーキ・シャツのしわをのばし、襟を直し、ネクタイをまっすぐにし、左右の襟の合わせ目から半インチほどの箇所の中央部で輝いている、一つ星の階級章のずれを直す。

意識の隅で、細い光の筋が踊って、蛍の群れのようにまたたいていた。やがて、その光が消えていく。蛍が飛び去った。なにかが腐ったようなにおいが、鼻孔に入りこんでくる。駱駝（だ）か山羊がそばにいるのか。

なだめるような口調の女の声が歯切れのいい英語で話しかけてきて、顎（あご）にそっと手がかかり、顔があげさせられる。

「さ、准将。これを飲んで。気分がよくなるから。さあ、これを飲んで」

冷たい水が舌の上を流れて、喉（のど）へくだっていく。それを飲みこむと、気が安まった。喉がからからだった。

「ぐあいを悪くさせてはいけないから、いまはそれだけ。二、三分たったら、もっと飲ませてあげる」

体が落下しないように、両腕が小さな椅子の背後で縛りあわされていた。ひとが何人かいる気配がある。

完全な沈黙がつづいたあと、十数個の太陽が送りつけてくるような強烈な光が当てられて、彼はたじろいだ。呼吸が速くなり、わけのわからないパニックが襲ってきて、子どものころの悪夢の怪物が現われ、彼の口に唾（つば）を吐きかけて、追いかけてくる。しばらくもがいていると、パニックはおさまった。

気持ちが落ち着いたとき、だれかが穏やかに指示をする声が聞こえて、ビデオカメラが動きだし、階級を表わす一つ星が襟に輝いていて、海兵隊准将であることが明白に識別できる男が椅子に縛りつけられた光景を撮影しはじめた。男の声が、アラビア語の声明を読みあげる。カメラがとらえていたのは最初の読みあげの映像だけだったが、その声明は念を入れて、反復された。まぶしい光が消える。

ふたたび闇の世界へ引きもどすための注射の針が腕に刺さるのをミドルトンが感じたとき、強力な二本の腕がその体を持ちあげた。胃に一撃がたたきこまれて、身が二つ折りになる。空気を求めて彼はあえぎ、ついで嘔吐(おうと)した。二撃めが来て、床に膝がつき、蹴りをくらって、床に転がった。笑い声が薄れていく。闇。まだ全身の痛みは残っていた。


ビデオ撮影をしていた男が、そのカメラ、パナソニックのPV－GS250のモニターで映像を再生して確認し、これでよしとうなずく。光量不足の問題は、道路工事業者が夜間作業用に使う巨大なライトを設置台ごと盗んでくることで解決していた。男がUSBコードでカメラとデルのコンピュータを接続し、映像と音声を小さなディスクにダウンロードして、そのディスクを硬いプラスティックの保護ケースにおさめ、さっきの女に手渡す。女は声明をコピーした紙を折りたたんで、ディスク・ケースのなかへ入れ、そのディスクをありふれた茶封筒のなかにおさめて、テープで封をした。舐(な)めて糊(のり)付けしたら、DNAを採取できるものが残るからだ。その一時間後には、女は、アルジャジーラ・テレビネットワークの現地駐在員が宿舎にしているホテルのフロント係にそれを手渡すために、アンマンにいた。二ブロック歩いて、そこの木の下で足をとめ、携帯電話で駐在員に電話をかける。

「こちらは外務省広報課です。新たな公表物をそちらのホテルにお届けします」女はフランス語でそう言うと、通話を切って、携帯電話をごみ缶に放りこんだ。

駐在員は、女の声からその正体を察知し、これはヨルダン外務省とはなんの関係もない話だと理解した。これまでガセネタをつかませたことは一度もない、あのマル秘の連絡員がふたたび現われたのだ。彼は急いで階下へおり、フロントで封筒を受けとって、自室へひきかえし、中身をデスクの上に空けた。声明文を読んでから、ビデオを観た。途方もない！。彼はスーツケースからジャックダニエルズのボトルを取りだし、バーボン・ウィスキーを二杯だけ、ストレートでぐいとやってから、カタールのドーハにある、多忙なアルジャジーラのニュースルームに電話を入れた。まだ午後の二時だから、夕方のニュース放送までの時間はたっぷりとあったが、彼らがそれまでこのネタを抑えておくはずがないことはわかっていた。これはそれほど重大なネタなのだ。

そのニュースが流されたとき、ミドルトン准将を乗せた双発のセスナ421は遅滞なく、シリアへの飛行を終わろうとしていた。それが着陸すると、ランドローヴァーが彼を運んで最後の長旅、眠ったままの十四時間の移動に取りかかった。

# 7

「こんにちは、諸君。いまから数分後には大統領にブリーフィングをしなくてはならないので、ただちに論題に入らせてもらいましょう。拉致(らち)された准将は、いまどうなっているのか?」国家安全保障担当大統領補佐官、ジェラルド・ブキャナンがその灰色の目で、ホワイトハウスの危機管理室(シチュエーション・ルーム)を見まわした。時は午前九時、すべての席が埋まり、補佐官たちがその近辺に立っている。「CIA。きみから始めてくれ」

中央情報局の工作担当次官、ジョン・ミューラーが、表紙に赤い斜線が入っている最高(トップ)・機密(シークレット)フォルダーを開いて、椅子から身をのりだし、精選された基本情報が記されている表紙の項目を読みあげる。

「ワシントン時間の今朝(けさ)〇三〇〇時、サウジアラビアのダーラン近郊において、海兵隊准将、ブラッドリー・ミドルトンが拉致されました。二名の海兵隊警護兵、補佐官、そしてサウジの警備チームは、道路際に仕掛けられた爆弾の爆発と、それにつづいておこなわれた襲撃によって、全員が殺害されました。准将がハイウェイ沿いの丘の向こうへ連れていかれるのを目撃したとの証言があります。その地点から、タイヤの痕(あと)が近辺の舗装路へとつづいていましたが、犯行グループがその道路をどちらの方角へ向かったかは不明です。つい二、三時間前、アルジャジーラがそのニュースを報道しました。その放送ののち、匿名の通報がアルジャジーラに入り、〈アラーの聖なる新月刀〉の仕業にちがいないと断言したとのことです。〈アラーの聖なる新月刀〉が、イラクの〝レベル〟・シャイフの所有になる私兵団の名称であることは、言うまでもありません。その通報者によれば、拉致犯たちは、アメリカ、イギリスおよびNATOの全軍隊と民間人がアラビア半島から立ち去らないかぎり、准将の首を刎ねるであろうとのことです」CIA次官がフォルダーを閉じて、わきへ押しやる。「犯人の要求が途方もないものであることは明らかなので、わが局は、なにか別の理由、あるいは複数の別の理由があるのにちがいないと結論しています」

ミューラーが発言を終え、大きなテーブルの上で両腕を組む。不明な部分に関しては口をつぐんでおくのが身のためであることを学んでいたからだ。

ブキャナンは彼をにらみつけて、悪態をついた。

「なんだ、それは！　ここに来る前にCNNとFOXが同じことを言っていたぞ。テレビの生放送で報じられていない事実をつかんでいる者は？　FBI？　発言してくれ」

「わが局のチームのひとつが、サウジの鑑識班とともに働いています。まだ、結論はなにも出ていません。結論を出すには時期尚早です」

FBI長官も、ブキャナンに対してあまり踏みこんだ発言はしないほうがいいことを心得ていた。質問に答えるだけで、あとは堅く口を閉ざしておくこと。

国家安全保障担当大統領補佐官は、こぎれいにセットした髪を掌で撫でて、ため息をついた。それから、縁なし眼鏡をはずして、ハンカチで顔を拭った。会議参加者たちの気をもませるのが狙いだった。

「ほかには？」嚙みつくような口調で、ブキャナンは言った。「きみはどうだ、国土安全保障省？　ＮＳＡは？　ＤＩＡは？　ペンタゴンは？　国務省は？　アルジャジーラがあの地域に住む五千五百万に報じた以上の事実をつかんでいる者は？　わが国においても、各ネットワークとケーブルテレビがあれを延々と報じることになるんだぞ」

反論しようとする者はいなかった。ジェラルド・ブキャナンは、相手がだれであれ、弱みや政治的忠誠心の欠如を察知すれば、躊躇なくキャリアをぶち壊す男であり、いまはその悪名高いアイルランド系の短気さに火がついて、ヒューズがとびかけている状態なのだ。ブキャナンは金ペンの万年筆のキャップをねじって開き、自分の備忘用にメモをとってから、キャップを閉じ、書きつけた紙片を折りたたんだ。出席者の全員が、自分の名が記されたのだろうかと考えた。

「諸君、わたしは不満だ。大統領も不満に思うだろうし、国民も、全世界を網羅する情報機構を築きあげるために何十億もの税金を注ぎこんだのに、またもや政府が失敗をしでかしたとあっては、やはり不満に思うだろう。本日、また後刻に会議を持ったときに、諸君がそれなりの事実をつかんでいることを、強く期待したい。了解してもらえたかね？」

「失礼だが、ブキャナンさん、ちょっとよろしいかな？」海兵隊の四つ星の将軍、ヘンリー

・ターナー大将が声をかけた。
統合参謀本部議長を務めるターナーは、ブキャナンの脅しに恐れをなしてはいなかった。各省庁に民間人が採用されては辞（や）めていくのを目にし、その全員に能力のかぎりを尽くして仕えてきた男だ。この部屋に集まった面々のなかに、ハンク・ターナーほど国家に忠実な人物はひとりもいないだろう。

ジェラルド・ブキャナンは、彼を忌み嫌っていた。ターナーは軍の階級のほぼ頂点に昇りつめているだけでなく、英雄としての名声も勝ち得ている将軍であり、その気になれば、新兵訓練所（ブートキャンプ）の兵士たちをうわまわる回数の腕立て伏せができ、ペンをとれば、大部の詩を書くこともできる。それでもブキャナンは、ターナーが海軍大学校（アナポリス）を第三席で卒業したのに対し、自分は同じ年にイェールを首席で卒業したことを思いかえして、溜飲（りゅういん）をさげてはいた。それに、彼の書く詩は、それほどたいしたものではない。

全軍の最高位にある将軍が、この部屋では発言をするのに許可を求めざるをえなかったことに、ブキャナンは内心、満足感を覚えていた。

「つづけてくれ、将軍」と彼は応じた。「どうぞ。この沈黙にはほとほと嫌気がさしていたのでね」

「補佐官、率直に言って、ミドルトン准将に降りかかった事件に関して多くの事実をつかむのは、まだだれにとっても時期尚早でしょう。いずれはすべての事実が解明されるでしょうが、それにはかなりの努力とかなりの時間が必要です。要は、自分としては、ミドルトンが拉致される以前になにがあったかはそれほど問題にしていないということです。それに関しては、いずれこのテーブルをかこんでいる各情報機関が解明するであろうと確信します。自分としては、可及的すみやかに彼を奪還することに焦点を絞りたい」

ブキャナンは、軍人の思考態度はつねに、きわめて限定されたものであると感じていた。政策を実行するためには、制服組を周囲に配しておくのはつごうがいいが、ものごとを発想するのは、制服組の強みではない。真の権力の場においては、軍の階級章や勲章などはろくに意味を持たないのだ。

「で、それはどのように進められると？　なにか計画はあるのかね？」

「まことにごもっともな質問ですが、補佐官、ペンタゴンにおいては常時、ほぼあらゆることに関する計画が立てられています。ミドルトンが拘束された場所を突きとめた時点で、われわれはただちに適切な準備を開始し、それを現状に適合させるための調整に取り組んでおり、文民指導者による認可が受けられしだい、それを遂行する所存です」

「つまり、なんらかの計画があるわけではないんだな」

「ええ、詳細な計画は、もちろん、ありません。しかし、準備はすでに開始しています。空軍が兵力の提供を申し出、海軍のＳＥＡＬが緊急出動態勢に就き、陸軍がデルタ（テロ発生時に、第一特殊部隊のなかで編成される空挺分遣隊）の編成にかかり、統合特殊作戦軍が指揮にあたっています。その全員が思いをひとつにしています」

「まあ、大統領執務室（オーヴァル・オフィス）へ持っていく材料が少なくともひとつはできたということか」ブキャナンは言った。「ありがとう、将軍」

　胸の内では、ターナーが謙遜（けんそん）したように見せかけて、じつは不作法に言い放ったあの〝もちろん〟に、あとでしっぺ返しをしてやろうとメモをとっていた。

が、ターナーの話はまだ終わってはいなかった。

「あとひとつだけ、補佐官。ミドルトン准将は、海兵隊員です。われわれの一員です。われわれは軍の全部門の支援を歓迎しますが、彼を奪還する仕事はわれわれが遂行します。わたしはすでに、ノースカロライナのルジューン基地にある、MARCOM、すなわち海兵隊特殊作戦部隊に緊急出動命令を出しました。その命令は、アラビア海および地中海に配備されている海兵隊遠征隊（MEU）に通達されています。MEUは常時、即応態勢にあり、いつでも出動できます」

「それをやってのけられると、きみは本心から信じているのかね？」ブキャナンは、疑わしげに片方の眉をあげてみせた。「敵国から彼を奪還することができると？」

「たんに信じているのではありません。できることがわかっているのです」統合参謀本部議長は、ブキャナンににらみつけられても目をそらさなかった。

「それなら、おおいにけっこう。正午に、また集まろう」

　ブキャナンは立ちあがり、海兵隊将軍の不遜（ふそん）さにいらだちつつ、部屋をあとにした。自分のオフィスに戻ると、道路をはさんだ向こう側にある行政府ビルにオフィスを持つ自分の顧問、サミュエル・シェーファーに電話をかけ、自分たちの部署がこの緊急事態に対する備えがでているかどうかを問いあわせた。みずからが立てた作戦のなかに、競争相手に功績を奪われかねない穴があってはならないからだ。すると、五名のスタッフが、産休だの前から予定に組まれていた休暇だのといった理由で不在になっているが、いまほんとうに必要なのは中東担当情報分析官のトップ、シャリ・タウンのみであることを伝えられた。

「では、彼女をこちらへよこしてくれ」ブキャナンは命じた。

「それがその、彼女は休暇中で、いまはどこかの船上におります！　たしか、ギリシャであったと。いや、イタリアであったかも」シェーファーが大声で言った。

「彼女がいまどこにいるかなどはどうでもいい！　ただちに、こちらへよこせ！」

　彼はたたきつけるように受話器を置き、ゆっくりと息を吐きだして、磨きあげたデスクの上に両手をのせた。それを撫でると、なめらかに光る古めかしいオーク材から、性的なものに近い感触が伝わってきた。海軍創設時の軍艦に使われていた材木の一部からつくられたそのデスクは、一時はオーヴァル・オフィスに置かれて、リンドン・ジョンソン大統領が使用していたのだ。ブキャナンは、ひそかな笑みを浮かべた。ＬＢＪよ。あなたと同様、権力の行使をけっして恐れない男が、いままたひとり、ここにいるのですぞ。元大統領、ＬＢＪは、自分が話をしている相手がきちんとメッセージを受けとめたことをたしかめるために、その胸をどんとたたいたり、みずから夜中に記者たちに電話を入れて困らせたりするのが平気な男であり、海兵隊の警護兵から、ヘリコプターが待機していることを忠告されたときには、〝きみ、この国のヘリコプターはすべてわたしのものなんだ〟と答えたこともある。ことによると、とブキャナンは思った。リンドンの魔法のなにがしかが、いにしえの軍艦をかたちづくっていた材木のどこかに残っているのかもしれない。

そのひとときを、彼はじっくりと味わった。これほど良きひとときは、セックスの最中でも味わえないだろう。前にある国際危機が発生したとき、ブキャナンはその危機管理会議を統制し、単純な指示ひとつで緊急対策を発令して、合衆国政府全体を動かし、それによって、地球の反対側にある船の上でひとりの海軍下級将校が発見され、ぶじ本国へ回収されるということがあったのだ。彼は自分のブリーフィング・ブックを手に取って、オーヴァル・オフィスへ足を向けた。権力。この甘美なるもの。

# 8

上院軍事委員会委員長、トーマス・グレアム・ミラー上院議員がシーフード・ディナーの残りを押しやって、立ちあがり、この夜を彼とともにすごすために一千ドルを支払って集まってきた、全員が元空挺隊員から成る三百名の退役軍人たちの歓呼の声に、ぴしっとした敬礼で応えた。彼も若いころは、第八二空挺師団の一員であることを明瞭に示す肩章を付けていた身とあって、彼らとともにすごすことを誇らしく感じていた。選挙の際は同胞たちの投票をつねにあてにすることができたが、彼らはたんなる資金源以上の存在であり、彼らにしてもミラーはたんなる政治家以上の存在だった。これは、彼にとっての『バンド・オヴ・ブラザーズ』（第二次世界大戦におけるアメリカ陸軍第一〇一空挺師団第五〇六空挺歩兵連隊第二大隊E中隊の訓練から対ドイツ戦勝利までを描いたスティーヴン・アンブローズのノンフィクション作品で、テレビドラマ化もされている）なのだ。〝スクリーミング・イーグル〟のニックネームで呼ばれる一〇一師団のほうが以前から世間で名を馳せていることが、いらだたしい。

ミラーは軍隊の特典を利用して大学教育を受け、法律の学位を得て、検事になり、精力的に仕事をした。検事としての業績と清廉潔白な行動と率直さを足がかりに下院議員の座を射止め、六年間その職を務めたのち、五十歳になる前に上院議員に転じ、現在はその第三期にあたる活動のさなかにあった。いまも空挺隊員時代の体格を維持することを心がけていて、毎朝ランニングをし、独身を通している。一度、結婚したが、二十年前の出産が悲惨な結末となって、妻と生まれてきた娘の両方を同時に失い、それ以後、再婚はしなかった。このたくましくてハンサムな男が傷心の夫であり父親であるというイメージは、女性たちの涙を誘う。ミラーは、家族を持つことよりも、いまいましい一〇一師団をも含め、合衆国の軍を構成する男女に一身をささげることを選んだのだった。

彼はこの長い一日をワシントンで始め、ランチのあと、五百名ほどの空挺隊員たちが五千フィートの上空で輸送機の太い胴体からジャンプする光景をながめるために、フォートキャンベルまで出向いた。多数のパラシュートが空の花のように開いて、兵士たちが地上へ舞い降りてくるのを見ていると、シュートのハーネスに身がひっぱられる、あのなじみの感触がよみがえるようだった。彼らが着地して、集結し、隊列を編成したときは、輸送機から飛び降りて、戦ってもまだ、たっぷりと精力を残していられる、そのたくましい若者たちに自分を重ねあわせて見てしまい、目が潤んでくるのを覚えた。

降下訓練を視察したあと、ミラーには、州境をまたいでの〝政治的イヴェント〟が三カ所で予定されていた。これはつまり、選挙資金を集めてまわるということであり、一日の最後のイヴェントがルイヴィルでのこのすばらしい晩餐会(ばんさんかい)となったのだった。彼は嬉々として演壇に飛びあがると、笑みをふりまき、敬礼を送り、ひとりひとりに手をふったり、指さしてみせたりしながら、友好的な参会者たちに向けて、喝采(かっさい)を浴びることは実証ずみのスピーチに取りかかった。照明がまぶしいので、上院議員は目をすがめ、兵士仲間だけに通じる、いささかきわどいジョークを飛ばして、みなの気持ちをらくにさせた。照明を浴びた銀星章が襟元で輝き、わずかにひきずっているその右脚が、名誉戦傷勲章（パープルハート）も授与されていることを無言のうちに示していた。このスピーチの内容は暗記していたから、メモを用意する必要はなかった。

「合衆国の軍隊は、みなさんが、そしてわたしが制服を着ていた時代と同じく、いまも世界最高のものであります」と彼は切りだし、マイクロフォンのほうへ身をのりだして、空挺仲間の雄叫びの声をあげた。「フーーーアー！」

参会者たちは、彼が紹介されたあとで席にすわりなおしたばかりだったが、ふたたび跳ねるように立ちあがって、喝采を送った。この雄叫びは、いつもうまくいく。開会のときと同様、このあとまたバケツが小切手でいっぱいになることだろう。だが、ミラーはほかにも言うべきことを残していたので、気を引き締め、現在の戦争に対する彼らの支援が重大であることを訴えはじめた。

「わが国が直面する最大の脅威は、外敵ではありません。そんなものは、ありはしない。外敵というものは、まったくない。今日（こんにち）の世界には、わが国の航空機、艦艇、テクノロジー、そしてわが国の軍務に携わる男女の闘争心に太刀打ちできる敵は、まったくないのです。われわれは空を、そしてその上にひろがる宇宙をわがものとしている。海上を、そしてその波の下にひろがる海をわがものとしている。わが国の兵士たちのブーツがどこかの地面を踏めば、そこもまたわがものとなるでしょう。そう、わが国は巨大な軍事予算、超大国にふさわしい軍事費を有し、のみならず、それを、上は通信衛星から下は銃弾や食料に至るまで、賢明な用途にふりむけており、軍備として購入したものに対して誇りを持つことができる。わが国がいまもナンバー・ワンであることに、友人諸君、疑いの余地はないのです。わが国に手出しをした国は、必ず敗れ去るでしょう。

　しかし、われわれにはディズニーランドに行って、くつろいでいる余裕はありません。われわれの最大の脅威は、テロリズムがもたらすものではない。われわれが各自の務めを果たし、この偉大な国の情報および法執行機関がそれぞれの職務に励んでいれば、そういった狂信的行為を制御しつづけることができるでしょう。ときおり派手なテロが発生して、新聞に恐ろしい見出しが躍ることはあっても、そんなものはわれわれの政府やわれわれの意志を揺さぶることもできはしない。アメリカ合衆国と同盟諸国はいずれ、そのようなゴキブリどもを根絶やしにし、邪悪な者どもを踏みつぶすでしょう。

　そう、兄弟たちよ、われわれがいま直面する、より大きく、深刻な脅威は、ベルトウェイ、すなわちワシントンDCの権力機構の内部にあるのです。わが国の軍隊が直面している危機は、ツナミや9・11同時多発テロやハリケーン・カトリーナに匹敵する危険性を秘めているかもしれない。わたしがこのように言うのは、それが真実であるゆえ、そして、退役軍人であるみなさんは、ほかのだれよりもその真実がよく見えるゆえなのです。

　民間警備企業[PSC]がいま、わが国の軍事予算の根幹に脅威をおよぼしている。二〇〇三年の予算のみを例にとっても、合衆国はPSCとのあいだで二百億ドルもの――二百億ですぞ！――契約を結んでいた。当時、その種の企業は民間軍事企業、略してPMCと呼ばれていた。彼らは社名の〝軍事〟を〝警備〟に変更して、企業イメージを改善したが、世間受けを狙って名称をどう変えようと、いまも傭兵、カネが目当ての兵士、職業的冒険家という本質は同じです。彼らに注ぎこまれているドルは、本来、われわれの軍隊を支援し、守るために使われるべきカネなのです。見映えのいい宣伝パンフとKストリートにたむろするロビイストどもにそそのかされて、友好的な議員たちが動き、論点をすりかえてしまった。傭兵は、何世紀も前から、いちばん高値で買ってくれる者のために戦ってきた存在であり、その評価は雇われの武器以外のなにものでもない。いま、その種の民間企業はかつての傭兵にきれいなシャツとネクタイを身につけさせ、顔と評判のよごれをこすり落とさせて、周知のごとく、民間警備企業として立ち現われているのです。

彼らは、小規模の兵站（へいたん）支援をおこなう程度のものから事業を開始し、われわれは、兵員食堂の食事の準備や提供業務を彼らにゆだねた。そのような業務をより安価におこなえて、兵士たちがその他の職務を果たすための時間を生みだせるというのが、彼らの言い分だった。そして、彼らに流れる軍事予算が増大するのに応じて、ひとつまたひとつと請負業務を増やし、航空機の輸送から、危険地帯におけるVIPの個人的警護に至る、ありとあらゆる分野へ業務を拡大していった。みなさんも始終、ニュース映像のなかにそういう傭兵を――スキンヘッドで、なまずひげを生やし、暗いサングラスにジーンズに防弾チョッキという身なりで、突撃ライフル(アサルト)を携え、会議に出かける民間人をエスコートしているがっしりした体格の連中を――見ているでしょう。重ねて言えば、この議論は、費用対効果の問題として、軍にそのような職務を割り当てることはむりなのかという点に行き着く。

さて、友人諸君、そのPSCがつぎの段階へ踏みだそうとしています。その種の各企業はいま、民間の戦闘チームを各所へ派遣し、なかには、わずかな軍事業務を提供するだけで膨大な報酬をあちこちの小国から得ている企業もある。そういった軍事ユニットのなかには、わが国が作戦を展開中の地域に侵入してくるものもある。PSCは、雇い主のために戦い、カネを出してくれる相手に短期間の忠誠を向ける、剣呑(けんのん)なガンマンたる素性をふたたびあらわにしているのです」

ミラーは演出効果を狙って、そこでいったんことばを切り、参会者たちを見渡しながら、水を飲んだ。室内は静まりかえっていた。参会者たちは、つぎになにが話されるかを知っている。彼はほぼ連日、同じスピーチをおこなっており、それがよくテレビで放映されるのだ。

「みなさんが新聞やテレビのトークショーで目にしておられるように、わたしは上院軍事委員会に大きな案件を提出しました。そのわけは、雇われの戦士たちを使ううえでの規則をさらに緩和せよとの圧力が強まっているからです。職業的兵士であればだれでも怒りに震えるような提案を、わたしは何度も見せつけられています。ペンタゴンは、わが国の全軍事部門を民営化し、現代の戦場における諸問題に対応するための最新装備を民間企業に与えようとしているのです。なかには、このような主張もあります。それらの企業の成員もまた職業的兵士であり、よく訓練されたＳＥＡＬや海兵隊やレンジャーなどなど、われわれ第八二空挺部隊と同様の精鋭部隊であり、危険な任務によろこんで従事する者たちである。国から支払われる給料と各種恩典のパッケージは、戦闘任務に就く兵士にとって魅力的なものである。そのような連中を雇うことによって、合衆国は軍の兵士たちの多数を危険にさらす必要はなくなるであろう。

この主張を換言するならば、彼らは軍隊ののっとりをたくらんでいるということになります。もしわれわれがこの戦いに敗れれば、カネは同じ予算から支払われるわけなので、彼らはますます強大になり、その一方、われわれの制服組はさらに弱体化するでしょう。そして、いざ危機が勃発したときには、友人諸君、あなたがたのような、アメリカを防衛しようという兵士はどこにもいないということになってしまう。それに代わって、一見タフではあるが、雇用主の召集に応じるだけで、軍旗もアメリカ国旗も持たない傭兵どもが並んでいるという事態になるのです。すでにいくつかのＰＳＣは、軍隊が存在しなくなった国々の兵士たちを雇い入れています。彼らの忠誠心の置きどころはどこにあるのか？　南アやウクライナやリビアを母国とする傭兵が、ほんとうに命懸けでＵＳＡのために戦うだろうか？　あなたがたは家族の生命を彼らにゆだねようという気になるだろうか？」

いまや彼は、手の甲が白くなるほど強く演壇の端を握りしめていた。いつものにこやかな笑みが消えて、戦闘の場で見せるいかめしい顔つきになっている。参会者の全員がその変化を察知して、厳粛な沈黙でそれに応じていた。

「いまから二週間以内に、そのような民営化を進めるための最初の重要な法案が委員会に提出されることになっており、金満ロビイストどもが鮫のようにわれわれ議員の周囲をうろついています。納税者のおさめた何十何百億ものカネが危機にさらされているだけでなく、わが国の安全も危機にさらされているのです。みなさんにはぜひ、ありとあらゆる手段を講じていただきたい。地元選出の議員に電話をかけ、国旗を掲げ、新聞や雑誌の編集部に手紙を送り、トークショーに電話をかけ、隣人と話しあうのです。わたしはこの古今未曾有の危険をアメリカ国民に警告するために全土を旅しており、みなさんの助力を必要としています。助力があることを期待したい。この法案を通過させてはならないのです」

彼はふたたび身をのりだした。

「立ちあがって、装備をせよ、空挺隊員諸君。ドアのそばに立て。わが国はいま、諸君がもう一度ジャンプをおこなうことを求めているのだ」

トム・ミラーは疲れきっていた。エレベーターで最上階へ昇ってくるあいだに、タイプ打ちしたあすの活動計画表を報道担当秘書官から手渡されたが、その秘書官はすでにさがらせている。ミラーはホテルの自室のドアを閉じ、テレビをつけて、CNNを選んでから、コートとネクタイをクローゼットのなかにきちんと吊るした。シャツの襟をゆるめ、冷たい水で疲れをふりはらおうと、バスルームで顔を洗った。

そのとき、ドアをノックする音が聞こえて、彼はうめいた。いまはひとりきりになれる時間のはずだ。

「どなた？」

「トリッシュ・キャンベルと申します、上院議員様。当ホテルの夜間接客係（コンシェルジュ）を務めております。さきほど支配人より、こちらのお客様が今夜と明朝にご入り用となるものがすべてそろっていることを確認しておくようにとの指示を受けまして」耳に快い声だ。

上院議員は、ドアの覗き穴から向こうを見た。かわいらしい若い女が、調べられていることを承知しているようすで、ほほえんでいた。黒い髪をポニーテールにして、メタルフレームの眼鏡をかけ、青いブレザーのボタンをウエストのところで留めている。胸の前に、クリップボードを携えていた。

「心配ご無用、ミズ・キャンベル。ちょっと待ってくれ」

彼はドアを開けた。

トリッシュ・キャンベルが彼を後ろへぐいと押しやり、壁際に隠れていた大男が身をひるがえして、室内へ押し入り、でかい掌（てのひら）を彼の口にたたきつけて、動けなくさせる。ミラーはゴムの味を感じ、男がラテックスの手袋をはめていることに気がついた。

トリッシュがドアを閉じる。

「押し入ってごめんなさいね、上院議員。こちらはビッグ・レニー」彼女が言った。「用事はすぐにかたづくわ」

彼女も手袋をはめていて、その手でポケットからビニール袋を取りだした。そのなかには、針ではなく、長いチューブのついた注射器が入っていた。トリッシュが、その手首にはめている大きな腕時計のストップウオッチ機能ノブを操作し、そのあと、レニーの手が開かせているミラーの口のなかへチューブを挿し入れて、注射器のピストンを押した。

ミラーはもがいたが、どうにもならず、液体が舌の上へ、そして喉へと流れこんでいく。

その間、ビッグ・レニーが鋼鉄の万力のように彼の身を押さえこんでいた。

トリッシュ・キャンベルが注射器を密封式の袋に戻し、ポケットに袋をつっこむ。知性を秘めたその目が、彼のようすをうかがった。

「なにで殺されるのかと、いぶかしんでらっしゃるかもね。これは、ある種の貝毒に、フグ毒とリシンを混合した、とびきり強力な毒物。科学者じゃないから、細かいことは知らない。ビッグ・レニーとわたしは、ただのメッセンジャー。毒を盛るのに加えて、さよならのことばを贈っておくようにと、ゴードン・ゲイツ氏から命じられてるの」

全身の血管が燃えあがって、心臓が早鐘を打ち、ミラー上院議員はもがいた。ゲ、ゲイツ！

「わたしにも理解できる簡略説明によれば、この化学物質があわただしくあなたの中枢神経系の情報伝達を封鎖しにかかってるから、そろそろ心臓がとまってもいいころね」腕時計に目をやった。「あと二秒ほどで死ぬはず。あすの朝、あなたの死体が発見されるころには、この毒物は分解して消えているから、昔からよくある単純な心臓発作による死亡と診断されるでしょう」そばへ身を寄せ、白目をむいた彼の目をじっとのぞきこむ。「手を離して、レニー」

ミラー上院議員の体が床へ崩れ落ちて、震えはじめる。強烈な痙攣が起こって、ありえない角度で体が弓なりになり、喉がごろごろ鳴って、両手が胸の上でばたついた。最後の息が吐きだされて、呼吸がとまった。トリッシュ・キャンベルが脈をとる。脈はなかった。彼女がストップウオッチのノブを押す。始まりから終わりまで、三十二秒。

クローゼットから、ホテル備えつけの掃除機を彼女が取りだし、絨毯の上の、自分とレニーが足を置いた場所を掃除してから、掃除機をクローゼットに戻し、ドアを開いて、廊下のようすをうかがった。廊下は無人だった。レニーが先に廊下に出て、あとから出たトリッシュがドアを閉じる。ロックがかかり、彼女が白地に青く〈DO NOT DISTURB〉の文字が記されたプラスティック札をドアのハンドルにかけたところで、その〈シャーク・チーム〉はホテルをあとにした。

# 9

サー・ジェフは上機嫌だった。エクスカリバーのデモンストレーションが成功をおさめて、投資家たちから資金を勝ちとったとあって、彼はまだ明るい午後のうちに、陸地で祝宴を開くことに決めていた。船長が、ギリシャの北西岸沖にあるコルフ島に、波の穏やかな岩の入江を見つけだし、そのみごとなグリーンの水をたたえた入江にヨットを入れて、錨をおろす。最初に、レディたちと投資家たちが小型のモータボートに乗りこんで、岸をめざした。ジェフは、ボートがひきかえしてきたら、自分とカイルとティムもすぐにあとにつづくと約束していた。この陰謀好きなイギリス人は、まもなくヨットを離れて、イタリアへ向かい、国に帰る前にフィレンツェを訪れる計画をしている金主たちをあっと驚かせるものを用意していたのだ。

小さなボートが高速でひきかえしてくると、ジェフは自分のキャビンに入りこみ、暗色の液体をおさめた、ぶあつい釣鐘型のガラス・ボトルを三本持って、戻ってきた。

「まもなく発つ友人たちへの贈りものでね」彼は言った。「二百年前の、ヘネシー・リシャールのコニャックだぞ。この時のために、わざわざパリのワイン商から取り寄せたんだ」

その重いボトルをティムとカイルに、大事に扱うようにと強く警告しながら、一本ずつ手渡す。なにしろ、一本で二千ドルもするのだ。ビジネス仲間は、つねにいい気分にさせておくのが好ましい。

　彼らが小型モーターボートに乗りこみ、波をこえて、島に近づいていくと、そこは緑一色で、目が覚めるほど美しかった。いたるところにオリーヴの木が生えていて、パントクラトール山の高みから白い砂浜に至るまで、何百万ものオリーヴの木で覆（おお）われている。カイルがチーズを添えたフレッシュサラダを心待ちにしているあいだに、ティムがボートをまわして、なめらかに細い埠頭（ふとう）へ寄せた。ボートを係留し、それぞれがコニャックのボトルを持って、陸へ向かう。そこでは、先に着いたグループが、海鮮レストラン（プサロ・タヴェルナ）の小さなテーブルをかこむ、古めかしいストゥールと木の椅子に腰かけていた。ギリシャの食事処にはよくあることだが、このレストランも〝オリンピア〟の語を拝借して、〈カフェ・オリンピア〉と名乗っている。店の前には、歳月を経たいびつな石が並んでいて、タン色の壁は、大きくひろがったオリーヴの枝に覆い隠されていた。

　その牧歌的な光景には、ひとつ問題があった。荒くれた感じの男が四人、やはりその食堂（タヴァーン）に座を占めており、酔っぱらっているのが明らかなその連中が、投資家の男たちをあざけり、女たちに下卑（げび）たそぶりを送っていたのだ。投資家たちはどぎまぎしながらすわっていて、女たちは酔っぱらいどもを無視しようとしていたが、それはうまくいっていなかった。

「おっと、まずい」ジェフが言った。

彼はクリーム色のリネンのスラックスとソフトなブルーのシャツに着替えて、レザーのサンダルを履いていた。ティムは薄手の白い半袖シャツに折り目の付いた白のパンツを合わせ、コンバースのスニーカーを履いている。カイルは素足のままで、しわ加工をしたカーキ色のカーゴパンツを穿き、明るい青の地にオレンジ色の椰子の木の絵柄があしらわれたアロハシャツを着ていた。行方不明になった三人の宣教師といったところで、とても恐ろしげには見えない。

「そこのきみたち」ジェフがその男たちに陽気な声をかけながら、貴重なコニャックのボトルを慎重にテーブルの上に置いた。「しばらく、席をはずしてもらえるかね？　われわれはちょっとこの店でランチを楽しんだら、すぐに立ち去るつもりでいるんだ」

　四人のギリシャ人たちが、先に着いた客たちを悩ませるのをやめ、お遊びの時間は終わったことを心得たようすで、新参者たちを見つめる。酔っぱらいどもがテーブルの前から立ちあがって、椅子を押しやり、ひとりまたひとりと横並びになったとき、カイルはわずかに体重を移動させた。タフな男たちが仕掛けるストリートファイトではよくあるように、いちばんでかいやつが、アルティメット・ファイター（総合格闘技UFCへの出場をめざす男たちが戦うテレビ番組）の選手のような頬傷のある、ウドの大木めいたナンバー・スリーの男と肩を接するようにして、少し足を踏みだし、ふたりが前に並んだ。残りのふたりは、その左右に位置する。カイルはシャリに目をやって、ウィンクを送った。レディ・パットが椅子にもたれこんで、またひとくちウーゾを飲み、葉巻に火をつける。

六フィート二インチほどもある、いちばん大柄な男が口を開いた。

「そっちこそ、とっとと出ていきやがれ、ろくでもない金持ちどもめ。ついでに、この腑抜けどももいっしょに連れてけ。女どもは、おれたちがすませたら、おまえらのでかいヨットに帰らせてやるぜ」

「あー、なるほど」ジェフが応じた。「まあ、そういうことなら、お若いの、こちらもその気にならざるをえないだろうね。よければ、わたしがこのでかいやつの相手をしようか」

「いや」ティムが異を唱えた。彼もまた、両手を自由にするためにボトルをテーブルに置いて、戦う姿勢をとろうとしている。「そのでかぶつは、わたしが相手をしたい。あなたはその醜男を引き受けてくれ。頬傷のやつを」

カイルは重いボトルをふりまわして、でかぶつの頭部、ひたいの左横にたたきつけ、割れてぎざぎざになったガラスの断面で目から頬、口へと、思いきり切り裂いた。心のなかのスイッチが入って、戦闘モードになり、体が自動的に動いていた。大事なのは、スピードと意表を衝くこと。相手に態勢を立てなおさせてはならない。脅威を、重要度の高いものから低いものへと順に消していくこと。

最初の男が膝から崩れ落ち、血を噴きだした深い傷口に強いアルコールが侵入して、悲鳴をあげる。そのときには、カイルはすでに左方へ身を転じて、頬傷男の鼻柱に左肘をたたきつけ、そいつをテーブルの向こうへふっとばしていた。折れた鼻から血が噴出し、床石に激突した頭部がガツンと音を立てる。

「あの男、目が覚めたら、醜男ぶりがひどくなったことに気がつくでしょうね」シャリがパットに言った。

カイルの勢いはとまらず、ふたたび身を転じて、ナンバー・フォーに相対した。その男をまずベアハッグにとらえてから、両手をそいつの背後で組んで、体を引きつける。顔面に攻撃が来るだろうとそいつが考えて、身をそらしたとき、カイルは右膝をそいつの股間に痛烈に打ちこんで、金的をたたきぶつした。金的が目のあたりまでもぐりこんでしまったものか、そいつはウッと息を詰めて、椅子の向こうへ転倒した。

「あの男には緊急手術が必要になりそう」パットが言った。「きょうのカイルは、どうにも手がつけられないわね」

それまで距離をとっていたナンバー・ワンの男がすばやく立ち向かってきたときには、カイルは自然体になり、完璧にバランスをとって待ち受けていた。男が駆け寄りながら右脚で蹴りつけてくると、カイルは身をそらして、左脚をふりあげ、そいつの右膝に正面から蹴りを打ちこんだ。木が裂けるような鋭い音を立てて、そいつの脚が折れた。

「カイル！　なんということを！」ジェフが憤懣やるかたない声で叫ぶ。「二、二千ドルもする、コ、コニャックのボトルをたたき割るとは！」

彼は戦慄したような目でカイルを見つめながら、残り二本のボトルを回収にかかった。

「悪かった」とカイルは応じた。

十秒たらずで、すべてが終わっていた。

ティムが、仰天している客たちのほうへ歩いていく。レディ・パットとシャリはとうに立ちあがって、石敷きの床に散らばった血まみれの破片をまたぎこえていた。

「いますぐ、全員がここを出たほうがよさそうだ」ティムが言った。「ランチは〈ヴァガボンド〉ですませよう。それでいいね?」

待機している小型ボートのほうへ、彼女たちを連れていく。

〈カフェ・オリンピア〉の店主が、両手にサラダのボウルを持った格好で、戸口のところに彫像のようにつったっていた。カイルはその一個を取って、損害を埋めあわせるのにじゅうぶん以上のカネを渡してから、そこを立ち去ろうとした。ナンバー・ワンの大男が身をよじり、血まみれの顔に、起きあがろうと決意したような表情を浮かべて、こちらを見あげた。カイルは、その男はもはや脅威ではなく、致命的な一撃を与えるまでもないと感じたので、しばらく息ができなくなるだけにしておこうと、胸を蹴りつけた。大男が息を詰めて、気絶する。この山羊のチーズはうまい、とカイルは思った。指でつまんで食べるはめにならなければよかったのだが。

デスパレートな妻たちのひとりが、埠頭へ足を戻しながら肩ごしにふりかえり、青い目を恐怖に見開いた。いま目撃したことが信じられないのだろう。

「どうしてあんなことができるのかしら? 彼、まるで狂人みたいだったわ」その女がシャリにささやきかけた。

「ああいうふうに訓練されてるの」とシャリが応じる。「なにも考えず、本能のままに反応するように。あの連中、あれぐらいですんでよかったのよ」
「それって、彼が殺す気になってたら、そうしてたってこと？　相手は四人もいたのに。彼、怖くなかったのかしら？」
「これが彼のやりかた」モーターボートに足をかけながら、シャリが言った。シートに腰をおろすと、彼女は、きたない現実とは無縁の快適な世界に住んでいるその女に、硬い笑みを向けた。「カイルはだれも恐れない……例外はわたしだけ」

その夜遅く、〈ヴァガボンド〉は狭いメッシーナ海峡を航行していた。書き記された歴史の夜明けからこのかた、この海峡は無数の船を呑みこんできた。シチリアの近辺に巨大なカリュブディス渦潮（うずしお）が発生するために、船長たちはやむなく、長靴状のイタリア半島の踵（かかと）の部分へ船を接近させすぎることになり、そこにある岩の上で神話の怪物、スキラが餌食を待ってうろついているからだ。だが、いまは、レーダーの電子の目と衛星ナヴィゲーション・システムが、そういう迷信的な危険を打ち負かしていた。

そのヨットの左舷側手摺のそばに、シャリとカイルが立ち、シャリがカイルの胸に身を寄せ、カイルは彼女のシルクのような髪に顔をうずめていた。彼女の髪は、イギリスの花畑のような香りがした。カイルが両手で彼女の体をくるみこむと、彼女はその両手に自分の手を重ねて、遠い火山、ストロンボリをながめやった。火口がまばゆいオレンジ色の炎を噴きあげて、沸き立ち、赤い火炎が下方を通りゆく雲を照らしていた。

「こういうのって好き」彼女が言った。「大好きな男、贅沢なヨット、美しい夜、そして火を噴く火山。これ以上のことがあるかしら？」

カイルがそっと抱きしめると、彼女はキスができる程度に顔をあげた。時は夜中の二時、デッキにいるのはふたりだけで、遠い火山島が噴きあげる炎に照らされた彼らは、世界の終末に取り残されたただふたりの人間であるように見えた。

「もう少し長く、ここでいっしょにいられたら、いいんだけどね」

「またジェフがなにかの仕事を持ちかけたの？」

「うん。おれたちはさっさと結婚して、大金を稼ぎ、彼とパットに孫をつくってやるべきだと言われたよ。あのふたりのことだから、甘やかして、だめにしてしまうだろうね」

「いい計画みたいな感じ。また、彼の話を断わったの？」

「原因はすべて、きみにあるんだと言ってやった。なにしろ、金のストライプが入った白の制服を着ているきみは、とてもきれいだし、きみは敬礼を送ってくる人間を相手にするのが好きだしね」

彼女がため息をつく。

「わたしは、なにを着てもきれいなはずだけど。まじめな話、彼は、わたしたちがまだそこまではいってないことを理解してるの？」

「理解してる。それでも、彼はこの夜も、ティムとふたりがかりでおれに強烈な圧力をかけて、エクスカリバーからあがる収益の分け前をくれると約束したんだ」

シャリが彼の腕のなかで向きを変え、火山の光を照りかえす海面の輝きが光輪（ハロー）のように彼女の周囲で躍った。

「わたしたち、考えを変えたほうがいいのかも、カイル。なにか悪いことが起こりそうな、妙な予感がするの。二度とあなたに会えなくなるような」

第六感、霊感、予感、女の直感。呼びかたはさておき、彼女はまちがいなく、そういったものを備えている。それは、たんに点と点をつなぎあわせるのではなく、点と点のあいだの空白をも埋める能力であり、その能力が彼女をこれほど際立った情報分析官にしているのだ。シャリの脳は、一足す一が二になるとはかぎらないところに宿っているから、彼女がなにかの感触を覚えたときは、カイルはいつもそれに注意をはらってきたのだが。

「まさか。おれはブーメランみたいなものさ。いつだって、きみのもとに帰ってくる」

「ええ。でも、あの最後の任務を国境の向こうで果たしたあと、あなたはさんざん悪評にさらされてきたし、軍はあなたをスケープゴートにしようとしてきたわ。あなたを放りだしたがってるひとがおおぜいいるの、カイル。このつぎ、あなたがどんな任務を押しつけられるか、わかったものじゃないでしょ？　帰還できるはずのないところへ送られるかもしれない」

「けっしてそんなことにはならないよ、シャリ。軍がどんなふうに動くかは、いやってほどよくわかってる」

彼女がキスをして、身を離し、まわりに目をやった。デッキは無人だった。

「じゃあ、あなたが国に帰りたくなるような、もっといい理由をわたしがつくってあげるべきね」彼女が黒いドレスの肩のストラップを、するりと下へ滑らせる。「ね、わたしを見て。サンドラ・ディーみたいでしょ！」

「そのサンドラ・ディーってのはだれなんだ？」

「知ってるはずよ。『ギジェット』（同名の小説をもとに制作されて、サンドラ・ディーが主役のギジェットを演じた映画）」

「『ギジェット』ってのは？」

「もう黙ってて。せっかくのひとときがだいなしにならないように」

彼女がそう言って、ストラップをはずしたドレスをウエストのところまで引きおろした。火山の光を浴びた胸が、金色に輝いていた。カイルは彼女を抱き寄せて、その乳首に唇をあてがった。シャリが小さくうめき、彼はその柔肌を両手で撫でた。そのとき、彼女の手がカイルの脚のほうへのびてきた。

「いますぐ、この高価なチーク材のデッキの上でやりたいというのでなければ、お嬢さん、大急ぎでおれたちのスイートにひきかえしたほうがいいと思うよ」カイルはささやいた。

彼女の黒い目に、いつものいたずらっ子のような光がまたたくのが見えた。

「ちょっとだけ待って、海兵隊さん。ちょっとだけ」

シャリが彼を冷たいスチールの隔壁に押しつけて、デッキに両膝をつき、ストロンボリの炎が夜を染めるなか、彼のパンツのジッパーに手をのばす。しばしののち、カイルは、この夜を染めて噴火するのはあの火山だけではないんだと思った。彼のあえぎ声が静まったところで、ふたりは急いでそこをあとにし、白いシルクのシーツをくしゃくしゃにする作業に取りかかった。

ドアを荒々しくたたく音がし、ティム・グラッデンが通路から呼びかける大声がカイルの耳に届いてきた。

「カイル！ シャリ！ ジェフが、いますぐ、ふたりしてメイン・キャビンに来てくれと言ってる！ テレビで途方もないニュースが流れてるんだ！ 海兵隊准将が拉致(らち)された！」

# 10

物故したトーマス・グレアム・ミラーの後釜（あとがま）には、そのきわめて親密な盟友であったカリフォルニア州選出の上院議員、ルース・ヘイゼル・リード——友人たちからはルース・ヘイゼルと呼ばれるが、政敵からは〝ランボー〟と呼ばれる——が就くことになるだろう。彼女は、白くなりつつあるブロンドの髪はもちろん、すべてがあつらえのワードローブも流行のスタイルできめるという、魅力たっぷりの女性だ。厳しい自制心に基づく週に三度の激しいエクササイズと、個人として雇っているシェフの提供になる美味なダイエット食によって、つねに引き締まった体型を維持している。

「おめでとう、マダム・チェアウーマン」

国家安全保障担当大統領補佐官ジェラルド・ブキャナンが、七十五年間熟成されたスコッチのグラスを乾杯のかたちにかざした。そこは、ヴァージニア州カルペパー郊外にひろがる、狐の住む山地の奥深くにゴードン・ゲイツが構えている豪邸で、ふたりはいま、そこの温かな暖炉の前に立っていた。太い木材で組まれた天井の梁（はり）がむきだしになっている、広大な部屋だ。年代ものの家具類、階段、書物、通貨。カネは山ほどある。

「ちょっぴり時期尚早だけど、ジェラルド、ありがとう」彼女が自分のグラスをそれに合わせた。「二、三日じゅうに、上院議長が決断を下してくれるでしょう」

「まあ、そんなのは事務的手続きにすぎない。彼にはすでにわたしの口から、ホワイトハウスはきみが委員長に就任するのを歓迎するだろうと伝えてあるからね」

ブキャナンは、協議のために今夜ここに出向いてくる前に、もう一度、彼女の記録を調べていた。なにしろ、じつに多くのことがこの女に懸っているのだ！　そのほんとうの狙いはどこにあるのか？

彼女はスタンフォード大学を卒業し、ヘリコプター・パイロットと結婚したが、夫はヴェトナムで戦死した。ルース・ヘイゼルは、その悲嘆をパイロットの亡骸とともに葬り去り、その後、不動産業の免許を取って、当時、この国でもっとも注目を浴びる住宅市場であったサンディエゴ郡の、陽光まばゆい海岸のすぐそばにあたるデル・マー地区で不動産業を開業した。それでひと財産をつかむと、そのかぎりない野心とエネルギーを別の分野、政界に向けた。そして、デル・マーの市会議員を一期だけ務めたのち、大きく飛躍して、連邦下院議員になり、二期にわたってその職を務めた。その後、上院に転じ、すでに十一年がたつ。

土地の投機と軍事施設という、サンディエゴの経済を強力に推進する双発エンジンが、彼女の主たる政治基盤になっていた。この上院議員は、不動産開発業者と大企業を対象とする減税政策に固執していて、軍事予算を増大させる法案にはすべて賛成票を投じる。カリフォルニア選出の〝ランボー〟・リードほど、納税者のカネをペンタゴンに注ぎこむことに熱心な議員はいないだろう。そのパイプラインを流れるドルの受け取り手である軍事産業と不動産業の巨頭たちは、選挙活動を支援することで謝意を表明してきた。

潤沢な資金と権力、美貌と弁舌の才を兼ね備えた女だが、それでもブキャナンはリードもまた、ただの政治家であり、いずれは擦り減って使いものにならなくなる香りのいい棒石鹸のようなものと見なしていた。この国には、ルース・ヘイゼル・リードのような政治家はいくらでもいる。ケンタッキー・ダービーに備えて調教を受けている、若駒のような連中が。この牝馬は頭角を現わして、実際にレースに勝利をおさめるだろうが、賢明な馬主はつねに多数の若駒をかかえておくものだ。彼女は、演じるべき役割のために慎重に選びだされたひとりであるにすぎない。

リード上院議員がやわらかな椅子のほうへ足を運んで、そこに腰をおろし、中国スタイルの小テーブルの上にドリンクを置いた。テーブルのトップは磨きあげた大理石で、さまざまな貴石が精妙にちりばめられている。彼女はブキャナンを、複雑な計算に秀でた、並々ならぬ戦略家と見なしていた。彼をそばに置いておくのはおおいに助けになるし、貢献してくれなくなったときは、さっさと棄ててしまえばいいことだ。新聞の見出しは、彼を天才とたたえることばを並べているが、こういう男はワシントンにはたくさんいる。この種の男は傲慢でもある。彼女としては、ブキャナンがなすべき仕事を遂行するに際して、その尊大さを持ちこまずにいてくれることを願いたかった。彼はなにを狙っているのか？　それはそうと、このテーブルの値段はどれくらいするのだろう、と上院議員はいぶかしんだ。

リードもまた、先に上院議長と協議をすませていて、ミラーの後釜(あとがま)に就任する話はすでに決定ずみであることを知っていた。ブキャナンは、なんでも大げさにせずにはいられない男だ。あの委員会の委員長に就任するのが、またひとつ階段を昇ることであるのはたしかだが、そんなのは一時的なものでしかない。リードには、つぎの上院選に出馬する計画はなかった。来年のいまごろは、アメリカ合衆国大統領に就任している計画だったのだ。

「よく言われるように、ルース・ヘイゼル、われわれは興味深い時代を生きている」考えこむように、ブキャナンが言った。

「まさにそのとおり。そして、そのような時代にあって、わが国はきわめて慎重な導きを必要としている。一時的な支持票の多さに基づいて、拙速に動いてはならないの」

ブキャナンは、そのことばに侮蔑の響きを感じとった。彼はワシントン屈指の〝票を減らす男〟として悪名を馳せているのだ。

「たしかに。であるからこそ、きみが新たな地位に就くことがきわめて重要になってくる。たったひとりの上院議員の不慮の死が、すべてを進展させることになるだろう」

リードもまた、五十人の上院議員のひとりだという皮肉は言わずにおいた。合衆国上院を形成する百人のうちの、三分の一の、そのまた半分のひとりにすぎないのだ（任期が六年のアメリカ連邦上院は、定数が百で、二年ごとにその三分の一が改選され、各州二名の議員は別の組に属するというシステム）。だれをとっても、同じだ。

　ブキャナンは自分におかわりのドリンクをつくり、彼女にも、笑みを浮かべながら、おかわりをさしだした。和平の申し出だ。政治というのは裏で動くものとわかっているから、自分には表向きのオフィスのようなものはいらない。自分は学者であり、一般世間よりはるかに優秀で、はるかに知性が高いのだから、有権者や愚か者どもに説明をする必要はない。この世には、なにひとつ、アメリカ帝国と自分が見なしているこの国も含めて、永遠につづくものはない。困難をかかえたこの国に、新憲法の策定も含めた、新たな段階の政治革命をもたらすべく導くのが、自分に課された運命だとブキャナンは信じていた。自分の書いた憲法が、国立公文書館のガラス陳列台のなかに置かれている、ジェファーソン作成の古めかしい羊皮紙の草案に、取って替わることになるのだ。十八世紀の民主共和国においてはユニークで強力であったさまざまなアイデアも、現代のこの複雑な世界には適合するわけがない。将来の世界には、よりいっそう不適切になるだろう。トーマス・ジェファーソンはずっと前、とうの昔に死んだ人物だ。

　オーヴァル・オフィスのでかい椅子にすわるのは〝ランボー〟・リードになるだろうが、政府を動かすのはこのブキャナンなのだ。

「きみらは、いまの会話を自分の耳で聞きなおしてみるべきだぞ！　どれもこれも、たわごとばかりだ！」マラソンランナーのような体型をした、鞭のように俊敏そうな男が歩いてきて、人生を心から楽しんでいる男ならではの熱っぽい握手をふたりと交わす。「われわれは新世代のリーダーの先駆者であって、友人諸君、あまたの敵を蹴散らし、大金を稼ぎながら、そのついでにこの国を救うことになるんだ」

その男、ゴードン・ゲイツ四世は、この世界のありようなどは歯牙にもかけていないことをうかがわせる、気らくで自信に満ちた笑みを浮かべた。中国シルクのゆったりとした白のシャツを着て、暗色のアルマーニのスラックスを穿き、やわらかい革でつくられたプラダのブーツを履いている。左の手首にルイヴィトンのタンブール・クロノグラフをはめ、砂色がかった豊かなブロンドの髪をひたいに垂らしていた。年齢は五十五歳だが、それより十歳は若く見えた。知性を秘めたその目は、なにひとつ見落とすことはない。

彼はきわめつけの大金持ちだ。初代ゴードン・ゲイツであるその曾祖父は、もとはグリースにまみれて働く機械工で、第二次大戦前に航空機エンジン関係の小さな部品を発明し、それを基盤に、航空機産業の成長に呼応して事業を起こし、五年たらずのうちに巨大企業を所有するに至った。ゲイツ社の製造する機器なしでは、アメリカ軍の戦闘機や爆撃機が空を飛ぶことはできなくなった。二代めのゴードン・ゲイツは、ジェット推進技術が現実化するのに応じて、軍事物資の製造を拡大し、国外に事業所を展開して、原子力潜水艦を建造する造船会社をも買収し、国際企業として社名をゲイツ・グローバルに変更した。そのあと、祖父譲りの卓越した技術者として世に現われた〝GGⅢ〟は、世界がロケット時代の草創期に入っていることを認識した。ゲイツ・グローバルは、人類が月面を歩くのを支援し、ミサイルが地球のいかなる地点にも到達できるようにするための電子的な脳を提供し、やがては、ネヴァダ州にある警戒厳重な空軍基地、エリア51で極秘に進められていた新兵器のレーザーおよび音響関係の機器開発に参入することになった。それは収益が確実な市場であり、膨大な資金が流れこんでくる。政治家たちが軍産複合体を話題にするとき、それはゲイツ・グローバルのことを指す時代が来た。同社はつねに議会(キャピタル・ヒル)の友人たちの労に報い、その重役には元将軍や提督、元議員らが名を連ねるようになった。

一族は、その伝統を次代に伝えるべく、ゴードン・ゲイツ四世を教育した。エリートを養成するプレップ・スクールに入学したころには、彼はすでに非常に聡明な少年に育っていたが、彼には独自の展望があった。ひとことと、そうしたいと言いさえすれば、彼はプレップ・スクールから、ハーヴァードにもイェールにもスタンフォードにも進めて、そのあとは、早めにバトンを渡すつもりでいた華やかなプレイボーイの父から事業を引き継ぐ準備に入れただろう。だが、じりじりしていた父親からのボーナスの追加があったにもかかわらず、底辺から出発することを決断した若きゴードンは、最終的にファミリー・ビジネスに参加したときには、自分がしゃべる内容をしっかりと理解して話ができる身となれるよう、一兵卒として合衆国陸軍に入隊して、そこでじかの体験を積みあげた。いつかは会社を経営しようという腹づもりではあったが、親愛なるおやじどのはそのころはまだ、すぐにでも玉座を明け渡そうという状態ではなかった。GGⅣはGGⅢを忌み嫌っており、GGⅢはひとり息子であり、唯一の相続人であるGGⅣに同じ感情をいだいていた。

カンザス州の超高級住宅地、ミッションヒルズ出身の明敏な若者は、歩兵として合衆国陸軍に入隊を許されて、レンジャー連隊に配属され、一〇一空挺部隊の軍曹に昇進したのち、デルタ・フォースに選抜された。デルタの一員として二年間をすごしたあと、陸軍の奨学金によってより高度な教育を施され、下士官のなかから抜擢（ばってき）されて、陸軍士官学校（ウエストポイント）に進んだ。将校に任官すると、ローズ奨学金を受けてオックスフォードに留学し、卒業後、その地で一年間、イギリス軍ＳＡＳに配属されて、ふたたび土にまみれる軍隊生活を送った。

その後、少佐にまで昇進してデルタに戻ると、さらに三年間、世界各地の暗部で特殊作戦を遂行して、軍務を果たした。ペンタゴンはよろこんでゴードン・ゲイツを省の一員に招き入れ、ワシントンに異動させて、中佐に昇進させ、闇の特殊作戦の立案、実行を担当する極秘部門に配属した。Ｅリング（五重の五角形から成るペンタゴンのいちばん外側をなす部分で、国防長官など高位の職員のオフィスがある）の周辺では、ゲイツは一足飛びに将軍に昇進するだろうとささやかれていた。そのとき、おやじのＧＧⅢが、愛車のフェラーリ５１２ベルリネッタ・ボクサーを曲がりくねった泥道のそばに立つオークの木にぶつけて、愛人もろともあの世に行ったのだった。

いつもおれには、危険だらけの陸軍に入ったことに文句をつけていたくせに！　親愛なるおやじの柩（ひつぎ）がカンザスにある一族所有の墓地に埋葬されるのをながめながら、ゴードンは思った。なんにせよ、それはゲイツ・グローバルを引き継ぐ時期の到来であり、ペンタゴン制服組の非の打ちどころのない一員であった彼には、その仕事をするための準備はすっかりできあがっていた。

彼は、最初の重役会議の場へ弁護士の一団を伴っていくことで、絶大な権威を確立し、父親の信任が厚かった友人や側近たちは男女を問わず、その大半を解雇した。そして、生き残った者たちに対して、来(きた)るべきことを告げた。ベルリンの壁が崩壊して、古びた岩の破片と化した。東西ドイツの境目を流れるフルダ川をはさんで、ソ連とアメリカの戦車が戦闘をくりひろげることは、もはやない。この先も何千もの戦車を新造するのは愚の骨頂だ。原子力空母が水平線のかなたへ航行するのはいまや陳腐なことであり、世界を破滅させられるほど大量のミサイルを積んだ巨大原潜は時代遅れのしろものになった。戦闘機は、どの世代のものであれ、戦うべき相手を失った。だが、そんなことはどうでもいい、と彼は言い放った。ゲイツ・グローバルは今後も、確実な利潤があがるあいだは、スチールとチタンから成る怪物群の製造をつづけるのだ。

　ゲイツは、ゲイツ・グローバルの表向きの事業を経営させるために、手ずから選んだ人物をCEOに据えることにした。その人物は、〝沿岸戦闘地帯〟とか〝情報網による伝達方式〟とか〝柔軟な戦力投入〟とかといった文言を駆使して、艦艇や航空機や兵器システムの新たな契約を勝ちとることのできる、技術畑出の官僚になるだろう。

「連中がほしがるものは、なんでもつくれ」とゲイツは言ってのけた。会社のその部門に関しては、そこがたっぷりと収益をあげているかぎり、口をさしはさむつもりはなかった。

　その代わり、彼は別の部門に対する無制限の費用投入を要求し、その説明はいっさいしようとしなかった。その支出を内国歳入庁(IRS)からどう隠すかは弁護士と会計士に任せるが、彼が要求したカネは必ず投入され、完全な裏会計として処理されなくてはならない。

「ゲイツ・グローバルは事業を拡張するのであって、諸君がその詳細を知る必要はない」と彼は重役たちに言った。「百万ドル単位で考えるのはやめて、千万単位で考えるようにするんだ。口をつぐみ、わたしのじゃまをしないようにしていれば、きみらの全員が莫大なカネを手にしようし、訴追を受ける者はひとりも出ないだろう」

彼は室内の面々を一瞥したのち、無愛想にさっさと部屋を出て、会社の新たなリーダーがだれであるかを疑いの余地なく示してみせた。

ゲイツの構想は、合衆国の軍隊を原点に帰らせるというものだった。いかなる戦争においても、アメリカは地上軍を投入し、必ず勝つ。彼は実際に背嚢をかつぎ、オートマティック・ライフルを携えて、地上を延々と歩いた経験を持つから、いちばんよく知っているのは地上戦に関することだった。にきび面の若い州兵たちや肥満体の通常軍佐官たちに国防を任せておくわけにはいかないので、国家が将来的に直面した紛争は、高度な訓練を施された特殊部隊兵士たちから成るチームに戦わせる。二名から成る必殺の〈シャーク・チーム〉を基本にすれば、いかなるサイズの民間部隊も編成可能であり、大隊規模であろうがそれ以上の規模であろうが、特殊作戦を遂行することができるという発想だった。ゲイツはそれに基づいて、世界的にも突出した民間警備企業を築きあげたが、それは最初の一歩でしかなかった。

ゲイツ、ブキャナン、リード。その三人がスコッチが注がれたクリスタルグラスを手に、暖炉の前に立ち、つねに増えつづける莫大なペンタゴンの予算の投入先を民間軍事企業へ変えようともくろんでいた。銃弾から豆まで、輸送から火器まで、ゲイツ・グローバルが中心となって、割りのいい値段で軍務を請け負うことになるのだ。ほかの大手企業には、必要な建設事業を任せればいいいし、あやうい状況をまぬがれるには、ゲイツの名が表に出ないよう、フロント企業を使えばいい。未来はPSCのものだ。傭兵たちが、軍と同じ仕事をよりうまく、より速く、より安価に、政治的拘束を受けず、報道関係の取材にさらされることなく、やれるとなれば、アメリカ軍の兵士たちが外地で血を流す必要はなくなる。彼はペンタゴンの諸資源を、近接航空支援や衛星や空母といった大規模なものも含め、必要に応じて引き抜くつもりでいたが、最終的にはすべての資源がその傘下におさまることになるだろう。

あとはただ、民主、共和両党の議員たちと、うるさいメディアに異議を唱えさせずにおくための、ちょっとした仕掛けが必要なだけだ。アメリカが史上最悪のテロ攻撃にさらされて、何千、何万のアメリカ市民がショッピングモールや病院や自宅で惨殺されるという事態を引き起こせば、こと足りるだろう。激怒と恐怖にとらわれた市民たちは、自分たちの安全が確保されることを要求するに決まっている！

一般の警察では、その種の仕事はこなせない。戒厳令が敷かれた場合、アメリカの海岸や国境、都市や町を守るには軍隊の出動が必要となる。国外におけるアメリカ軍の存在が真空化したとき、ゲイツ・グローバルは国家から謝意を表されて、外地での戦闘を遂行するための兵力を提供することになろう。それから数年以内に、国内における作戦に関しても門戸が開かれるだろう。国家安全保障の旗印のもと、戒厳令が、確固とした新たな形態をとって施行されるのだ。

リード上院議員が立法府の権力を握り、ブキャナンが行政府を動かすことができるあいだが、〈プレミア作戦〉を実行に移す好機だった。

「さて、ルース・ヘイゼル、ミラー上院議員というじゃま者が消えたいま、われらが民営化法案の動向はどうなるのかね？」ゲイツがいつもの鋭い目つきを彼女に向けた。

「来週の小委員会開催前に、アメリカ防衛法案を提出して、すみやかに全体委員会を通過させる予定。両委員会とも、非公開でね。議会での投票の直前に、〈プレミア作戦〉が国内で深刻なテロ攻撃を発生させれば、下院の投票結果も似たようなものになって、両院協議会が賛成印を押すことになるでしょう。どの議員にとっても、街中で罪もない市民たちが流血の惨事にあっているときに、アメリカを守る法案に反対するというのは政治的自殺行為になる。ジェラルドは、いまから三十日たらずのうちに、その法案がホワイトハウスへ送られてくるのを目にすることになるわ」

ブキャナンがうなずいた。

「そして、わたしが大統領に説明をして、法案が承認されると。彼は、中東政策のつまずきにかなり悩まされていて、メディアにうるさく嚙みつかれてもいるから、この事態を打開したくてじりじりしている。テロとの戦いには多数の前線があるが、アメリカ本土において痛烈な攻撃が発生すれば、彼は政策を修正するための政治的口実を得て、わが国の軍隊を本国に呼びもどすことになるだろう」

「彼がこの民営化法案に署名するのは確実なのか？」

「まちがいない」ブキャナンが目をあげて、同志を見つめた。「あとひとつの未決事項が解決すれば」

ゲイツが声をあげて笑う。

「それはミドルトン准将のことか？」

「ミドルトンが軍事委員会に出席して証言するようなことがあってはならない！」リード上院議員がグラスを置き、腕を組んで、きっぱりと言った。「彼は一つ星の将軍にすぎないけど、著書や講演のなかで、職業軍人は選挙で民間から選出された文民に従わなくてはならないと主張していて、それは多大な影響力を有しているの。彼はミラーに協力して、われわれの動きを断固、阻止しようとしていた。彼らは、この法案に反対する世論を喚起する計画を立てていて、それには委員会での証言をテレビ・ネットワークに公開することも含まれていた。公開で証言をさせようとしていたの！」

「そうであるからこそ、彼らはもうワシントンにはいないんだ」ゲイツが言った。「われわれはミラーを心臓麻痺で排除し、拉致された准将は、あの地での冒険を生きのびることはできないだろう。どちらも、われわれに策を仕掛けることはできなくなったというわけだ」

ブキャナンが、タッセル・ローファーの爪先で厚い絨毯をつつきながら言った。

「わたしはずっと、ペンタゴンと各情報機関の動向を監視してきた。きみの配下の連中が准将の所在を明らかにすれば、まさにきみが予見したように、海兵隊が救出作戦を敢行するだろう、ゴードン。もちろん、わたしは、諸計画をわたしに直接報告させるという条件をつけて、その作戦をやらせるつもりだ」

　ゲイツがうなずく。

「武装偵察部隊（フォース・リーコン）がシリアに着くころには、〈シャーク・チーム〉と″レベル″・シャイフの私兵団が準備をすませているだろう。偵察部隊はほぼ壊滅して、それがカメラで撮影されることになるが、海兵隊員の何人かはそれを切りぬけて、ミドルトンが拘束されている民家へ向かえるように手はずがとられている」

「そして、その全員が銃撃戦のなかで戦死すると」リードが言った。「またもや、軍の大失敗ということね」

　ゴードン・ゲイツが笑みを浮かべた。

「そのシナリオに、最後の一片を付け足したいね、ジェラルド。銃撃戦のなかに合衆国海兵隊の兵士が姿を現わして、ミドルトン准将を殺害するシーンが展開されるというのはどうだ」

「どうすれば、そんなことをお膳立て（ぜんだ）できるんだ？」

「かんたんさ。きみが、わが友よ、ＣＩＡのスナイパー名簿に記載されている最高のやつを選抜し、その男にやれと命じるんだ。その男は、部隊の指揮系統からはずしておく。そして、救出作戦が失敗に終わった時点で、そのスナイパーは、准将の持つ膨大なわが国の安全保障に関する知識が敵の手に落ちることのないように行動するというわけだ」

「その男は最初の待ち伏せをどうやって切りぬける？」耳をかきながら、ブキャナンが言った。

すぐれた工作員の持つ能力をよく知っているゲイツは、その質問を一蹴した。

「待ち伏せ攻撃はそれほど激しいものにはならないから、その男がすぐれた任務遂行能力を備えていれば、たいした苦労はせずに攻撃をかいくぐって、しかるべき民家に到達できるだろう」

「その男はほんとうにそれをやってのけられるの？　准将の射殺を？」リード上院議員が問いかけた。

「ホワイトハウスに陣取るわが国の最高司令官から、直接の命令を受けてさえいればね」ブキャナンが答えた。「救出チームの最後のひとりが抹殺された時点で、そのスナイパーは、われわれの政策の保険となり、あらゆる責めを負うべき男ともなる。のちに、その男もまた始末されねばならない。それが悲惨な大失敗の終幕だ」

「それはおふたりに任せるわ、ゴードン。わたしは、ミドルトンが軍事委員会に出席することさえなければ、それでいいの」上院議員は核心部分へ話題を引きもどした。「彼が出席したら、すべてがぶち壊しになる」

「仰せのとおり」とゲイツ。「つまり、〈プレミア作戦〉の実行を決断する時が来たというわけだね、上院議員？」

「それはなされねばならない」リードが応じた。

「われわれを相手に、ことばを濁すことはない、ルース・ヘイゼル。くだらん政治的言いまわしを使うのではなく、意図をはっきりと言ってくれ。われわれが〈シャーク・チーム〉に派手な襲撃を準備させることに、同意するんだね。つまるところ、われわれ三人は、本質的にはクーデターにあたる計画を実行しようとしていることに」

「ええ」彼女が答えた。

「ジェラルド?」

「うむ。同意する」

「むろん、わたしもだ。これで意見が一致した」彼は、本心の読みとれない謎めいた笑みを浮かべた。「では、ここらですてきなディナーに取りかかって、上質なワインのボトルを開け、新たなアメリカを創造するためのこの歴史的行動に乾杯といこう」

# 11

カイル・スワンソンは腕を組んで、なにも言わず、テレビの報道を見つめていた。くそったれのブラッドリー・ミドルトン！　その准将の映像が画面に現われている。それは記録に残されている写真のひとつで、准将は軍の正装に身を包んでいて、背景にアメリカ国旗が写っていた。カイルとしては、見たくもなんともない顔だ。ふたりのあいだには、顔を合わせるつど、必ずなにかまずいことが起こり、あげくの果て、ミドルトンはカイルを海兵隊からおっぱらおうとしたのだ。ニュースのことばがくどくどと語られるなか、カイルの心は、ミドルトンとの最初の衝突の記憶をよみがえらせていた。それは何年か前、サウジアラビアとイラクの国境に位置する破壊された街、カフジにおいて、〈砂漠の楯（デザート・シールド）〉作戦を遂行しているときのことだった。

一九九一年が明けて二日めのそのとき、真っ暗な砂漠の夜のなかで、なにかが起ころうとしていた。砂以外はなにもないはずのそこに、エンジンのうなりと戦車が土を嚙（か）む音がとどろいてきたのだ。

「複数の熱源を捕捉しました、軍曹。十台をこえる車輛。このできの悪い暗視装置では、それ以上のことは言えません」監的手（スポッター）が、熱源探知スコープを長い時間、じっとのぞきこんだのちに、そう言った。「多数の動きがあることはたしかですが」

カイル・スワンソンは、M40A1スナイパー・ライフルに装着した十倍率のウナートル・スコープを目にあてがった。サウジアラビアとクウェートの国境近辺には、闇しか見てとれなかった。

「報告を入れてくれ。ただの偵察ではない音が聞こえていると伝えるんだ」

イラクがクウェートを侵略し、クウェートを奪回するためにアメリカと多国籍軍が着々と編成されていっても、イラクはそこに居すわっているという情勢だった。当時、カイルは偵察狙撃担当の軍曹を務めており、二名編成の偵察チームを率いて、町はずれにある建物の床板のあいだに身をひそめていた。他のいくつかの建物にも監視哨（OP）が設けられて、チームが配置されていたが、サダム・フセインはまだその地域には軍隊をさしむけていなかった。退屈というのは、最大の敵だ。

うなじに寒気が這いのぼってきたが、それは気温の低下とはなんの関係もなかった。あの音は機動部隊の出現を意味する。サダム・フセインが戦場の拡大をもくろみ、ここのOPがその進軍経路の真上にあたっているのだ。もっとも近い友軍は三十分の時間距離にあり、それは銃撃戦においてはきわめて長い時間に相当した。

戦闘の動きが間近に迫ってくるなか、彼らが静止状態を維持していると、夜明けの最初の光が驚くべき事実をあらわにした。日ざしのなかに、イラク軍のT‐62戦車群と、アルファベットで呼ばれるその他の装甲車輌群――主力戦車隊に随伴するMBLT装甲兵員輸送車、BDRM偵察車輌、BMP対空車輌――のシルエットが浮かびあがったのだ。すべてがそろっていた。これは索敵などではなく、一個機動部隊を総動員した前衛部隊であり、その部隊がすでに町はずれに迫って、刻一刻とこちらに近づいているのだ。その周囲には、輸送車を降りて走っているイラク軍の歩兵たちがおり、彼らがピクニック・バスケットを追いかける蟻（あり）の群れのように、遺棄された民家の掃討に取りかかった。スポッターが無線で連絡を入れているあいだに、カイルは手早く、ライフル、弾倉、クレイモア地雷用起爆装置および手榴弾の最終チェックをおこなった。

撤収は自殺行為になる。戦車とそれを掩護（えんご）する歩兵部隊が動くものを見つけたら、すぐに攻撃をかけるだろう。スコープを通して潜在的ターゲットを探しにかかったカイルは、うずうずして口のなかに唾（つば）がたまってくるのを感じた。町に入りこんでくる歩兵部隊の背後には、それにつづく車輌の上に乗って、その無防備な場所で群れをなして、しゃべったり動いたりしている連中がいた。なんの抵抗もないだろうと予想し、規律を失った状態で進軍しているのだ。能天気な蟻どもめ。カフジの町がもっとよく見えるようにと、戦車の砲座にハンドルを握って立っている赤いベレーの将校に、彼はクロスヘアを重ねた。ふさふさしたでかい口ひげを生やし、プレスのきいた制服を着こみ、磨きあげた茶色の革ホルスターに拳銃をおさめている。カイルは思った。やつはもらった。

「マイク・タンゴ39へ、こちらハンター1。攻撃を開始してください。通信終了」スポッターが無線網を通じて司令部と連絡をとり、無言のうちに射撃目標地点の座標を意味する数値を並べていく。その指が、前に置いたビニール被覆のマップ上の正確な地点を示していた。

「グリッド。6、2、9、4。9、8、7、6。方位。5、9、1、1。開けた場所に、イラク軍の戦車および装甲兵員輸送車が二十ないし三十。発砲を開始してよし」

カイルはスコープでその将校の動きを追いながら、自分のライフルが発するより大きな音があがるのを待った。やがて友軍が放った一五五ミリ砲の最初の一発が巨大なジッパーのように空を裂いて、炸裂し、その衝撃で舞いあがった砂と土くれがでかいキノコ雲をかたちづくったとき、彼は引き金を絞りこんだ。放たれた銃弾がイラク軍将校の喉に命中し、その体が戦車から転落する。兵士たちは、敵軍の砲弾にやられたと考えたらしく、遮蔽物を求めて逃げだすだけで、落下した将校には目もくれなかった。カイルは次弾をライフルに装填して、つぎのターゲットを探し、それを見つけだすと、自分の射撃を隠蔽してくれる、友軍のでかい砲弾がふたたび炸裂するのを待った。

イラク軍部隊が、保有する火器のすべてを用いて乱射を始めた。敵の姿はどこにも見えないが、これほど正確な砲撃が襲ってくるとなれば、だれかに監視されているにちがいないと考えたのだろう。全車輛が砲撃をおこないながら突進し、つぎつぎに民家の壁が爆破されて、崩れていく。兵士たちは砲撃を逃れようと物陰へ走り、カイルとそのスポッターは奥へ退いて、影のなかに身をひそめた。その小さな建物の一階へ、イラク軍の一個歩兵分隊が遮蔽を求めて駆けこんできた。歩兵の一名が二階へあがってきたが、床板のあいだに隠れているふたりを発見することはできず、すぐに下におりて、仲間たちに合流し、分隊は別の建物を掃討するために移動していった。

「雑な」とカイルはつぶやいた。

イラク軍の戦車と装甲兵員輸送車が街路を走りまわって、怪しいものと見れば砲撃や銃撃を浴びせ、車輛の両側と後方を監視するチームが小火器を発砲していた。敵軍が町を制圧し、カイルとそのスポッターも、ほかの海兵隊員たちも、その町のなかに閉じこめられてしまった。

これは深刻どころではない状況であり、カイルは、意識して考える前に決断を下していた。敵軍はまもなく、さらに徹底した捜索をおこなうために偵察チームをくりだしてくるだろうから、生きのびようとするなら、早急に支援を求める必要があった。

「ブロークン・アロウのコール！」

それはアメリカの軍隊が用いる緊急シグナルで、部隊が敵の軍勢に圧倒されたことを意味する。この朝、空に出ているすべての軍用機が即座に現行の任務を解除されて、針路を変え、アフターバーナーを点じて加速しながら、カフジの上空へ急行してきた。スポッターがそれらを誘導する仕事に着手し、ほかの監視哨（OP）に就いているチームが友軍の砲撃を調整させるための無線を入れた。近辺の建物がつぎつぎに砲弾を浴びて、ふっとび、ふたりは籠（かご）に閉じこめられた二匹のアレチネズミのように激しくゆさぶられた。

カイルは、潜伏場所の前方に落下した破片の山を押しのけて、仕事を再開し、砲弾が飛来したり航空機が爆撃飛行をおこなったりするのに合わせて、ターゲットを仕留めていった。すべての動きがスローモーションに変じていた。混沌(こんとん)とした騒音と光景は、つぎの射撃の解答を出すのに必要な数式の一部として、心のなかを通過していくだけだった。彼は人間としての感情のすべてを閉めだして、なにも恐れず、感情の抜け落ちた器(うつわ)、ライフルの一部と化して、ターゲットを――人間ではなく、ターゲットを――求めた。数は数えず、ひたすら殺し、自分が逆に殺されずにすむことを願った。

朝の日ざしが明るくなっていき、友軍の航空機が敏捷(びんしょう)な鷲の群れのように上空を旋回して、むきだしのイラク軍部隊に空爆を浴びせかけた。爆弾が町に落ちるたびに、カイルの周囲が鳴動、炎上し、海兵隊の偵察チームがひそんでいるのと同じ建物に逃げこんだイラク軍の歩兵たちに、砲撃が襲いかかった。

そしてようやく、アメリカ軍と多国籍軍の歩兵部隊と機動部隊が姿を現わした。象徴的な意味合いから、最初にサウジの国家警備隊が町に入るようにしむけられたが、後続の大規模な部隊は合衆国海兵隊軽装甲偵察大隊が率いており、その部隊が、土曜の午後にデイトナ・スピードウェイに押し寄せる車の群れのように、破壊された町にごうごうと侵入してきた。対戦車有線誘導(TOW)ミサイルとブッシュマスター二五ミリ機関砲が、鈍重なイラク軍の車輛をかたっぱしから始末していく。

カイルとスポッターは、薄汚れた二匹のモグラのように、砂と破片にまみれて潜伏場所から這いだした。彼はそのときになってやっと、でかい木の破片が左の上腕に突き刺さっていることに気がついた。軍服から血が滴（したた）っていた。狙撃に没頭し、アドレナリンが全身に充満していたせいで、わが身に降りかかったことに気づかずにいたのだ。

衛生兵がその破片を抜きとって、傷口を消毒し、手早く包帯を巻いた。

「この負傷で、またパープルハートを授与されることになりますね、軍曹」衛生兵が言った。

「そんなのはどうでもいい」とカイルは応じ、三インチほどの長さのとがった破片を指でさすってから、遠くへ投げ捨てた。「勲章をもらうほどの負傷じゃない」

ほかのチームの面々が、同様に疲れきり、傷を負って、這いだしてくるなか、カイルは、ちょっと水を飲もうとその場を離れ、ひとりきりになれる静かな場所を見つけだした。

それは、心を戦闘モードから解き放って、現実の世界に復帰するために、彼がいつもおこなう手順の一部だった。無人の民家の一軒に、涼しくて暗い場所を見つけだして、そこにすわると、体が震えだした。彼は思いかえした。最初に狙った将校の喉に自分がうがった、でかい穴。カイルに肝臓を撃たれて血を噴きだすまで、自分は安全だと信じて壁の陰に隠れていた歩兵。ハッチから頭を突きだして、カイルの放った銃弾に左目をつらぬかれた装甲兵員輸送車の運転士。一連の惨死の光景が目に浮かび、これから何カ月か、あのイラク兵たちが夢のなかに現われてくるにちがいないと思った。引き金を引く自分の指が引き起こした虐殺と心が苦闘するなか、疲労困憊（こんぱい）したカイル・スワンソンは両膝を胸に引きつけて、胎児のように身を丸めた。よごれた頬に、涙が糸を引いていた。

その背中に、だれかの手が触れた。

「スワンソン軍曹？　被弾したのか？」海兵隊の少佐が彼を見つけ、血にまみれたシャツに目をとめて、負傷したものと考えたのだ。

カイルは気をゆるめた。まだ目の焦点が合わなかった。

「いえ、少佐。なんでもありません」彼はよごれた顔を手で拭い、汗と涙の筋が残った。「ちょっと息を整えていただけです。さっきまで、いささか緊張を強いられていましたので」

その顔が、武装偵察部隊（フォース・リーコン）の副隊長、ブラッドリー・ミドルトン少佐のものであることがわかったのは、数カ月後のことだった。少佐は歴戦の将校だったが、スナイパーとしての経験はほとんどなく、スナイパーが戦闘で心に受けた影響にひとりの人間として対処している姿を目にしたことは、それまで一度もなかった。通常の兵士はたいてい、とくにだれを狙うでもなく発砲し、被弾した者の姿をわが目で見ることはめったにない。パイロットは空爆でふっとんだ人体を見ることはけっしてないし、戦車の視界はかぎられたものだ。だが、スナイパーは強力なスコープを通して、敵の口ひげを、目の色を、指の一本の動きを、すべて見る。それだけでなく、自分が人体にうがった血みどろの穴も見るから、戦闘が終了したあと、それに対処しなくてはならない。スナイパーはみな、独自の心の調整法を持っているのだ。

カイルは、自分が狙撃手を訓練しているとき、彼らにこう言う。

「われわれは特殊な人間であるはずだ。そうでなければ、そもそもスナイパーになろうとするはずがない。われわれはみな、なさねばならないことをしているだけであって、人殺しを楽しむわけではない。そんなことを楽しむやつは、狂ってるんだ」

なかには、一杯やって、ビールやウィスキーの酔いでそういうイメージを洗い流せてしまう幸運なスナイパーもいる。だが、悪夢にうなされたり、離婚の憂き目にあう者は珍しくない。そうはならなくても、わけのわからない怒りにとりつかれて、相手かまわずけんかを売ったあげく、ムショ入りする者もいる。カイルの流儀は、身を震わせたり心を焼いたりして、それに対処するというものだった。

あのとき、ミドルトンは、海兵隊スナイパーが震えていることを不可解に感じて、そばにしゃがみこんだだけだった。彼は、カイル・スワンソンの私的な世界に招かれざる客として侵入したのであり、しばらくすると、立ちあがり、カイルを残して、陽光の下へひきかえしていった。

だが、どちらもそのできごとを忘れてはいなかった。その後、ソマリア内戦に出動したとき、ミドルトンがふたたび、それを目にすることになった。そのころには、カイルは二等軍曹に、ミドルトンは中佐に昇進していた。ミドルトンは、その奇妙な行動が継続していることを重要視して、カイルに関して否定的な評価を与えた。スワンソン軍曹の評価報告書に、その任務にあるまじき、信頼できず、頼りにならない兵士という意味で〝震える（シェイキー）〟男と書いたのだ。そして、スワンソンは歩く時限爆弾のようなものであるから、精神鑑定を受けさせて、海兵隊を除隊させるべきだと進言した。まともな頭を持つ人間ならだれしも、震えるスナイパーをそばに置いておこうとはしないのではないか？

カイルが破滅の瀬戸際にあったとき、ほかの将校と古参下士官たちがこぞって彼の弁護にあたり、軍歴を終わらせる可能性があった書類の提出を取りやめさせた。それでも、その〝シェイキー〟という語は外に漏れ、兵士たちは仲間を手荒くからかうことをなんとも思ってはいないから、その呼び名を気に入ってしまった。そして、その〝シェイキー〟もしくは〝シェイク〟が、望みもしないニックネームとして通ることになったのだった。


〈ヴァガボンド〉の船上で、ミドルトン准将が人質に取られたことを報じるニュースを観ながら、カイルは矛盾する感情を覚えていた。誘拐という行為は気にくわないから、怒りを覚えた。被害者がアメリカの将軍であろうとだれであろうと、くそったれなテロリストどもが見境なく拉致してまわるなどということはあってはならない。怒りは、そういう道義的見地からのものでしかなかった。

また、個人的には、ひとりのアメリカ人としての誇りも感じた。なぜなら、合衆国は、テロリストとはけっして取り引きをしないという確固たる政策を維持していることを知っているからだ。まあ、けっしてではなく、たいていは、だが。いずれにせよ、あの准将を取りもどすための取り引きがおこなわれることはないだろう。その点については、国際テロに関する暗黙のルールブックに明白に示されているものとカイルは信じていた。

となれば、論理的には、ミドルトンを拉致したテロリストどもは、いつまでも彼を拘束していなくてはならないことになる。曰（いわ）く因縁のあるスナイパーとしては、それはおおいにけっこうなことだった。

# 12

　老人がふたり、セーヌ川をまたぐガーレ通りの橋の上で、手摺にもたれて立っている。湧きあがってきた雲が太陽を隠し、肌寒い午後の微風が川面を渡って、まもなく雨が降りだすことを告げていた。老人ふたりは、体が冷えないようにとセーターを着こんでいる。背後の通りを自動車が行き交い、川の左右に位置するリヨン駅とオーステルリッツ駅に入ってくる列車の音が響いていた。この場所なら、だれにせよ、彼らに見とがめられることなく尾行してくるのは不可能であったろうし、小声で交わす会話は騒音が掻き消してくれるだろう。

　そのふたりは、若かりしころは競争相手であり、敵対者であり、共謀者であり、同盟者であり、スパイとして対立する間柄だった。退職後、ふたりはそろってパリに住みつき、友情が育まれてきた。熱いコーヒーのカップをはさんで、古き良き冷戦時代を語りあうひとときは、とりわけ、ひとりはアメリカのため、もう一人はフランスのためにスパイ活動に携わってきた不条理な六十年の歳月を、いまは笑いとばせる身とあって、楽しいものではあった。

　バズ・ヒグビーはミネソタ州の森林地帯で育った男で、その気になれば合衆国に帰ることもできたのだが、一年の半分は凍りつく、うらさびしい湖のそばの丸太小屋で引退生活を送ることに魅力を見いだせなかった。成人になってからは、人生の大半をパリですごしてきたし、妻も子も、そして孫たちも、みなフランス人だ。ミネソタは、すでに異国の地になっていた。八十二歳とあって、髪は白く、青い目の輝きは鈍く、血圧は高くなって、補聴器の助けも必要となってはいるものの、年齢の割には健康な老人だった。

ヒグビーはこの日、まだ八十歳でしかないジャン＝ポール・デルマと会うために、わざわざここまで出向いてきた。デルマは、歩くのに杖の助けを必要としていたが、その鋭い知性は、スパイとして活動しながら高価な希少切手を熱心に蒐集（しゅうしゅう）していたころとくらべても、衰えをみせてはいない。バズは、二歳しか年齢のちがわない彼を、〝キッド〟と呼んでいた。

「これは、いささか微妙な状況ではある」デルマがヒグビーに言った。

「ばか言え（メルド）、ジャン＝ポール。われらが二国の関与する問題に、微妙でない状況があるとでもいうのかね？」

「それは的を射ているな。ともあれ、ワシントンにいるきみの同胞諸氏がフレンチフライをフリーダムフライと呼び変えるようになったことは、おおいによろこばしい。まったく、きみたちアメリカ人ときたら、食べものにとんでもない名前をつけるもんだ」

「まあ、そんなささやかなやりかたでこの共和国をよろこばせることができたのなら、わたしとしてもうれしいかぎりだが、どうせ、そんなのはいいかげんなものであって、いずれは元の名前に戻るだろうよ。きみもあれを食べるし、しかもフレンチフライを意味するフランス語の名称で呼んでるじゃないか。ポムフリットと」

「大ちがいだ」

「同じさ。それより、盛りを過ぎたスパイであるわれわれが、なぜいまさら、こそこそと会わなくてはならないのかね？　われわれはどういう人間だとか、以前はなにをしていたかとか、いまは友人づきあいをしているとかといったことは、だれもが知っている。わが女家主殿はわたしのことを、〝二階の2B号室に住んでいる元アメリカのスパイ〟と呼んでいるんだぞ」

　デルマが笑い、橋の下の速い流れに目を向けた。

「そういうわれわれだからこそ、これがすばらしい目くらましになるのではないかね？　われわれがいまだに重要度の高い任務に携わっているとは、だれも考えないだろう」

「それは当たっていそうだ。きみのぐあいはどうなのかね？」ヒグビーは、デルマが肺癌の化学療法を受けていることを知っていた。

「そのうち再発するかもしれん」

「なんとな。残念な話だ、友よ」

　デルマが肩をすくめる。

「生。死」

　デルマは十二年前に妻に先立たれていて、そのことばを語ったときのようすには、もはや生死には頓着しておらず、愛した妻と再会できるのなら、おそらくは死を選ぶだろうと感じさせるものがあった。その彼が、飛びすぎる鳩をながめるような調子で、ぐるりと身をまわしたが、実際には、それは近辺にだれもいないことをたしかめるための行動だった。

「きみを通じて、かつてのきみの上司たちがいたラングレーに、あるものを届けるようにとの依頼を受けた。うちの連中は、この件を可能なかぎり秘密にしておくことを望んでおり、きみとわたしのあいだがらほど秘密にできるものはほかにないだろうと考えたんだ」

国家というのは、国際政策に関して極度の対立状態にある場合でも、いや、ときには交戦状態にあっても、それぞれの情報機関には非公式の接触を維持させる。パリとワシントンが緊張状態にあるいまも、それは同じだ。フランスは、中東におけるアメリカの行動に手を貸したと見られるわけにはいかないから、急を要する微妙なメッセージの伝達も、きわめて非公式なやりかたでおこなうほうが好都合というわけだ。

ヒグビーは、ＣＩＡの裏工作に何年ぶりかで首をつっこむことになった。それは気分のいいものだった。デルマは、フランスの国外情報諜報部（SDECE）がアルジェリアで工作活動をやっていた時代にはそのエージェントを、一九八二年に改組されたその後継組織、対外治安総局ではそのエージェントを務めてきた。そして、不承不承、退職したといういきさつだった。

街の上空で雷鳴がとどろき、暗灰色の雲が渦巻く空から雨粒が落ちてきて、橋を点々と濡らしはじめた。ふたりが同時に、黒い傘をひろげる。

「きみの国の、行方不明になっている准将。きみも耳にしているな？　例のミドルトンだが？」

「ああ、ずっとテレビで観てるよ。彼のことでなにか？」

「知ってのとおり、わが国は、アメリカがテクノロジーに依存するのと同じく、人的情報源に大きく依存している。わが国は、テクノロジー分野においてはきみの国ほどの能力はないが、過去一世紀以上にわたって、アフリカや中東でエージェントを育成してきた」

「それは先刻承知だよ。もしアルジェリアでだれかが羊とファックしようとしたら、その羊より先にきみの国がその事実を知るというわけだ」

　ふたりがそろって笑う。雨がぱらぱらと降りつづいていた。

「バズ、そういう人間のひとりが、総局に接触してきてね。元フランス外人部隊の兵士だ。彼はいまシリアの北部に住んで、わが国のためにその地域一帯を旅しており、そのおりに、サーンという名の村の、とある民家へ例の准将が連れこまれるのを目撃した。准将は意識を失っているように見えたが、まちがいなく海兵隊の軍服を着ていたことを、その男が確認している」

「なんだと、相棒、きみの国はあのとんでもない地域に要員を配しているのか？」

　デルマがセーターのポケットに手をつっこんで、一通の封筒を取りだした。

「ああ（ウィ）。これが、その男の名と写真、そして、彼の住む村とそこに彼が構えている住居の所在地だ。総局はすでに、彼が現在の地点にとどまって、救出作戦の誘導に助力し、准将が監禁されている民家を教えるということで話をつけており、わたしはそれをきみに伝えるようにとの指示を公式に受けた。むろん、彼にはきみの国が報酬を支払ってやらねばならない。おそらくは、かなりの大金を。彼は百万アメリカドルを要求するだろう」

「なになに。百万も？　ミドルトンをぶじに帰還させるためにそんな大金をくれてやったら、その男はそれを運ぶのに駱駝を二頭ばかり、新たに買いこまなくてはいけなくなるぞ」バズ・ヒグビーは、その封筒をセーターの深いポケットに押しこんだ。「ワシントンがなんらかの行動に出ようとした場合、その人的資源との接触はどのように持てばいいのかね？」

「わが国の在ワシントン大使館付き陸軍武官へ、ひそかにメッセージを届けてくれ。パリがそのメッセージを暗号化したバースト通信（妨害電波に影響されない特殊な波形による通信）を用いて、その人的資源へ送る」

「ちょいとうまくできすぎた話に聞こえるな、ジャン＝ポール。ということは、うまい話ではなさそうだ。どこかに落とし穴があるのでは？」

「わたしもそう考えて、自問してみた。だが、われわれの知るかぎりでは、なにもないようだ」フランス人が言った。「あの地域でまた騒乱を生じさせたがっている国はひとつもない。この問題はイラク任せにはできないし、パリはワシントンに協力して動くことを強く望んでいる。つまり、わたしの考えでは、きみの言う否定的側面は、きみがわたしに個人的な借りをつくることだけだろう。奥方のマリーに、わたしからの愛を伝えておいてくれ」

ふたりは握手をして、左右に分かれ、嵐がやってこないうちに屋根の下へたどり着こうと、急いで橋のたもとへ足を向けた。

# 13

ＣＩＡを代表して国家安全保障会議に出席した男は、内心ひそかにほくそえんでいた。ブキャナンの鼻をあかしてやれそうな情報をつかんでいたからだ。ＣＩＡの代表者がノートＰＣのキーをたたき、壁面スクリーンのひとつに、黒い髪とふさふさした口ひげの中年男の写真が表示される。

「男の名は、フランス外人部隊に在籍していたころは、ピエール・ファレーズ。除隊後、イスラム教徒（ムスリム）になり、アブー・ムハンマドという名をもらった。父親はフランス人、母親はアルジェリア人。フランスにおいて、技術者になるための勉強をしたが、途中で断念して、軍隊に入り、一九八五年ごろシリアに移って、熟練の大工として働いた。作業中に梯子（はしご）から転落して、負傷し、高所での仕事ができなくなったため、この村に転居して、店を開いた。大工仕事を少々、農業を少々おこなっているが、大半はフランスのためにスパイとして働いている」

「本件に関して、このフランス人を信頼することができるのかね？」国家安全保障担当大統領補佐官、ジェラルド・ブキャナンが問いかけた。

「フランスはこの地域を植民地として長年にわたって統治し、現在も草の根的情報網を深く張りめぐらせています。この情報は、完全に信頼の置ける経路を通じてわれわれにもたらされたものです、ブキャナンさん。接触を持ったわがほうのエージェントは退職者ではありますが、フランス側の担当者とは以前からの知り合いです。この情報は有用であると、彼は信じています」CIAの男は説明を中断し、つぎに言うべきことばを熟慮した。「パリがきわめつけに希有で、時宜にかなったやりかたで、この男に関する情報をわれわれにもたらし、完璧な突破口を開いてくれたのです」

「では、そのアブー・ムハンマドは実際にミドルトン准将を目撃し、彼が監禁されている場所を正確に知っているということか？」

「われわれは、この情報は現時点においては的確なものであると見なしています」CIAの代表者は、別の大きな写真と地図をスクリーンに表示した。それは、ぎざぎざしたドルーズ山のすぐ東に位置する小村を衛星が撮影した写真で、二本の街路と四角い建築物があるだけだった。「ここが、ミドルトンが監禁されていると通報者が断言している村で……その建物は……ここです」

彼がキーをたたくと、村はずれに近い場所に並んでいる小さな建物のひとつをかこんで、赤い光の輪が点滅した。

ブキャナンが、引き結んだ唇を指で軽くたたく。

「発言したいひとは？」

部屋が静まりかえり、テーブルをかこむ面々を彼が注意深く見守るなか、その沈黙はいつまでもつづいた。ようやく、国務省の女性代表者が気を取りなおして、口を開く。

「わたしは不安を覚えます」

「なぜ?」ブキャナンは、彼女に好感を持っていなかった。国外に長期間住んで、快適な生活を楽しみ、大使館でパーティをくりひろげるのが仕事という、その他おおぜいの怠惰な外交官のひとりにすぎない。以前はずっとリオ勤務で、最近になって、Cストリートにある腹黒い外交官の巣窟に戻ってきたばかりだ。彼女に中東のなにがわかるというのか?「なにが気になると?」

「あまりに容易で、できすぎているように感じられます」平静な口調を保って、国務省の代表者が言った。ブキャナンの進めかたは速すぎると彼女は考えていた。それなのに、だれも反論をしようとしない。「なにか重大事件が勃発した場合は必ず、わが国の大使館に面会希望者が現われ、わが省の各情報機関に電話が殺到し、それら通報者たちをFBIに追いはらわさせるという事態が生じます。そういう通報者たちはみな、カネ欲しさの気配を漂わせ、情報と引き換えに金銭を要求するからです。しかしながら、今回のミドルトン誘拐事件の場合、裏情報の世界は沈黙しています。これまでなんの成果もなかったところへ、退職した老CIA職員がその友人である、やはり退職したフランス情報部元高官から接触を受け、すべての情報がわれわれのもとに届けられた。現地の詳細な地図が、その男の写真と経歴が、そして、被害者が監禁されている場所の住所が、われわれに届けられたのです」

「つまり、これは捏造（ねつぞう）だと考えているということか？」

彼女には、みずから墓穴を掘らせることにしよう。

「いいえ。ワシントンもパリも、何者かに利用されている可能性があるということです。わたしは政府の仕事を二十年以上してきましたが、ブキャナンさん、こんなに容易な展開は一度もなかった。これほど重大な問題がひとりでに解決するはずはありません」

「あなたの危惧（きぐ）は、しかるべく留意しておこう」彼女の発言が当を得ているのはたしかだったので、ブキャナンはそう応じた。シリア在住のその通報者は現地の〈シャーク・チーム〉に協力して働いており、この情報は、餌にするためにその場所からここへ持ちこまれたのだ。ブキャナンとしては、彼女に側面攻撃をかけるしかない。テーブルをかこむほかの面々が沈黙しているのを見て、彼はにやりとした。「この情報が唐突に出現したことはたしかだ。しかし、パリは、これまでもその他のできごと、とくにイラクがらみのごたごたについて、われわれと同様に深く関与してきたことを認識していると考えられ、そのパリがいま、この情報を善意の行為として提供し、しかも、その大々的な公表を要求しようとはしていない。そうであるからこそ、パリはそのふたりの老人を使ったのだ。オーケイ、これで、論議の出発点は全員にわかってもらえたと思う。つぎの一歩はどうすべきか？」

統合参謀本部議長、ヘンリー・ターナー将軍がマイクロフォンのほうへ身をのりだす。

「われわれとしては、可及的すみやかに突入し、彼を奪還したい。海軍がすでに地中海西部に任務部隊（タスクフォース）を展開しているので、われわれは武装偵察部隊（フォース・リーコン）救出チームを送りだし、イスラエル上空をこえて、その村に降り立たせることができる。着陸後三十分で、ミドルトンおよび通報者の両名をそこから運びだすことができるだろう。あと、この任務にゴーサインを出すのに必要なのは、大統領の許可だけですな」

ブキャナンは、一度だけうなずいた。これでよし。将軍が一同の関心を、〝いかに〟から〝つぎの一歩〟をどうするかに転換してくれた。彼はさっと立ちあがった。

「よさそうな感じだ。最終的な計画を策定して、大統領へのブリーフィングに備えてくれ」

「イエス、サー。大統領に知っていただく必要のある情報はひとつ残らず用意しましょう」

「では、それに着手し、准将の奪還に励んでくれ」ブキャナンはそう言い置いて、身を転じ、部屋をあとにした。

一同が部屋を出ていくとき、国務省の代表者がCIAの代表者をつかまえた。

「これはあまりに容易すぎます」さきほどと同じことを、彼女が言った。

CIAの代表者が、かろうじてそれとわかる程度にうなずいて、同意を示す。

「わたしもここで働いている身なのでね」

ふたりはそろってホワイトハウスをあとにした。

ジェラルド・ブキャナンは自分のオフィスに入ると、ドアを閉じて、窓辺に立ち、死の執行状に署名する覚悟を決めた。高い地位には重い責任が伴うものだ。この建物のなかには、オーヴァル・オフィスにすわっているあのばかも含めて、自分がいま熟慮しているような命令に署名する度胸を持ちあわせている者はいない。それを持ちあわせているのは自分、この自分だけだ。国務省のあの女には、けっしてそんなことはできないだろう。ほかの連中は軟弱者ばかりで、ひとりの男を生かす以上に強く必要とされる決断があることを理解できない。ブラッドリー・ミドルトン准将は、アメリカ合衆国の利益のために死んでもらわなくてはならない。

ターナー将軍はミドルトンの救出に熱を入れすぎるあまり、海兵隊のみを使う意図を露呈するという、戦術的発言ミスを犯した。もともと彼の部下のだれかを罠にはめるつもりでいたブキャナンにとっては、願ったりかなったりだ。あとはただ、しかるべき男を探し当てる範囲を絞りこみ、その男に命令を遂行させるようにして、この暗殺に合衆国軍の痕跡を残すことになるひと握りの海兵隊員たちに同行させるだけでいいのだ。

彼は壁につくりつけの金庫に近寄り、それの指紋・掌紋リーダーに右の掌をあててから、コンビネーション・ダイヤルをまわした。重いドアが手前に開いたところで、過去にさまざまな特殊作戦に使われてきた十指をこえる特殊部隊に対する、CIAの秘密命令書をおさめたファイルを取りだす。〝あぶない書類〟というのがCIAの説明だった。

それをデスクの上へ運び、背もたれの高い黒の椅子に腰をおろして、明るいライトの下で書類を調べていく。この種の仕事のために採用された三名の海兵隊員の記録が記されている部分をめくると、そのうち二名はすでに別の任務を割り当てられていることがわかった。

残った候補者は、偵察に熟練したスナイパーである一等軍曹。その記録と写真を見ると、身長は五フィート九インチで、体重は百六十ポンド、灰色の目と短く刈りこんだ淡い茶色の髪を持つことがわかった。戦闘経験が豊かで、年齢は三十四、独身で、諸外国から多数の勲章や感謝状を授与されており、それらには〈トップ・シークレット〉の印が付されていた。その男は過去十年ほど、イスラエルやイギリスやロシアを含む、世界のもっとも危険な場所のほとんどへ派遣されているように思えたので、ブキャナンはかなりの興味を覚えながら、軍歴を読んだ。公式に認定されている射殺数は八十一だったが、その数に含まれるのは公式に確認されたものにかぎられ、特殊な秘密任務におけるものは除外されているから、実数ははるかに多いだろう。おもしろいことに、そのファイルには、軍上層部に問題を生じさせたことを示す譴責(けんせき)の書類も二通、含まれていた。その男が最後に果たした任務には、パキスタンとの国境をこえた地点において射殺をおこなったと疑われる点があり、それが深刻な外交問題を引き起こしたのだ。このスナイパーは譴責を受け、一時的に秘密作戦従事者リストからはずされていた。これは、その男を復帰させるのに絶好の機会だろう。その男はどこやらの兵器企業の請負仕事をすませ、自由な身として新たな命令を待ち受けているだけでなく、自分にはいまも秘密仕事をこなせる能力のあることを証明したいと思っているはずだ。ブキャナンは、その姓名にアンダーラインを引いた。姓はスワンソン、名はカイル。

　国家安全保障担当大統領補佐官の所有するコンピュータは、合衆国政府全体でも最高度にあたる安全対策が施されたもののひとつではあったが、それでもブキャナンには、ハッキングされるおそれがないとは信じきれなかった。それが発するウーンとかカリカリとかという音は、なかのハードディスクが情報を蓄えたり、移動させたりしていることを意味しているにすぎない。真に安全なコンピュータというしろものは、どこにもないのだ。いつか、自分の秘密通信文が上院調査委員会に露見したり、《ワシントン・ポスト》紙の見出しになったりするようなことになってはまずい。この件に関しては、自分の秘書ですら信頼するわけにはいかなかった。

ブキャナンは、デスクのまんなかの抽斗から、上辺に青色で簡素に〈ホワイトハウス〉の文字が印刷されている高価な便箋を一枚だけ抜きだして、整然とした正確な字体で命令を書きこんでいった。これが唯一の原本として、ブリーフケースにおさめられ、そのブリーフケースが特使の手首につながれて運ばれることになる。そして、選ばれた海兵隊スナイパーが読んだあと、この命令書は特使に廃棄させる。コピーも、文書筆跡も残さない。

書き終えると、ブキャナンはそれを公用封筒に入れて、封をしてから、前面に赤い斜めのストライプがあって、〈ホワイトハウス・トップ・シークレット〉の文字が大きく、黒く印刷されている薄青色のファイル・フォルダーにおさめた。それにもやはり、封をする。

そのあと、彼は側近のサム・シェーファーに対して、スワンソン一等軍曹の所在を突きとめ、彼を可及的すみやかに、地中海艦隊に乗り組んでいる海兵隊部隊に送り届けるようにとの指示を出した。シェーファーにはまた、そのタスクフォースのもとへ飛ぶ際には、命令書をぴかぴかのアルミ製ブリーフケースにおさめ、そのブリーフケースを手錠で手首につないで携えていき、直接、相手に封筒を手渡すようにとも指示した。自分のスタッフを使って、

ＣＩＡをよそおわせれば、ターナー将軍をはじめとする制服組を通さずにことを運ぶことができるだろう。

その仕事をしている途中、ブキャナンはまたまた、ゴードン・ゲイツの野心的で先見の明のある発想に、不承不承ながら感心させられていた。スワンソンのような血に飢えたロボットを派遣するというのは、じつにすばらしい〝保険政策〟ではないか。

# 14

それが味方であれ敵であれ、あとで悔(くや)むようなことをやらせるには、ちょっとひと押ししてやるだけですむ場合がときにあることを、アリ・シャラル・ラサドは心得ていた。彼は裏工作の名手であり、それをアメリカ合衆国に対して仕掛けてやろうともくろんでいた。ラサドは〝レベル〟・シャイフとしてよく知られ、実際は偉大な戦士でもあるのだが、より大きな政治権力に利用されるのを避けるために、そのことはあまり知られないようにしていた。頑強に孤立を保っているおかげで、バグダッドともテヘランともワシントンとも、都合によって手を組むことができる。彼はそのどれとも協力するが、どれも信じず、おのれのためのみに動いてきた。

アメリカ軍准将を巻きこんでの今回のドラマにおける自分の役割を正確無比に演じることに、彼は同意していた。何層にも重ねた欺瞞(ぎまん)工作というやつほど楽しいものはないからだ。この作戦に自分の私兵を貸しだし、そのあと、アメリカの大手テレビ・ネットワークから派遣されたペンタゴン番の記者と一度、短い面会をするだけで、かなりの見返りがもらえることになっている。その記者は過去に何度もイラクを訪れたことがあって、合衆国政府から絶大な信頼を得ている男だ。彼の書く記事は、すんなりと受けいれられるだろう。

ラサドはカップに満たした濃いティーを飲みながら、バスラに構えているオフィスに毎日届けられてくる、《インターナショナル・ヘラルド・トリビューン》紙その他の新聞、雑誌に目を通していった。常時、インターネットをモニターしているスタッフが、一時間ごとに報告を入れてくる。いろいろなブログに多数の書きこみがあったが、重大な内容はなにもなかった。なにも知らない一般大衆が、わめきたてているだけだ。そこには三台のテレビがあって、CNNとアルジャジーラとスカイニュースにチャンネルが合わされ、ミドルトン准将が行方不明であることと、〈アラーの聖なる新月刀〉が奇妙な要求を出してきたことを報じるニュースが流れていた。

新聞の紙面にもテレビの画面にも、暗号解読されて彼のデスクの上に置かれている最新情報に匹敵するようなものは、なにひとつなかった。合衆国第六艦隊のタスクフォース32-Aが、大西洋から地中海西部へ移動していた。イスラエルが、その上空をアメリカ軍が飛行することに許可を出した。海兵隊がやってこようとしている。当事者のだれかが疑惑を覚えて再考することのないよう、ラサドは絶えず、この事態に新たな切迫感を付け加えるように配慮していた。

駆け引きを駆使するのは、じつに楽しい。ラサドは新聞をわきによけて、ティーを飲みほし、パチンと指を鳴らして、補佐役にデスクをかたづけさせ、すべての新聞を焼却させた。

いつかそのうち、敵意を持つ政治家が、告発材料の発見、押収をもくろんで、摘発部隊を自分の宮殿に派遣することがあるかもしれないからだ。もちろん、そんなもくろみは失敗して、その政治家はすぐに抹殺されることになるが、ラサドはいつも、もっとも重大な情報は頭のなかに入れておくようにしていた。ほかの情報は、灰にして始末する。

彼は、ひげと眉、鼻と耳の手入れをさせるために理髪師を待たせてある、リヴィング・スイートへひきかえした。インタビュー用に選んだ衣類、ロンドンから取り寄せたダークグレーのスーツと、オフホワイトのドレスシャツと、地味なシルクのネクタイ、そして磨きあげたイタリア製の靴は、すでに従者がそろえていた。スーツのスラックスは、左脚が右脚より一インチほど短いという事実があからさまにわからないように、仕立てられている。それは、ウダイ・フセイン（サダム・フセインの長男で、父親の権力をかさにきた異常なまでに残忍な行動で悪名を馳せた）配下の暴漢どもが奪いにきた自分の美しいガールフレンドを守ろうとしたために有罪を宣告されて、アブー・グレイブ刑務所に一年半ぶちこまれていたことを思い起こさせるものだった。そのとき、ウダイみずからが、笑いながら、長いスチールのバールをふりまわして、ラサドの脚の骨を打ち砕き、その若い女とのいきさつをおそろしく詳細にしゃべった。彼女はヴァージンで、ファックをすると、悲鳴をあげたこと、ウダイが飽きると、彼女をレイプ・ルームの護衛どもに投げ与え、そこで彼女が死んだこと。そんな拷問セッションのあと、ラサドは傷が癒えるまで猶予を与えられたが、ある程度まで回復すると、ふたたびバールによる同じ拷問を加えられた。自白することなどはなにもなかったので、それは自白を強要するための暴力ではなかった。暴力をふるうことをウダイが楽しんでいただけなのだ。そのうちようやく、アメリカ軍によって解放されたとき、ラサドの片脚は、歩くことができないほどひどく痛めつけられていた。

この不自由な片脚は、傷が癒えたのちの新たな人生を栄えあるものとする勲章であり、独裁者サダム・フセインに抵抗して高価な代償を支払ったことを暗黙のうちに語るものとなった。投獄されたとき、彼は内務省官僚のひとりにすぎなかったが、解放後、その強力な精神を、苦痛に耐えることから別の方向へふりむけて、みずからの体験を大きな原動力とすることによって、新たな政治勢力のひとつとして浮上した。いまは、ウダイの残忍さに感謝したくなる日があるほどだった。なにしろ、ラサドの祖国への忠誠心をあれほど疑問の余地なく明らかにしてくれたものは、またとないからだ。あれは、政治的取り引きに使う材料としてはすばらしいものだった。最終的に、ラサドは、フセインの息子たちの居どころをアメリカ軍に教え、そこで彼らが殺されたことで、最後に笑う者となった。彼はいまも、無残な死体と化したウダイの写真をフォルダーにおさめて、デスクの抽斗に入れており、しばしばそれを見る。

きょうのラサドは、西洋化した現代的で理性的なイラクのリーダーとして見られるように、ふだんの快適なローブではなく、高級なスーツを着ることにしていた。アメリカのテレビ視聴者たちに、コーランをがなるしか能のないそこらの過激な高位聖職者（ムッラー）と同列に見られたくはない。なんといっても、自分はマサチューセッツ工科大学（MIT）を卒業しているのだ。

ミッドナイト・ブルーに塗装されてゴールドの装飾が施された、流線形のベル・ヘリコプターが一機、クウェートのドーハにあるアメリカ軍の大規模基地からの円滑な飛行を終えて、宮殿の構内に着陸する。ジャック・シェパードがその痩身を快適なシートから引き離して、ヘリコプターを降り、ローターの疾風を避けようとひたいに手をかざした。彼は見当識を失っていた。なにかが失われたような、なにかがおかしいような、不完全な感じがあった。その感覚はなかなか消えず、案内人が彼と握手をし、テレビ・クルーが機材をおろして、エアコンのきいたリムジンに運びこむのを手伝いはじめたところで、ようやく、なにがどうちがうのかがわかった。ここは静かなのだ！　ほかのひとびとが、〝レベル〟・シャイフの宮殿とその周囲の広大な地域に漂う奇妙な感覚を話題にのぼらせるのをよく耳にしていたが、自分は少なくともこの一年はここを訪れたことがなかった。イラクにいるときは、いつも緊張し、危険を予期しているものだ。地方のあちこちで爆弾の音が鳴り響き、ポップコーンのマシンのように、つねにどこかでなにかが不規則な間隔で爆破されている国なのだが、バスラのこの地区は静けさのオアシスだった。

宮殿に行く前に、案内人がちょっとした観光に彼らを連れだした。商店が軒並み開いていて、きれいな街路を多数の自家用車が行き交い、手入れされた緑の草地で子どもらがサッカーに興じ、露天市では、頭部を隠していない者もまじえて、女たちが商品を詰めこんだ袋を持って、自由に歩きまわっていた。非武装の警官が交通を管制し、ローブ姿やオープンシャツにスラックス姿の男たちが歩道に沿って並ぶカフェのテーブルをかこんでいる。笑い声があふれていた。

トヨタの新工場への道順を示す看板が見え、通りを歩いていると、そのほかにも、ドイツ語やフランス語や日本語やロシア語の看板が目にとまった。外資が流れこんでいるのだ。新しい建築物は、煉瓦と漆喰のやっつけ仕事ではなく、きちんと設計された鉄筋コンクリート造りだった。シェパードは頭のなかのインデックスカードをめくっていき、これに比肩する例を見つけだした――ベイルート。そして、そこはかつて年配の特派員たちが、テロリストの巣窟ではなく、中東の真珠と呼んでいた都市であることを思いだした。バスラの郊外には軍隊が駐留し、〝レベル〟・シャイフの恐るべき私兵団も、一部が通常の警察部隊に組みこまれている。この地域は、一年前に訪れたときもそれ以前よりはよくなっていたが、いまはさらに改善されていた。あのシャイフがなにをしてきたにせよ、それはうまくいっているということだ。

「ジャック・シェパード！　またきみに会えて、よかった」アリ・シャラル・ラサドが、宮殿中庭の噴水のかたわらにある木立の影から足を踏みだして、手をさしだしてきた。「急な知らせだったのに、よく来てくれたね」

「お招きいただいたことに感謝しています」とシェパードは応じた。「これは大きなネタですからね。あなたのコメントがいただけるというのはありがたいことです」

ラサドがうなずき、宮殿内の涼しい場所へ特派員を導いていく。

「いやいや。それより、いますぐクルーに準備をさせるように。あいにく、時間はわれわれの味方ではないようなのでね。インタビューが終わったら、わたしのプレス・オフィスを使って、記事を編集部へ送るようにしてくれればいい。うちの技術者たちに、できるかぎりの助力をさせよう」

ふたりがそれぞれの位置に就き、マイクとライトが設置されて、テストがおこなわれ、カメラの準備がすんだところで、ラサドがシェパードをカメラに映らないところへ連れていき、ここに来る途中で目にしたことに関する感想を求めた。

「強い感銘を受けたと申しあげねばなりませんな」特派員は答えた。「この国のほかの地域は暴力の嵐に引き裂かれているのに、この一帯にはそんな気配はなにひとつ見受けられない。それはなぜでしょう?」

「その理由は多々あるし、わが友よ、インタビューのあとのランチのときでよければ、よろこんでそのことを論じあおう。まあ、手短に答えるならば、われわれはなによりも、平和な暮らしを望んでいて、預言者が――その名をほめたたえよ――そういう方向へわれわれを導いてくださっているということだ。この国は何世紀にもわたって諸外国の軍隊に蹂躙(じゅうりん)されてきたから、われわれは再建の方策を心得ている」語っている彼のスーツとネクタイをクルーのスタイリストが直し、そのひたいのてかっている部分にメイク係が薄くパウダーを塗っていく。「今回の問題点は、アメリカがありとあらゆることを、われわれのではなく、彼らのやりかたでやろうとしていることでね。さいわい、ここにはイギリス軍を進駐させることができ、彼らはもっと理解があったということだ。いずれ、われわれがこの暴力の時代を乗りきって、自前の保安体制を構築し、他国に危険をおよぼす状態から脱すれば、ロンドンはよろこんで、われわれが自力で成長するための余地をつくり、軍の一部を撤収させるだろう」

突然、ラサドが不機嫌な顔になった。

「アメリカの建築会社はどれも、わが国のひとびとには奴隷並みの賃金しか支払わないくせに、アメリカ人の社員には法外な給料を払い、しかも、イラクでなすべき意思決定をダラスでやったりするから、この地域に入ることは許されない。われわれは、同じ仕事には同じ賃金が支払われることを望んでいる。それに従おうとしなければ、建築会社は世界各国にあり、われわれに力を貸したがっているのはアメリカの企業だけではないことを思い知る結果になるだろう。アメリカの失敗を招くのは、その傲慢な業務管理だ。われわれがいま全土で建設を進めているのは、ショッピングモールだけではない。その成果として、この地域は、安全を確立し、水をきれいにし、じゅうぶんな食料と電力を供給し、公正と寛容を重視する完全に世俗的な文民行政府を築きあげることができた。わが国のほかの地域にはそれができないと考える理由はどこにもない。もし外国人が——他の諸国から来ている同胞のムスリムたちも含めて、すべての外国人が——母国に帰ってくれさえすれば、それができるだろう」

その私兵団、恐るべき〈アラーの聖なる新月刀〉については、彼はなにもコメントしなかった。彼らは、人目につかない遠く離れた基地に常駐し、世界最大の民間警備企業、ゲイツ・グローバルから派遣された破壊のスペシャリストたちによって日々、訓練を施されている。バスラがこれほど静かである理由のひとつは、この都市の住民の全員が、もし規律を破れば、遠い砂漠への小旅行という結果を招き、二度とだれにも会えなくなるのを知っていることにあった。

シェパードはメモをとりながら、意見を述べた。

「いまの話は、脅しのようにも聞こえますが」

「いや、まったく。いずれにせよ、彼らはいつかはこの国を出ていく。そういうことは、歴史を通してつねにあったからね。それなら、早いに越したことはない。われわれの人生はわれわれにゆだねてくれということだ」

シェパードは、カメラマンがうなずきかけたことに気がついた。

「わかりました。よろしければ、そろそろカメラをまわそうと思いますが」

ラサドの態度が劇的に変化し、表情がやわらいで、じつに如才ない感じになった。

「わたしが短い声明を出すから、そのあと、きみが質問をしてくれ」

カメラマンが指さし、ラサドが話を始める。

「イラク国民は、アメリカ合衆国海兵隊のブラッドリー・ミドルトン准将が誘拐されたとのニュースに甚大な衝撃を受けている。われわれはまた、〈アラーの聖なる新月刀〉がその犯行に関与したという謂れなき非難によって、名誉を穢されもした。僭越ながら〈アラーの聖なる新月刀〉を代表する者として、わたしはその非難は誤りであることをあらんかぎりの力をこめて糾弾したい。周知のごとく、〈アラーの聖なる新月刀〉はアメリカの赤十字に類似した博愛団体であり、イラク国民の健康と福祉に貢献している。いかなるテロリストとも、なんのつながりも持っていない。われわれはミドルトン准将誘拐事件に関与しておらず、そもそもこの善なる名を穢すような人間は受けいれない。この事件の犯人はならず者どもであり、コーランの教義に基づく守護を受けることはない」シャイフはひと息入れて、カメラを見つめた。「われわれはこの事件とはなんの関係もないのだ」

シェパードは、職業的な無表情を保つのに苦労していた。いまのはたいした弁舌だし、シャイフは〈アラーの聖なる新月刀〉の暴力にまみれた来歴を、みごとにはぐらかしてみせた。

「だれがやったかは、ご存じですか？」

「いや、残念ながら、われわれも知らない。しかし、われわれの警備担当者たちがあることを発見し、それは貴国の政府へ公式に伝えなくてはならないことであるように思われる。われわれは直接の接触はおこなっていない。というのも、われわれは准将の身に危害がおよぶのを望まず、また、アメリカのために働いているわけでもないからだ。そこで、わたしは、シェパードさん、きみと連絡をとった。きみはこの情報を誠実に伝えてくれる人間だと考えたからだ」

「そのメッセージはどういったものでしょう？」

シェパードは気が浮き立ってきた。あの頼まれもしない賛辞はもとより、シャイフとのこのインタビューへの招待という材料があれば、来るべき特派員契約の更新交渉を首尾よくおこなうことができるだろう。ここで、凶悪な私兵団という現実の評判をシャイフにぶつけて、インタビューをだいなしにすることだけは、なにがなんでも避けなくてはならない。

「邪悪な者どもが火曜日の正午、テレビカメラの前でミドルトン准将を処刑することを計画している。アメリカ軍がおこなった破壊に対する象徴的懲罰として、彼は投石による死を与えられることになっている。この忌わしい事件の真犯人は、アルカイダだ」

　シェパードは愕然とした。

「それを証明できますか、シャイフ・ラサド？」

「うむ」彼は上着のポケットから、白い封筒を取りだした。「この声明を終えたあと、〈アラーの聖なる新月刀〉は、つい数時間前にアルカイダの使者から届けられたこの文書メッセージをスイス大使館に引き渡す予定だ。このメッセージには、誘拐事件に関与した者のみが知りうる詳細な事実が含まれている。それを別にすれば、そこには処刑の日時と、交渉の余地はないという文句が記されているだけだ」

　ラサドは椅子に背をあずけ、シェパードは呆然としながら、インタビューの終了を指示することばを発した。ライトが消え、留められていたマイクをふたりがはずしたところで、ラサドがシェパードの肘をつかんで、向きを変えさせた。

「きみはいますぐ、ここのプレス・センターへ行って、記事を送付しなくては、ジョン。急いでくれ。これはきわめつけに重大なことであろうし、きみがミドルトン准将の生命を救うことができるかもしれないんだからね。ワシントンに電話が通じたら、まあ、必ずそうなるとわたしは確信しているが、わたしから個人的に聞いた話として、こう言ってやればいい。われわれは、役に立ちそうな情報を根こそぎ掘り起こしていて、なにかが見つかりしだい通報するつもりでいると。さあ、行け、行くんだ！　それがすんだら、いっしょにランチといこう。来る(きた)べきサッカー・シーズンのことをあれこれとしゃべりたいからね」

シャイフ・アル・シャラル・ラサドは、満足していた。これが、波打つ砂の地で築きあげられてきたアラブの政略、中身がないものや、どうでもいいものを有用なものと交換する取り引きのやりかたなのだ。ミドルトンの拉致に手を貸し、あの記者と面談することに対して、ゴードン・ゲイツは百万ドルを支払った。だが、ラサドの助力を買ったからといって、彼の同盟を得たことにはならない。ゲイツは、一時的な同志にすぎない。ラサドはいま、准将に迫っている危険が大きいことをワシントンに納得させるべく動いていたが、自分がそれに関わるつもりはなかった。彼らはもともと、今回の事件はアルカイダの犯行と考えていたから、これで、バスラにおける彼の支配力を弱体化させようとしてきたあの過激なばかどもが、ふたたびアメリカ軍に痛烈にたたかれることになるだろう。さらなる善意のそぶりとして、今夜、〈アラーの聖なる新月刀〉にアルカイダの工作員を二名ほど摘発させて、CIAに引き渡させ、やっかいものの数を減らしておくとしよう。

アリ・シャラル・ラサドはタイル張りの涼しい廊下を歩いて、リヴィング・スイートにひきかえし、息苦しいネクタイをはずした。あの記者が記事の転送を終えて、遅めのランチに合流するにはまだちょっと時間がかかるだろうから、それまでひと眠りしておくとしよう。

# 15

「着陸に備えよ」拡声(PA)システムの無個性な声に起こされたカイルは、快適なシートに体を固定させるためのベルトを締めた。そこは、双発のグラマンC-1A、軍事用語では〝艦載輸送機〟、兵士たちはそれを略して〝COD〟と呼んでいる航空機の機内だった。二十八席あるシートの大半は、上陸許可の休暇を飲みまくってすごしたあと、巨大な原子力空母(CVN)-71へひきかえしていく若い水兵と海兵隊員たちに占められていた。すべてのシートが機の後部を向いた格好で並んでいるせいで、後ろ向きに飛んでいるような錯覚に陥りやすく、ひどい場合は、乗物酔い症状を呈して、嘔吐袋(おうとぶくろ)が余分に必要になることもある。酔いが残ったままCODに乗りこんで、日曜日の夜明けを迎えるというのは、たいていの人間の胃にとって耐えがたいものなのだ。

パイロットがフラップをさげて、双発のアリソン・エンジンのスロットルを開き、CODが空から舞い降りて、そのテールフックが、合衆国艦艇(USS)〈シオドア・ルーズヴェルト〉のデッキに張られた三本のワイヤをキャッチする。CODの速度が、わずか六十フィートのあいだに百二十ノットから完全なゼロになって、カイルは激しくシートベルトに身を押しつけられた。乗っている兵士たちの内臓もまた、そのごく短時間の減速にさらされて、胃が口から飛びだしそうな感じになり、若い水兵のひとりが通路へ激しく嘔吐して、連鎖反応を引き起こす。

数分後、ＣＯＤがワイヤから解放されて、広大なデッキの所定の場所へとタクシングを始めた。まもなく、サイドドアが開いて、海の空気が機内に流れこみ、真新しい吐瀉物の悪臭が吹きはらわれていく。不格好なＣＯＤが、兵員と物資を空母へ運ぶ通常任務を終えたのであり、カイルは、トルコのインシルリクにあるアメリカ空軍基地から、地中海西部に展開する空母戦闘群へこの日に運んでこられた荷物のひとつにすぎなかった。

シャリが先に、ワシントンへ戻れとの命令を受け、その二時間後、カイルの携帯電話に当直将校が電話をかけてきて、可及的すみやかに艦隊へ帰還せよとの命令を伝えたのだった。休暇は完全にキャンセルになった。シャリは、世界の平和と国家の防衛のためには自分のほうがはるかに重要だから、先に呼びもどされたのだと指摘した。ジェフが〈ヴァガボンド〉を大至急、ナポリに向けてくれたおかげで、シャリとカイルは土曜日の朝一番の出発便に乗ることができ、その前に、最後のすてきなディナーを楽しんで、夜をいっしょにすごすことができた。このヨットの旅は、ふたりのどちらにとっても癒しのひとときであり、ふたりの絆をさらに深める貴重な機会だったので、ナポリで彼女と別れ別れになるのはつらいことではあったが、ふたりは、自分たちにはあすという日がたっぷりとあるのだと考えて、別れを告げたのだった。いまは、戦士の気構えをとって、仕事に集中すべき時だ。

　カイルは、ほかの全員がＣＯＤを降りるのを待ってから、片手にエクスカリバーをおさめたガンケース、片手にヴァルパックのスーツケースを持って、通路を歩いていった。ハッチから足を踏みだして、小さな金属製の階段をおりる。飛行甲板(フライトデッキ)では、風がうなりをあげ、クリスマスの〈ウォルマート〉より忙しくひとびとが動きまわっていて、ジェット燃料とオイルのにおいが漂っていた。

「そこにいるのはカイル・スワンソン一等軍曹か？」フライトデッキの騒音をつらぬいて、よく響く問いかけの叫び声が届き、そちらを見ると、髪をきれいに剃(そ)りあげた海兵隊曹長が立っていた。

「問いかけてきたのはどこのどいつだ？」

「おれは、おまえにとっては神に等しいんだぞ、このできそこない。かしこまれ！」

「かしこまりました。はいはい、ダブル・オー、了解」彼はそちらへヴァルパックを放り投げた。

　別の海兵隊員がそれをでかい手で受けとめて、笑い、カイルの肩をどやしつける。

「行くぞ。この船でぐずぐずしてはいられない。おまえをつかまえるためにおれが〈ワスプ〉から派遣されて、そのヘリがあそこで待ち受けているんだ」カンザス州プラット出身の海兵隊曹長、オーヴィル・オリヴァー・ドーキンズが、デッキの先に駐機し、大きなローターで周囲の空気をひっかきまわして暖気運転をしている、角ばったＵＮ‐１Ｈヒューイ・ヘリコプターを指さした。

彼らは左舷側の端へ歩いていって、ふたつの梯子（ラダー）をくだり、航空機がぎっしりと並んでいて、多様な色のジャージーを着たクルー・メンバーが忙しく働いている、配管だらけの穴倉に入りこんだ。駐機されている航空機のなかに、整備兵や技術兵たちがもぐりこんでいる。

周囲におおぜいの人間がいるとあって、迎えの海兵隊員ふたりはなにも言おうとしなかったが、カイルは好奇心に動かされて、早々とひとつの結論に達していた。トルコに着いた時点ですでに、どうしたわけか自分は優先度の高い項目として扱われていたし、いまはいまで、曹長がじきじきに出迎えに来たのだ。ということは、とカイルはちらっと考えた。自分もシャリと同じくらい重要なのかもしれない。

「それで、これはいったいどういうことなんです、ダブル・オー？」

彼らのブーツがスチールのデッキを踏み鳴らす音が響く。

「会話の全部が聞こえたわけじゃないが、大佐は、おまえにまた海軍戦功章をくれてやるか、最終的にわが愛する海兵隊からおまえをたたきだすか、どっちかの話をしていたぞ。どっちだったかは忘れた」

「たいした神様ですな。それにしても、なにが起こっているのかを曹長すら知らないというのは？　この世界になにが始まってるんです？」

「おれはなんだって知ってるぞ。陸の獣どもも海の魚ども（フィッシーズ）も、おれが知らないうちに動いたりはしない」

「〝フィッシーズ〟じゃなく、たんに〝フィッシュ〟です。フィッシュは単数も複数も同じなんですよ」

「〝フィッシーズ〟のほうが響きがいいし、なにしろおれは神なんだから、なんでも自分の言いたいように言っていいんだ」

小型の黄色いトラクターが、翼をたたんだF‐14トムキャットを牽引(けんいん)して近づいてきたので、彼らはじゃまをしないようにわきへよけた。

「実際のところ、なにが起こっているのか、あなたにもわかってはいないんでしょう？」

「うん、さっぱりだ、カイル。まあ、おまえの古なじみのミドルトン准将がらみで、なにかばかでかいことがおまえに降りかかろうとしてるってことだけは、たしかだな。さもなきゃ、文官を乗せたヘリがおまえにさしむけられるなんてことがあるわけがないだろう？」

ドーキンズが肩ごしに、温かみのかけらもない笑みを長々と送ってきた。

「それと、〝特別な客人〟がおまえを迎えに来るなんてこともな」

彼らはメインデッキへつづく階段とラダーをのぼりはじめた。

「おっと。スパイ(スプーク)ですか？」

「『ハロウィン』のフレディ・クルーガー並みに不気味(スプーキー)なやつさ。『最〝狂〟絶叫計画』のチェーンソーを持ったジェイソンというか。とにかく、ラングレーから直行してきたCIAの気取り屋だ。昨夜、ここに着いた」

彼らがデッキにあがったときには、そのヒューイはすでに離艦の準備をすませていた。それは主として指揮統制プラットフォームとして使われる機種であって、つまりクッション付きのシートがある。ドーキンズもカイルも、ヘリコプターから飛びだすのが仕事の一部という人生を送ってきて、そのなかに閉じこめられるのは嫌いだから、乗りこんでもシートベルトは締めなかった。ヒューイがなめらかに舞いあがり、開け放たれたドアから、さわやかな朝の空気がキャビンへ吹きこんでくる。巨大な〈ルーズヴェルト〉の艦影が徐々に小さくなり、やがて後方に消え去って、穏やかに波打つ緑色の地中海が五百フィートの下方にひろがってきた。

〈ワスプ〉へ飛行する途中、カイルは予期せぬ〝特別な客人〟の出現のことをあれこれと考えていた。この前、ＣＩＡに譴責（けんせき）を受けたとき、自分はひとりの文官と大佐の前で気をつけの姿勢をとって立ち、任務において国境侵犯をしでかしたこと、その戦功よりも引き起こした問題のほうが大きいこと、そして二度と元の任務に就くことはないであろうことを告げられたのだ。

「どういうことです？」と彼はそのスパイに問いかけた。「あのくそったれ、アリ・ビン・アッサムを生きかえらせろとでもいうのですか？　あなたはやつの死を望んでおられた。そいつが死んだのですよ」

彼はそのあとしばらく、戦闘協約を破ったことをくどくどと叱責され、ＣＩＡには法を犯した者を許すような寛容さはないと言い渡された。カイルは肩をすくめて、聞き流した。必要とされた秘密任務に着手する前は、無言の祝福を与えておいて、あとになってそういう文句をうるさく言いたてるのは、軟弱な事務屋にはよくあることだし、実際、以前にもあった。

彼らはとりあえず、失態をファイルのなかに封入するだけのことであって、カイルを使うことは断じて、二度と、絶対にないという声高な脅しがつづくのは、つぎに彼が必要とされる時が来るまでのことだとわかっていた。

そしていま、その時が到来したように思えた。なにかが、彼らのケチな官僚的精神を動かしたのであって、それはつまり、ミドルトンを奪還するための急襲作戦が計画されていて、自分が撃たれることになる可能性もおおいにあるということだ。カイルはブーツのあいだへ手をのばして、ガンケースをいとおしげにたたいた。ジェフとティムが、エクスカリバーを持っていって、実戦テストに使うようにと強く言ってくれたのは、じつにありがたいことだった。だれかが撃ってきたら、こちらは撃ちかえすまでのことだ。

## 16

カイルが要人(VIP)キャビンのハッチをノックすると、内部から、鋭い命令の声が返ってきた。

「入れ」

そのキャビンはごてごてと飾りつけられて、スチールのデッキの上に絨毯(じゅうたん)が敷かれており、歩くとブーツの跡が残った。さまざまな艦艇や、かつての将軍たち、そして海戦の写真が壁に並んでいて、四隅に旗が立てられ、カーテンが開け放たれた大きな舷窓から射しこむ日ざしが室内を照らしている。ヘルメットのように盛りあがった黒髪をきれいに後ろへ撫(な)でつけた文官がひとり、そこに立って、彼を待ち受けていた。身に着けているダークスーツはかなり値が張りそうなしろもので、その下の白いシャツは、ひと晩じゅう眠らず、その隅に立っていたにちがいないと思えるほど、ぴしっと糊(のり)がきいている。独善的な気配をにじませている男だ。

「ガニー・スワンソン、わたしはジョン・スミスだ」にこやかにほほえんで男が言い、整った歯並びがぞろりとのぞいた。「遠慮なく、ジョンと呼んでくれればいい」

風変わりな出かただな、とカイルは思った。

「わたしはもうＣＩＡの仕事はしていませんよ、スミスさん。一年ほど前、えー、そのう、最後の任務のことを取りざたされて以後、ずっと海兵隊遠征隊(MEU)に配属されていますので」

スミスが大きなソファに腰をおろして、慎重に脚を組む。

「わたしはきみに直接、新たな命令書を手渡すために、はるばるワシントンからここまで飛んできたんだ。きみは、書類上は海兵隊に属したままではあるが、一時的に、ＣＩＡのためでもある任務に就いてもらうことになった」

カイルはなにも言わず、どういう状況なのかと考えこんだ。航行する空母の立てるきしみ音や打撃音が、室内の静寂をかすかに破っていた。

「このことを知っているひとは何人います？」

サム・シェーファーが嘘を並べる。

「わたしと、わたしのボスである国家安全保障担当大統領補佐官、ジェラルド・ブキャナン。海兵隊総司令官と、アメリカ合衆国大統領」

じつのところ、シェーファーはなにも知ってはいないのだが、それを認めると、自分の重要性が減じるように感じたのだ。そもそも、これはブキャナンが単独で進めていることなので、大統領も総司令官もなにも知らない。シェーファーは、この書状が見たくてうずうずしていた。ブキャナンは、わずかばかりの情報を教え、この面談のさばきかたについて厳格な指示を出したにすぎない。

「ＭＥＵ司令官は？」

「これは、知る必要がある者だけに知らされる状況なんだ、ガニー。知りたい者に知らされるのではない」

「猛烈に面倒な用件が持ちこまれてきたってことですね、ジョーンズさん」

「スミスだ」

「スミスでも、ジョーンズでも、どっちでもいいでしょう？　どうせ、そんなのは本名じゃないでしょうし。つまり、これは、自分の部隊の司令官にも知らされない、秘密任務ということですね？　それは大失敗につながる。わたしがやろうとすることを司令官が知らないのでは、うまくいくわけがないでしょう？」

　これは、実戦に参加したことは一度もない連中がひねりだした、夢想的な任務にちがいなかった。だとすれば、海兵隊総司令官がほんとうにその輪のなかに入っているのかどうかすら、疑わしい。

「きみが配属される部隊の指揮官には、きみは予備兵力のスナイパーとして、ミドルトン准将救出任務に同行すると知らされる。すべてが円滑に運べば、きみが新たな命令を受けることはない」

「それで、その仕事とは？」

　サム・シェーファーが、アルミ製のブリーフケースを置いてある小デスクへ足を運び、コンビネーション・ダイヤルをまわして、ケースを開いた。封がされた白い封筒を、カイルに手渡す。カイルは舷窓のそばへそれを持っていき、明るい光の下で中身を読んだ。最初に目にとまったのは、上辺に青で印刷されている小さな文字だった。〈ホワイトハウス〉。大統領からとわかって、息が詰まった。命令書を読み、もう一度読みなおす。同じことだった。

「くそ」彼は言った。「むちゃなことを考えつくもんだ」

「たしかに、ガニー・スワンソン、これは、十人以上の人間が心臓麻痺を起してもおかしくない困難な任務ではある」

シェーファーははったりをかけたが、ブキャナンがたんなる脅し文句を並べるわけがないことはわかっていた。その指示は、どういうものであるにせよ、そこに書かれているとおりのものであるにちがいない。

「で、もしわたしがこの命令に従うことを拒否したら？」

「その場合、きみはこの艦の営倉に拘禁されて、隔離され、われわれは、この任務を果たす別の人間を見つけだすことになるだろう。この件は、だれにも口外してはならないのだ。任務完了後、きみは海兵隊から放りだされることになるだろう」

「しかし、これをやったらやったで、おそらく、わたしは海兵隊から放りだされ、それだけでなく、ＣＩＡのためにそういうきたない仕事をやったということで、銃殺されるはめになる。冗談じゃない」

「では、この任務を拒否する？」

「その前に、大きな疑問がいくつかあるので、それに答えてもらいましょう。なによりまず、わたしはあなたが何者なのかを知らない。いまだになんのＩＤも見せようとしないのでは、じつはあなたはCIAではないのだと考えざるをえません。そういうわけなので、最初からやりなおしましょう、スミスさん。あなたはいったい何者なんです？」

文官の茶色の目が冷ややかになり、その手が財布にのびて、ラミネートフィルムに包まれた合衆国政府のIDカードを抜きだす。その本名は、サミュエル・シェーファー。国家安全保障担当大統領補佐官の顧問として、ホワイトハウスに勤務。それで、ぴんときた。この任務は、ジェラルド・ブキャナンが命じて、署名したものだ。シェーファーはメッセンジャー・ボーイにすぎない。

カイルは、命令書を彼に返した。

「では、誤解がないように、嘘いつわりのないところを言ってもらいたい。わたしに対する命令はどういうものなんです、シェーファーさん？」

シェーファーは、無表情を保って、内心の歓喜を隠しとおすのに苦労していた。ようやく、自分も命令書に目を通せたのだ。読んだときは、愕然としたが、彼はその反応は抑えこんで、なにが進められているのかをもとから知っていたようなふりをしていた。

「ここに記されているとおりだ、ガニー。この准将救出任務において、まずい事態が生じた場合、きみは准将を射殺するというのがホワイトハウスの指示だ」

「で、そんなことをしたがる理由はなんです？」

「われわれも、そんなことはしたくないんだ」シェーファーはすばやく考えをめぐらせた。「ミドルトンはきわめて価値の高い人物なので、敵の掌中（しょうちゅう）にとどめるわけにはいかない。

現時点において高度な機密性が求められるいくつかのプロジェクトに関して、彼は多くを知りすぎている。彼がしゃべらされるかもしれないという危険を看過することはできないのだ。拷問を受けても情報を漏らさない可能性に賭けるには、ことが重大にすぎる。彼も、そのあたりの事情はわかっているだろう」

「やつらはミドルトンからなにも引きだせませんよ」カイルは言った。「あの男は大嫌いですが、タフなことはたしかです。秘密を漏らすぐらいなら、死を選ぶでしょう」

「薬物と拷問が、彼から選択の意志を奪い去るおそれがある。病院かどこかへ運びこまれて、腕に薬物の点滴を施されれたら、口が勝手にしゃべってしまうだろう。彼を奪還できないとすれば、やつらの手のなかにとどめてはおけない。単純な話なんだ」シェーファーはふたたびカイルに書状を手渡した。「ガニー、これが難しい任務であることは明らかだが、われわれは国家の安全を最優先にしなくてはならない。これは国家安全保障に関わる非常事態なんだ」

カイルは、政府からの書状をもう一度、詳しく読んだ。

「そういうことなら、なぜ大統領自身ではなく、ブキャナンという人物がこの命令書に署名したんです？　さっき、大統領もこのことを知っていると聞きましたが」

「きみは故意に無知をよそおってるのか？　いわゆる関係否認権に決まってるだろう。このようなものには、たとえこれがコピーであって、きみがこの仕事を受けるか否かの返事をしたあと、ただちに抹消されることになってはいても、大統領の名が残ってはならないんだ。

さあ、ガニー、時間切れになる。これはきみの国の最高司令官からのじきじきの命令だということを、よく考えろ。受けるのか、受けないのか？」

カイルはちょっと時間をとって、シェーファーのそばを離れ、書状を折りたたみながら、考えるための時間を稼ぎにかかった。海兵隊総司令官がこのことに関わっているはずがないとすれば、大統領が関与しているというのもまた嘘ではないか？　将軍を殺害するとは、とんでもない話だ！　だが、この命令はホワイトハウスから直接、やってきたものだ。カイルは決断を下した。

「オーケイ、やりましょう、シェーファーさん。ただし、この書状を抹消してもらうのは困る。艦長に頼んで、この任務が完了するまで、この艦の金庫に保管してもらいます。わたしが引き金を引かざるをえない状況になったら、この命令書はＣＩＡ工作担当次官の管理下に移されて、安全に保管されるようにしてもらう。自分は命令に従っただけだということを証明する手段がないせいで、みすみす、さらし者にされるはめにはなりたくない」

シェーファーが、ぐいと顔を突きだしてくる。

「論外だ！　書状をこっちによこせ、ガニー。わたしが焼却するから、きみはここを出て、遂行せよと命じられた仕事にさっさと取りかかれ」怒りに顔を染め、声を荒らげて、カイルにがなりたてた。

「いやですね。書状は金庫に入れます」

ふたりは十五秒ほど無言でにらみあい、そのあとシェーファーがぴかぴかに磨きあげた靴の踵(かかと)を支点に、くるっと身をまわした。

「この艦の盗聴防止無線を使ってホワイトハウスと連絡がつけられるようにするから、きみはそれを用いて、わたしに書状を持たせた大統領補佐官から直接、命令を受けるようにしろ。その種の会話をジェラルド・ブキャナンとはしたくないと思うなら、ガニー・スワンソン、わたしから命令を受けるようにすることだ」

カイルはデスクに歩み寄って、椅子に腰をおろした。その上にある電話器を客人のほうへ押しやる。

「こっちはここで待ってますよ、スミスさん。無線が通じたら、この電話につないでください」

シェーファーがハッチをくぐりぬけて、あわただしく通路を歩いていく。

カイルはさっと立ちあがり、外で待機していたドーキンズのところへ行った。

「問題発生、ダブル・オー。あの男をつかまえて、十分ほどあちこちを引きまわしてください。彼は通信センターを探しに行ったので、就寝区域でも機関区画でもどこでもいいから、ひっぱりまわしてから、ここに連れもどしてもらえば。わけはあとで説明します」

大男がそこを離れて、怒り狂った文官を追いかけていく。

カイルは反対方向へ進んで、ラダーをくだり、船尾側へ歩いていって、艦内日報の印刷がおこなわれている区画に入った。そこには事務係の水兵がひとりいて、コンピュータのキーボードをたたいていた。

「ここにコピー機はあるかい？」カイルは、折りたたんだ書状をふってみせた。

水兵はなにも答えず、隅に置かれているベージュ色の大きな四角い機械を指さした。どの民間のオフィスにもあるような、ごくふつうのコピー機だ。カイルは開閉式の上蓋(うわぶた)を開けて、書状を平らに置き、蓋を閉じて、緑色の〈コピー〉ボタンを押した。しばらく、ウーンという音がして、まぶしい光が移動したあと、機械の側面から、オリジナルと区別がつかないコピーが一枚、吐きだされてきた。

「ありがとう」と礼を言ったが、水兵は無言でコンピュータの画面をながめているだけだった。

VIP用スイート・キャビンにひきかえすと、カイルはデスクのまんなかの抽斗(ひきだし)のなかに封筒があるのを見つけ、それにオリジナルの書状を滑りこませて、封をした。コピーの書状を、オリジナルのとまったく同じように折りたたんで、デスクの上に置く。

その二分後、ドーキンズが、いらだったサム・シェーファーを連れてキャビンにひきかえしてきたとき、一等軍曹カイル・スワンソンは、閲兵のときの休めの姿勢をとって、そこに立っていた。シェーファーがドアを閉じ、怒りで真っ赤になった顔を向けてきたが、彼がなにも言えずにいるうちに、カイルはひどく礼儀正しい口調で話しはじめた。

「閣下。自分の立場を再考しました。さきほどは命令系統のことで頭が混乱していましたが、あなたがブキャナン氏と連絡をとろうとされたことで、この命令の正当性が明らかになりました。そのようなわけで、自分は謝罪し、不承不承ではありますが、この任務をお受けします」

シェーファーが、自分の勝ちだと考えて、気を静める。ホワイトハウスの威光を見せつけて、支配権を取りもどしたのだ。

「で、命令書は？」

カイルは書状を指さした。じっくりと読みなおすような時間をシェーファーに与えたくない。

「そこです。焼き捨ててしまってください。二度と人目に触れないようにするのが、自分にとっても最善ですので」

シェーファーが大きな灰皿のなかに書状を置いて、ライターを取りだし、それの端に火をつける。すぐに、書状全体が炎に包まれた。シェーファーがその灰をバスルームへ持っていって、便器に捨て、水を流す。

「いつ、ワシントンへ帰還されます？」カイルは尋ねた。

「発艦が可能になりしだい。帰途用に、複座のF‐16が用意されている」シェーファーが答えた。

カイルは、ぴしっと敬礼を送った。

「わかりました。良き旅でありますように」

「きみには幸運をだね、ガニー。困難な任務であることはよくわかっている」

彼が片手をさしだし、カイルがそれに応じて握手をする。シェーファーは立ち去り、カイルは通路に足を踏みだした。ドーキンズが待ってくれていたので、カイルは抽斗の封筒を回収してから、ふたりしてコーヒーを飲みに行き、隅のほうに静かな席を見つけた。

「こんなばかげた話、とても信じられないでしょうね」友に向かってカイルは言い、実際、ドーキンズは、カイルが事情を説明し、金庫に保管してもらうために封筒を手渡すまで、信じようとしなかった。「これで、自分には証人がひとりできたわけだし、その所属がCIAなのかホワイトハウスなのかどこなのかはさておき、シェーファー氏はF‐16に乗りこんで、さっさと出ていってくれってところですな」

# 17

その深更、カイル・スワンソンは、フライトデッキの左舷砲塔の砲座に立って、目前に迫った任務のことをあれこれと考えていた。なんと奇妙な任務であることか。特殊任務のために設計された小型空母、USS〈ワスプ〉が自分を乗せ、巨大な防御の傘に守られながら、地中海を東へ航行していく。その傘とは、かつて海を航行した艦艇のなかで最大のもののひとつであって、何万トンもの鉄鋼から成るUSS原子力空母、〈シオドア・ルーズヴェルト〉を核として、その周囲に展開する空母戦闘群の艦艇だ。とがった船首を持つ駆逐艦と、威風堂々たる巡洋艦と、大型潜水艦が何隻も並走して、波を切り裂いており、それらの艦艇にはミサイルや航空機や砲弾や魚雷がたっぷりと搭載されていて、水兵たちが、いつ敵が海になにを投じてきても対処でき、それだけでなく、敵国の奥深くへ攻撃をかけられるような態勢をとっていた。では、戦闘群の粋から成るこの強大なタスクフォースが、ほんとうにそれほど強力であるならば、なぜ自分は、黒ずくめの身なりになって、顔をグリースでよごし、私物の武器を携えて、トリポリの沿岸からそう遠くないところに位置するローテクのアラブ人たちの土地へ、ふたたび侵入すべく備えているのか？　海兵隊は、世界のなかのこの地域を賛歌の一部に採り入れているかのように、いつも出ていっては戻ってくる。この砂漠の地には、海兵隊を引き寄せるなにかがあるのだろうか。

休養はじゅうぶんにとれた感じがあった。最後の作戦ブリーフィングを受けて、自分の武器の最終的な試射と手入れをすませたあと、二時間ほど眠ることができたのだ。そして、〇〇三〇時に寝棚をおり、今回の〝航空機および人員戦術回収作戦〟、略してTRAP(トラップ)を遂行する急襲部隊、フォース・リーコン・チームに合流した。海兵隊遠征隊の特殊作戦対応部隊の略称はもっと長く、MEU-SOCとなる。今回の作戦は、敵地に不時着したパイロットを救出するために考案され、これまでに何度も演習がおこなわれてきたものとあって、人質の奪還に援用するのは容易だった。二機のヘリコプターが突入し、迫撃砲小隊を乗り組ませた機が先に着陸して、その小隊を展開させ、着陸地点(LZ)を警備する。TRAPにはきわめて迅速な進行が要求されるので、この急襲には重い迫撃砲は実際には用いられず、海兵隊は通常、小隊に軽装備をさせて、着陸地点(LZ)の警備などの仕事をやらせる。真の攻撃力を備えているのは、二機めのヘリだ。この作戦は、全体としての火力よりも、スピードを優先して、考案されたものなのだ。

試射と手入れのあと、食堂に行くと、そこのテーブルに若い海兵隊員たちが群れつどって、卵にソーセージ、ビスケットにベーコンといった、量も脂肪もたっぷりの朝食を詰めこみ、戦闘前の神経過敏状態を隠そうとして、悪口雑言をがなり、わめきたてていた。カイルはベンチのひとつに空席を見つけて、腰をおろし、炭水化物を採っておくために、シリアルとハッシュブラウンズで空腹を満たし、フルーツを少し食べた。カフェインの作用を避けるために、コーヒーではなくジュースを飲んだ。そのあと、〈ワスプ〉の第二層の格納デッキにある作戦室に行って、やわらかい椅子を見つけだし、若い兵士らがロックンロールに熱中しながら、騒ぎまくるのをよそに、睡眠をとっておいた。その騒音がふっつりと途絶えたところで、目が覚めて、将校たちの一団が最終確認ブリーフィングをおこなうために入室してくるのが見えた。

しばらく、室内が完全な静寂に包まれたあと、ブリーフィング将校がそこのスクリーンに偵察写真の画像を映しだし、その上に透明なオーヴァーレイ・マップを重ねた。カイルはシートの端にすわって、それを念入りにながめた。ほんの二、三時間前まで、この作戦にはあいまいな点が多数あったが、いまやっと、戦車のハッチが閉じるように、すべてがぴったりとはまりこんだ。カイルはこれまでに多数のブリーフィングを経験していたが、正確なターゲットや作戦の諸要素、そして、だれが的確になにをやるかの厳密な手順に関して、これほど速射砲的に話が進められたものはなかった。これは完全な奇襲であり、ミドルトン准将を拘束している人間はわずか二名とあって、大きな抵抗があるとは予想されていないのだ。やつらがこの作戦を知りうるはずがないではないか？

情報担当将校が、ミドルトンが監禁されている正確な地点をピンポイントでつかんだと断言して、特定されたその民家を衛星写真と地図で示し、現地の案内役である元外人部隊のフランス系アラブ人の写真も表示した。その男の小さな写真には、ピエール・ファレーズとアブー・ムハンマドというふたつの氏名が背景に記されていた。内部工作員が確保されているとなれば、この任務は思ったより、はるかに容易なものになるにちがいない。ブリーフィング担当者は、もし戦闘があるとしても、それはわずかなもので、この〝ひっさらい〟作戦は円滑に運ぶだろうと予測した。

カイルは、安易なシナリオに基づいて計画を立案するのは好ましくないと思った。戦闘では必ず急激な状況の変転があるものだし、敵がこちらの予測どおりに対応することはけっしてなく、良き情報だと思えたものがじつは悪しき情報だったと判明するのがふつうだ。かくて加えて、例の〝マーフィーの法則〟がいつも首をつっこんでくる。なにかまずいことが起こりうるとすれば、それは必ず起こり、おまけに、きわめつけに最悪の時点で起こるというやつだ。たまたま、場ちがいなところに山羊が迷いこんできたり、着陸地点にどこかの女が洗濯紐を張っていたり、隊員のだれかが脚を折ったりと。彼は椅子にもたれこんだ。まあ、あら探しはせず、ひとの言うことを黙って聞いているのが最善という場合も、ときにはあるだろう。ずさんな計画がうまくいくことも、たまにはある。

部屋に集合している戦闘慣れした将兵たちのあいだに動揺が走り、カイルがこの急襲撃部隊を率いることになっている少佐の視線をとらえると、同意を示す無言のうなずきが返ってきた。さあ、また突入するぞ。あそこの地面に敵はいない。心配は無用。そうとも、中東というのは、おとぎ話と蜃気楼の土地なんだ。

入れ替わり立ち替わり演壇にあがってくるブリーフィング担当者たちの話から判断すると、

中東のスパイが、もしブラッドリー・ミドルトン准将が死ねば、この大規模なタスクフォースが怒りの矛先をほかに転じるだろうということで、よく働いて、彼の居どころを発見したらしい。彼が処刑される無残な光景がテレビで放映されたら、もともとイスラム教に共感していない全世界の視聴者たちが、ムスリムはすべて野蛮な狂信者だと見なすことになるからだ。中東のどこかの王か王子があの地のスパイどもにカネをばらまいたのだろう、とカイルは思った。ブリーフィングによれば、ミドルトンはシリアに監禁されているようだが、ダマスカスの指導者たちは、イラクに対しておこなわれた大がかりな戦争の激震をいまもよく記憶にとどめているはずだ。それにしては、この誘拐の実行犯がだれであるにせよ、あの国の保安体制は最低だと言わざるをえない。

なんにせよ、世界のなかでもあの地域は、人質や誘拐の被害者がなんの消息もないままに何週間も行方不明になっているのが通常なのに、よくぞ、これほど短期間のうちに大量の情報が得られたものだ。

ブリーフィングが終わると、カイルはエクスカリバーを収納してジッパーを閉じたドラッグバッグ（銃器を安全に携行するためのソフトもしくはハード・ケースで、背負うこともひきずることもできるようにつくられている）を肩にかつぎ、少しのあいだ私的な時間を持とうと、砲塔のほうへぶらりと足を運んだ。ハッチをくぐるなり、戦闘艦においてはけっして途絶えることのない騒音とあわただしい動きが五感を襲ってきた。強風が吹きぬけていても、空母のデッキ上には、オイルとグリースとジェット燃料の刺激臭が漂っていて、いたるところで、鉱山労働者のように着衣をよごしたグリースまみれの水兵たちが作業に励んでいた。彼は携帯電話を取りだし、かける相手は頻繁に番号を変えるので、数字をひとつひとつ押してから、〈SEND〉ボタンを押して、合衆国の東海岸で鳴りはじめた呼出音に耳を澄ました。

「ハイ、あなたね」シャリ・タウンは、職務時間中に私的な電話を受けると不快感を表わすのがふつうだが、発信者番号表示がカイルからの電話であることを告げていた。

「やあ」カイルは言った。

その声は小さくて、遠く、なにか気がかりなことがあるように響いた。

「だいじょうぶ？」

「うん。好調さ。帰りの旅はどうだった？」

「短くて、快適だったけど、退屈したわ。わたしにとって、小さなジェットに乗せられるのは魂が葬られるようなものなの。機内で流してる映画なんて、あなたが観たらうんざりするようなつまらないものだったし」

カイルはちょっと間をとって、小さなオフィスにすわっている彼女の姿を想像した。周囲は書類だらけで、コンピュータが絶えず情勢報告を画面に映しだしていて。彼女はそれを速読し、そうしながら、そのほとんどを記憶に入れ、無意識のうちに翻訳をしているのだろう。

「いまはなにを着てる？」カイルは問いかけた。

「合衆国海軍の肩章がついた制服に決まってるでしょ」彼女が笑った。

「きみの口から聞きたかっただけさ」とカイルは言って、真剣な口調に変えた。「おれはしばらく、音信不通になる」

事情を話すわけにはいかなかった。ふたりはどちらも、親密でありたいと思ってはいたが、職業意識とセキュリティの必要性が、そうはさせてくれない。彼女の声を聞くことが、いま望みうる最高のことなのだ。

「わかってるわ」彼女の口調も変化していた。

「わかってる?」

「ええ。いままでずっと、この問題に取り組んでたから。これは奇妙な事件よ」

「きみはまだ、その半分もわかってないよ」

「そうなの?　すべてわかってるつもりだったけど」

「ああ、わかってない。まちがいなく」

「カイル?　なにかあったの?」心底から気づかっているような声になった。「こっちにいるわたしにも関係しそうなこと?」

カイルは自制した。すでにしゃべりすぎたほどだし、これ以上のことを言えば、あの書状には、彼女のボスからの不法と思える命令が記されていたのだから、彼女を窮地に追いやってしまうかもしれない。

「いや、なにも。まったくなにもないよ。いまのことばは忘れて、おれがしゃべったことは、だれにもひとことも言わないようにしてくれ。例によって、またペンタゴンの操縦する車の後部シートに乗せられるから、自分の手ではなにも動かしようがないってだけのことさ。そうだからこそ、おれは高い給料をもらってるんだし」

「でも、ほんとにだいじょうぶなの？」彼女が問いかけた。

「うん、だいじょうぶ。ダンスパーティ用の服でばっちり決めて、リムジンのお迎えを待ってるようなもんさ」

発艦クルーが一機のAV－8BハリアーⅡプラス・ジェット戦闘機を発艦位置へ移動させてきたので、彼はフライトデッキの下の層へおりて、ようすをうかがった。彼らは所定の作業をみごとな身のこなしで進めていたが、二基のジェット・エンジンの咆哮があまりにすさまじいせいで、そちらはあまり目を引かなかった。ジェットの排気管から、青味を帯びた白い火焔が噴出し、夜の闇を照らしている。カイルは、ちょっと待ってくれとシャリに伝え、その機が轟音を高めて、排気の煙と熱を撒き散らしながら、デッキから垂直に浮きあがっていくのを見守った。機がホヴァリングに移って、補助翼を調整し、エンジンの推力をあげて、轟音とともに飛び去っていく。通常爆弾から機関砲やミサイルまで、搭載可能なありとあらゆる兵器を満載した二機のシーハリアーが、このTRAP任務の一翼を担って、ターゲット・ゾーン近辺の上空を周回飛行し、もしなにかまずいことがあった場合は、そこへ急接近する手はずになっていた。

「愛してるよ、シャリ」二機めのハリアーが発艦位置へ押されていくなか、彼は電話器に向かって大声で言った。「おれはもう行かなくては」

「わたしも愛してるわ。戻ってきたら、電話して。いま言ったことが聞こえた？　ことばが聞きとれた？」

「うん、聞こえたよ」

「それと、気をつけて……」そこで、彼女はことばを切った。「もうやめたほうがよさそうね」

「うん。またすぐ、こっちから電話をかけるよ。愛してる」

〈ＯＦＦ〉ボタンを押して、電話が切れると、ハリアーが発艦のためにエンジンの轟音を高鳴らせるなかにひとり取り残されたカイルは、うつろな気持ちになった。一般回線で話せることには限度があるから、シャリはもっとよく知っているにちがいない。つまり、ハリアーを飛ばしている男たちから、ホワイトハウスの高官たちに至るまで、ものすごくおおぜいの人間がこれに関与しているということだ。知っている人間が多ければ多いほど、失敗につながる可能性は大きくなり、機密保持が失われる可能性も大きくなる。

二機めのハリアーが離艦を終えたところで、彼は傾斜路（ランプ）をのぼって、デッキにひきかえした。巨大な二機のＣＨ－53Ｅスーパースタリオン輸送ヘリコプターが、後部傾斜路（ランプ）をおろし、大きなローターを回転させながら、そこに待機していて、人質救出部隊の面々がそのそばに集まってきていた。

二十四名の海兵隊員がふたつのグループに分けられ、中尉の率いるグループはすでに一機のヘリコプターへの乗りこみを開始していた。カイルは、つづいて乗りこみを開始した、少佐の率いる急襲部隊に合流した。そのとき、かたわらにドーキンズが姿を現わした。

「くそ、おれもこの仕事に首をつっこめたらな」ドーキンズが言った。「おまえがお楽しみをひとり占めするとは」

「らくな仕事ですよ。ブリーフィングをよく聞いていなかったんでしょう？」カイルは、腕時計や携帯電話や財布などの私物を入れた小ぶりなバッグを片手に持っていた。それを、大男の曹長に手渡す。「どうせなら、われわれじゃなく、タクシーをさしむけて、あの男を連れて帰ればよさそうなもんじゃないですか？」

「それとも、あのブリーフィング担当者たちが行くとか」彼は私物の入ったバッグを受けとり、カイルが戻ってくるまであずかっておくと約束した。

「下士官に二言はないとか。さっき渡したあの書状は、いまもしっかり持ってくれていますね？」

ダブル・オーが戦闘服の胸ポケットをぽんとたたいて、言う。

「おまえが戻ってくるまで、ちゃんとここに入れておくよ」

カイルは、友人である曹長もやはりショルダーホルスターに拳銃を携行して、抜きだしやすいように銃把を少しのぞかせていることに気がついた。あれなら、だれも書状を奪うことはできないだろう。

海兵隊員の最後の一名が、ヘリのランプに足をのせる。カイルが乗りこむ番だ。

「じつは、ダブル・オー、ついさっきシャリと話をしましてね。もしこのあと、その紙片をだれかに見せる必要が生じたら、彼女もその輪に引き入れてください。ただし、彼女はそれに署名したくそったれの下で働いてることは忘れないように」

「おまえはワシントンからのじきじきの命令にそむくつもりなんじゃないか？」

「海兵隊員を殺すなんてのは、それがミドルトンみたいな嫌味なやつであっても、やるつもりはありません」カイルは言った。「全員をかりかりさせることになっても、彼は生きて連れ帰るつもりです」

彼はドーキンズとこぶしを打ちあわせてから、でかいヘリの暗い穴ぐらのなかへ入っていった。

「ヘイ、スワンソン！」ランプの扉が閉じはじめたとき、O・O（ダブル・オー）・ドーキンズが呼びかけ、曹長が閲兵の際に発する最大限の大音声が、あたりの騒音を突き破って届いてきた。「もしおまえが死んだら、おれがあの娘（こ）をちょうだいしてもいいか？」

# 18

「五分経過」パイロットのがなり声が、隊内無線網を通じてカイル・スワンソンの耳に届いた。

二機のCH‐53Eヘリコプターは、夜空を切り裂いて飛行していた。ヘリには強力な三基のGEエンジンが搭載され、防音はほとんど施されていないので、内部は耳を聾（ろう）するほどうるさい。隊員は全員が特殊なヘルメットをかぶり、無線受信機が内蔵されたイヤマフをはめていた。急襲部隊の無線はすべて同じ周波数に合わされていたが、指揮官とカイルだけはヘリの乗員とも通信ができるようになっている。

この巨大なヘリコプターは、全長が百フィートほどもあるが、キャビンは全長が三十フィートほどで、幅は八フィートたらず、高さは七フィートもないとあって、カイルが一ダースの海兵隊員たちとともにすわっているその区画は狭苦しく、おまけに寒かった。周囲に目をやると、顔に塗装を施して、重装備に身を固めた若い戦士たちの姿が見え、前に映画で観た、Dデイ（第二次世界大戦で連合国軍がフランスのノルマンディへの上陸作戦を決行した日）進攻の際に、旧式なC‐47にぎっしりと詰めこまれたアメリカ軍空挺部隊の光景を連想させられた。

二機のヘリコプターは完全無欠の計画に基づいて任務に就き、そのスケジュールどおりにイスラエルの上空通過（フィート・ドライ）をすませていた。その上空に入った時点で、彼らは、たまたま同じ経路を用いておこなわれていたイスラエル軍の夜間演習に合流し、ジェット戦闘機の編隊に守られて飛行をつづけた。敵のレーダーがそれを捕捉しても、そのコンピュータ画面に表示された点の集まりのなかから二機のヘリコプターを判別するのは困難であったろう。

イスラエルの上空を通過して、護衛のつかないヨルダンの上空に入り、最終的にシリアとの国境に達したとき、急襲部隊の隊員たちは押し黙って、各自の思考に沈潜した。長く感じられたそれまでの何分かのあいだに装備の点検をすませ、振動する隔壁に頭をあずけて、目を閉じ、それぞれの思いにふけったのだ。計画では、一機めのCH－53Eが村から二キロメートルほどのところに着陸し、降り立った海兵隊迫撃砲小隊が周囲に展開して、着陸地点を守る哨兵線を形成することになっていた。それに同期して、カイルの乗りこんでいる二機めが着陸し、急襲部隊が救出作戦を決行して、准将を安全な着陸地点（LZ）へ運んできたところで、全員がそこを離脱する。

二機のヘリは時速百七十五マイルで巡航しており、飛行に伴う振動はほとんどないとあって、パイロットたちは愛車を運転するときのように自信たっぷりに巨大なマシンを操作していた。そのローターの回転音に変化が生じ、胃が沈みこむような感触があって、鼓膜にかかる圧力が増し、着陸飛行が開始されたことがわかったとき、カイルはシートベルトのバックルをはずした。

「四分」残り時間を伝える声が、コックピットから届いた。

キャビンの前部近くに、開け放たれたハッチがふたつあり、そのひとつのそばに、乗員のひとりが五〇口径機関銃を置いて、うずくまった。三分前の通知があったとき、カイルは自分の無線機を無線網から切り離し、隊員たちや、通路の途中に置かれて固定されている小型オートバイにぶつからないように気をつけながら、ふたつめのハッチのほうへ前進した。そのバイクはダート用で、タスクフォース指揮官が偵察範囲を拡大しようとした場合に、斥候が使うことになっていた。

開け放たれたハッチから台風並みの強風が吹きこんでおり、開いたハッチのそばにカイルがたどり着いて、外を見やると、風が激しく打ちつけてきた。闇は深く、広大で、光は、ごく細い月が投げかけてくるものしかなかった。暗視ゴーグルを装着すると、眼下を緑色の世界が流れていくのが見えた。カイルは、ほかの海兵隊員たちが降りてしまうまで、じゃまをせずそこに残って、最後にヘリコプターを出ることになっていた。ではあっても、開いたハッチのそばに、あとで彼らに合流するまでのあいだ、予備の火力として、待機していることぐらいはできる。その新たな位置に就いて、通信網に再接続すると同時に、パイロットの声が聞こえてきた。

「一分」

カイルはハッチの側面を両手でつかみ、そこにすわりこめるように、総重量五十ポンドにのぼる背嚢その他の装備をずらした。ずんぐりとしたM4アサルト・ライフルを胸の前に吊るし、パッド入りのドラッグバッグにおさめたエクスカリバーを背中にかついでいた。あと三十秒になったとき、少佐が命令を発した。

「起立！　行動開始！」

海兵隊員たちがバックルをはずし、フライト用ヘルメットを実戦用ヘルメットに交換して、狭い通路のなかに隊列を形成する。

カイルは暗視ゴーグルをはずしてから、M４を構えて射撃姿勢をとり、闇を通して見えるそのスコープに目をあてがった。このライフルは、八百メートルまでの射程なら正確な射撃がおこなえるし、必要とあれば連射をすることもできるが、目を引くようなものはなにも見えなかった。絶えず照準の向きを変えて、脅威の存在を探るなか、二機のヘリコプターが着陸の最終段階に入り、高度が急激にさがって、速度が落ちていく。

後部ランプが下方へ開きはじめ、猛烈な疾風がキャビンのなかを吹きぬけた。ヘリコプターの前方への慣性が失われて、対地速度が二十フィートたらずに落ち、機体が空中で静止状態に近づいて、尾部がさがる。足もとの安定が増したので、カイルは立ちあがって、ライフルとスコープによるＬＺの観察と警戒を続行した。やはり、そこにはなにもない。

と、乗員用無線網を通じて、大きな悲鳴が届いてきた。二機のヘリコプターが空中でほぼ静止状態になったそのとき、さえぎるもののない砂漠の上を百マイルのかなたからＬＺまで切り裂いてきた暴風が、激突する列車のように二機のヘリにたたきつけてきたのだ。回転する七十九フィート長のローターが、長大な剣が断ち切られるようにへし折れ、二機ともが瞬時にコントロールを失って、ローターがからみあう。

立ちあがっていた海兵隊員たちの体が宙に舞い、回転するキャビンのあちこちに人形のように打ちつけられて、首や背骨や四肢が折れ、ヘリコプターのブレードが機体側面の薄い金属壁を引き裂き、鋭いナイフと化して、兵士たちに襲いかかった。乗りこんでいるヘリコプターが左側面を下にして地面に激突したとき、カイルは遠心力によって、ハイウェイを走る車から投げ捨てられたごみのように、開いたハッチから一気に放りだされた。すさまじい勢いで飛びだしたために、ヘルメットからのびている無線のコードが断ち切られ、窒息死することはなかった。M4アサルト・ライフルはストラップが切断されて、宙に飛んでいた。彼が最後に意識したのは、奈落へ突き落とされて、寒風が顔をなぶっているような感触だった。その体が砂漠の上を転がっていく。

# 19

小さな砂丘の下り斜面にうつぶせにたたきつけられたカイルの体は、何度も跳ねあがり、よじれながら、ごろごろと砂の上を落ちていき、涸れ谷(ワジ)の底に達したところで、ようやく転落を停止した。後方で起こった爆発音は何マイルものかなたであがったように聞こえたが、現実には、破壊されたヘリコプターの破片がうなりをあげて頭上を飛び、あたりの砂の上に落下していた。彼はほとんど意識のない状態でそこに横たわったまま、なんとか肺に空気を吸いこもうとあがいた。

しばらくは身動きもできなかったが、三十秒ほどたつと、意識の混濁が晴れてきて、咳きこみ、あえぎながらも、頭がまわるようになり、自分の顔が全盛期の若きマイク・タイソンにぶん殴られたような感じになっているのがわかってきた。身を起こして、すわりこみ、口のなかに入りこんでいた砂のかたまりを二本の指でこそぎとってから、水筒を見つけだして、その水を顔にふりかけ、口に少し含んで、吐きだす。バンダナを水で濡らして、ずきずきする目のあたりを拭(ぬぐ)った。バンダナに血がついてきたので、顔を探ると、ヘルメットが鼻柱にぶつかったらしく、そこに傷ができていた。これがきわめつけの緊急事態であることはわかっていたが、なにかをやりだす前に少し間を置いて、平常心を取りもどすのが最善だろうと思えたので、傷口にバンダナを押しあてて、ふたたび砂の上に寝そべり、深呼吸をしながら、私的な呪文（マントラ）を小声で復唱する。「ゆっくりはなめらか、なめらかは速い」

　動けそうな感じになってきたところで、彼は砂丘の頂上へ這いのぼり、ついさっきまで戦闘態勢をとった海兵隊員を満載する二機の強力な輸送ヘリコプターであったもののおぞましい残骸（ざんがい）を、魅入られたようにながめた。二機がそれぞれのブレードを食いこませあい、ひとかたまりになって、煙を吹く残骸と化しているために、どちらがどちらであったかを区別するのが困難なほどだ。赤と黄とオレンジの入り混じった火柱が、渦巻きながら暗い空へ立ち昇っていた。

　カイルは装備を放りだして、残骸のそばへ駆け寄り、生存者がいれば見つけだそうと、灼熱した鋭い金属片や炎上する瓦礫（がれき）のあいだをまたいでいったが、あったのは死体と、ばらばらになった人体ばかりだった。うめき声も、助けを求める声も聞こえない。海兵隊員たちがシートベルトを締めてバックルを留めたままであったなら、何人かは生き残ったのだろうが、見つかったのは無残な死体だけだった。乗りこんでいた人間は自分以外の全員が惨死し、ぶつかりあった二機のヘリコプターも同じ末路となっていた。

　三十名近い兵士が殺されたその光景は、胸が悪くなるものだった。

「ちくしょう」とカイルは言い、向きを変えて、二、三歩、歩いたところで嘔吐（おうと）した。

　朝飯前の仕事とブリーフィング担当者たちが予想したご立派な計画は、悲痛な結末となった。ろくでもないミスター・マーフィーとその悪運の法則が、早々と出現したのだ。カイルは深呼吸をし、この動かしようのない現実に立ちかえろうとした。理性を取りもどせ！

作動可能な無線機があって、それを見つけだせば、全員が無線網に耳を澄ましているであろう艦隊と連絡がとれるはずだ。だが、おそらくはワシントンも無線交信に耳をかたむけているだろうし、ホワイトハウスはたんに、准将暗殺任務を別のだれかに引き継がせるだけのことだろう。もしおれが助けを求めれば、ミドルトン准将が殺されることになるのはまちがいない。

考えろ、しっかり考えるんだ！　おれが連絡を入れなければ、おれもまた死んだものとだれもが考えるだろう。そして、そのようにすれば、おれは単独行動に移ることができるし、おそらくブキャナンは別のだれかに暗殺任務を割り当てるだろうが、そうなったとしても、おれはすでにこの土地にいるのだから、先に准将の居場所にたどり着ける可能性が大きい。

くそ、おれも死んでいたはずなのに、なぜまだ、ひとりきりで、完全な隠密行動をとって任務を継続しなくてはならないのか？　勝算は天文学的に小さい。それでも、カイルは、これが自殺行になるとは考えようとしなかった。よし、それならやれ。取りかかるんだ！　行け！　新たな確信が、電流のように全身をつらぬいた。

村のほうへ目をやると、そこまでの距離は千五百メートルほどのものだった。墜落しても、その距離は変わっていなかった。二機のヘリコプターは着陸予定地点へ正確に、ただし、おそろしくまずいやりかたで降り立ったというわけか。この墜落は驚くほど急激に生じたものだから、村の住民たちはつかの間、なにがあったのかと仰天していただけだろうが、いまごろは急ぎ足でここに向かっていることだろう。時間はこちらの味方ではない。

カイルは残骸のそばにひきかえし、できるだけ多数の水筒、予備の弾薬、大量のC－4爆薬、二個のクレイモア地雷、まだ電力の残っている衛星携帯電話、そしてパイロットのひとりから緊急用無線機を回収した。電話と無線機はたたき壊した。どちらも、たとえ起動していなくても電波を出しているからだ。その小さな緑色のランプが消えれば、もはや自分の動きが探知されるおそれはない。探知装置の画面上では、自分は死んだことになる。装弾ずみのM16ライフルが一挺、見つかった。

腕時計を見ると、三分が経過したことがわかったが、まだふたつ、重要な仕事が残っていた。

死体と瓦礫（がれき）をまたぎこえていくと、小さなカワサキのバイクのそばに行き着いた。手短にチェックしたところでは、デッキにしっかりと固定されていたそのバイクは、いまの災難を切りぬけて、無傷で残ったように見えた。海兵隊には似つかわしくなく、きっちりと固定されていたらしい。カイルは大ぶりのナイフを鞘（さや）から抜きだし、積荷固定バンドを切断して、引き離した。回収した物資のすべてをバイクに積み、キックスタンドを立てて、安定させる。

つぎがむずかしい作業だ。シャリに宛てての手がかり、彼女だけがそれと判別できるような、なにか。彼女はこの任務に関わる情報の輪のなかにいるから、いまの墜落でカイルは死んだと推測しているだろう。生き残ったことを彼女に伝えたいが、ほかの人間は別の方向へ誤誘導するようなやりかたをしなくてはならない。

死んだ海兵隊員たちを調べていくと、からまりあった死体の山のなかに、人相の判別がつかなくなっていて、体格がカイルと同じくらいのものがひとつ見つかった。ゴム縁の認識票(ドッグタグ)から、その男はハロルド・マクダウェル伍長だとわかった。ヘリの内壁に激突したときに、首が折れたらしい。右の前腕に、〈Marine Corps〉のタトゥーがあった。この若者は海兵隊の戦士であることに誇りを持っていたようだから、あとひとつ仕事をすることに異論はないだろう。

カイルはその認識票(ドッグタグ)と、自分のドッグタグを取り換えた。

「これでよし、マクダウェル」とカイルはささやいて、若者の左足のブーツの紐(ひも)をゆるめ、そのあと自分のブーツの紐をゆるめながら、生気の失われた顔に向かって話しかけた。「おまえの助けが必要なんだ。悪党どもが生存者を探しにくるからな。クレイジーなスナイパーが失踪したことがわかったら、そいつらは必死で狩りに取りかかるだろう。通信兵なら、失踪しても無害だから、やつらはたいして気にせず、遅かれ早かれその兵士が助けを求めて、みずから居どころを暴露すると考えるだろう。おまえなら、やつらにはなんの脅威にもならないってことだ」

カイルは、死んだ男の肩から大きな無線機をはずした。いずれはこれも捨てることになるが、偽装と誤誘導を完了するまでは持っておく必要がある。追跡者たちは、失踪した通信兵は無線機を保持しているのが理の当然と考えるはずだ。

「善玉たちにもそう考えてもらうようにするんだ、ハロルド。なかには、それほど善玉でもないやつがいるからな。この計画がうまくいくようにするには、そういうくそったれどもにも、おれは死んだと思わせる必要があるんだ。そこで、おまえに参加してもらったってわけだ。おまえはなんと呼ばれてた？　ハル？　マック？　おまえがおれに成り代わるってのは、おおいに説得力がありそうじゃないか、マクダウェル伍長？」カイルは立ちあがり、若い兵士にさっと敬礼を送った。「センパーファイ（海兵隊のモットーのひとつで、「つねに忠誠を」の意味）」

　彼はバイクのところへ駆け寄ると、無線機のパックをハンドルバーにひっかけておいて、バイクにまたがり、祈りをささげてから、スターターボタンを押した。ちっぽけなエンジンが、一度咳きこんだのち、息を吹きかえして、まわりはじめる。腕時計を見ると、時間的余裕を消費しきったことがわかった。ヘリが墜落してから、約六分が過ぎていた。

　暗視ゴーグルを調整し、バイクを発進させて、残骸から遠ざかる。排気マフラーのおかげで、立てたくもない大きな騒音は立てずにすんだ。生存者が一名いることを村人のだれかに知られるおそれはなさそうだが、それでもカイルはバイクを東の方角へ向け、イスラエルとの国境をめざして走っていることが明らかにわかるタイヤ痕を残すことにした。

　一分後、後方になった村のなかを通っている舗装路に行き当たり、そのころには墜落の残骸からじゅうぶんに離れていたので、彼は一二〇〇CCエンジンの回転を少しあげて、バイクを走らせた。夜明けが迫っており、それまでに姿を隠しておかなくてはならなかった。

USS〈ワスプ〉艦上の作戦センターと航空機および人員戦術回収作戦（TRAP）チームの無線交信が途絶えたあと、通信コンソールに就いている水兵たちが音声リンクの復旧につとめているうちに、数分がむなしく経過した。その地域を監視している静止衛星からのダウンロード映像は、闇のなかの閃光と、着陸地点に発生した熱の巨大な花のような残光を表示していた。

　海兵隊第三三遠征隊司令官、ラルフ・シムズ大佐が爪を嚙（か）みながら言った。

「ハリアーを現地へ飛ばして、状況を把握させろ」

　彼が命じると、二機のジェット戦闘機がイスラエル上空四万フィートの周回軌道を離脱して、地表へと舞い降り、アフターバーナーに点火して、シリアの上空へ入っていった。現場に近づくと、炎が見え、両機はスピードを落として、その残骸の上空を通過し、そのあと急旋回をおこなって、その上空を再通過した。

〈ワスプ〉艦上の、静まりかえった作戦センターのなかで、スピーカーががなりたてる。

「ヘンハウスへ、こちらルースター1。両機ともに墜落、炎上」パイロットが報告した。

「生存者は？」シムズが問いかけた。

　その問いを、通信士が中継する。

「否定的（ネガティヴ）。現場には、生存者の気配も動きもない。ターゲット・ゾーンの方角から、敵らしき男たちが近づいている。交戦許可を求める」

　シムズは、〝もちろん、イエス〟と応じたくてたまらない心境だったが、そうは言えなかった。ハリアーに攻撃をかけさせれば、おそらくはシリアの民間人にも犠牲者が出る結果を招くだろうし、そうなれば、ただでさえ悪い状況をさらに悪化させることになる。任務終了を告げるべき時だった。

「ネガティヴ」と彼はどなり、この艦の海兵隊航空隊司令官のほうに向きなおった。「ハリアーを帰還させてくれ」

戦術航空センターがその命令を送信する。

「撤収！　撤収！　撤収！」

パイロットがためらいを示す。

「ヘンハウスへ、こちらルースター1。残骸へ爆撃をおこなうというのは？　それなら現場を焼尽（しょうじん）できます」

「ネガティヴ」シムズ大佐が即座に応じた。それをするには上層部の許可が必要だが、そんなことをしている時間はない。破壊仕事は、巡航ミサイル発射の許可を取りつけるためのメッセージをワシントンに送って、おこなうことになるだろう。「くりかえす。ネガティヴ。帰投せよ」

「ルースター1、ラジャー。撤収を了解、帰投する」

ルースター編隊が基地に向かう。

そのパイロットの耳に、僚機の声が届いてきた。

「ルースター2からルースター1へ、ルースター周波数に変えましょう」

両パイロットが周波数を切り換え、ほかからはやりとりを聞くことはできなくなった。

ですか？」

「つづけてくれ、2、こちらルースター1」

「ボス、最後の命令を了解したんですか？　ほんとうにあの男たちを置き去りにしていくんですか？」

「おまえも同じ命令を聞いただろう」

「聞きましたが、〝海兵隊は仲間を置き去りにしない〟ってモットーはどうなるんです？」

編隊長は怒りをたぎらせていた。彼も同じ思いだったのだが、指揮官としては、傍受可能な無線周波数における交信で同意するわけにはいかなかったのだ。

「1から2へ。おまえにもはっきりと見てとれただろう。彼らは全員が死亡したんだ！」

「しかし、もしそうでなかったとしたら、いまそうしてやらなくては。でないと、もっとひどいことになります」

「もうじゅうぶんだ、ルースター2。命令に従え。ルースター1、アウト」

二機のハリアーが地表に近い低空を離脱して、イスラエルの上空へ急行する。そこから、彼らはさらに高度をあげて、〈ワスプ〉までの残りの飛行をすることになるだろう。パイロットたちは押し黙って、完全な失敗に終わった救出作戦のことに思いをめぐらせた。もしアメリカの部隊に生存者がいたとすれば、捕虜になったり、拷問にあったり、殺されたりするかもしれず、このまま撤収すれば、それを防ぐ可能性が失われることが、ルースター1にもわかっていた。

「どうか、神よ、あの若者たちのだれかの姿をアルジャジーラの放送で見るはめになりませんように」彼は、コックピットの外に漏れることがあってはならない祈りのことばをつぶやいた。

〈ワスプ〉の艦上では、ラルフ・シムズ大佐が、巡航ミサイル発射許可を求めるメッセージの送信をすませ、新鮮な空気とつかの間のプライヴァシーを求めて、こわばった足取りで作戦センターをあとにしていた。外に出ると、彼は煙草に火をつけて、シリアでヘリコプターを枢として死んだ海兵隊員たちに思いを馳せた。このあと、いろいろと調査がなされ、自分を含めて何人かが、おそらくは職を失うことになるだろう。だが、現時点では、彼はそのことはたいして気にしていなかった。ほかにもっと大きな心配ごと、個人としてなさねばならないもっと大きな心配ごとがあったからだ。彼らの家族に、わたしはいったいなにを語ればいいものか?

真っ黒だった空が白みはじめ、新たな一日の最初の日ざしが中東の地を照らそうとしていた。

# 20

「ルースター1、ラジャー。撤収を了解。帰投する」

ハリアー編隊長の、いかにもプロフェッショナルらしい冷静な声は、衛星リンクで直接つながっているホワイトハウスの危機管理室にもリアルタイムで届いた。そこには、国家安全保障会議のメンバーが一時間前から集合して、ミドルトン救出急襲作戦をモニターしていた。彼らはいま、衝撃のあまり身動きもできないありさまだった。

その声が聞こえたとき、シャリ・タウン少佐は口に両手をあてがって、思わず漏らしそうになった苦悶の悲鳴を懸命に抑えこんだ。ヘリコプターが二機とも墜落した。生存者がいる気配はない。どこかのだれかが迅速な攻撃をかけたのか。カイル！　ノー！

国家安全保障担当大統領補佐官ジェラルド・ブキャナンは、長テーブルの上座に置かれた大きな椅子に陣取って、遠方から届く声を聞きながら、黄色い鉛筆で法律用箋をとんとんとたたいていた。これは彼にとっても予期せぬ事態とあって、ことの明暗を推し測るだけで手いっぱいだった。軍の制服組を見まわした彼は、なにか好都合な材料はないかとようすをうかがった。彼らの落ち度にしてやるのだ。

統合参謀本部議長のターナー将軍を見ると、こぶしを嚙みしめて、ひたいに深くしわを刻んでいた。なんといっても、彼は全軍を代表する立場ではあっても、海兵隊の将軍だ。議長になる前は海兵隊総司令官だったから、いま命を落とした兵士たちは彼の部下ということだ。彼は感情的になっている。

まちがいなく、好都合な材料だ！　それでも、ブキャナンは静かな口調で切りだした。

「きみの海兵隊が失敗を犯し、将軍、そのためにわれわれは難局を招くことになった」

ターナーとしては、同意せざるをえなかった。彼も衛星中継で墜落の映像をながめ、パイロットがやむなく発したことばを聞いていた。

「そうですな、補佐官。この任務は不首尾に終わったように見受けられます」

ブキャナンは最初のジャブをくりだしただけで、追撃はかけず、衛星映像に目をやって、シリアの砂漠のなかで熱く輝いている点を見つめた。彼はプロフェッショナルとしての冷静さを完璧に保つことができるのだ。

「悲劇ではあるが、われわれは前に進まねばならない。選択肢を聞かせてもらう必要がある。ただちに」

海軍の提督がやりとりに割りこんでくる。

「緊急救出をおこなうには、もはや手遅れです。現時点において、シリア軍が警戒態勢に入ったことは明らかなので、特殊部隊の一個チームを派遣する程度では追いつかない。シリア軍は数時間以内に現場の統制にかかると予想されます。そうなれば、こちらは最低でも一個空挺大隊を侵入させる必要があり、おそらくはそれでも不足でありましょう。大隊はすぐに包囲されて、大規模な航空支援がない状態で攻撃を受け、まさに全滅の危機に瀕することになります」彼はことばを切って、ターナー将軍をまっすぐに見つめ、そのあとブキャナンに目を戻した。「これ以上の部隊の派遣は断念することを進言したい」

「彼らを置き去りにしてはなりません！」

シャリ・タウンが叫び、室内のすべての目がそちらに注がれた。彼女はなんの権限も持たない、出席者のなかでは最下級の人間なのだ。

「この件に口を出すな、少佐」直属の上司である海軍大将が、いらだちのにじむ声で言った。

警告を受けたシャリは、赤い三本リングのバインダーのページをめくっていった。

「イエス、サー」手をとめて、つづける。「わたしは、作戦マニュアルに記載されている規定に言及しただけです」

うまく取りつくろったな、お嬢さん、と提督は思った。彼は、シャリがカイル・スワンソンと私的な関係を持っていることを知っており、ではあっても、彼女が言いすぎないうちに黙らせておこうと考えたのだった。提督はそのふたりに好感を持っていたが、このテーブルに着いている連中にとっては彼らの私生活などはどうでもいいことなのだ。

「それにはどう記載されていると、少佐」ブキャナンが問いかけた。

彼は、シャリの声に苦悩の響きを聞きとったのか？　並大抵ではない苦悩の響きを？　そして、なぜと考えた？

「標準的作戦手順(SOP)によれば、パイロットが示唆したように、残骸は焼尽するとなっております」

「で、それはどのようにおこなうと？」

その問いかけには、やはり長テーブルに着いている空軍大将が答えた。

「われわれが地中海にある空母、もしくはイラクの基地から、戦闘爆撃機を発進させれば、シリア軍が墜落地点周囲に対空ミサイルを設置する前に、その一帯をナパームで焼きはらうことができます。ただし、迅速に着手せねばなりませんが」

提督が口をはさむ。

「これ以上に兵士の生命を危険にさらす必要はない。われわれが地中海に展開中の艦艇からトマホークを発射すれば、もっと早く現地に到達させられるし、ナパームよりミサイルのほうが威力は大きい。それが、いましがた海兵隊タスクフォース指揮官が要請してきたことだ。彼はこちらの決定を待っている」

ブキャナンはあいかわらず鉛筆で用箋をたたいていて、その不吉なメトロノームのような音が危機のなかで時を刻んでいた。

「なぜ、それをおこなう必要がある？　どういった利点があるのだ？」彼が問いかけた。

「あのヘリコプターには最新鋭の機器が大量に搭載されています。暗号通信装置から暗視ゴーグルまで、多数の極秘の機器や素材が。マップや兵器、そしてアヴィオニクス（航空・宇宙・ミサイル用電子機器に関する電子工学）機器も。極秘文書もあるでしょう。それらのすべてが破壊されたかどうか、われわれには知るすべがない」ハンク・ターナーが答えた。「シリア軍は二機のヘリコプターを丸裸にするでしょうから、それらの機器や素材が彼らの手に落ちる危険を冒すことはできないというわけです」

「つまり、ミドルトン准将の救出はもはや諸君の力のおよばざるところにあり、それを継続すれば、この災厄はさらに大きな災厄の発生によって混迷の度を深めるということか？　なんたることだ」

ブキャナンが鉛筆で用箋をたたくのをやめたことを、そして、〝われわれの力〟ではなく〝諸君の力〟という言いまわしを使ったことを、全員が耳にとめていた。

「いまはそのような指摘をしている場合ではありませんな、ブキャナンさん」ターナーが反応した。その声はそっけなく、たんなる〝政治的捕食者〟にすぎないと彼が見なしている男への怒りがたぎっていた。「現時点において、われわれがなさねばならないのは、ミサイルか爆撃飛行かの決断であって、一分の時間すらむだにはできないのです」

ブキャナンがさっと立ちあがって、コートのボタンを留める。

「なるほど。それなら、わたしの決断は第三の選択肢、諸君のだれもが示唆せず、わたしが付加する選択肢となる。われわれはなにもしない。くりかえす。われわれは、爆撃かミサイルかによらず、あの残骸を攻撃することはしない」彼はシャリをまっすぐに見つめた。「きみが引用した規則の用語はどうだったかな、タウン少佐？　焼尽？　それはぜったいにしてはならない。シリアに救出部隊を送りこんだだけでも問題なのに、わが国に攻撃をかけてはいない主権国家に対する空爆を実行すれば、戦争行為と見なされるおそれがある。どんな事態になることか、だれにも予見できないだろう」

ブキャナンは、国務省を代表して出席している女性にちょっと頭をさげてみせた。

「いまからは外交ルートでことを進めなくてはならないから、紳士淑女のみなさん、国務省が動いて、ペンタゴンの石頭たちをこの緊急事態から切り離してもらえることを期待したい」

カイルを救うためにシャリが立てようとした最後の防壁が崩壊していく。泣きだしてしまわないうちに自分のオフィスに戻らなくてはいけなかったが、その短い距離を歩くにもあらゆる力をふりしぼらなくてはいけないだろう。だが、彼女の心のプロフェッショナルとしての一面が、いまもそういう直情を抑えこんでいた。なにかがおかしい。ブキャナンは、軍の試みが失敗したことをあれほど痛烈に指摘したのに、アメリカの海兵隊員たちが命を落としたことについてはほとんど言及しなかった。怒りも悲しみも示さなかった。なぜ？　そのとき、提督がそばに歩み寄って、ささやきかけてきたので、彼女はそんな思いをわきへ押しやった。

「退出しなさい、シャリ。きょうはもうひきとって、休養を取ることだ。カイルに関してなにかを聞きつけたら、すぐに知らせよう」

ブキャナンは、もっとも好都合な結果になったことを心のなかで反芻しながら、自分のオフィスへ足を戻した。あのばかな軍人ども、とりわけ、クルーカットにして、ぴしっと制服を着こんだターナー将軍に、身のほどをわきまえさせてやったのだ。奇襲は計画どおりにはいかなったが、ヘリコプターの予期せぬ墜落は、取りかえしのつかない無残な大失敗であって、数時間後には、全世界のありとあらゆる報道番組でトップニュースとして流されることになるだろう。専門性においても強大さにおいても世界一の軍隊が、失敗をしでかしたのだ。一九七九年に起きた、イランのアメリカ大使館人質事件における失態を彷彿させる。

これはまちがいなく、民営化法案の追い風になるはずだ。オフィスに入って、ドアを閉じると、ジェラルド・ブキャナンは椅子にゆったりと背をあずけて、デスクの上に両足を投げだした。満面に笑みを浮かべながら、盗聴防止が施された電話を取りあげて、残骸への爆撃とさらなる救出の試みを却下したことをゴードンとルース・ヘイゼルに報告する。あそこの死体は、国旗に包まれた柩におさまって帰国することになる。テレビが大々的に報じることだろう。

# 21

ヴィクター・ローガンは、ヘリコプターが墜落した地点に向けている四倍率の望遠照準器(テレスコープ・サイト)を安定させようと、ロシア製のドラグノフSVDスナイパー・ライフルの頬あてを顔に強く押しつけた。相棒のジンボ・コリンズは暗視ゴーグルを使ってその周辺一帯を監視し、赤外線を放射する物体を探している。ミドルトン准将を誘拐したあと、彼らは必ず救出の試みがあると予想して、海兵隊を待ち伏せしていたのだが、その救出作戦は彼らの眼前でめちゃくちゃな失敗に終わったのだった。

「残骸しか見えない」ゴーグルをはずしながら、コリンズが言った。「炎と金属の熱が猛烈すぎて、まともな熱探知映像が得られない。見えるのは、周辺を走りまわってるアラブ人どもばかりだ」明るくなりつつある空に目をやる。「ハリアーがあれを焼きつくすために戻ってくると思うか？」

コリンズは、肩撃ち式の地対空ミサイル発射機、スティンガーをかたわらに置いていた。そばの塹壕(ざんごう)のなかに、あと何個かのミサイル本体が置かれている。

「それが標準的作戦手順(SOP)だな。あれの装備類を砂漠のサル連中に残してやるってのは意味がないが、ハリアーは大急ぎでここの上空を出てったみたいだぞ」ヴィク・ローガンは、数かずの緊急事態を数かずの場所で数かずの回数、経験してきた男だけに、残骸がこんなふうに放置されることが気になってしかたがなかった。「なにがどうなったか、たしかめに行こう。こいつは、とんでもねえ大失敗だぜ」

アメリカ人の傭兵ふたりは、砂嚢（さのう）でつくった塹壕から身を起こし、ばかでかいZSU-23-4シルカ自走式対空機関砲をまわりこんでいった。それの砲手は、ヘリが墜落するなり、給弾トレイの前という持ち場を放棄し、強力なそのレーダー誘導式機関砲を無用の長物にして、ヘリコプターの残骸から盗みだせる戦利品を見つけようと駆けだしていった。二三ミリ弾の装填（そうてん）装置はロックされたままになっているから、もしハリアーがひきかえしてきても役に立たないだろう。

危険はなにもないというわけで、ローガンとコリンズは、機関砲のあるところと距離をとろうとはせず、気らくに歩いていた。

「残念なことになっちまったな、ヴィク」コリンズが言った。「最高の待ち伏せ態勢をつくってたってのに」

ローガンが大股で地面を踏んでいく。頭のなかでは、あれこれと考えをめぐらせていて、その目は戦術的状況を把握しようとしていた。右側から十字砲火を浴びせることになっていたアラブ人兵士も、やはり塹壕から這いだしてきて、村からやってきた女子どもとともに、残骸のほうへ歩いている。またたく間に、兵士たちと一般の村人たちがそろって戦利品の漁（あさ）

り屋と化していた。キップリングの詩の一節が、彼の頭に浮かんでくる。〝負傷してアフガニスタンの平原に置き去りにされたら、女たちが残りものをぶんどろうとやってくる。さあ、ライフルのほうへ身を転がし、みずからの頭をふっとばして、兵士らしく神のもとへ行け〟。それが、当時のアフガニスタン、きのうのイラク、きょうのシリアであって、あすはどこになるものか、だれにわかる？　あの連中は、ヘリの墜落地点に行って、この地域で何世紀にもわたって外国の兵士におこなわれてきたのと同じことを、いまからやろうとしているのだ。**くそったれのハゲタカどもめ**。

　ローガンは、生き残った海兵隊員(ジャーヘッド)がいるとは予想していなかったが、もちろん、アメリカ兵を殺すことになったからといって、眠りが妨げられるなどということにはならない。それが自分の商売であり、海軍から放りだされたことへの甘美な復讐であって、自分はこの仕事でたっぷりとカネを稼いでやるのだと決意していた。あちこちでこういう仕事をしたあと、〈シャーク・チーム〉の一員になれば、ほかの民間警備会社で働くよりずっといい稼ぎになることがわかった。いまは毎月、一万アメリカドルの給料がもらえ、それとひきかえに、今回のような込み入った仕事が持ちこまれてくる。それほどの大金が手に入るとなれば、たとえローマ法王を殺さなくてはならなくなっても、どうってことはない。

　二機のヘリが勝手に墜落したという事実は、結果的には予定と同じというわけで、ローガンにとってはなにも変わりはなかった。すでに准将を拉致(らち)したことで五万ドルをもらっているし、こんどはこの救出作戦が失敗に終わったことで、残りの五万が自分の銀行口座に振りこまれるはずだ。残高が二百万になったら、この商売から引退するとしよう。

ＡＫ－47をフルオートマティックに切り替え、空に向かって弾倉が空になるまで撃ちまくりながら、アラビア語で、そこを離れろとどなりつづけていると、ようやくコリンズとともに現場の捜索ができる状態になってきた。しぶしぶ略奪をやめ、周囲に群れをなしてむっつりと立った群集を尻目に、ふたりのアメリカ人傭兵は仕事に取りかかった。

「カメラをまわしてくれ」ねじくれたヘリコプターの残骸に近寄りながら、ローガンは言った。「おれは周辺のようすを見てくる。おまえは海兵隊員の全員を映像におさめ、認識票を回収し、それぞれの氏名を、音声記録が残って、ちゃんと名前が聞き分けられるような大声で、読みあげるようにしてくれ。風変わりな名前があったら、つづりを書きつけておくんだ。こいつらひとりひとりの、ぜったいにまちがいのないＩＤがほしい」

「わかった」コリンズが残骸のなかへ足を踏みだす。

そこは、一面の修羅場だった。彼はカメラをまわしはじめた。

「それと、腕と脚の数も確認しておいてくれ！」

ローガンはそう声をかけると、一機のヘリの機首の側から墜落現場を百メートルほど離れ、ゆっくりとした足取りで円を描くようにその周囲を歩きはじめた。ヘリコプターを時計の中心に、それの機首方向を時計の十二時に見立て、強力なフラッシュライトを点灯して、パイを切り分けるような感じでその円内を行き来する。一時方向。二時方向。アラブ人どもの足跡と、ヘリコプターから撒き散らされたがらくたが、あらゆる方角に残っていた。七時方向の近辺に、においに気づかなければ見落としていたであろう吐瀉物の跡があり、彼はその場所をフラッシュライトの明るい光で照らしてみた。黄色い胆汁が吐瀉物になって、変色したというだけのものだ。アラブ人どものだれかが、真新しい死体を目にし、そのにおいを嗅いで、吐き気をもよおした？　それはなさそうだが、ありえないとはいえない。さらに歩いていくと、九時方向のところに、略奪者たちの足跡に乱されて形状が崩れてはいたが、まぎれもないオートバイのタイヤ痕が見つかった。それの音を耳にした記憶はない。このタイヤ痕はいつのものか？　きのう、だれか民間人がバイクでここを通った？　その痕跡は東へ、道路がある方角へつづいていた。

「おい、ヴィク！」コリンズが、一機のヘリコプターの残骸のところから呼びかけてきた。

「ちょっと見てくれ」

　ローガンは大股で歩いて、そこに行った。

「どうした？」

　コリンズはそこにしゃがみこみ、切断された太いストラップを片手に持っていた。それをひっぱり、その一端がいまも機体の床に固定されたままになっていることを示す。

「こういうストラップが、あと三本。あそこと、あそこと……あそこだ」

　四本のストラップのすべてが、きれいに切断されていた。ここに、なにかが固定されていたのだろう。もうすでに、アラブ人どもが奪っていった？　なにか大きなものを？　いや、それなら、自分が目にとめただろう。ローガンは残骸と化したヘリを離れ、最後のふたつの死体の撮影とID回収を終えたコリンズが、あとを追った。彼らが、もう一機のヘリコプターの機体へ足を運ぶ。カワサキのダート用小型バイクが、ひどく損傷してはいるものの、一機めのヘリのストラップが切断されていたのと同じ機体部分に、いまも固定されたままになっていた。

ローガンはある結論に達して、首をぼりぼり掻いた。周囲で見物している連中に手をふってやると、彼らは砂糖のかたまりに群がる蜜蜂のように、残骸のほうへひきかえしてきた。

「この修羅場を生きのびたやつがいる」村へ、そこにある衛星無線のほうへ足をもどしながら、彼はコリンズに言った。「ひとりが逃げやがった」

# 22

騒音は気にくわない。隠密性こそが自分を守る心地よい外套とあって、カイル・スワンソンは静寂を重んじた。広大な戦場では、戦車の機関砲や、無数の小火器や、機関銃や、榴弾や、大砲が炸裂して、おびただしい大音声がとどろき、兵士たちは戦闘が終わったあとも長いあいだ、まあ一週間ほどは、叫ぶような声で会話をするはめになる。スナイパーである彼は、その混沌から遠く離れ、音を立てることが破滅を招く場所に身を置くことを好んだ。カイルは、パーティに居合わせた、見えも聞こえもしない幽霊のようなものだ。騒音はスナイパーをふつうの人間並みに弱体化させ、無防備にする。戦闘のなかで好ましく聞こえる騒音は、消音された自分のライフルが単発であげる小さなパンという音だけだ。

そんなわけで、このダート用バイクには消音マフラーがついていても、エンジンの回転音が砂漠の夜に響き渡っていることがカイルには気になった。どんなばかでも耳があれば、この音は聞こえるにちがいない。そのうえ、ほどなく訪れる夜明けが重なって、姿をさらすことになれば、自分は無防備な状態になってしまうだろう。彼は、舗装路沿いの土地を、バイクは横滑りしやすいということで、ふつうならバイク乗りは避けるような砂利の場所もつっきりながら、ゆっくりと慎重に走っていった。ちょっとのミスで、体が瞬時に放りだされることになるが、このタイヤ痕が発見されるようにしておきたかったのだ。

その心はとうに別のレベルでも忙しく動いており、土地のひとびとがいたるところに現われる昼間に身をひそめておけそうな場所はないかと考えていた。たとえこの小村のようなところであっても、人口の密な場所の近辺で姿を見られるというのは、けっしていいことではないし、それだけでなく、あの墜落を生きのびた人間がいることがすでに明らかになっているだろうから、おそらくおおぜいの人間が捜索に出ているだろう。そのとき、前方のどこかでマッチを擦る光が見えて、彼ははっとわれに返った。

だれかが煙草に火をつけたのだ。カイルはスロットルを握っている手をゆるめ、バイクを滑らせながら停止させた。エンジンを切り、ブーツの足を左右の地面について、ダート用バイクを安定させる。暗視ゴーグルの焦点を合わせると、二百メートルほど前方に男がふたりいるのが見えた。道路の検問所のところに、シリア兵がふたり、無頓着に立っている。どちらも職務には注意を向けず、ヘリコプターの墜落地点がある方角をながめていた。

カイルは、荒れたハイウェイ沿いのその地点にバイクを倒し、M16と二個の手榴弾だけを持って、あとの装備は慎重に地面に置いた。四つん這いになって、匍匐し、警備兵まで二十フィートほどのところまで近づいていく。彼らは、警備小屋のなかでなにかを料理しているところだったらしい。ライスと子羊の肉のようなにおいがした。彼らは観光客のような調子でさっきの墜落のことをしゃべっていて、ライフルは二挺とも、現場の方角がよく見えるようにと小屋の平たい屋根によじのぼるときに壁に立てかけたらしく、そのままになっている。カイルは息を殺しながら、小屋の背後へ匍匐でまわりこんで、接近すると、壁際で身を起こして、すわりこみ、手榴弾のピンを抜いた。スプーン型のピンを投げ捨て、ふたつ数えてから、屋根の上へ手榴弾を放り投げて、小屋のそばの地面に身を伏せる。

手榴弾が爆発して、警備兵のふたりを屋根からふっとばし、カイルがすばやくふたつの死体をチェックすると、どちらも破片でずたずたになっていた。まだ、じゅうぶんではない。墜落地点とは一マイル以上も離れていて、そこにいる連中にはこの小さな爆発音は聞こえなかっただろうから、いずれこの死体を調べに来るやつらに、これは新米海兵隊員がやったまずい仕事だと確信させられるような痕跡をもっと残しておかなくてはならない。若い通信兵が、逃走を急ぐために、いちばん手ごろな手段、つまり携行していた基本的な武器を用いるというやりかたで、検問所を強行突破したのだと。この現場に、アメリカ兵がやりそうな行動の痕跡をできるだけ多く残しておこう。カイルはM16をフルオートマティックにして、弾倉の全弾を死んだ兵士たちの胸と腹にたたきんだ。銃弾が死体をつらぬいて、その下の硬い舗装面に食いこみ、輝く真鍮の空薬莢がつぎつぎに宙を舞い踊って、あたり一面に転がった。つぎに、道路わきの砂地へ歩いて、そこにブーツの足跡をつける。すべては見せかけだ。エクスカリバーを使えば、あるいは、接近してナイフを使えば、あっさりとふたりを始末できただろうが、これは見せびらかしなのだ。ことのついでにと、彼は小さな塹壕のなかにもぐりこんで、兵士たちが準備をしていた料理を少し食べた。想像が当たっていた。スパイスの効いた子羊肉とライス。

カイルは装備を回収して、バイクにまたがると、検問所を通過し、その際に、迷彩服の一部をわざとそこの有刺鉄線にひっかけて、布片を残しておいた。そして、タイヤ痕を残しながら、引きつづき西へ、国境の方角へとダート用バイクを走らせた。

百メートルほど走らせて、路面がきれいになっているのを確信できたところで、バイクを停めて、降り、バイクを持ちあげて、百八十度方向転換をする。これで、痕跡を残さずに、行方をくらませることができるだろう。逆戻りして、検問所とそこの死体のそばを通過する。そこでしばらくのあいだ、キックスタンドを立ててバイクを停め、低木を引きぬき、ばらまいて、方向を転じたことをうかがわせる痕跡を消してから、村の方角へひきかえした。

墜落地点に近づいていくと、ヘリの残骸(ざんがい)の周囲にひとが群がっていた。ひとがおおぜいいれば、自分が目撃されるおそれがあることはわかっていたが、人間の本性として、彼らが熱狂状態にあることもわかっていた。彼らは戦利品を漁(あさ)ることしか眼中にない。遠くにいるひとりの男などに関心は示さないだろう。とはいえ、昇り来る太陽が東の地平線にわずかに顔をのぞかせて、朝の雲の下部を金色に輝かせはじめていたから、危険は刻々と増していた。カイルは、任務に従事しているときはいつも、ヴァンパイアのドラキュラ伯爵のように、日光の到来を嫌う。彼もまた、夜の生きものだからだ。

カイルは道路をそれて、墜落現場の一キロメートルほど右へ迂回し、見られることのないように涸れ谷(ワジ)に入りこんで、低い姿勢でバイクを走らせた。一マイルも行かないうちに、地面はふたたび平らになった。

サーン村は、これまでに目にした砂漠のなかのほかの村と同じく、水源の周囲に数世紀をかけて民家や商店が建ちならんで集落が形成されたもので、そのこぢんまりとした感じにはなじみがあった。シリアのこの地域にはけっこう雨が降るとあって、そこには砂糖大根の畑があり、その広がりは、東方に並んでいるアプリコットの木立でくっきりと区切られていた。村の北方には、羊や山羊を太らせて市場へ出すための飼育場があることが見てとれ、聞こえ、においでもそれとわかった。西側には、灌漑用水で仕切って、綿花を栽培している畑があった。ドルーズ山が一帯を睥睨し、地平線はあらゆる方向が砂の絨毯になっていた。

住居はどれも、方形の平屋で、家族用の鶏や山羊の飼育場をかこう低い塀があるという、似たり寄ったりのつくりだった。電柱から電柱へ垂れ気味につながっている電線と電話線が、二十マイルほど遠方まで見えていた。中心部の近辺に大きな建物がひとつあり、それは村の役場であるように思えた。二、三の民家では灯りが点じられて、カラフルな緑や赤の小さなカーテンが光っていた。あれらの家では、すでに住民が動きだしているということだ。身をひそめなくてはならない。

カイルは、もっとも近い建物から三百メートルほど離れた地点でバイクを停めた。もう闇はどこにもなく、バイクは埋めてしまうのがいいのだが、それをしている時間もない。そこで、バイクは深い涸れ谷に隠して、藪で覆い、発見されにくくなるようにと、ざっと雑草をかぶせておくだけにし、あとはそれの迷彩塗装が隠蔽の役に立ってくれるのを願うことにした。
M16をいつでも発砲できる状態（ロックト・アンド・ローデイッド）にしてから、引き金の用心鉄（トリガー・ガード）に人さし指をかけて、村に近づいていくと、村への進入路を見渡せる荒れ果てた斜面があるのが目に入った。そのてっぺんのすぐ下あたりに、小さな段丘のような場所があり、密に茂った藪がそれに沿って吹出物のように並んで生えていたので、カイルは身をかがめ、藪を自分と村のあいだにはさむようにして、そこへ行った。ここにしよう。

藪の陰に身を置き、段丘の縁に沿って、まっすぐに浅い塹壕（ざんごう）を掘っていく。昇ってきた太陽がすでに砂を熱していて、最後の数メートルを掘るころには汗ばんできたが、藪の列のまんなかあたりまで掘り進むと、高い地点からの良好な眺望が得られるようになった。

装備をおろして、這い戻り、半径二十メートルほどの地点からランダムに低木の枝を集めてきて、痕跡を消し、そのあと、設営した潜伏場所の周囲に葉のついた枝を並べて立てると、ようやく、通りかかった人間には、それが一本の大きな低木のように見えるだろうと確信が持てるようになった。これで時間のゆとりはできたというわけで、彼はその薄暗い潜伏場所でそれなりの休息を取るための準備をしていった。完全に眠りこむというのは、敵地においては論外だが、武器に手を置いたまま、意識が途絶する寸前の状態を保って、浅い眠りをとることならできる。

地平線がすっかり明るくなって、太陽が昇りきったとき、カイルは少し水を飲んでから、双眼鏡を取りだし、休息をとる前に最後にもう一度、村のようすをうかがった。民家が、山羊たちが、女たちや子どもたちが、活動を開始していた。平常のテンポだ。男たちはおそらく、まだヘリの略奪にいそしんでいるのだろう。双眼鏡の向きを、主要道路が村に入る地点へめぐらせたとき、彼は唐突に手をとめた。そこに、砂嚢（さのう）の並んだ塹壕があり、道路のこちら側にも、深い塹壕があった。砂嚢の上に、AK－47ライフルが無造作に並んでいて、側面には、ミサイル発射機が立てかけられている。塹壕のなかに掘りさげられた防御穴から、ZSU－23－4の四本の砲身が突きだしていた。

〝おい、あれはいったいなんなんだ？〟彼は自問した。〝ゼウス（アメリカ空軍のパイロットたちは、シルカを恐れてそのように呼んでいる）が一門、AKの並ぶ塹壕、多数の兵士。われわれは敵の待ち伏せに飛びこんできたのか〟

カイルは双眼鏡をわきに置き、また水を飲んで、全身にみなぎっていたアドレナリンと興奮が去っていくのを待った。らくに横になれるように肩の位置を変え、胸の上にM16を置くと、この数時間で重く蓄積した疲労が身にのしかかってくるのが感じられた。意識が途切れて、浅い眠りに落ちる直前、彼は思った――やつらはわれわれが来ることを知っていたんだ。

# 23

ヴィクター・ローガンが小さなテーブルの前にすわって、墜落で死んだ海兵隊員たちの氏名をノートPCに打ちこんでいる。そのでかくて太い指は、精密機器というにはほど遠く、なめらかにキーボードを打つことより、もっと荒っぽい仕事するのに向いており、彼にはこの仕事は面倒なだけでなく、いささか侮辱的であるようにも感じられた。こんな仕事は事務員がするものであって、戦士がするものじゃない。この機械を使うときは読書眼鏡をかけなくてはならず、それがまた気にくわなかった。それは、衰えの、歳を食ったことの、盛りを過ぎたことのしるしだからだ。だが、ローガンは、テクノロジーの進歩に遅れをとることなく、現代に適応しようと決心していた。ゴリラが草食だからといって、それだけで腑抜けということにはならないのだ。

もう陽が高くなっていることは、室内の気温が着実にあがってきていることで察しがついた。彼はようやく、ジンボ・コリンズが認識票をもとに書きとめた氏名の打ちこみを終え、セーヴ・キーをたたいて、そのファイルをフォルダーに保存した。別のファイルを選び、数時間前にワシントンからダウンロードしたリストを読みこんで、カット・アンド・ペーストで、いま自分が記録したリストと並置して、両者を比較する。フォント・サイズをあげ、ひとつの氏名を明るい赤に変えて、目立つようにしておき、画面から目を離して、じっくりとそれを見なおした。

「思ったとおりだったぞ、コリンズ。失踪したやつがいる。ワシントンから送られてきたリストの氏名は、死亡者のドッグタグ・リストの氏名よりひとつ多い。おまえはまちがいなく、全員のタグを集めたんだろうな?」

「全員のを集めたさ、ヴィク。死体(クリスピークリッター)のタグをひとつひとつ取っていったんだ」

彼はドッグタグを入れたビニール袋を掲げて、ふってみせた。たしかに、金属と金属がぶつかりあう音がした。コリンズも自分のコンピュータを使って、カメラで撮影した映像のなかから、死んだ海兵隊員ひとりひとりの静止画像を抜きだし、それをフォルダーにおさめて、色合いと明度の調整をしているところだった。

そのとき、ドアをノックする音と叫び声が聞こえ、ふたりはそろって武器をつかみあげた。どちらもつねにセキュリティを念頭に置いて、予備のＡＫ-47をロックト・アンド・ローディッドでそばに用意しているから、二挺のライフルの銃口が即座に玄関ドアへ向けられた。

「なんだ?」とコリンズが声を返し、ドアの横手の壁へ歩いて、そこに背中を押しつけた。

「開けてくれ! 妙なことが起こった!」耳になじんだ、フランスなまりの英語が聞こえてきた。

コリンズが窓のところに鏡を持っていき、その角度を調整して、相手を確認する。

「あのフランス人（フロッグ）だ。やつ、ひとりだけだ」

ローガンがうなずき、コリンズがドアを開いた。

細身だが筋肉質の小柄な男が、入ってくる。高い頬骨のある鋭い顔で、目は黒く、笑みを浮かべることはけっしてない薄い唇は、密生した長い口ひげのなかにほとんど隠れていた。ピエール・ドミニク・ファレーズは、外人部隊を除隊したのちに身を落ち着けたサーン村ではよく知られた人物だ。ヨーロッパの人間という背景があっても、改宗ムスリムである彼は、どこへ行っても温かく迎えられるというわけで、ほかの町や村へ出向いては、工芸品や毛織物や敷物を買いつけて、愛車の白いトヨタ・ピックアップ・トラックに積みこみ、そのあとは、ひと晩そこに滞在する口実をなにか見つけだして、現地のひとびととともに煙草を吸ったり、食事をしたり、会話を楽しんだりするのがつねだ。シリア各地の村人たちは、アブー・ムハンマドは最高に気前のいい男で、正直な商人だと考えている。そのささやかな商売の成功と、ときおりの大工仕事は、彼にとって、たいした意味はなかった。実際の収入は、あちこちの店舗やバザールに商品を販売することではなく、シリアとフランスとロシアの政府に情報活動の成果を売ることで得られているからだ。その三国の政策が対立することはめったにないので、彼らを相手にしているかぎりは、おおっぴらに取り引きをすることができる。

だが、さしあたっては、五千ドルをダマスカスの銀行口座に入金してくれた、このふたりの大柄なアメリカ人傭兵たちが、彼の独占的取り引き相手だ。この仕事が完了したときには、同額が入金されることになっていた。

「なんだってんだ、ピエール？」ローガンが吐き捨てるように言って、ノートPCの画面に表示された氏名に目を戻す。通信兵がひとり、あれを生きのびて、逃走した？

フランス人はなかに足を踏み入れて、ドアを閉じた。室内はくさかった。このあたりの民家はどれも小さなものだが、つねに女たちによって清潔に保たれ、強い葉巻の刺激的なアロマと調理のにおいが、快適な雲のように来客を迎えてくれるのがふつうだ。だが、ここでは、人間の排泄物と汗とよごれの悪臭が鼻をついてくる。彼は肩をすくめて、それをやりすごした。つまるところ、彼らはアメリカ人、鼻もちならない連中なのだ。

「西へ数マイルのところにある検問所で、二名の警備兵が殺害された。どちらの死体も銃弾で穴だらけになっていて、ある村人の話では、手榴弾を浴びたように思える傷があるらしい。おれはいまから、そこへ行くつもりだ」

「逃走者の仕業のようだな、ヴィク。そういうことは、それなりの武器を持ってるやつでないとできない」コリンズが言った。「おれがチェックしに行ってこようか？」

自分の仕事に没頭しているローガンは、うめき声で応じただけで、ふたりのやりとりに取りあわなかった。通信兵が、武装したふたりの歩哨と戦って、検問を突破した？　まあ、そいつも海兵隊員にはちがいないが、仕事のできがよすぎるんじゃないか。

「オーケイ、ピエール。案内してくれ」

コリンズがフランス人につづいて日ざしの下に足を踏みだし、そこに駐められているピックアップ・トラックへ向かう。サスペンションが補強されて、トレッドの深い砂漠走行用のズが、ショックアブソーバーを別のに換えたらどうだと話しはじめた。ンドルを切って、トヨタを道路へ出し、スピードをあげていく。すぐさま、ジンボ・コリンーティ・エンジンがまわりだし、まっすぐにのびた排気管が低くうなった。ファレーズがハタイヤが装着された、手入れの行きとどいたトラックだ。始動一発で、特注のヘヴィーデュ

ヴィク・ローガンはまだ、赤で表示された氏名を見つめたり、死亡者リストを調べたりしていた。ハロルド・マクダウェル。伍長。通信兵。二十歳。ほかの全員が死んだ飛行機の墜落事故や自動車の多重衝突の現場から、歩いて出てきた人間がいるという話は、これまでにも聞いたことはある。ありえないことではない。つまり、この若造は生きのび、バイクを駆って、イスラエルへ向かい、その途中、検問所にいたぐうたら兵どもに不意打ちをかけたということか。理にかなった展開ではある。

「できそこないのシリア兵どもじゃあ、通信兵のひとりすら阻止できねえだろうしな」うなるように彼は言った。

だが、この海兵隊員は、すぐに捕まるだろう。おそらく、逃走と脱出に関する特殊作戦訓練を多少は受けているだろうが、国境までの道のりは長いうえに、経路の大半が、開けた土地を通るか交通量の多い道路を使うかになるからだ。こいつはもう捕まったも同然で、本人がまだそれを自覚してないってだけのことだ。

ローガンは暗号化されたファイルを開いて、ワシントンへ送信した。写真の送信は、あと

でコリンズにやらせればいい。そのあと、彼はほんの十五分ほどのキーボード作業で報告書を仕上げ、作成したその書類を、あとでコリンズが検問所で発見した事実を書きたすための空白を下段に残して、保存した。

もう、できることはなにも残っていない。ちょいとくつろぐ時間ができたらしい、とローガンは思った。立ちあがり、六フィート五インチの体をストレッチしてから、服を脱ぎ捨てて、狭いベッドルームへ入っていく。その部屋は、いくぶん涼しかった。

そこのベッドの上に、全裸の少女がひとり、目を大きく見開き、手足を四隅にロープで拘束されて寝かされていた。灰色の配管用（ダクト）テープが口に貼りつけられているので、悲鳴をあげることはできないが、巨体のアメリカ人が近づいてくるのを目にすると、少女は恐怖にとらわれて身をよじった。ヴィクが最初に彼女に目をつけたのは、この十四歳の美少女が父母を手伝って働いている地元の店で、そのとき、彼はいくつかの物品を購入するあいだに、できるだけすばやく彼女をチェックしておいたのだった。もちろん、この小柄な少女はあのいまいましい黒のベッドシーツみたいな布で身を包んでいたから、それほどはっきりと体が見えたわけではない。しかし、そのきらめく目には外国人を恐れているような気配はなく、ヴィクは、その着衣の内側にはカモシカのような長い脚と蕾（つぼみ）のような胸があるにちがいないと想像した。そして、店を訪れたその夜に、彼女を拉致（らち）した。イスラム教徒が女は特別なものだと本気で考えていることはわかっているので、大変な手間暇をかけて、彼女を隠し、声が漏れないようにしてきた。初めてやったとき、彼女はきつくて、必死にもがいたり抵抗したりしたが、それはまさに彼が女を楽しむときの趣向だった。小さなタイガーのようにひっかいてきた。血がたっぷり流れた。あれをすませると、彼女はもはやヴァージンではなくなり、緑や紫や黄を帯びた醜い打ち身の痕が無数にできていた。その目にあった恐れを知らぬ光は消えていた。自重というやつを教えこんでやったのだ。

いまのローガンにとっては、またレイプをする前に、彼女になにかを食わせたり小便をさせたりする時間を与えるかどうかだけが問題だった。いや、そんなのはどうでもいい。あのヘリの墜落で状況は一変し、まもなくゲイツが、隣室に拘束されている准将をどう処理するかの判断を下して、自分はすぐにここをあとにしなくてはいけなくなるだろう。

准将のことを考えたせいで、いらいらしてきた。まともな見かけのままで、またテレビ・ショーに出演させる必要があるというわけで、この一つ星のくそ野郎を殴ってやりたくても、顔とかどことか、とにかく傷が見えるような箇所はご法度とあって、傭兵ローガンは怒りを覚えていたのだ。そこで、彼はその憤懣の矛先を少女に転じ、また彼女をやってやろうと考えて、ペニスへ手をのばした。まだ硬くなっていなかった。勃たせる仕事は、この淫売にやらせるしかない。

ローガンは、少女の注意を向けさせるためだけに、顔面を右手で張った。その顔が人形のようにさっと横を向き、涙がこぼれ落ちてくる。猿轡をはずせないのが、残念。ベルトを、鋭い真鍮のバックルがだらんとぶらさがった状態で自分のこぶしに巻きつけながら、彼は思った。バックルを少女の腿にたたきつけると、なめらかなオリーヴ色の肌が裂けて、血が噴きだした。つぎにあばらにたたきつけると、少女の体が苦痛にそりかえり、真っ赤な血が胸から流れ出た。ふたたび、たたきつける。金属のバックルがふたつの乳首をとらえた。もっといい悲鳴が出せるだろうに。

彼はいらだちを募らせて、おのれの体を見おろした。まだ硬くなっていない。この女が満足な働きをしていないからだ。

「売女（ビッチ）！」わめいて、こんどは側頭部へベルトをふりおろすと、もつれた黒髪から黒ずんだ血が流れてきた。「こんちくしょう、さっさと勃たせろ！」

部屋を焼き焦がしそうなほど熱い怒りがたぎってきて、ローガンは情け容赦なく少女を打った。だが、どれほど強く打っても、どれほど血を流させても、いまいましい一物（ディック）は硬くなってくれなかった。

なにかをたたくような音がして、彼の注意をそちらにそらした。あのくそ准将が壁を蹴っているのだ。七面鳥のように縛りあげているのに、まだ手を焼かせるとは。ローガンはどなった。

「静かにしやがれ！　この淫売娘をすませたら、すぐにそっちへ行って、てめえのケツをひっぱたいてやるぜ！」

蹴りつける音はやまず、かえって激しくなった。

おまけに、少女はあいかわらず、ここに横たわって、うめいているだけで、その役立たずの体はこっちが完全に支配しているというのに、勃たせるのを手伝おうともしやがらねえ！

この淫売娘！　おまえが悪いんだぞ！　ほかの女どもにも教えてやったが、こんどはおまえにも教えてやる。彼は空いた手をこぶしに固め、そのでかいこぶしを彼女の口にたたきこんだ。おまえが悪いんだ！　やっと硬くなったので、彼はペニスを握りしめて、小さな胸に射精し、そのあと、疲労困憊（こんぱい）して、血とザーメンにまみれた少女の上に倒れこんだ。

しばしののち、ローガンは裸のまま、准将が寝台のスチールフレームに手錠で拘束されている隣室へ入っていった。ミドルトンは、少女がずたずたに引き裂かれているのに、自分はそこにすわっているしかないとあって、怒りに目を燃え立たせていた。

「なにを考えてやがる？　あんなふうに壁を蹴りつけるってのは？」嘲笑を浮かべて、ローガンは問いかけた。

「サディストめ」さげすむように唾（つば）を吐いて、ミドルトンが言った。「いずれ、この手で刺し殺してやる！」

薄汚れた、ゆったりとしたアラブのローブを着せられている彼は、完全にローガンの支配下にある。それなのに、いまだに脅し文句を言いたててくるとは。

「てめえのようなくそ野郎どもが、おれを軍隊から追いだしたんだ」とローガンは言って、ミドルトンのかたわらにしゃがみこんだ。「もうすぐ、てめえをぶっ殺してもいいという許可が出るはずだ。楽しみにしてるぜ」

彼はミドルトンを床に転がして、その左手の小指をつかみ、逆にそらして、へし折った。

准将は一度、鋭いうめき声を漏らしたが、悲鳴をあげてローガンをよろこばせることは拒否し、そのあとに襲ってきた痛みには耐えぬいた。骨が折れるときの一瞬の激痛がやわらぐと、准将は目の前の巨漢をにらみつけた。

「そんなことをしてもなにも変わりはしないぞ、この異常者め」

「おれのことをぐたぐだ言うんじゃねえ、こんちきしょう。まだ折ってやれる指が九本も残ってるし、それが終わったら足の指にとりかかるぜ」

ローガンは部屋を出て、バシンとドアを閉じた。


ローガンが悪臭の漂う狭いバスルームで体を洗っている最中に、ジンボ・コリンズが戻ってきた。冷たい水で体が冷え、そのなかにひそむ悪魔もおとなしくなっていた。

コリンズが呼びかけてくる。

「ヴィク？　そこにいるのか？」

ローガンは主室にひきかえし、タオルで体を拭きながら言った。

「なんだ？」

「あの〝フロッグ〟(フランス人の蔑称)の報告どおりだった。まず手榴弾が使われたらしく、あたり一面に真鍮(しんちゅう)の破片が散乱していた。そして、M16の空薬莢(からやっきょう)。検問所の向こう側に百メートルほどにわたって、オートバイのタイヤ痕が残っているのが見つかった。逃走者はろくに徐行もせずにあそこに行って、シリア兵たちを襲ったようだ」

「そうか」

　ローガンが椅子に腰かけ、検問所の事件を報告書に書き加えて、送信ボタンを押す。これで、サーンという小村の近辺で夜明け前に生じた事態の詳細が、衛星の中継によって、遠い遠いところで待ち受けているコンピュータに届けられたというわけだ。

　コリンズは自分の銃をわきへ放りだして、ブーツを蹴り脱いだ。

「あのな、ヴィク。おれがビデオの仕事をかたづけるには、それなりの時間がかかるだろう。その前に、おれにもちょいとあの少女とやらせてもらえんか？　とにかく、おれたちはもうすぐ、ここを離れることになりそうだからな」

「招待するぜ、コリンズ」ローガンが寝室のほうへ片手を大きくふって、陰気な笑い声をあげる。「死体のプッシーにねじこむ仕事が終わったら、准将に餌と水をやってくれ」

「彼女が死んだ？」

　ローガンがにやりとした。その目は、輝くように晴れ晴れとしていた。

「淫売娘は、枕のようにあそこに転がってる。体温を失ってな。あの痩せたビッチは人生をまっとうできなかったってことだ」

　ジンボ・コリンズは寝室をのぞきこんだ。少女もベッドも血まみれになっていた。ローガンには心底おかしなところがあると思ったのは、これが初めてではなかったが、そんな考えは胸の内におさめておくのが賢明だろう。おそらくあと数時間のうちに、このくそったれとは、これっきりおさらばすることになるのだ。死体じゃなく、カネのことに気持ちを向けよう。

「床が土なのが好都合だ」カメラのほうへ身をまわして、コリンズは言った。「死体をここに埋めて、そのあとこのあばら家は焼き捨ててしまおう」

# 24

〝世界一のくそったれ〟がやっと満足して、ぬかるみを這う豚のような鼻息を漏らしたので、彼女はほかのことに心をそらした。汚物だらけの豚小屋に寝かされ、感情などはなんの意味もない、いやでたまらないことをやらされ、そのあと、この豚のような〝ブー〟の声を聞くのは、彼女がまだ生きていることを意味するものでしかなかった。激しく動き、熱いものを出して、うめいたあと、くたびれた父は彼女の手首を離して、ごろんと身を転がした。「おれはダウンタウンに行ってくる」と〝くそったれ〟がつぶやいて、バックスバニーの絵柄のある彼女のシーツであれを拭った。それがわたしには大事なことみたいな言いかたをして。

ルース・ヘイゼル・ピアースは青い目をしばたたき、もうなにも聞きたくないと思って、悪臭のする豚小屋を出ていった。その夜、十四歳の少女は、ものすごく大事なこと、彼女の人生を一変させ、彼の人生を終わらせる決断をしたのだった。

いつもは、あのあとはしばらく胎児のように身を丸め、自分は安全でしあわせな場所、魔法のお城にいて、おおぜいのよき友人たちにかこまれ、火を吐くドラゴンたちに守られているんだと思いこむようにしていた。それはほんの一時間ほどのことで、彼女はふたたび恐怖と恥辱と憎悪にまみれた現実に立ちかえって、体を洗い、遅番のウエイトレスの仕事から帰ってくる母を待つのがつねだった。しかし、その最後の夜、ルース・ヘイゼルはひとつ大きなため息をつくと、すぐに熱いシャワーを浴びて、甘い石鹸の香りと自由の身を楽しんだ。そして、ドレッサーから、学校の水泳大会用のぴちっとした黒の競泳用水着を取りだして、身につけ、その上から、膝のところが破れている古びたジーンズと、〈サンディエゴ州立大学〉のロゴのあるぶあついスウェットシャツを着こみ、ジョギングシューズを履いた。部屋を出て、廊下を歩き、両親の部屋、ガンマニアだった〝世界一のくそったれ〟の部屋に入った。そこのクローゼットのなかには、ありとあらゆる銃が無造作に保管されていた。彼女がもっと幼くて、性的虐待がまだそれほどひどくなかったころ、父が、娘も銃声を楽しむだろうと考えて、彼女に銃の撃ちかたを教えていた。銃はたいせつに扱え、と彼は言った。慎重に扱わないと、銃は自分を傷つけるんだと。くだらないことを言ったものね、くそおやじ。彼女はルーガー二二口径拳銃をつかみあげ、弾倉に十発の弾が完全に装塡されているのを確認して、ウエストバンドの内側につっこんだ。そして、未来を変えるために、家の外に出ていった。自分か〝世界一のくそったれ〟のどちらかが、二度と家に帰ることはできなくなるんだと思い定めて。

暗くなって間もないころ、彼女はトレイラー・パークを出て、サンディエゴのオーシャンサイド地区へ行き、あいつはいつもこの道を通るから、足跡を見つけられるだろうと考えて、そこの浜を歩いていった。あいつは飲酒運転で何度も免許を取りあげられていたから、いつも徒歩で行っていたのだ。いかがわしいダウンタウンのはずれに達すると、〝くそったれ〟のお気に入りのバー、というより、うらぶれたストリップ小屋が面している街路のちょうど反対側にあたる裏道に、大きなごみ缶があるのが目に入ったので、その陰のコンクリートの路面にあぐらをかいてすわり、街路を行き交う車の音や浜に寄せる波の音を聞きながら待った。二時間後、あいつがひとりで出てきた。カネがなくなったのか、それとも、また吐きに出てきたのか。どっちでもよかった。そんなことはどうでもいい。豚のような鼻息が聞こえた。

あいつが歩道をよろめき歩き、近道をして空き地を通りぬけ、浜の上のほうの乾いた砂地に出た。波が砂浜をかじり、洗うなか、星空を背景に浮かびあがった、その揺れ動くシルエットを、彼女は四十ヤードほど追っていった。潮が満ちてきていた。あたりに人影はなかった。ルース・ヘイゼルはルーガーを抜きだして、小走りになり、ほんの数歩で、あいだの距離を詰めた。立ちどまって、射撃姿勢をとり、あいつに教えられたとおり、両手で拳銃を握った。「パパ？」幼い少女の声をつくって呼びかけ、セイフティをはずした。

〝世界一のくそったれ〟がふりかえった。一発めが胃のあたりに命中したが、あいつは大男で、二二口径弾の一発では腹にパンチが入ったほどの効果もなく、倒れはしなかった。そのあとの六発は一発ずつ慎重に狙って撃ったので、すべてが胸に命中し、あいつは倒れて、水面に浮かんできたネズミイルカのように砂の上に横たわった。ルース・ヘイゼルはそばに寄った。あいつの目に、事態をのみこんだような気配があった。怖くなり、意識的に股間を狙って、ルーガーを撃った。あいつが悲鳴をあげた。最後の二発は、左右の目に撃ちこんだ。

彼女はその体を横向けに転がして、尻ポケットから財布を抜きとり、拳銃をウエストバンドの内側に戻して、乱れのない足取りで砂浜から走り去った。一マイルほど行ったとき、血のついた着衣を脱いで背中に縛りつけてから、波打ち際を泳いでいき、急な崖下の、水が深くなって、狂ったように渦巻いている海を泳ぐときは必死に左右の手で掻いて進んだ。そこを泳いでいるあいだに、ぴちっとした水着の内側にたくしこんでおいた拳銃と財布を抜きだして、海に捨てた。そのふたつが海底の揺れ動く砂に落ちたとき、ルース・ヘイゼルはらくなバタフライ・キックに切り換え、波の力を借りて浜へ泳ぎ着いた。砂を踏む足が軽やかになったのを感じながら、歩いて家に帰った。また熱いシャワーを浴びたあと、ジーンズとスウェットシャツの染み抜きをし、どちらも洗濯機のなかに放りこんだ。大きなタオルで体を拭いてから、ポップコーンを食べながらテレビを観ていると、母が家に帰ってきた。「ハイ、ママ！」と彼女は呼びかけた。

長い年月、虐待に耐えてきたその小柄な女性は、自宅であるトレイラー・ハウスのなかを気づかわしげに見まわしたあと、ひどく上機嫌なルース・ヘイゼルに物問いたげなまなざしを向けてきた。「おとうさんはいるの？」

「ううん。仕事が終わったあと、ちょっと家にいただけで、二、三時間前にまた出てっちゃった。こっちに来て、すわったら、ママ。この映画、ものすごくおもしろいわよ。ポップコーンはどう」

「宿題はやったの？」母のドリスがハンドバッグを置き、ソファのほうへやってきて、娘にほほえみかけた。こんなにしあわせな気分になれるなんて！　母が輝いて見えた。

「うん、ママ。やらなくちゃいけないことは、全部やったわ」

ルース・ヘイゼル・リード上院議員は、Cストリートそばのラッセル上院議員会館にある自分のオフィスのデスクの背後に、磨きあげた長大なルネサンス様式のサイドボード（クレデンザ）を置き、その上に、フレームにおさめた写真を二枚、飾っている。一枚は、ヴェトナムでヘリコプターにもたれて立っている、若き日のハンサムな陸軍准尉チャック・リードの白黒写真で、作戦中に戦死する四週間前に撮られたものだ。もう一枚は、休暇のときに家族でサンディエゴのシーワールドに行ったときに撮ったもので、十歳のルース・ヘイゼルが笑顔の母と父にはさまれて写っていた。彼らはみな、いまはもうこの世にいない。チャックはヴェトコンに殺され、母は癌（がん）で亡くなり、父はルース・ヘイゼルが殺した。遠い昔の話だ。

父を撃ち殺したことは、だれにも話していない。母にも、夫にも、おかかえのヘアドレッサーにも。あのとき、警察は短期間の捜査をしただけで、国境をこえてきたメキシコ人による強盗殺人事件という結論に達した。もちろん、犯行が残忍であるうえ、激しい怒りが背後にあるのは明らかとあって、家族にも嫌疑がかけられはしたが、ふたりには、自宅でいっしょにソファにすわって、ポップコーンを食べながらテレビを観ていたというアリバイがあった。それなら、メキシコ人の犯行にちがいないとなったのだ。

ルース・ヘイゼルは、自分が父より強大な存在となったとき、あの性的虐待はたんなる性的欲望ではなく、父が娘に権力をふるうための行為でもあったことを理解するようになった。そして、それ以後、権力の追求を、セックスであれ、学問であれ、ビジネスであれ、政治であれ、ありとあらゆる行動の原動力としてきた。男が対等な存在であることは、チャックがそうであったように、許すことはできても、男に屈服するつもりは金輪際なかった。

それには、ゴードン・ゲイツとジェラルド・ブキャナンも含まれていた。合衆国大統領になった暁には、自分はアメリカのみならず、世界でもっとも大きな権力を持つ人間となる。軍隊を民営化すれば、〝帳簿外の〟予算ができて、過去のどの大統領も持ちえなかった、強大な権力を握ることができるだろう。自分には、外国の独裁者を暗殺したり、麻薬の密輸船を撃沈したり、テロリストを抹殺したりといったことに政治力を行使するつもりはないからだ。そういう仕事は、ゴードンに電話を一本かけるだけですむ。新たなアメリカは、自分の統治によって安全な国になるのだ。

だが、いまシリアから不穏な知らせが入り、三名の権力者たちは、リンカーン記念堂のそばに駐車した長い黒のリムジンのなかに、ほかの人間は遠ざけて、すわっていた。運転手は、携帯電話で呼ばれたら戻ってくるようにと、ゲイツに指示されている。

「われわれの計画に問題が生じたということ、ジェラルド?」ルース・ヘイゼル・リード上院議員が問いかけた。「ばかでもできる仕事だと、あなたは言ったけど」この愚か者。

「いや、ルース・ヘイゼル、計画に問題が生じたわけじゃない。事実として、海兵隊の救出作戦は失敗に終わり、あとはわれわれが好きなようにできる」侮辱的な言いまわしにならないように心がけながら、ブキャナンはよどみのない口調で答えた。「ペンタゴンと各情報機関は、わたしがしっかりと統制しているからね。つぎの救出の試みがなされることはないし、シリア政府は大混乱に陥っている」

「ミドルトンはまだ生きているのよ、ジェラルド。救出作戦のなかで殺されることになっていたというのに。あなたは予備的手段として、あのスナイパーまで派遣した。ところが、彼らは全員が死亡し、なのに准将はまだ生きている。とうてい成功とは言いがたいわ」

「落ち着いて、上院議員」ゲイツが言った。「わたしもやはり、海兵隊が自滅して、待ち伏せを受けるにも至らなかったことは、われわれにとって幸運な結果になるだろうと考えているんだ」折りたたんだ紙片をブリーフケースから取りだして、ブキャナンに手渡す。「これを見てくれ。いましがた、現地にいるわが〈シャーク・チーム〉がこのリストを送ってきた。全海兵隊員が墜落で死亡したことが、彼らのドッグタグによって確認されている。わたしの予想では、確認の一助となるように、まもなく写真も送られてくるだろう」

「では、わたしはなにかを見落としているということなの、ゴードン？」ルース・ヘイゼル・リード上院議員が尋ねた。

「いいかね、ルース・ヘイゼル、われわれが、きみの委員会をはじめ、聞く耳を持つすべての人間に示したかったのは、合衆国海兵隊のほうは大失敗をしでかしたのに対し、ゲイツ・グローバルに所属する二名の特殊工作員は現場に入りこんで、それらのＩＤを入手し、さらにはフランス人の案内人との接触もおこなえたほどに、その村に深く潜入していたということだ。いまは、もしペンタゴンが干渉して、だいなしにすることがなかったならば、わが社の連中がすでにミドルトン准将を五体満足の状態であの地から救いだしていたであろうとまで言える」

「事実ではないけど」

「もちろん、事実ではない。とにかく、計画と異なるのは、あの海兵隊のスナイパーが彼を射殺するところをカメラで撮影するか、〈シャーク・チーム〉がその仕事をかたづけるのが理想的ではあったが、そうはならず、イスラム聖戦士(ジハーディスト)どもに彼を殺させることになったという点だけなんだ」

「彼がだれに射殺されようが、うっかり蠍(さそり)を踏んで死のうが、そんなことはどうでもいい。わたしは、彼が生きて帰って、来週の軍事委員会で証言をするということさえなければいいの」彼女はやわらかなシートにもたれこんで、腕を組んだ。

ブキャナンがリストに目を通し終えて、上院議員にまわした。数字が合致していなかった。

「だれかが脱出した?」

「どうやら」軽く手をふって、ゲイツが答える。「通信兵にすぎない若い兵士がひとり、ヘリコプターに積まれていたダート用バイクで逃走したようだ。わたしはあの国をよく知っているが、そいつが遠くまで逃げることはできないだろう。国境にたどり着く前に、シリア軍に捕まるだろうし、われわれはまもなくその兵士の映像をテレビで観ることになるだろう。

そうなったらそうなったで、われわれはそれをうまく利用できる。きみも、よく考えれば、それほどまずいことではないとわかるだろう。その兵士のコメントが、今回の作戦が大失敗に終わった経緯をいっそう明らかにするだろうからね」

ブキャナンが悦に入って、そのとおりといった調子でうなずく。今回のような状況は流動的なのがつねであり、だれかが変化に対応しなくてはならないのだが、〝ランボー〟・リードにはそのことがなかなか理解できないらしい。

「上院議員とわたしは、このリストを付加的証拠として利用できる。民間の軍事請負企業はじつに効率がよく、国際紛争に巻きこまれるたびに失敗をしでかす硬直した軍隊よりも、うまく任務を達成できることを証明できるんだ」

ルース・ヘイゼルは表情を変えずにリストを読み終えて、それをゲイツに返した。

「計画が瓦解（がかい）したときは、いやな気分になったけど、それで生じた問題を、逆にわれわれの有利なように使えるという点には同意するわ」

ゲイツが、感情をいっさい表わさない、いつもの冷ややかな声に切り換える。

「けっこう。われわれは同じ地点に立ったというわけだ。おふたりがよろしければ、バスラのシャイフに指令を発し、できるだけ早く、彼の部下たちにあの准将を、世間に広く知らしめるようなおもしろいやりかたで処刑させることにしよう」

「で、きみのチームもそこに行く？」ブキャナンが片方の眉をあげて、問いかけた。

「彼らは目撃されてはならないし、手出しもしてはならない。彼らはミドルトンをシャイフの部下たちに引き渡すだけで、それが終われば離脱する。ミドルトンはあと数時間のうちに死ぬことになると予想されるから、その時点で、われわれは〈プレミア作戦〉に着手できるだろう」

# 25

彼はぎょっとして目を覚ました。礼拝告知放送（アザーン）の声が、小村のモスクの光塔（ミナレット）に取りつけられているラウドスピーカーから流れだして、朝の礼拝を呼びかけていた。口のなかに砂粒が入って、ざらつき、自分の体をかたちづくっている二百本ほどの骨がすべて折れているような感じだった。完全に眠りこむことへの恐怖がカイルの心をつねに覚醒の一歩手前に置いていたので、その耳になじんだ声が聞こえたのだ。「急ぎ礼拝せよ！」の文句が反復され、それが毎日、スピーカーから放送される。その声は、ソマリアに派兵されていたころ、うるさいのに腹が立って、それを放送するラウドスピーカーをたまに撃ったことを思いださせた。

腕時計を見て、彼は悪態をついた。一時間近くも眠っていたとは。あまりに長い時間だから、なにか失敗を犯したかもしれない。そのあいだになにかが起こっていたら、取りかえしがつかないのだ。

カイルは携帯口糧（MRE）のクラッカー・パックを手探りし、真空パックにおさめられている八個のクラッカーをすべて取りだすと、ピーナツバターを塗って、食べはじめた。味は感じなかったが、これでこのあと何時間かは消化器系の要求をしっかりと抑えこんでおけるだろう。

デザート代わりに、鎮痛解熱剤のモトリンを二錠、水で流しこんでから、等尺性（アイソメトリック）運動のストレッチをして、自分の体に、ひどく手荒に扱われたことに対して不平を言うのはやめろと言い聞かせた。痛いものは痛いのであって、苦痛を友にするマッチョな男になりたいと思ったことは一度もない。たまらなく苦しかったが、骨は一本も折れていないようだから、うめき声を漏らすのは、いつかそのうち、きれいな看護師がそばに来てくれるときまで取っておくことにしよう。いまはとにかく、仕事を再開しなくてはならない。

カイルは、装備のひとつとして携行している強力なスポッティング・スコープを取りだしたが、あの墜落で壊れていて、使いものにならないのがわかっただけだった。それでも、シュタイナーの双眼鏡はぶじだったので、その10×32のレンズがかなり良好な視野をもたらしてくれた。五百メートル向こうにある物体が、実際より二十倍ほども大きく見える。彼はそれのレンズ・キャップをはずし、手早くレンズを拭いてから、腹這いになって、潜伏場所の穴の縁へゆっくりと目をあげていった。

これといった計画はなく、しばらく観察するだけの目的だったので、それを終えれば、敵は自分が裏庭にひそんでいることを知らないという大きな利点を生かし、頭のなかでいろいろと計画を立てることにしよう。まずは、予備的偵察をおこなって、敵軍の警備地点がどこにあって、警備兵がどのようなパターンで動いているかを判断し、つぎに、どの地点がもっとも脆弱（ぜいじゃく）で、そこにいかにつけこむかを判断しなくてはならない。それがすめば、現実的に、体系的に考えて、自分にとって有利な戦闘状態を設定するための決断が下せるようになるだろう。双眼鏡を通して見た光景は、彼をにんまりさせるものだった。

村人たちが、それぞれの仕事に取りかかろうとしていた。あちこちの店舗が開き、山羊たちが道路に出てきて、女たちが住まいのまわりを掃除し、農夫たちは畑へ出かけ、荷車に積んだパンを売る商人が何人かいて、朝っぱらから煙草とコーヒーを楽しんでいる男たちもいた。どの村でも同じ、日常の生活テンポだ。道路際に、四連装砲身の巨大なゼウスが一門、鎮座していたが、砲手席に砲手はいなかった。たこつぼ(ファイティングホール)も塹壕(ざんごう)も無人で、武装した兵士たちは、ゼウスのそばの日陰になった地面にすわっている怠惰(たいだ)そうな二名をのぞいて、どこかへ姿を消していた。

暗くなるまでは、情報を集めることしかできないので、カイルは日誌を取りだして、村の詳細なスケッチを描きはじめた。遠方の左手、ひとりの女が古びた箒(ほうき)で玄関前の斜面を掃(は)いている建物から始めて、左から右へ、その小さな住居をゆっくりと検分しながら鉛筆を走らせていく。それから、周囲の街路や小道を調べて、描きこんだ。

そこで、彼はM16をわきに置いて、エクスカリバーをケースから取りだした。もう一度、そのスナイパー・ライフルの点検をして、スコープを目にあてがい、レーザー・レンジファインダーの起動ボタンを押す。あの女の家の戸口に向けて、クリックすると、スクロールしていた数字が停止した。六百八十ヤードちょうど。その数字を、日誌のなかの緑色をした射程カードに書きこんだとき、女が掃除をやめて、横手の壁に箒を立てかけた。彼は隣の建物へ注意を移した。

そのとき、だれかがアラビア語で悪態をつき、ゼウスを警備している二名の兵士があわてて立ちあがった。とある戸口から、AK－47を斜めに背中にかけた平服の太った小男が現われ、そのふたりのほうへ、おまえらは豚だとののしっているように思われる怒声を発し、立ちあがれの身ぶりを送りながら、歩み寄っていた。カイルは、その男を詳しく見た。おまえは何者なんだ、ふとっちょ？ 制服は着用していないが、なにかの指揮権を持つ男のように見えるじゃないか。同じ家から、やはりライフルを肩にかついだ長身のひげ面男が出てきて、警備兵たちが叱責されているのをよそに、のんびりとそこに立った。よし、おまえは背高のっぽだ。ニックネームをつけるのは、さまざまな登場人物を仕分けるのに便利なのだ。

そのふたりが若い警備兵たちを笑いとばし、そのあと街路を横断して、カフェを兼ねた食品店に向かい、小さな布の日除けがぶらさがっている表口をくぐって、店内に姿を消した。十五分後、食料を詰めこんだ箱を何個か持って、外に出てきた。パジーとビーンポールにはその小さな店で食事をしている時間がなく、食べものをその家に持ち帰ろうとしているようだった。箱の数からすると、そのふたりだけで食べるには多すぎるもいいところだ。アラブの戦士らしい男たちの出現にカイルは興味をそそられ、その家をスケッチして、そこの戸口と窓との射程を測り、有望なターゲットとして、そこにマークを入れた。

ビーンポールが食料の箱を二個持って、外に出てきて、その近辺にある、ドアもカーテンも閉じられている家のほうへ、ぶらぶらと歩いていく。戸口のほうへ身をかがめ、なかのだれかに話しかけているような感じで口を動かした。一分あまりが過ぎたとき、ドアがさっと開き、なかの暗がりから二本の腕がのびてきて、食料の箱をつかみとり、また内部に消えた。ふたたびドアが閉じられる。ビーンポールが立ち去っていき、カイルはその口の動きから、おそらくあれは、ひったくるように食料を受けとったやつの不作法さに小さく悪態をついているのだろうと考えた。その前に、ほんの一瞬、とらえにくい角度から見ただけだったが、食料を受けとったやつの肌の色が判別できた。その色は薄く、白かったようにすら思えた。

そのあとも、カイルは村の一軒一軒を、途中でときおり潜伏場所の周囲をチェックし、自分が観察されていないことをたしかめながら、調べていった。背後を守ってくれる者がいないので、自分が丸裸にされて、ひとりきりでそこに置かれているような気分にさせられる。射程カードの書きこみを増やすのに専念することが、その頼りない感覚を忘れさせてくれた。

時が流れ、村の日常風景が自分専用の現実を映すテレビ・ショーとなっていくなか、彼はその地域で顕著な動きのあった時刻のすべてを書きとめ、それらのパターンを見つけだし、スケッチをし、重要な照準地点をレーザーで測距していった。主要交差点との距離は、七千四十三ヤード。あの食品店の右端との距離は、六百十二ヤード。いくつかの怪しい民家の左端、右端、中央部との距離も計測する。時が刻々と過ぎゆくなかで、そのすべてを体系的に地図に書きこみ、可能なかぎり記憶にも刻みつけようとつとめた。情報が多すぎるというほどのものは、なにもなかった。

「急ぎ礼拝せよ！」正午のアザーンの声が、彼をどきっとさせた。作業に没頭しているあいだに、いつの間にか時間が過ぎていたようだ。

そのとき、予期せぬ展開が作業を中断させた。パジーとビーンポールが使っている家から、武装した男の一団が出てきたのだ。住民のほとんどは、自宅や職場のなかで、もしくは村の中心にある小さなモスクに出向いて、祈りをささげるのだが、その男たちは熱心な信仰者であることを公衆に見せつけたいらしい。それぞれが小さな敷物か茣蓙（ござ）を街路にひろげて、ひざまずき、祈りの儀式に取りかかった。カイルはその頭数を正確につかんだ。総数八名で、全員が武器を携行している。ほかの怪しい家はドアが閉じられたままで、だれも出てこなかった。

礼拝が終わると、その一団のなかの二名が朝食のときと同じ行動を反復して、全員の昼食を用意するために店へ出かけた。小柄な細身の男が、角ばった頭に広い肩幅という際立った特徴を持つ男を引き連れている。ちび（ピーウィー）と、スポンジ野郎（スポンジボブ）だ。ふたりは、両腕からはみだしそうなほど大量の箱とボトルをかかえてその家にひきかえし、そのあとスポンジボブがひとりで、第二の家へ三個の箱と六本の水のボトルを運んでいった。今回は、カイルには心構えができていたので、そのドアが開いて、二本の手だけが箱とボトルのほうへのびてくるのに注目することができた。白い！　まちがいない。ぜったいにまちがいない。

こっちはここで、クラッカーだけというひもじい思いをしているのに、おまえら、くそったれどもは、食事を運んできてもらえる身なのか。

カイルは向きを変えて、体を休めた。下方でアラブ人たちが展開するひと幕を見ているうちに、自分は把握しきれないほど重大な事態の一端を垣間見ているのではないかと思えてきた。あの家にいる八名はおそらく筋金入りの戦士と考えられるが、ほかに何人の人間が村にいるのか？　ゼウスの警備を交替でおこなうのに必要な員数。それに加えて、あの謎めいた家にいるやつら。ここまででも、少なくとも一ダース、おそらくはそれをこえる人数になる。武装した連中は、銃が撃てるだろう。無線を作動させたくてたまらないほどの気持ちになった。支援を呼び寄せたい。

　たんなる恐怖からではなかった。死ぬことを恐れはしない。失敗するのが恐ろしいだけだ。とにかく、准将の居どころがつかめれば、ほんの短時間、携帯電話を作動させるだけで、空爆を実行させて、スマート爆弾の一発であの主要集団を始末することができるだろう。その混乱のなかでミドルトンを奪還、逃走し、航空支援のもとに飛来して回収をおこなってくれるヘリの着陸地点に行き着けばいい。その線で進めればうまくいくだろうと、ほぼ確信が持てた。

　そのあと、彼は不都合な面に目を向けた。自軍の連中は、航空機および人員戦術回収作戦（TRAP）チームの各隊員の携帯電話を、それが敵の手に落ちて利用されることのないように、つねにモニターしているだろう。自分の携帯電話を使えば、自分が生きていることを暴露してしまう。奇襲の要素は消え去り、戦術状況は敵軍に有利な方向へ傾くだろう。たった一名の通信兵が命からがら逃げているのだと思わせておくほうがいい。死んだ海兵隊員から拝借した無線機に関しても、同じことが言えるだろう。

彼は水をふりかけて、顔を冷やした。ひと月ほど放置して腐ったバナナのような、たまらない悪臭がした。下にいる連中が、フォース・リーコンのヘリがいつ、どこに、どのように飛来するかを正確に知っていたとなれば、それは、どこかに情報の漏れ（リーク）があったことを意味する。いや、リークという程度じゃない。洪水（フラッド）だ！　その責めを負うべき人間は、命令系統の上位にあって、信頼が厚く、この計画の詳細をよく知っていたやつにちがいない。だれだ？　カイルは、別の水のボトルを取りだした。潜伏場所の低木がつくるちょっとした日陰に寝そべって、じっとしていても、汗が噴きだしてくる。真昼間とあって、気温はおそらく摂氏五十度に近い。

　自分が生きていることを海兵隊に通報すれば、謎の裏切り者にもそのことが伝わって、新たな救出の試みは阻止されるだろう。

　命令系統の、どれくらい上位のやつがリークをしたのか？　この任務の計画は急いで立てられたが、中身を知っている人間は、平服組にも制服組にもおおぜいいる。だが、異例としか言いようのないことをやった人間は、ひとりしかいない。ジェラルド・ブキャナン。収拾不能の状況になった場合は准将を射殺せよというカイルに対する命令を、その手で書いた男だ。なにかまずい事態が生じることを予測していたのでなければ、なぜそんな命令を出したのか？　海兵隊にとっては、この任務は、完遂するのにじゅうぶんなスピードと人員数と火力が伴えば、むしろありふれた突入脱出作戦であったはずだ。そうでなければ、海兵隊総司令官がこの計画を受けいれることはぜったいになかっただろう。合衆国大統領はこの命令を知っていた？　ありえない。大統領自身、数かずの勲章を授与された元軍人なのだ。空母にやってきた男、シェーファーは、ただのメッセンジャー・ボーイにすぎない。やはり、つながる先はブキャナンだ。

なぜブキャナンのような男が国家を裏切ろうとするのかと考え、そのあと、それにふさわしい懲罰（ちょうばつ）はどういうものだろうと思いをめぐらせた。デスクにへばりついている官僚野郎にとって、コロラド州にある、もっとも危険な囚人を収容する刑務所（スーパーマックス・プリズン）に大物テロリストに混じってぶちこまれること以上に最悪なことはなんだろう？　耳の後ろに銃弾を一発、くらうこと。いや、ブキャナンにとっては、公衆の前に引きだされて、恥辱を受けることだろう。史上最大の企業破綻をしでかして起訴されたあのエンロンのＣＥＯのように、法廷の審理が終わるたびに心臓発作を起こすかもしれない。カイルはぶるんと首をふって、もやもやしている頭をすっきりさせた。いまそんなことを考えるのは的はずれだし、この仕事とはなんの関係もない。

ダブル・オーは信頼できるから、あの書状はいずれ、しかるべきひとびとの手に渡り、その連中がこの問題を処理してくれるだろう。これはＦＢＩに任せることなのでは？　自分は捜査官ではなく、スナイパーであって、現時点において自分が処理できるのは、この戦いをひとりきりでやるか、危険を冒して電話を入れるかの判断だけなのだ。どちらも気にくわないが。いまはまだ、電話を入れる気はない。ただの通信兵という隠れ蓑（みの）がわが友であり、最善の道、唯一の道は、このままのやりかたを続行することだ。衛星電話と無線機は、ここに埋めたままにしておこう。持ち運んでも、意味はない。そもそも、これは敵を陽動するためにちょうだいしただけのものだ。

彼は目をごしごしやってから、双眼鏡を取りあげて、村のスケッチを再開した。

日ざしが村をあぶるなか、ひとりきりで観察をつづけていると、退屈の虫が押し寄せてきたが、カイルは眠らずに我慢していた。眠れば、状況を察知することができなくなって、すべてがおしまいになりかねないから、この仕事が終わるまで睡眠はおあずけだ。ここまでに知り得たことを取りまとめて、襲撃の立案に着手しよう。彼はあのカフェを兼ねた食品店を検分し、そこを、暗くなってから訪れる場所のひとつとして、頭のなかのリストにたたきこんだ。

午後の四時ごろ、薄汚れたトヨタのピックアップ・トラックが一台、ごろごろとエンジン音をうならせながらメインストリートの日陰側を走ってきて、カイルが〈白い手の家〉と名づけた怪しい家の前で停止した。降りてきたドライヴァーは、ひげを生やしてはいるもののアラブ人ではなく、それなのに、この土地に慣れきった人間のようにゆったりと歩いていた。薄手のスラックスを穿き、青い長袖のコットンシャツを手首のところでまくりあげ、頭にサングラスをのせている。近くの日陰に置かれたストゥールに腰かけている数名の男たちと、挨拶を交わした。くそ！　カイルは右手で双眼鏡を持ったまま、左手を腿ポケットにつっこんで、ビニールの封筒をひっぱりだした。そこには、海兵隊急襲部隊と接触することになっていたフランス人の写真が入っており、彼はその写真を見てから、その男へ目を戻した。やはり、ピエール・ファレーズだ。フランス人がドアをノックして、なにかを言い、なかに招き入れられた。十五分後、その男がまた外に出てきて、トラックのエンジンがうなりをあげた。ふつう、トヨタのトラックはうなりをあげないものだ、とカイルは気がついた。それに、でかいデザート・タイヤなどは履いていない。あれは改造車だ。その車がメインストリートを三ブロック走って、また別の平屋をかこむ低い塀に設置されたゲートを通りぬけるのを見届けたところで、カイルはその家との距離をレーザーで測距した。

ようやく、行動に移る時が来た。カイルは二時間がかりで潜伏場所からあとずさって、斜面から涸れ谷におり、右手へ百メートルほど移動していった。そして、〈白い手の家〉に食料が運ばれていく夕食どきになる前に、謎めいた家のドアがもっとよく見える新たな監視地点にたどり着いていた。こんどは、そのドアが開いたとき、なかにいるのは、砂漠迷彩のパンツとくすんだオリーヴ色のタンクトップを身につけた大男であることが、はっきりと見てとれた。白人であることだけでなく、右腕に肩から手首までタトゥーがずらっと並んでいることもわかった。そいつが食料を受けとって、ドアを閉じる。

カイルはあっけにとられた。あれはいったいどういうことだ？　この状況にどう対処すればよいのか？　あの白い肌は西洋人のものだ。ヨーロッパ人でも、オーストラリア人でも、ニュージーランド人でも、スコットランド人でも、なんでもありうる。もしかするとアメリカ人かもしれない。あのタトゥーは軍隊歴を示唆するから、範囲は狭められる。スパイみたいなやつかもしれないし、一軒の家にあれほど大量の食物が運ばれたとなれば、傭兵かもしれない。海兵隊が急襲をかけたときに、たまたまその近辺に怪物めいたやつが二名ばかり居合わせた？　ただの偶然で、そんなことがありうるはずはない。だとすれば、こちらの勝算を高める役には立たないだろう。

カイルは這って潜伏場所へひきかえすと、また少しクラッカーを食べ、水を、その残量をチェックしてから、ひとくち飲んだ。自分がもともと一クォート・ボトルを二本携行していて、ほかの海兵隊員から二クォート・ボトルを四本ちょうだいしてきたのに加え、暗くなったら補給をする計画を立てているから、水分の摂取をけちることはない。それでも、一度にボトルの水を半分以上は飲まないようにしていた。水は、中東ではかけがえのないものであり、まだそれがたっぷり残っているのはたしかだった。食べているあいだに、彼は頭のなかのリストを点検した——ゼウスとその警備兵、パジーとビーンポールとスポンジボブとピーウィーの家、最低でも四人はいるほかのアラブ兵、あの〝フロッグ〟と強力に改造されたトヨタ、そして最後に、傭兵の可能性がもっとも高い非アラブ人が少なくともひとりはいる〈白い手の家〉。

行くべき場所があり、すべきことがあり、あの下のどこかにミドルトンがいる。〝フロッグ〟にしゃべらせよう。すべきことは数多くあった。彼はC－4のかたまりを切り分け、それぞれを小さなボールに丸めてから、袖ポケットにつっこんだ。鉛筆サイズの起爆装置をひと握り、別のポケットに入れた。背嚢に入れてあった新品の黒いダクトテープのロールから、長めに半ダースほどテープを切り分けて、パンツの脚に貼りつけておく。銃の手入れをした。

そして、闇の訪れを待った。

# 26

「前線から知らせが入ったぜ、准将！　なんだと思う？　おまえがまた、テレビ・スターになるんだ！」

ヴィクター・ローガンがブラッド・ミドルトンの前にしゃがみこみ、人質がまっすぐ自分を見ざるをえなくなるように、その顎をがっちりとつかむ。ローガンは笑い、その声が狭い室内に陰鬱に響くなか、勝ち誇ったようにほほえんだ。

昼間の暑さがやわらぎつつあったので、寝台にうつぶせに寝そべっているミドルトンも多少はらくに息ができるようになっており、痛めつけられているときに折れた肋骨の痛みを押して、肺に空気を吸いこんだ。へし折られた小指は役に立たないので、ロープの布の一部を引き裂き、薬指とひとまとめに縛って、動かないようにしていた。室内にはひどい悪臭が漂っていて、その悪臭が彼自身にも移っている。全身に痛みがあった。体を洗ったり、ひげを剃ったりというのは、前回のテレビ・ショーに出演させられたときが最後だった。

右の手首が金属製の寝台に鎖でつながれているために、動けるのは、二個のバケツが置かれているところが限度で、そのバケツの一個には新しい水が満たされ、彼がトイレ代わりに使わされているもう一個には悪臭を放つものが溜まっていた。足先まですっぽり覆(おお)うゆったりとしたローブは、よごれきっている。

「さっき、新たな指示を受けてな」ローガンが言って、ミドルトンの顎をつかんでいた手を離したが、そのついでに、そこそこの力をこめて側頭部に平手打ちをくらわせたので、准将は耳鳴りを感じた。「これがこのあばら家ですごす最後の夜になると聞けば、おまえもいい知らせだと思うだろうぜ。ただし、おまえにとって悪い知らせが、あすの朝に入ってくる。ジンボとおれがおまえをきれいにしてやって、そこのドアのところに掛けてあるぱりっとした制服を着せてから、やつらに引き渡すんだ。ジハーディストたちは、でかいショーを計画してる。〈アメリカン・アイドル〉（アメリカのFOXテレビが放映して人気を博しているアイドル発掘コンテスト番組）の地方版ってところだな」

ミドルトンは耳鳴りという新たな苦痛は無視して、ゆっくりと足を床におろすと、床に唾(つば)を吐いて、ローガンに対する侮蔑(ぶべつ)をあらわにした。海兵隊の将軍には尊大なところがあるのが当然であって、彼はこの巨漢を恐れてはいなかった。薬物の作用が消えると、頭がすっきりしたので、彼はかなり前から、自分が人質に取られた理由を、捕獲者どもがしゃべる声をドアごしに盗み聞いて得た情報の断片を付け足しながら、あれこれと考えていた。たとえ哀れっぽくしようがどうしようが、自分が解放されるはずがないことはわかりきっている。逆にこちらがこの大男を尋問してやろう、とミドルトンは腹を決めた。

「言っておきたいことがあるようなら、ローガン、いまのうちに言っておくことだ。おまえ

も、おまえの相棒も、大ばか者、きわめつけの大ばか者だ」あからさまに見下した嘲笑を
まじえて、准将は言った。「なぜゲイツ・グローバルが、おおぜいの社員をかかえているあの大企業が、おまえたちのような外国の落ちこぼれを雇うところまで品位を落とすのか、そこが理解できない」

ローガンが激しい反応を示し、肩をそびやかすように立って、ミドルトンをにらみつけた。

「おれは引き抜かれたんだ！　雇ってもらったんじゃねえ！　会社は、ものごとの不快な面を処理するために〈シャーク・チーム〉を使うんだ」


ミドルトンは唇をゆがめてほほえんだ。

「で、おまえたちはそれにサインをするほどのばかだったと。いいか、わたしはゴードン・ゲイツを個人的に知っている。彼はおまえやダンボ程度の男は、朝めし代わりに食ってしまうような男だ。鮫みたいなものだぞ」

「ジンボだ。ダンボじゃねえ」

「そうか。とにかく、ゴードンが小切手帳をふってみせ、おまえたち、ばか者どもがそれに飛びついたということだな」


それとなく探りを入れただけで、ミドルトンは、この誘拐の背後にはゲイツがいることをローガンにしゃべらせることができた。もうひと押ししてみよう。

「彼は、軍隊よりずっとたっぷりと給料を払ってくれる。待遇もずっといい。おれは、おまえには想像もつかねえほどのカネを銀行に預けてるんだぞ」

「けっこうなことだ。まあ、退職積立金がたっぷりあると考えて、気らくにのんびりしていられるのも、あと数時間のことだろう。なにしろ、おまえもすでに死んだも同然だからな。当のおまえがまだそうとわかっていないだけのことで」

「ふざけやがって」

准将はのびをして、体をほぐした。

「おまえはその大金を遣いきれるほど長くは生きられんぞ、ローガン。請けあってもいいが、いまごろはもう、生死にかかわらず、でかい賞金が出るという話が行きわたって、おまえの親友どもが、アメリカドルにして五十万ほどになる賞金の分け前を目当てにそこらをうろついているだろう」

ミドルトンは手錠の鎖のたるみを引き寄せて、床に落とし、ふたたびローガンに顔を向けた。

「それだけじゃない。この誘拐の真相につながる人間はおまえとダンボだけだから、ゲイツ・グローバルはおのれの恥部を隠そうと動きだす。おまえたちは未決着事項ということだ。おそらくは、おまえたちと同類の、頭の配線が狂った別の〈シャーク・チーム〉が送られてくる。きょうのおまえはキングコングかもしれないが、アラブ人たちのあいだにでかい賞金の話がひろまり、おまえたちのボスが裏切りをやらかせば、おまえもまた死んだサルになるだろうよ」

いい、いい、いい、こんちきしょう。ローガンは、准将を殴りつけてやりたい、くだらん話をやめさせたい、切り刻んでやりたい、血を流させてやりたいと思った。だが、それは許されない。

「黙りやがれ、ミドルトン。さもないと、おれが黙らせてやるぞ。てめえはなにもわかっちゃいねえんだ」

「すべてわかってるさ、ローガン」傭兵を見つめて、ミドルトンは言った。「ここは、鼠の屁の音でも聞こえるほど静かだから、おまえたちが話す声はいつも聞こえていた。おまえたちは、わたしをテレビ・カメラの前で殺害させるつもりでいる。たいしたもんだ。海兵隊は巨大組織であって、おそらくはすでに六人ほどの大佐がわたしの後任争いをしている。おまえたちがとうに、あの軟弱なSEALから忘れられた存在となっているように、わたしもすぐにペンタゴンから忘れ去られるだろう。ひとつ、賭けをしようか。おまえたちが手を組んでる〝自由の戦士〟どもは、あす、われわれ三人をひとまとめにして地に葬るだろう。おまえとわたしとダンボが、いっしょにあの世へ行くんだ」准将は、この世になんの未練もないといった調子で、あおむけに寝そべったが、探りを入れるのはやめなかった。「SEALがおまえをたたきだしたのも、むりはない。おまえは彼らの最低の基準にすら適合しなかったんだろうな」

その餌に、ローガンが食いついてきた。

「なんだと？　てめえは海兵隊がそんなにすげえと考えてるのか？」ミドルトンがあのチームをあざけったことが、彼には気にくわなかった。SEALは最高のチームなのだ！「てめえの特殊部隊の連中はヘリコプターの二機すら、まともに着陸させられずに、衝突しやがったくせに。まあ、ちゃんと着陸できたとしても、どうってことはなかった。なにしろ、やつらはなにも知らなかったが、キル・ゾーンに着陸するように、こちらがしむけてやったんだからな」

ミドルトンは、してやったりの気持ちを、さも失望したようなしかめ面をつくって隠しながら、また頭のなかでメモをとった。今回のことはすべて、待ち伏せのために仕立てられたものだと確認できた。べらべらとよくしゃべるやつだ。

「おれがあらかじめ自分の脱出策を準備しているわけがないと考えてるのか？　そっちはお偉い准将かもしれんが、こっちも負けず劣らず頭がまわるんだ」

「なるほど。それで、この悪臭ふんぷんの家に、いっしょにいるというわけか。アインシュタインがふたり。Eイコール$MC^2$コンビだな」

ローガンは前から、インテリ連中を心底、嫌っていた。あのEMCの部分は、なんのことかわからなかった。

「おまえがここにいるほんとうの理由がわかってるのか？　なにもかも見通したつもりでいやがるのか？」

「ああ。それほどむずかしい問題でもない。本物のテロリストは、武装した海兵隊とサウジの護衛が付いた移動中のコンヴォイなどではなく、もっと容易なターゲットを狙うものだ。だから、彼らは兵士ではなく、学校の教師とかを拉致する。となれば、まちがいなく巻き添えの犠牲者を出し、メディアの報道と犯人捜索が始まるのは請け合いの待ち伏せという危険を冒してでも拉致しようとするほど、わたしを重要人物と見なすのは、どこのだれか？　それで利益を得るのはだれか？」

「てめえの答えは？」

「かんたんだ。ゲイツ・グローバル。おまえの仕事は、わたしを埒外に出すことだった。わたしの予定表にある大事な用件は、来週、ワシントンで、上院軍事委員会に出席することだけだった。わたしはその席で、今回のばかげた合衆国軍隊の民営化を阻止し、おまえたちのような恥ずべき無能な連中をテントへ追いかえすための証言をするつもりでいた。いいか、ローガン、わたしは海軍大学で教鞭をとっていたころに、軍の民営化に関する本を書いたんだ。ＰＳＣというのは、経費を増大させ、忠誠度を減じる概念であると。海軍協会出版部がそれを刊行し、《ニューヨーク・タイムズ》の書評で、かなりいい評価を受けもした」ミドルトンは愚弄するような笑い声をあげて、ローガンを見つめた。「おかげで、わたしはいっぱしのスターになった。おまえも読んだことがあるにちがいない」

「くだらねえ本だ」

「おまえは民間警備企業で働いているが、いくら内部に食いこもうとしたところで、しょせんはただの傭兵だ。雇われの殺し屋にすぎない。おまえはゲイツ・グローバルで働いており、そこがおまえにわたしを誘拐せよとの命令を出した。それがいま、なにかの理由、わたしの推測ではヘリの墜落に関連した理由で、当初の計画が変更になった。おまえがわたしを生かしておく計画はもともとなかっただろうが、ゲイツはその時点で、わたしの死から最大限の利益を引きだせるような方策を考えだそうとしたにちがいない。そして、ジハーディストたちに名誉をくれてやることにしたわけだ。それが終われば、もはやおまえたちは必要ない。おそらくは、われわれ三人をまとめて埋められるような穴が掘られることになるだろう」

「そんなことにゃならねえぞ、ミドルトン」ローガンが戸口のほうへ動いた。「もう、おまえのごたくは聞き飽きた。なんにせよ、あすはどういうことになるかは教えておいてやろう。もう一度、おまえの見かけをきれいにしてやって、あのイラク人たちに引き渡し……」

ミドルトンは失笑を漏らし、そのあと、どっと笑いだした。

「そうなのか？　おまえはまたやってしまったな！」

「なにをやったってんだ？」

「わたしに知られてはまずい情報を口走ったんだ。あの連中がイラク人だとは、いまのいままで思いもよらなかった。おまえが、またパズルの一片をくれたってことだ、間抜け野郎」

「くそめ。どうせ、てめえはもうすぐ死ぬことになってるんだから、ほかのことも教えてやろう。彼らはただのイラク人じゃなく、あの悪名高いバスラのシャイフのために働いてる連中でな。あすの朝、八時、彼らがてめえを椅子に縛りつけて、そのくそったれな首をぶったぎるんだ！」彼は得意満面の笑みを浮かべた。「おれはそのそばに立って、ながめさせてもらう。たっぷりショーを楽しませてもらうぜ」

ミドルトンは、飽き飽きしたといった感じで目を閉じた。

「オーケイ、ローガン、また墓穴のなかで会おう」

准将は傭兵に背を向けて横になり、ドアが閉じられるまで身動きひとつしなかった。ドアが閉じられたあとも身動きせず、斬首のことを、そしてゴードン・ゲイツと〝レベル〟・シャイフの同盟のことを考えていた。

# 27

O・O・ドーキンズ曹長は、ヘリコプターが〈ワスプ〉を飛び立った朝以来、一睡もしておらず、ひっきりなしに煙草を吸って、ひと箱まるごと空(から)にしていた。なんと無残な失敗に終わったことか。彼はいま、統合上陸任務部隊(タスクフォース)旗艦、USS〈ブルーリッジ〉の舷側から身をのりだして、はるか下方で渦巻く水をながめていた。一個TRAPチームを乗せた二機のヘリが砂漠に墜落し、煙を吹きあげるその残骸(ざんがい)のなかで、おそらくは全員が死亡し、見棄てられてしまった。イランで一九七九年に勃発したアメリカ大使館占拠事件の際、人質にされた大使館員たちの救出に出動したレンジャー部隊とデルタ・フォースが全滅するということがあったが、あれとまったく同様の結末になったのだ。ハイテクの〝おもちゃ〟というやつはどれもこれも、遅かれ早かれ故障するものであって、海兵隊が危険きわまる任務に従事しているときにそんな事態が発生すれば、理の当然として、やりなおしの機会などあろうはずはない。彼は煙草の吸い殻を舷側の向こうへ投げ捨て、傾斜路や梯子(ラダー)をのぼって、指揮所に入った。

彼のボスであるラルフ・シムズ大佐は、腹にしこたまパンチをくらったようなようすだったが、それでもドーキンズのほうに手をふって、狭くはあってもプライヴァシーは保てる個室のなかの椅子を示してみせた。シムズは、第三三海兵隊遠征隊（MEU）司令官であり、この特殊作戦軍のなかでは最上位の将校だ。元フォース・リーコン一等軍曹であるドーキンズは、通常はMEU作戦チーフの役割を担うが、今回のように特殊作戦軍に編入された場合は、海兵隊特殊作戦部隊（MARSOC）チーム軍曹と呼ばれる。彼はどこまでも作戦遂行者であって、管理者タイプではない。呼び名がどう変わっても、やる仕事は同じだった。

シムズとドーキンズは、ふりかえる気にもなれないほど長い年月、階級をこえた友人づきあいをしてきた仲とあって、そろって大佐の個室のなかに入ったあとも、小さなコンピュータだの、筆記具や鋏（はさみ）や小ぶりの定規がぎっしり詰まったカップだの、フィリピン語の文字が刻まれた小さな名札だのが並んでいるデスクをはさんで、しばらく無言で見つめあうだけだった。部下たちを救うことも、死体を国に運んで名誉ある埋葬をしてやることもできないというわけで、ふたりは無力感を味わっていた。海兵隊は仲間を置き去りにしないものなのだ。しばらくして、シムズがロッカーの抽斗（ひきだし）を開き、ジャックダニエルズ・ブラックラベルのボトルを取りだした。〈33rd MEU〉の文字が真紅と金で描かれている、二個の黒いコーヒーマグにバーボンを注ぐ。ふたりはあっという間にウィスキーを飲みほした。

静かな室内に、外の物音がくぐもって届いてくる。艦が立てる騒音だ。金属がきしみ、こすれあう音、ハリアーやヘリコプターのエンジン音やローター音、天井や赤い非常灯のまわりにむきだしで配管されたパイプのなかを通る水の音。壁に設置されたインターコムの音量は、かろうじて聞きとれる程度にさげられていた。ネイヴィーグレイの塗装が施されたこの個室は、リヴィングと執務の兼用スペースになっているので、いざ非常事態が生じれば、シムズはひとつ上のデッキにあがるだけで、その持ち場である作戦センターに入ることができる。舷窓がないために、外の光は見えないが、隅に置かれている小さな冷蔵庫がその欠点を十二分に埋めあわせていた。

「なにか新たな情報は？」ドーキンズは問いかけた。

シムズが首をふる。

「二機のハリアーのパイロットたちが帰還報告をすませたが、ダブル・オー、ふたりの説明は一致していた。彼らが実際に視認したのは、ヘリが墜落したときの火球のみで、そのあと、現場の上を低空で飛行しても、生存者のいる気配は認められず、近くの村から住民たちが出てくる光景が見えただけだった。彼らは全滅したんだ」

「あの隊員たちと准将のために、新たな任務部隊を送りだせる見込みはないんでしょうか？」

大佐が首をねじり、隔壁にテープで貼りつけられている、ルートが示された地図を見やった。

「ワシントンは、それは論外だと言ってる。残骸を抹消するためのミサイル発射も許可しようとせず、ぶざまな外交で処理しようとしているんだ。シリアは〝侵略だ！〟とわめきたて、こちらの国務省は〝いやその、侵略というようなものではない。これはつまり……〟だのなんだとの、へたな釈明に終始している」

「では、いまいましいメディアと国連が首をつっこんでくることになると」

「ああ。秘密にしておくには、ことが大きすぎるからな。ムスリムの諸国家では、熱狂的なデモが始まろうとしている」大佐が、両方のマグにバーボンを注ぎ足す。「われわれは、いやというほどたたかれることになるだろう」

ドーキンズは、クルーカットにした大きな頭をゆすって、うなずいた。

「われわれの良き日は去りましたからね、大佐。いまは、新聞を読めば、なんでもわかる」

「そのとおりだ、曹長。まさにそのとおり」

「で、ガニー・スワンソンが死んだことは確実だとお考えで？」

シムズがうなずく。

「パイロットたちは、生存者の気配はなかったと言った。夜が明けてから、より明瞭な衛星写真が撮れたが、それにもやはり、見込みのありそうなものはなにも写っていなかった。あの惨状から五体満足で脱出した人間がいるとは思えないし、たとえゴーストのようなスワンソンでもむりだったろう」

隔壁の小さなスピーカーが息を吹きかえし、告知の声が静かに流れてきた。

「総員に通達。日没の一八〇〇時、フライトデッキにおいて、本日の任務で戦死した兵士たちのための追悼式が執りおこなわれる」

ふたりはカップを掲げて、敬礼の意を示した。

「帰還できない兵士たちのために。彼らの冥福を祈って」大佐が言った。

「そして、カイルのために」とドーキンズは応じた。

「センパーファイ」

ふたりが一気にウィスキーを流しこむ。

「彼が死んでしまったとは、考えにくい」ドーキンズは椅子にすわりなおした。

「なにを言おうとしているんだ、ダブル・オー？　昔話をするためだけに、私的な協議を求めてきたわけじゃないだろう」

ドーキンズはひとつ深呼吸をした。この大佐は、ひとの心を見通すという摩訶不思議なわざを持ちあわせているのだ。

「はい、大佐。なんというか、悪い知らせが入る余地はつねにあるというわけで、もう少し、それを付け足してもいいのではないかと」

「どうやら、それは、きみがロックト・アンド・ローディッドで四五口径を携行して、艦内をうろついていることと関係がありそうだな？」

「はい、大佐」

「とはいっても、まさか、海賊が舷側を乗りこえてきて、RPGを発射するなどと考えているのではあるまい？」

「はい、大佐。これは現実の問題でして」ドーキンズは、フライトスーツの袖ポケットのマジックテープをはずして、封筒を取りだした。「ワシントンのスパイがこの艦に来て、ガニー・スワンソンと秘密協議を持ったことは憶えておいででしょう？」

「うむ。この作戦が終了したら、彼はなにかの特殊任務に引き抜かれるんだろうと考えていたが」

「いえ、これが、その特殊任務だったのです。カイルはひとつの極秘命令を受けており、彼の死によって、われわれはある状況に置かれることになったというわけです」

「ある状況」シムズがデスクに両の前腕を置いて、身をのりだしてきた。

大佐は長身痩軀であるうえ、眉が黒くて、鷲鼻ときているので、その襟章に描かれている恐ろしげな鷲を彷彿させるところがあった。

「イエッサー。またもや大々的なスキャンダルが持ちあがって、国民がリチャード・ニクソンのウォーターゲート事件や、ビル・クリントンのブロージョブ問題を思い起こすことになるかもしれない状況です」彼はなかの書状を抜きだして、なめらかなデスクの上に置き、指先で押した。「すべてはこのなかにあります、大佐」

「スワンソンがこのことをきみに話したのか？」

「彼がこの命令の遂行を拒否したので、あのスパイは、ホワイトハウスと連絡をとって、確認しろと脅しをかけた。これは本物だと考えたカイルは、どうにかしてこれのコピーを取った。そのあとガニーは、万が一、自分がやられたときのためにと、オリジナルをわたしに預けた。そして、彼はやられた。そういういきつで、これがここにあるということです」

「開いてみたいという気にはなれないな」

「でしょうね。それが当然でしょうし、あなたを責めるつもりはありません。まあ、だからこそ、あなたは大学でいろいろと学位を取って、ご立派な大佐になれ、わたしはただの曹長どまりというわけです。これがどこから来たかはおわかりですか」

「なにが書いてあるんだ?」大佐が、灼熱したものを扱うような調子で封筒を取りあげ、手のなかで何度か裏返した。

「そのなかに、この救出の試みが失敗に終わりそうになった場合、カイル・スワンソン一等軍曹はミドルトン准将を射殺すべしという命令が書かれているとしたら」

「とんでもないことを言うもんだ」シムズが封筒のフラップの内側に親指の爪を滑りこませた。

手書きの書状を読んでいるあいだ、その目はなんの感情も表していなかった。

「たしかに、とんでもないことを言いました。指揮系統を迂回して直接、あなたのところにやってきたのは、この件にだれが関与しているかがわからないからです。これは、きわめて特別な〝知る必要のある情報〟の範疇(はんちゅう)に属するものになるでしょう」

シムズが、地図用の薄いビニールシートを何枚かデスクから取りだし、それで書状と封筒を包んでから、彼専用の金庫のなかにおさめて、ロックをかける。

「きみの言ったことは正しい、ダブル・オー。実際問題、まさにきみが言ったように、わたしはつぎの動き(ギ・ト・モ)をどうするかを考えなくてはならないだろう。誤った行動をすれば、われわれはふたりともグアンタナモの収容所へ送られて、ジャーマンシェパードに金玉を噛み切られるはめになってしまう。なにかいい提案はあるか？」

　大佐は椅子にすわりなおし、ドーキンズは立ったままでいた。なめし革のようなその顔に、なんと笑みが浮かんでいた。

「はい、部隊長（スキッパー）、ありますとも。わが第三三海兵隊遠征隊（MEU）は独立した特殊部隊であり、その司令官であるあなたは、中央軍（CENTCOM）に直接、報告をする立場にあります。わたしの提案は、あなたが通常の旅装のなかに、ヘリコプターが墜落した理由に関する中央軍幹部宛ての〝特別な報告書〟を詰めて、タンパのマクディール基地へ向かうというものです。偽装工作として、補佐官たちに書類を何枚かタイプさせ、パワーポイントを使ってショーを演じてください」

　シムズが、かさかさに乾いた唇を親指で撫（な）でる。

「で、あちらにいるあいだに、CENTCOM司令官と私的に面談する時間をつくる？」

「いえ、ちがいます。大西洋を半分ほど飛んだところで、あなたの乗りこんだ機は方向を変えます。そのころまでに、ペンタゴンが、あなたの根拠薄弱な言いわけをじかに聞こうと結論するからです。わたしは〈軍曹ネットワーク〉（アメリカ軍下士官限定の連絡網〈NCOネットワーク〉の俗称）を使うことができますので、そのころまでに命令を途中で遮断し、あなたの乗機を軍のレーダーに探知されない低空で飛行させるようにしておきます。ワシントンに着いたら、あなたの出番です。われわれがかつて第一海兵師団（MARDIV）に所属していた時代のボス、ハンク・ターナー将軍と面会を取りつけてください。彼はいまは四つ星の将軍で、たまたま統合参謀本部の議長をしてはいますが、かつてのフォース・リーコン隊員としての気概はまったく失っていません。彼ならば、われわれも信頼を置くことができるでしょう」

シムズが同意した。

「それは当たってる。ターナーなら、ドアを蹴破ってでも、裏でなにが進められているかを解明してくれるだろう」大佐は頭の後ろで両手を組んだ。「そのように進めよう、曹長」

「センパーファイ、大佐」

# 28

アリ・シャラル・ラサドは午後の礼拝をするためにバスラの街へ出かけていき、おおぜいの信徒が集まるモスクのひとつで、群集に混じって、ひざまずき、祈った。礼拝がすむと、笑顔を浮かべ、同胞の礼拝者たちと抱きあったり、援助の約束をささやいたり、ひと握りの硬貨を与えたりしながら、出口へ向かった。街のひとびとから、仲間のひとりであり、戦士であり、アラーの——その名をほめたたえよ——忠実で謙虚なしもべと見なされているからこそ、彼は指導者でいられるのだ。礼拝は静かなひとときをもたらしてくれ、彼はよくそのあいだに、自分がいまこうしていられるのは、独裁者サダム・フセインに負うところがいかに大きいかを考えた。サダムという純粋な邪悪が存在していなければ、ひとびとが善を認識することはなかったのではないだろうか？

イラクには貧困のなかで育った人間が掃(は)いて捨てるほどおおぜいいるが、それはラサドにも当てはまる。彼は、バグダッドのスラムの産物だった。幼いころから知的好奇心が旺盛で、天性の指導者としての資質を現わしていたから、イスラム神学校(マドラサ)で教師たちに注目されることになった。そして、将来はイスラム法学者、宗教指導者となる可能性があると見なされ、より高度な教育を受けさせる価値があると判断された。彼らはその少年の実体を見誤ったのだ。彼は、昼間は熱心にコーランを学んでいたが、夜になると、ほかの書物を読み、小規模な盗賊団を率いてバグダッドの裏通りを徘徊していた。スラムにおいては、死は縁遠いものでもなんでもなく、ラサドも十五歳の誕生日を迎えるまでに、何人かを殺めていた。その実体は、熱心な信徒ではなく、現実主義者であり、関心の対象は、みずからの目標を達成することであって、どんな書物に記されている規則であろうと、それに実直に従うつもりはなかった。それが、たとえコーランであってもだ。

ラサドが外国の大学へ留学するための試験に合格したとき、意外に思った者はひとりもいなかったどころか、政府が奨学金を出して、彼をアメリカ合衆国の大学へ留学させた。家族は、彼がいずれは帰国して、フセイン政権の省庁のどれかに職を得るまでの人質として、バグダッドに留め置かれることになった。

ラサドはマサチューセッツ工科大学で電子工学を学び、そのかたわら、アメリカを形成する複雑な有機的組織体についても学んだ。ワシントンDCにおいて民主政治が機能している理由と背景を理解するために、ルイジアナへ旅して、油井を、ウェストコーストのカリフォルニアへ飛んで、シリコンヴァレーを、カンザスへ出かけて、広大な農場地帯を見学した。

それら個々の調査は、二年生のころ、学生たちのあいだで春休みとして知られる例年の儀式に参加するために、ボストンから車を走らせてフロリダへ行ったときに、ひとつにまとまりはじめた。そこで開かれたオールナイト・パーティはおおいに教育的で、彼の黒い目のなかに抗しがたい光を見いだす少女が何人もいた。そして、重要な教訓が、デイトナ・ビーチに飽き飽きして、ひきかえすために車を走らせていた月曜日の夜遅くにもたらされた。ジョージア州ブランズウィックの近辺にさしかかったとき、とある小さな食堂の緑色のネオンサインが目に入り、ラサドはわき道を二マイルほど北へ走っていった。そこに着くと、店の軒に取りつけられた三個のライトが鈍い光を丸く、おぼろげに投げかけている駐車場には、くたびれたピックアップ・トラックと小型のホンダが駐められているだけだった。彼は新車のBMW735iSEをそこに駐車して、店に入り、カウンターのストゥールに席を取った。やる気のなさそうなウエイトレスが注文を取りに来たので、氷入りの水のグラスと、プラスティック・ケースのなかに陳列されている、新鮮なペカン（北米産のクルミ科のナッツ）のパイを頼んだ。

「こっちを見ろよ」マイロン・ヒックスがつぶやいた。

その男が陣取っているテーブルの上は、ビールの空き瓶だらけだった。そこにはもうひとり、テーブルから椅子を離してすわっている小柄で痩せぎすの若い男がいて、そいつはひげを剃っておらず、垢じみたアトランタ・ブレーヴズの野球帽をかぶっていた。ラサドはそのふたりを無視した。

「あいつにビールをおごってやろう！」ヒックスがわめいた。丸ぽちゃの赤ら顔に短く刈りこんだ髪という、そのどっしりとした中年男が、バドワイザーのボトルを乾杯のかたちに掲げてみせた。「あんたは一杯やる必要がありそうだぜ」

ラサドは、ビールは要らないことを伝えようと、ウエイトレスのほうへ手をふった。

「ありがたい話だけど、おれはアルコールはやらないんだ」その男に向かって、彼は言った。

「アルコールはやらないんだとよ」男が笑い、その連れも笑った。

どちらもダークブルーのオープンシャツを着ていて、胸ポケットの上に名札が縫いつけられていた。その土地のガレージの制服だ。濃い赤で記されている文字を見ると、でかいほうの男のは〝マイロン〟、もうひとりのは〝ロバート〟と読めた。

ラサドが気づかないうちに、ウエイトレスが来ていて、薄い合成樹脂のカウンタートップに安っぽい陶器の音を立てながら、パイをのせた皿と水のグラスを置いた。ジョージアはペカン・パイで有名な土地だ。彼はそれをひとくち食べた。うまかった。髪をブロンドに染めている退屈そうなウエイトレスは、スウィングドアを抜けて、キッチンに姿を消していた。

その男が、招かれてもいないのに近寄ってきて、破れ目のある合成皮革のストゥールに尻をのせた。

「マイロン・ヒックスって名でね、若いの。あんたはこの界隈じゃ見かけない顔だから、ここは一杯おごらせてくれ。なにがいい？」

「水だけでけっこう」

ラサドはその男へ顔を向けた。目がぎらつき、吐く息がビールくさかった。男が陣取っていたテーブルに目をやると、空のボトルがずらっと並んでいるのが見えた。

「男の申し出を断わるってのは、礼儀知らずなんじゃないか」ヒックスが言った。「このあたりじゃ、そういうことはやらんもんだ」

「礼を失するつもりはないよ。おれの宗教はアルコールを禁じてるんでね」

「あんたはどの宗派なんだ？　おれとロバートは、バプテストだ。おれたちの牧師も信徒が酒を飲むのを好まんが、聖書にはワインはオーケイと書いてある。ワインがオーケイなら、ビールやウィスキーだってそうなんじゃないか？」

「おれはムスリムでね」彼はパイを食べ終えて、水を飲んだ。「ご親切、どうもありがとう」

彼は財布から十ドル札を抜きだして、カウンターの上に置いた。

ヒックスが、アンドルー・ジャクソン大統領の肖像が緑色で描かれている十ドル札を、ばしっとたたいた。

「ムスーリム？　そうだと思った」ストゥールの上で身をまわして、ロバートに顔を向けた。「おれが言ったとおりじゃねえか？　やっぱり、こいつはくそアラブ野郎だぜ」

ラサドは気を張りつめた。

「頼むよ。面倒は願い下げにしたい。おれはもう車に乗りこんで、出ていくから」

「それが当たり前ってもんだ。二度とここに来るんじゃねえ。わかったな？　とっととエジプトに帰って、駱駝(らくだ)とファックしやがれ」男たちがそろって笑った。

外に出て、流線型をした灰色のセダンのドア・ロックを解いた瞬間、食堂の網戸がドンと閉じられる音が聞こえ、ずんぐりした二本の手によって愛車へ身が押しつけられて、ラサドはまた気を張りつめた。マイロン・ヒックスのくさい息が臭った。二マイルほど遠方に、北へ移動するヘッドライトの流れが見えていた。休暇が終わって、学校へ戻っていく学生たちの車だった。軽い足音を響かせて、ロバートが近寄ってきた。

「まだ、こっちの話は終わっちゃいねえぜ、若いの」ヒックスが言った。「自分はどういう人間かをいやってほど思い知らされるやりかたで、てめえに教訓をたたきこんでやる必要があるんでな」

ヒックスがラサドを前に向かせ、悪夢がのしかかるように立った。

イラク人は大男をまっすぐに見つめた。

「あんたのような連中は、たしか、ラフネックと呼ばれるんじゃなかったか?」やんわりと彼は問いかけた。「いや、おれの英語はお粗末だな。ばかでくそったれなレッドネックという呼びかただった。これなら正しいだろう?」

ラサドは、男に身をまわされているあいだに、右手を自分の背中へ持っていき、ベルトにクリップ留めしてある革製の鞘から刃渡り三インチの鋭く尖ったナイフを抜きだしていた。少年のころからつねにこの種のナイフを持ち歩いてきたから、それは旧友のように、ほぼ即座に手のなかにおさまった。マイロン・ヒックスを相手になにが始まるかは、ちゃんとわかっていた。

ラサドは、右の尻の後ろに隠したまま、ナイフの向きを変えると、ありったけの力をこめて、すばやく、なめらかに上方へ突きあげた。

ナイフの切っ先がヒックスの顎の下のやわらかい肉に滑りこみ、一気に上へこじあげると、鼻の奥まで届いたところで、鍔がひっかかって動かなくなった。ラサドは顎の右下へ激しくナイフを突き入れて、頸動脈を断ち切ってから、最大限のダメージを与えるために、鋭い切っ先を自分のほうへ向けながらナイフを引きぬいた。過酷な幼少期に得たもっとも有用な教訓は、いったん攻撃を開始したら、終わるまではけっして手をゆるめず、非情に徹するというものだった。

ヒックスの体をがっちりとつかんで、観察していると、その目が怒りに見開かれ、つぎに愕然となり、すぐに生気が失われていくのが見てとれた。ラサドは手を離して、倒れた死体をまたぎこえ、大股で三歩、歩いて、ロバートの前に行くと、「マイロン？」と最後のことばを発したそいつの髪の毛を左手でわしづかみにして、引き寄せながら、そのベルトのでかいバックルを慎重に避けて、臍のあたりにナイフを突きこみ、さらに三度、腹部のまんなかを突き刺した。倒れていくロバートの頸部右側にナイフを突きこんで、喉のほうへ、血の筋を残しつつ深々とえぐった。

そのあと、ロバートのジーンズでナイフを拭って、鞘におさめ、愛車に乗りこんで、エンジンをかけた。息を荒らげてすらいなかった。着衣が返り血を浴びていた。顔に浴びた血は、ハンカチで拭いとった。

マサチューセッツへの帰途、ラサドは安全を期して、学生たちがすっとばす数百台もの車の流れにまぎれこみ、警察の注意を引かないよう、そしてネズミ捕りで悪名高い町々の罠にかからないように、多数の車の群れのただの一台となって、運転をつづけた。地元のモスクの友人たちが、愛車が盗難にあったことにする手はずをしてくれ、ナイフと衣類の始末もしてくれた。盗難保険金が入ると、ラサドはまたBMW（ビーマー）を購入した。《ボストン・グローブ》紙が、ジョージア州の道路に面したカフェで同時にふたりの人間が惨殺されたことを、被害者たちの身元と併（あわ）せて報じ、ジョージア州警巡査のことばを引用していた。〝あれほどむごたらしい死体を見たのは初めてだ。ヴィダリア・オニオン（世界でもっとも甘いといわれるタマネギで、ジョージア州ヴィデーリアとグランヴィルの特産物）を満載したトラックが、酔っぱらったフロリダ・ゲイターズ（フロリダ大学の各スポーツ・チームの愛称で、熱狂的なファンが多い）のファンがぎっしり乗りこんだフォルクスワーゲンと激突しても、あそこまでひどいことにはならないだろう〟

ラサドはいま、マイロン・ヒックスというのは、預言者がアメリカ政治史の暗黒面を指し示すために遣わした男だと考えている。それから二十年以上が過ぎ、〝レベル〟・シャイフとなったいまも、アリ・シャラル・ラサドは、マイロンが――ファーストネームで呼ぶのが好ましい――自分をくそアラブ野郎と呼んだあの瞬間を、きわめて甘美なものとして思い起こすのがつねだった。

MIT留学生としての後半に入ると、彼はアメリカ史探索活動の範囲を人種的憎悪の問題までひろげていった。かつて、テキサスではあらゆるレストランに、〈犬とメキシコ人の入店は禁じる〉の看板が出ていた。アメリカ先住民たちは、虐殺されて土地を奪われた。鉄道の建設業者たちは、作業をするためのかごに中国人労働者たちを乗せて山腹に吊るしたまま、ダイナマイトで岩を爆破し、それがもとで、不運な人間がうまくいく〝見込みはまずない〟(チャイナマンズ・チャンス)という言いまわしが生まれた。第二次世界大戦のとき、日系アメリカ人は広大な収容所に放りこまれたが、ドイツ系はそうはならなかった。南部はいまなお、奴隷制が残した負の遺産を処理しきれていなかった。メキシコ人の流入が焦眉(しょうび)の課題となっていた。アメリカでは、人間の肌の色がきわめて重要な要素であるように思えた。

　ラサドが魅了されたのは、扇動的(デマゴーグ)な政治手法だった。どの政治家も悪徳にまみれているのに、ふつうの民衆のひとりであるようにうわべを繕(つくろ)うことによって、政界で頭角を現わしてくる。それは大衆主義(ポピュリズム)と呼ばれるが、その大衆の範囲は彼らと同種のひとびとに限定される。熱心なキリスト教徒である白人の有権者に。ラサドがキリスト教会の集まりに参加すると、会衆ににらみつけられた。アメリカは彼に、人種的不寛容というものを教えたのだった。

　彼は大学で工学の学位を取得したが、その後の人生は政治方面に向かい、権力への渇望は、サダムの息子によって刑務所に放りこまれ、アメリカ軍がやってくるまでそこで耐えつづけた期間に、いや増した。刑務所にいるあいだはいつも、ここは空想をたくましくするには好適な場所だと思っていたし、拷問はものごとを深く考えるための最適な燃料だった。

　やがてアメリカ軍がイラクを占領し、その数週後に解放されたラサドは、ポピュリズムはイラクでも有効であり、なかでも旧弊な南部地域にはとりわけ有効であることがわかっていたので、バスラに移って、政治的魔術を駆使することに決めた。そこには、強い部族意識、やみくもな憎悪、熱狂的な信仰という、利用するのに好都合な組み合わせが、世代を通じて受け継がれていた。あと必要なのは、それらの要素を一点に集中させる指導者、各党派を結合させる人間だけだった。

そして、アメリカ軍による占領の数年後には、バスラの住民たちは、敵が排除されたことで生じた政治的空白という現実に対処する人物として、彼を選んだ。ラサドはその地のイラク人たちから信任を受け、協力するほうが得るものは多いことを実証することで、各宗派間の溝を埋めていった。平和が石油の供給を再開させ、石油がその地の全員にかなりの富をもたらした。その平和は、彼の私兵団が戦争の恐怖を市民たちにたびたび思い起こさせることによって、保たれている。

彼は、あのとき、自分は暴力的敵対者という古い皮を脱ぎ捨て、強力な政治的救済者、平和の男として生まれ変わったのだと、正確に認識していた。ラサドには、諸外国の指導者たちの信頼を勝ち得るだけの度量と知性があり、アメリカは事態を進展させてくれる人間、イラクのジョージ・ワシントンになれる人間の登場を切望している。緻密に計画を進めれば、民主主義は、彼がバスラの外へと拡大しようとしている威勢の踏み台として利用できるだろうし、いずれバグダッドの政府を手中におさめれば、ありとあらゆる権力と、ミダス王がうらやむほどの富がわがものとなるのだ。

ラサドはいま、エアコンのきいた涼しい自分のオフィスのなかで、アメリカから届いた緊急の暗号メッセージを再読している。アメリカ軍のミドルトン准将をただちに殺害せよとの指示だったが、詳しい説明はなにもなかった。

彼は小さくヒューと調子はずれの口笛を吹くと、デスクに置いたその紙片のしわをのばしながら、心を自由にさまよわせた。これは命令に等しい！　ゴードン・ゲイツとの取り決めになにかの変化が生じ、自分には新たな情報が提供されないことになったのだ。これはいらだたしい。

こうなれば、計画全体を再検討しなくてはならない。ゲームが新たな段階に入ったのは明らかであって、ワシントンにおける策謀があの国の軍事関係予算の投入先を変更させ、それがために、自分がアメリカ各企業からもたらされる莫大なカネを失うという危険を冒すことはできない。本来の同盟者であるアメリカ政府の要人たちはつねに、自分の有用性を、現在だけでなく将来と天秤にかけて考えているはずだ。ゲイツは怒るだろうが、この一度きりの密約がどんな結果になろうと、彼らとは将来もいっしょにやっていくことに変わりはない。ゲイツを選択するわけにはいかない。もっと大きなゲームがあるのだ。この誘拐事件がもとで、アメリカ政府が考えを変えて、別のだれかをジョージ・ワシントンに選ぶことになってはまずい。

ラサドは側近に問いかけた。

「シリアにいるわれらの友人たちに海兵隊将軍を殺害させようという、この指示に基づいて、なんらかの行動をしたのかね？」

「はい。この一時間ほど前に連絡を入れました。彼らが今夜のうちに必要なビデオ機材を集めておいて、明朝の斬首を撮影することになっています」側近は、よくやったと賞賛されることを期待して、かすかに頭をさげた。

〝レベル〟・シャイフはぷうっと頬をふくらませ、そのあと乾いた唇を指で撫でた。

「新たな命令を伝えてくれ。彼を殺すなと。夜が明けたらすぐ、わたしの専用機をシリアへ飛ばし、それに将軍を乗せて、ここに連れてくるんだ。彼の引き渡しが終わったら、二名のアメリカ人傭兵たちは始末するように」

「ご指示に従います」側近がおじぎをして、オフィスを立ち去っていく。

ラサドはまだ、ミドルトンをどうするかについては決めていなかった。自分が殺してもいいし、アメリカへ帰らせてやって、自分が解放の交渉をやったように見せかけるのもいい。どう考えても譲れないのは、決断を下すのは、アメリカの影の権力者どもではなく、この自分であるということだ。

## 29

合衆国空軍の要人専用小型ジェット機、C－20が一機、暴風雨前線から発生して東へ吹きつけてくる強風の渦に抗して、大西洋上を飛行している。唯一の乗客であるラルフ・シムズ大佐は、幅の広い快適なシートにストラップでしっかりと身を固定していた。この大荒れの飛行も、着陸後に待ち構えている事態にくらべれば、穏やかなものと言ってよさそうだった。

　空軍の三等軍曹が、シムズのようすを見るために戻ってきて、通路をはさんだシートのアームレストに尻をのせた。その魅力的な黒髪（ブルネット）の女性軍曹は、髪をショートカットにしているので、顔の輪郭（りんかく）と非の打ちどころのないメイクアップがはっきりと見てとれた。ほっそりとしていて、脚が長く、彼女が脚を組んだとき、こちらの手が届きそうなほどその脚が間近になった。靴を履（は）かず、制服の上着を脱いで、小さなダークブルーのエプロンをしている。機体の動きに合わせて、完璧な胸が左右に揺れ、いまにもシャツのちっぽけなボタンを引きちぎって、飛びだしてきそうだった。この三等軍曹がVIP専用機のホステス役に選ばれたのは、明らかに、これほどの容貌を備えているからこそだろう。与えられている制服は誂（あつら）えで、髪の手入れは、費用は合衆国政府（アンクル・サム）持ちで、高級サロンのプロフェッショナルにやらせたものだ。

「乗り心地はいかがですか、大佐？」彼女が問いかけた。

そのアクセントにはウェストヴァージニア生まれならではのユニークな特徴があって、彼女の〝魅力パッケージ〟にまたひとつ好ましい要素が付け足された。

「めちゃくちゃだ」シムズは、この若い女性への性的な関心よりはるかに大きな事柄に心を奪われていたが、それにしても、彼女はやはり見るからにすばらしい。

「こういうこともときにはありますけど、このあとパイロットが高度をあげ、少し南へ転じて、この大揺れ状態から脱出してくれるはずです」彼女が片脚をぶらぶらと上げ下げした。

「きょうは靴を履いてないんだね、三等軍曹？」

「わたしは炭田地帯の出身なんです、大佐。空軍に入るまで、靴を持ったこともなかったので、しかたなく政府が何足か支給してくれました」彼女が笑う。「いまのは嘘です。でも、たいていの女性とはちがって、わたしは靴が大嫌いなので、全員の搭乗がすんだら、靴は蹴り脱いでしまって、着陸するときまで履きません。素足のほうが仕事もしやすいですし」ぐるりと右手をまわして、ほかには乗客のいないキャビンを示した。「こんな荒れ模様のときに、ハイヒールを履いて、トレイを運ぶなんて、考えられないでしょう？　ハイヒールを考えだしたのは女嫌いのゲイのデザイナーだと、わたしは思ってるんですよ」

シムズはほほえんだ。

「まあ、今夜の乗客には、素足に文句をつける人間はいないだろうね」

「まだ、そんな経験はありません、大佐。今夜は乗客がおひとりだけの飛行になりますが、到着の一分前に、あなたのためにベルト着用のお知らせをさせていただきます」応対しなくてはいけない相手がひとりしかいない状況を、彼女は楽しんでいるようだ。「外は暗いですし、到着時刻にはまだ間がありますので、少しお休みになられてはいかがでしょう？　起きてらっしゃったからといって、早く着くわけではありませんので」

　彼は、刻々と流れ去る貴重な時間、取りもどすことはけっしてできないその時間に、思いを馳せた。この出発は通常の業務に見せかけねばならず、そのためには、パワーポイントを使ってのスライドショーと報告用の書類を補佐官たちに準備させなくてはならなかったが、そういった後方支援の仕事は、ドーキンズと〈軍曹ネットワーク〉がみごとにこなしてくれた。その間に、シムズは精鋭部隊の指揮官としてのもっともつらい仕事をすませておいた。今回の急襲のなかで戦死した海兵隊員たちの家族に宛てた手紙を書き、彼らとともに軍務に従事できたことを誇りに思うという私的なメモを添付したのだ。打ちひしがれた遺族たちのなかには、この手紙をたいせつに取り置いて、故人の誕生日や祭日といった特別な機会に声に出して読みあげるひとびともいるだろう。逆に、この手紙が、愛する者を失った心の痛みをさらに深めさせて、自分が責められることになる場合もあるだろう。最後の一通を書き終えたあと、彼はすぐデッキに出て、戦死した海兵隊員たちのための、日没の追悼式に出席した。ＨＩＳ（ラテン語による墓碑銘の最初の文句「ここに葬られ眠る」の略語）、海兵隊員たちよ！

　そのあと、イタリアのアヴィアーノ空軍基地へのこの日最後の艦載輸送機（ＣＯＤ）による輸送業務の一環として、シムズを運ぶために、〈ヘリコプターが一機、〈ブルーリッジ〉から空母戦闘群旗艦へ飛んできた。彼は、あの謎の書状をほかの書類にまじえておさめた大きなブリーフケースを携え、気骨が折れる会合へ出向いていく落ちこんだ将校に見えるような陰気な顔をつくって、その不格好な輸送機に乗りこんだ。彼はCENTCOMに召喚を受け、砂漠における作戦の失敗を釈明するためにそこへ出かけていくのだという、うわさが流されていた。アヴィアーノに着くと、流線形のC－20がエンジンを静かにアイドリングさせて待機し、絨毯敷きの小さな階段の下で美しい三等軍曹が待ち受けていたといういきさつだった。

「いまは何時かね？」彼は問いかけた。

旗艦を離れたあと、時間帯の異なる地域を何度も通過していたせいで、時刻がわからなくなっていた。

彼女が首をねじって、後部隔壁の光り輝く真鍮ホルダーに設置されている三個の小さな時計に目をやった。一個はグリニッジ標準時、一個はワシントン時間、あとの一個はこの航空機の現在の時間帯で表示されている。

「いま飛行中の空は、ちょうど二二〇〇時を、ええと、四十三分と、五十八秒まわったところですね。ここはグリニッジ標準時にあたっていますので」

彼はそのときまで、自分の真後ろに時計があることに気づいていなかった。まもなく、GMTの二三〇〇時。午前零時の一時間前。ということは、CENTCOMがあるタンパも、ペンタゴンがあるワシントンも時間帯は同じだから、それから五時間を引いて、一八〇〇時。

このちっぽけな鳥がどんなに速く飛んでも、この日のうちにターナー将軍と会うことはできそうにない。

「こういうのはどうだろう、軍曹。わたしはちょいと気が立っているので、よければジャックダニエルズのブラックラベルを一杯、持ってきてもらえないか。水割りにせず、ロックで。あれをやれば、気が休まりそうだ。あと少し、この書類に目を通したら、しばらく目を閉じておこうかと思うんだ」

彼女がまたほほえんだ。真っ白な歯がのぞく。

「はい、大佐。ブラック・ジャックをおひとつ、ご用意します。ダブルにいたしましょうか。それなら、早くお休みになれますよ。今夜はひどくお酔いになっても、タンパに到着するまでには、しらふになって、書類に目を通し終えることができるでしょうし」

彼のそばで電話が鳴った。

「いまのことばどおりにしてくれ、三等軍曹」

「はい、大佐！　どなたもそのようにおっしゃいます」若い女性軍曹が笑い、前方にある厨房へ歩いていった。

彼女はかなり前からマイル・ハイ・クラブ（空軍や航空業界の俗語で、高度一マイル以上の機内でセックスをしたことのあるひとびとのこと）のメンバーになっていて、この大佐には、かわいがってあげる必要がある、おとなしい獣のような、大きなジャーマンシェパードのようなキュートなところがあると感じて、期待感に胸をふくらませていたのだ。

大佐は、STU－Ⅲ暗号化衛星電話を手に取って、応答した。

「シムズだ」

「ダブル・オーです、大佐。約一時間後に、そちらのパイロットに、タンパからアンドルーズへの針路変更メッセージが届くことになりましたが、ひとつ問題がありまして」

シムズは受話器を握りしめた。

「どういう問題だ？」

「ターナー将軍がペンタゴンを離れました。あなたがワシントンに到着されても、そこに将軍はおられないということです」

「なんだと、ダブル・オー。彼はどこにいるんだ？」

「将軍は中国へ向かっています。北朝鮮のミサイル実験再開に関する、緊急防衛会議かなにかに出席するためにです」

「くそ、なんてことだ」シムズは目を閉じた。

「ご心配なく、大佐。それに関しても、〈ネットワーク〉が使えました。将軍の乗機は、北極ルートで太平洋をこえる前に、給油のためにアラスカのエレメンドーフ空軍基地に着陸します。そこで機械的な故障が発生し、あなたがそこに着くまで、足止めを食うことになっています」

「彼はさっさと別の機に乗り換えようとするだろう」

「イエッサー、おそらくは、まさにそのとおりのことをなさろうとするでしょう。しかし、その機もまた故障を起こします。航空機というのは、ただでさえ扱いがむずかしい乗りものですから、あそこのようなきわめつけに寒い気候となるとなおさらです。大佐はそのまま飛んでいってください。こちらが手配して、アンドルーズに別のC‐20を待機させておきます。あちらに追いつくようにしてください。彼は足止めを食います。あなたはそうではありません」

「しかし、彼は地球を半周りほども先行しているんだぞ!」シムズは言った。「いや、わかった。そちらはそちらの仕事をしてくれ。連絡を絶やさないように」

彼は電話を切り、シートの上、ブリーフケースのかたわらへそれを放りだして、首をふった。

「中国とは。ちくしょう(ファック・ミー)、ファック・ミー、ファック・ミー」彼はつぶやいた。

「あらら、高高度セックスをご所望。ご用意できると思いますよ、シムズ大佐」ウェストヴァージニア・アクセントでうれしそうにささやく、鼻にかかったソフトな声が聞こえてきた。三等軍曹が、ウィスキーのグラスを持ち、ブラウスのボタンを二個はずして、かたわらに膝をついていた。「ドアをロックしてきますから、これをお飲みになって、なにか音楽をかけて、ライトを暗くしておいてくださいね。あ、それと、わたしのことは三等軍曹じゃなく、マンディとお呼びになって」

# 30

あたりが徐々に暗くなり、砂埃の靄を通して射してくる日ざしが薄れていった。夕日の最後の光芒が地平線の向こうへ消えても、気温が摂氏三十度を切ることはないが、それから二、三時間もたてば、カイルは凍るような感触を覚えることになる。実際に気温がそれほど低くなるわけではないのだが、ゆうに四十度をこえる酷暑にうだったあと、一気に十五度以上も気温がさがれば、ひどい寒さを感じるのが当然だろう。熱い太陽が没して、夜風が吹きはじめると、まる一日かきつづけて着衣に浸みこんだ汗が、氷を全身にまとったような感触をもたらすのだ。この作戦は、迅速な突入と脱出というものだったから、衣類はいま着ているものしかない。くそ。なにもできずにいるうちに、没しゆく太陽がその時の到来を告げていた。

南フランスとか、マイアミ・ビーチとか、ワイキキとか、ボンディ・ビーチとかといった快適な土地でバスを使って、着替えをしてから、またシリアに戻りたい気分だが、そんなことをしている時間があるわけはなかった。スナイパーよ、潜伏場所を出て、職務をなし、またあのオレンジ色に輝く獣が空をむさぼりだす前に、ここをおさらばするんだ。

カイルは日誌の記入をすませてから、観察をおこない、また少しのクラッカーと水を口にして、自分の下の地面に掘った穴に排泄をした。シリア陸軍の部隊がヘリの墜落地点に現われて、そそくさと調査をすませ、死体を車輛に積みこんで、運んでいった。カイルはそれをながめているうちに、後ろめたさを覚えた。やつらはあの死体をどうするつもりなのか？　返還するのだろうか？　心の奥に強い挫折感が生まれて、自分に腹が立った。海兵隊は仲間の死傷者を置き去りにしないというのは、ただのキャッチフレーズではない。生死にかかわらず、全員を国に帰らせなくてはならないのだ。

しばらくして、理性がよみがえってきた。自分にはこの状況を変える材料の持ち合せはなにもないが、これを生きのびれば、なにがあったかを報告することはできる。そして、重要なのは、あそこに、まだ生きている海兵隊員がひとり、すなわちミドルトン准将がいて、自分はそちらに注意を向ける必要があるということだ。だとすれば、自分としては、死んだ海兵隊救出チームに無言の別れを告げ、あとは、ワシントンのお偉がた連中が彼らを取りもどすために戦ってくれるのを期待するしかないだろう。

二機のヘリコプターの残骸は、価値のあるものはすべて奪いとられて、墜落地点に放置された。またひとつ、砂漠の骸骨ができ、アメリカの衛星が宇宙から撮影したその写真に目を引かれた悪趣味な観光客が、そこを訪れることになる。カイルが警備兵たちを殺害した検問所には、新たに別の二名が配され、彼らを運んできた陸軍のコンヴォイは走り去っていった。

行動の時が迫るにつれ、体内時間の経過が遅くなっていくなか、カイルはなんの不安も覚えず待機していた。心の焦点が絞りこまれて、ものごとの見えかたが変化していく。速度が遅くなり、場面転換の頻発する安っぽいテレビドラマではなく、場末の映画館で上映される白黒映画のようになっていった。その変貌は、自分が別の新たな存在に変わっていくかのように継続して、音が増幅され、においが強まり、視野が鮮明になり、反応が迅速になっていく。呼吸もゆるやかになっていく。自分は終日、観察者だった。いま、それがスナイパーに変わろうとしているのだ。

夕方の礼拝と食事の時刻が近づき、村の活動が落ち着いてきて、ゆったりとした調子になった。店舗が閉じられ、街路から人影が消える。仕事に励んでいたひとびとは、一日の労を終えて、休息を欲しているとあって、あちこちの民家の小さな窓から、ひとつまたひとつと灯りが漏れはじめた。愛を交わす者もいれば、煙草を吸う者もいようし、よりよき時代を夢見る者もいれば、このあとカイルの手にかかって死ぬ者もいるだろう。それは、まぎれもない事実だった。

彼はその最後のひとときを、心の抽斗(ひきだし)やキャビネットに、現実の物品を放りこんで収納するような感じで、さまざまな思いをしまいこむことにふりむけて、自分だけの領域(ゾーン)に入りこむ作業を終えた。シャリのことは、がっちりとロックのかかる特別な心の区画に入れた。この陰謀を画策したワシントンのだれかのことは、別の区画に。家族や友人のことは、そして海兵隊のことも、思考から追いやり、時の流れが緩慢(かんまん)になりゆくなか、カイルは、もうひとりのカイル・スワンソンが身近にいて、自分の外にいるその存在が、この夜を通して、導き、見守り、計画し、頭のなかでささやきかけて、助けてくれるように感じた。いつかそのうち、どこかの精神科医が自分を被験者にしたがるにちがいない。最初は長い面接があり、そのあと、この頭蓋骨を切り開いて、脳みそをひっかきまわし、どうしてこのような働きが生じるのかを突きとめようとするかもしれない。カイル自身もそのことに興味はあったが、頭のなかの声に問いかけはしなかった。それは、孤独なガンマンとしての戦闘モードに入りこむときの自然な経過の一部であって、信頼が置ける。これまでも、ドアを蹴破るとか、湿地を匍匐するとかいった、むずかしい局面で、何度もその声に助けられた。真に危険な状況に置かれたときは、いくぶん妄想的なことが役に立つ。それは恐怖ではなく、一種の直感、長年の経験で研ぎ澄まされた第六感、全状況を察知して、角をまわったところになにがあるかを知らせてくるような感覚だ。

彼はエクスカリバーを手に取って、弾倉をチェックした。指先でボルトを引いて、溝に沿って後退させ、底部を押されたでかい五〇口径弾が薬室におさまったところで、ふたたびボルトを押して元の位置に戻す。その下の弾倉には、まだ四発が残っていた。

また一時間が過ぎていくあいだも、彼はほとんど身動きせず、待機をつづけた。ついに、真っ暗になった。地獄のように真っ暗に。動きだす時が来た。

計画しておいた最初の行動は、単独でシルカ自走式対空機関砲の警備に就いている兵士、村にいる人間のなかで、ただひとり起きているように思われるその男を始末することだった。日誌をあたって、そことの距離が五百四十七ヤードであることを確認してから、エクスカリバーの冷たいエポキシ樹脂製の銃床を頬にあてて、スコープごしに斜面を見おろすと、その人影が身動きせずに立っているのが見えた。どうやら、AK‐47をだらしなく肩にかついで、タイヤにもたれこんでいるらしい。すでに午前一時とあって、目を覚ましているのがつらくなってきたのだろう。エクスカリバーに装着されているスコープは最新鋭の暗視能力を備えているので、たんなる緑色の人体ではなく、あらゆる細部がはっきりと見える。カイルは焦点リングを操作して、微調整をおこなった。ボタンをクリックして、ターゲットをロックオンし、もう一度、射程を確認する。GPSとジャイロスタビライザーとレーザーが交信しあって、スコープのなかに数字が表示され、ビルトイン・コンピュータが作動を継続して、人影の画像の鮮明度を増強し、射程と風の状態と気圧の演算をおこなう。すべての準備が整うと、スコープの下辺で青いストライプ状の光が輝いた。ネオンサインが点灯されたような感じだ。あの男は終わった。これはターゲット射撃に等しく、不当であるとすら言える。不当であるとすら。

警備兵の人影がスコープの視野のほぼ全体を占め、退屈そうな、眠そうな若い顔がはっきりと見てとれた。スコープ内の数字が最終的に調整されたところで、カイルは照準をさげて、胸のまんなかから一インチ上方に狙いをつけた。ロイ・ロジャーズやジョン・ウェインなら、敵が握っている銃を撃ち飛ばすところだろうが、プロフェッショナルは人体の中心部を確実に狙う。呼吸をさらにゆっくりにすると、心臓の鼓動がそれに同期して、エクスカリバーのクロスヘアが揺れをとめた。

あの若い兵士にすれば、軍人としての階級がかなり低いために、この深夜の警備番に就かされたのは、不運なことではある。一時に交替したわけだから、まだ十分ほどしか警備に立っていないし、その前に任務に就いていた警備兵が交替のときにほっとした顔をするのが見えていた。警備は二十四時間体制でおこなわれている。あの男がやられても、〇五〇〇時になるまで、だれも気づきはしないだろう。カイルは息を半分まで吐き、筋肉の記憶が——仕事をすべき時が来た——働きだすのに従って、ゆったりと引き金を引きはじめ、なめらかに、まっすぐに、着実に絞りこんだ。ライフルがみずからの意思で発砲したように思え、でかい銃弾が兵士の胸に食いこんで、内部で炸裂し、筋肉や内臓をずたずたに引き裂くのが見えた。銃撃の命中箇所と弾速と威力があいまって、警備兵は叫ぶこともできず、驚いた表情になる間もなかった。そして、巨大な対空砲のかたわらの地面に、すでに絶命した状態で崩れ落ちた。シャツの胸が血に染まっていた。カイルは親指とあと二本の指を使って、次弾を薬室へ送りこんでから、スコープごしに村を見渡した。一頭の山羊が鳴き、一頭の犬が二度、吠えただけで、いまの銃声をだれかが聞きつけたことをうかがわせる気配はなかった。

彼は肘と膝で這って、潜伏場所から抜けだした。もうひとりの自分の声が、「こんどは、ゆっくりはなめらか、なめらかは速い」とささやいていた。彼は、立ちあがって、射殺した兵士のところへ走っていきたいという自然な欲求を抑えこんで、斜面を這いはじめた。その動きは速かったが、音は立てず、ゆったりと優雅に動く夜行性捕食獣を彷彿(ほうふつ)させた。

# 31

探索し、評価し、耳を澄ます。ゲームが始まったのだ。通りぬけなくてはならない場所は、フットボール場一個半ほどの広さがあったが、ここで重要なのはスピードであり、さらに重要なのは適切に動くことだった。彼はその、大きく開けていて、どこからでも姿が見られる場所を、心臓の鼓動を抑え、視線を絶えず動かしながら、這い進んでいった。

村が静まりかえっているからといって、起きて、動きまわっている人間がいないとはかぎらない。もしそういう人間がいたら、事態は一瞬で激変するだろうが、いまのところは、あちこちの民家の塀の内側で家畜たちがごそごそする音が聞こえるだけだった。這い進むと、体の下で石が擦れ、背嚢の重みが身を圧した。M16は両腕に渡した格好で携え、エクスカリバーはドラッグバッグにおさめ、それをウェブギアのDリングにつないで、体の横にひきずっていた。

十二分をかけて、ひらけた場所をつっきり、兵士の死体のところにたどり着くと、そこで動きをとめて、周囲を注意深く見まわし、危険がひそんでいそうな場所や、脅威が出現しそうな地点をチェックした。あらゆる動きに幸運が伴ってくれる必要があった。敵は一度の幸運に恵まれただけで、こちらを発見できるのだ。時間をかけるのはいいが、むだに消費してはならない。

兵士の目はガラス玉と化して、夜空を見あげていたが、それでも、念のために脈をとってみると、なにも感じられなかった。まだ十六歳にもなっていないような少年だった。おそらくは、過激な神学校で学び、純粋な信仰心に衝き動かされて軍隊に入ったのだろうが、それがために短い人生という報いを受け、衝撃を感じる間もないほど、あっけなく果ててしまったのだ。運の悪いやつだ。カイルは、死体をすわった姿勢にさせてから、立ちあがり、死体をひっぱりあげて、ゼウスに立てかけた。

死体を片手でつかみとめておいて、空いたほうの手で、ダクトテープを長めに引きちぎり、テープを死体の軍服に押しつけながら、両側部分を巨大な対空砲のフックやレールや突出部に貼りつけて、立った姿勢を安定させていく。テープの一本をウエストの周囲にまわして、重い弾薬箱につなぎとめた。そのテープが死体の重みを支えてくれるようになったところで、左右の足首にテープをまわして固定し、だらんとなっていた両腕を組ませて、両手首をテープでひとまとめにする。AK－47を死体の肩にかけた。頭部がだらんと前に垂れていたが、それはそれでいい。血糊が見えにくくなるように、着衣のぐあいを少し直しておく。カイルは二歩、あとずさってみた。だれかが通りかかっても、遠目には、この少年は勤務中にうとうとして、立ったまま眠っているように見えるだろう。

スナイパーはふたたび、その一帯をチェックした。あいかわらず静かだった。彼は地面に膝をついて、背嚢に手をのばし、クレイモア地雷を一個、抜きだすと、それを分解して、内部に詰まっているボールベアリングを取りだした。それをひとつかみ手に取って、一個ずつゼウスの砲身のなかへ落としていき、同じ手順を反復して、つごう四本の砲身のそれぞれに、数ダースの小さなスチール製のボールを詰めこんだ。それから、先に用意しておいたC－4爆薬を挿入した。それぞれの丸いかたまりが、起爆剤になる。そのあと、彼はM16の銃床を開いて、クリーニングロッドを取りだし、それの四本のピースをつないで、一本の長細いロッドにしてから、それぞれの砲身に挿し入れて、爆薬とボールを固めた。

時間。時間。チックタック。休まず、つづけろ。あの声がしきりに言っている。カイルの五感は、眠りこんだ村のリズムに集中していた。これが、住民たちの日々の暮らしだ。ここでは、とりわけ夜間には、なにも起こるはずがない。ジハード戦士たちのベースキャンプのようなもので、日常的であることは安全の幻想をもたらす。昼間の仕事のよごれを落とすために洗濯したものを、家の裏手の物干し綱にぶらさげて乾かしている住民が多く、いまはそれらの多様な形状の衣類がそよ風にゆらゆらと揺れて、さらなる隠れ蓑を提供してくれていた。

彼は村のなかに入りこみ、昼間にずっと監視していたあの小さな店をめざした。その二階建ての建物は、ほとんどが低い塀に取りかこまれていて、表側の入口は可動式のゲートで封じられていた。店が開いているときは、そのゲートは、客たちが出入りできるように奥へ押しこまれる。二階が店主の住まいになっていた。

カイルは裏手の塀を乗りこえて、うずくまり、そこでしばらく時間をとって、背嚢と二挺のライフルを中庭に置いた。左肩のところに装着している軽量の合成樹脂製ホルスターから、四五口径マッチグレード弾を装塡(そうてん)した、消音器と赤外線レーザー・スコープ付きの拳銃を抜きだす。競技会レベルのその拳銃には、十五発の実包をこめた拡張弾倉が装塡されていた。

店の玄関ドアは施錠されていたが、横手の窓が、涼しい夜風を取り入れるために開かれていた。カイルはうっかりなにかを蹴とばさないように注意しながら、そこへ行くと、暗視ゴーグルで内部のようすを確認してから、窓枠をまたぎこえた。さまざまなスパイスのきついにおいが充満していた。射撃姿勢で拳銃を構えて、室内を三百六十度チェックする。多数の棚と梱包、テーブルがひとつに、椅子が二脚、電気モーターが低くうなっている隅のところに冷蔵庫がひとつ。奥の側にあたる壁際に調理用のレンジ、そのそばのキャビネット類の上に大きなまな板。フックから肉塊がぶらさがって、切り刻まれるのを待っていた。多数の缶詰が、きちんと並べて置かれている。

メイン・カウンターのボウルのなかに、小さなケーキが並べられていたので、カイルはそれを何個かがっついた。どういうケーキかはわからなかったが、この世で最高の食べものだと思った。ことのついでにと冷蔵庫の前へ移動し、きしみ音を立てないように一ミリずつ、じわじわと蓋(ふた)を開いていくと、冷たい空気が漏れてきて顔をなぶった。なかには、ジュースや水やソフトドリンクのボトルが小さな兵士のようにずらっと並んでいたので、その一本を取りだす。喉(のど)を通る冷たい水はケーキよりさらにうまく感じられ、彼は吐きそうになるまで、それをむさぼり飲んだ。水分補給をすませたところで、携えている水筒の蓋を開く。水が第一。水がなくては生きていられない。それから、オレンジジュースのボトルを一本、取りだし、電解質とヴィタミンと滋養分を補給するために、それを飲みほした。フロリダ産のオレンジジュースではなかったが、これほどうまいものはないと思った。

渇きを癒(いや)すと、彼は持っていけそうな食べものはあるだろうかと調べてみた。店内が暗くても、暗視ゴーグルを通した緑色の輝きとして、それらのラベルを読みとることができた。この場合の〝ショッピングリスト〟は、項目を減らして絞りこまざるをえず、彼はたっぷりと食物を持っていきたい衝動を抑えこんだ。ジッパー付き(ジップロック)ビニール袋のロールをポケットから取りだし、それらのなかに、小さくて携行しやすく、調理の必要がないものを詰めこんでいく。乾燥イチジクとナツメヤシを小さなビニール袋に小分けして、ねじり留めしたものがあったので、それを何個か、あらかじめ側面をダクトテープで強化しておいたジップロックに詰めこんだ。ナツメヤシは嫌いだが、果実は栄養源になる。前日につくられた、平たいケーキのようなピタ・パンをカロリー源として持っていくことにし、中東でとくに好まれていて、どこに行っても見かけるマーズ・バー（マーズ社の製造するヌガー入りスナック・バー）も、それのチョコレートが糖分とエネルギーを補給してくれるので、やはりもらっていくことにした。最後に、砂漠で清潔さを保つには最高の製品、ベビーワイプ社製の無臭ウェットティッシュの箱を何個か、つかみとる。彼はもう一度、店内を見まわして、もうじゅうぶんと決断した。ヴァケイションに出かけるために荷づくりをしてるんじゃないんだから、これでいいんだ。

腕時計の夜光文字盤が、すでに十一分を費やしたことを告げていたので、彼は物品を背嚢に詰めこみ、窓をくぐりぬけて、戸外にひきかえした。置いていった装備を回収し、塀を乗りこえる。あの声が警告した。〝ゆっくりと、ただし、休まずにやれ！〟


カイルはすべての装備を装着しなおし、何度か深呼吸をしてから、暗視ゴーグルをつぎのターゲット、あの兵士たちが本拠にしている家に向けた。動くものはなにもなく、鼠一匹、見当たらない。

彼は街路を横断し、家の塀の周囲を、なかの暗闇を塀ごしにのぞきこみながら、ひとめぐりした。なにも見当たらなかった。塀の上に身を持ちあげ、塀と家の右側面のあいだの隙間に、蜘蛛のように音もなく降り立つ。窓のひとつが開いていて、男たちの寝息が聞こえた。いびきをかいているやつが、少なくともふたり。男たちが家に入っていくときに数えたかぎりでは、なかには少なくとも八人がおり、おそらくはそれ以外にもまだ二、三人がいて、それぞれが手の届くところに銃を置いているだろう。そして、自分はその全員を殺そうとしているのだ。

最初の行動は、内部の広さをチェックすること。彼はまた背嚢とライフルを置いて、拳銃を抜きだした。右手で拳銃を持ち、家の壁面に身を押しつけて、横歩きで右方の角まで進んでいく。すばやく角の向こうをのぞきこむと、そこは暗い裏庭になっていて、上着やロープをぶらさげた物干し綱が縦横に渡されているのが見えた。彼は慎重に足を運んで、角をまわりこむと、裏手の壁面沿いに、つぎの角まで進んでいき、そこでふたたび足をとめて、そろそろとその向こう側へ顔をのぞかせていった。

カイルがそこのようすを調べようとしたそのとき、干してある衣類のせいで、はっきりとは見えなかったが、ショルダーストラップにAK-47をかけた警備兵が、目の前、一フィートたらずのところから、まっすぐこちらを見つめてきた。闇からだしぬけに出現したゴーグル眼の怪物を見て、警備兵がぎょっと目を見開く。その片手がAK-47の銃床にかかって、銃を構えようとするのと同時に、カイルは拳銃を構えて、引き金を引いた。弾薬箱が爆発したのかと思うほどの銃声がとどろいて、自分の頭部や胸を熱いものがどっぷりと濡らしたことが感じとれるほど強烈な血のにおいがし、腕や顔に肉と骨の断片が飛び散った。撃たれた！　終わりだ！　しくじった！　カイル・スワンソンはよろよろとあとずさって、地面に倒れこんだ。

# 32

シャリ・タウン少佐は、午後に開かれる国家安全保障会議（NSC）に出席するために、レストルームで時間をたっぷり取って準備をした。鏡をのぞきこむと、自分が不安な顔をしているように見えたが、メイクアップという魔法を使って、念入りに顔を整えると、心配じわや目の下のくまを隠すことができた。真新しい白の制服を着て、最後にもう一度、ショートカットにした髪にブラシをかける。まだ不安は残っていたが、これで会議は乗りきれるだろう。ありったけの力をふりしぼって、プロフェッショナルらしく行動し、私心のない専門家としての無表情な顔をつくっておくようにしなくてはいけないのだ。

こんなことは放りだしたいと思った。自宅に、アレクサンドリアにある小さな煉瓦（れんが）造りのコンドミニアムに帰って、氷のように冷たいブードルズのジンにレモンツイストを添えて一杯やり、そのあと肌が焼けるほど熱いシャワーを浴びて、セレスチャルシーズニング（多種多様なハーブティーを販売している会社）の緊張をやわらげてくれる温かなティーを飲んで、楕円形をした小さな白い睡眠薬の錠剤、十ミリグラムのアンビエンを一錠、服（の）みたい。その組み合わせなら、効き目がひと晩じゅう、つづいてくれるだろうし、それで、少なくとも体のほうはいくらか休ませることができるだろう。それでも、ぐっすり眠れるとは思えなかった。心はあいかわらずカイルのことを思うばかりで、いまにも涙があふれてきそうだった。

職務に励み、慣れっこになった光景や音声や質問に機械的に反応することで、これまでも個人的な悲しみを押しのけておくことができたし、シリアで生じている事態は、ひとりの人間の思い、愛しあっているふたりの人間の思いよりも、はるかに重大な問題なのだから、あすもまた仕事に励むことになりそうだった。この件がすっかりかたづいたら、ジェフとパットに電話を入れて、またヨットに乗せてもらい、なにもかも、とりわけ仕事のことを忘れてしまおう。そうは思っても、自分の担当は中東で、あそこではつねになにかまずいできごとが起こっている。来週には、そしてそのつぎの週にも、そのまたつぎの週にも、なにか別の危機が発生して、絶えず山ほどの仕事が押し寄せてくるだろう。悲嘆を乗りこえてきたひとはおおぜいいて、そういうひとびとを見ていると、いまは毎日一度はカイルの身に降りかかったことを考えるし、その死を忘れることはけっしてないだろうが、仕事に没頭することが、それを克服するとまではいかないまでも、受けいれることを学ぶ助けになることはわかっていた。それでもやはり、彼のいたずらっぽい笑顔が恋しくてならないし、今夜、家に帰ったら、彼がいて、そのたくましい腕のなかで安らぐことができたらという痛切な思いがあった。

シャリは最後にもう一度、鏡で自分をチェックして、そこに見えた顔にしかめ面を返し、その五分後、ホワイトハウス地下の危機管理室に入室して、ジェラルド・ブキャナンの背後、サム・シェーファーの隣にあたる壁際の席に座を占めた。

シェーファーは、豊かな黒髪をきれいに後ろへ撫でつけた、スリムでスマートでハンサムな男だが、彼女はこの男のことを好きでもなければ信頼してもいなかった。ブキャナンがあれこれと違法すれすれのことをやるときに手軽に使う、奴隷みたいな男だ。シェーファーは絶えず彼女にちょっかいをかけて、欲望をあらわにした目で見つめてくるし、会話のほとんどに性的な意味合いのあることばをまじえてくる。

彼女が着席すると、そのシェーファーが、表紙に赤い斜線が入っている茶色のファイル・フォルダーを手渡した。

「これが、ヘリ墜落に関する新規ファイルでね。惨憺たるものだ。たまたま、ゲイツ・グローバルがその村の近辺に要員を二名、送りこんで、独自に准将の捜索をやらせていた。そのふたりが墜落現場へ行って、この犠牲者たちの写真を撮り、こちらに送ってきたんだ」

シャリは彼を見つめた。

「ゲイツ・グローバル？　民間警備企業の？　どうして、彼らがそんなことをしていたんですか？」

「どうしてかは、神のみぞ知るだ。これは、われわれの立場をきわめて悪化させる材料だ——救出作戦が失敗しただけじゃなく、民間警備企業（PSC）のチームが現地に浸透していて、この写真を撮ったんだからね。ブキャナンはこの写真を、ゲイツ本人から受けとった。ボスがいま、この会議に求めているのは、われわれができなかったことを民間企業がやってのけられた理由を説明してくれる人間なんだ」

「当然の疑問ですね」

シャリはちょっとためらってから、フォルダーを受けとった。このなかに、死んだ海兵隊員たちの写真があるということなら、カイルの死体を見ることになるのはたしかだった。それでも、自分の愛する男はどうにかして生きのびたはずだという一縷の望みを、この証拠写真が最終的に抹消するかもしれないとすれば、見ずにはいられない。

「わたしはこの会議でブキャナンを支援しなくてはいけないから、きみがそれに目を通して、どこにもまちがいがないことを確認しておいてくれないか？　むごたらしい写真だから、シャリ、気をしっかり持つようにしなくてはいけないが、このテーブルに着いている人間のなかでは、きみがいちばん、こういうものの細部を詳しく見分ける目を備えているからね。われわれとしては、ゲイツ・グローバルが送ってきたデータと、実際にこの任務に従事した隊員たちの氏名を合致させる必要があるんだ。その名簿も、そこにおさめられている」

彼女はうなずいて、フォルダーを膝にのせ、テーブルをぐるりと見まわした。権力者たちがずらりと並んでいる。副大統領。司法長官および国務長官と、その数名の側近たち。合衆国国連代表。各軍の代表者たち。ブキャナンは、大統領とさしむかいの席に、無言で傲然とすわっていた。彼のことを、これみよがしなヘンリー・キッシンジャーと、自信に満ちたコリンズ・パウエルと、狡猾なジョン・ポインデクスターを合体させたような人物であり、実際より高い地位に自分を置き、そのみずからつくりあげた権威をほかの権力者たちに認めさせた人間であると見なしているひとびとは数多い。シャリもそのスタッフの一員ではあるが、ジェラルド・ブキャナンという男はぜったいに信用できないと思っていた。この男がほんとうに狙っているのはなんなのか、そこのところがどうしても判断できないのだ。

彼女は片耳で周囲の会話を聞きながら、不承不承フォルダーを開き、どきっとして、すぐにまたフォルダーを閉じた。最初の写真が、黒炭化した死体だったのだ。頭皮が黒く焼け焦げ、高熱によって後方へ全体がひっぱられているために、その顔はおぞましい笑みを浮かべているように見えた。シェーファーがこちらの体をつついて、ささやきかける声が聞こえた。

「だいじょうぶかね？」

彼女はうなずいてみせ、しばらく、国家安全保障会議出席者たちの発言に耳をかたむけた。ブキャナンが、ゲイツ・グローバルによって身元が確認されたことをまくしたて、ペンタゴンの無能さに対する非難を、口には出さず、目に見えないハゲタカを宙に舞わせるようなやりかたで示していた。シリア政府は激怒しているが、これまでのところ、大々的な軍部隊の移動はおこなっていない。国連代表と国務長官はいずれも、現時点において考えられる最大の危機は、シリアもしくはヒズボラが、イスラエル領空の飛行をアメリカに許可したということでイスラエルにミサイルを撃ちこむ事態だと考えている。イスラエルは、いかなるミサイル攻撃に対しても反撃すると表明している。それらの発言を、シャリは聞き流した。そんなのは、永遠につづく〈中東ワルツ〉にすぎない。では、新奇なものはなにか？

彼女はひとつ深呼吸をして、フォルダーに注意を戻し、心の備えをつくってから、身の毛もよだつ写真の数かずを見ていった。死んだ海兵隊員たちが氏名ごとにページ分けされており、アルファベット順になっているそのインデックスを見ると、最後に近いところに、〝スワンソン、カイル・M。一等軍曹〟の氏名があった。それよりもっと前の、〝マクダウェル、ハロルド・H。伍長〟の氏名にはアスタリスク記号が付されて、行方不明であることが示されていた。

シャリは一ページずつ、ゆっくりとめくっていった。それぞれの写真の左下隅に、それに合致するドッグタグの画像が重ねられていた。彼女は頭のなかで、それらの氏名を全搭乗者名簿の氏名と突きあわせていった。氏名が脳に焼きつけられていく。四分の三ほどがすんだところで、アルファベット順なわけだから、つぎの写真がカイルになるとわかって、ちょっと手をとめた。唇を嚙(か)み、心の備えをしっかりして、分析官としての訓練が自分の目と思考を導いてくれることを期待しながら、その写真のページをめくる。

損傷し、焼けただれた死体の写真が目に入ったとき、彼女はそれを手に取って、指が白くなるほど強くこぶしを握りしめた。焼けているせいで人相の判別は不可能だが、胴体のサイズとかたちはカイルの体格にぴったり一致しているように見えた。写真を見つめ、ドッグタグの文字を読み、写真を詳しく検分しているうちに、目の隅が潤んでくるのが感じられた。だが、なにかがちがう。ドッグタグはまぎれもなく真正のものだが、なにか、これと指摘できない違和感があった。そこで、その無残な写真を全体として見るのはやめ、細部を少しずつ吟味していく。左から右へ。上から下へ。光と影。写真を構成する画素(ピクセル)。制服と肌の露出部。死んだ海兵隊員。破壊された人体。これだ！　自分のまちがいであることを、ほんとうはそうではないことがわかっているのに、自分に納得させようとして、シャリは否認の目でそこを見つめた。

「そんなのって！」シェーファーに聞こえるほどの声で、彼女はつぶやいた。

膝に置いていたフォルダーが危機管理室の床の絨毯（じゅうたん）に転げ落ちたときも、彼女はその写真を両手で持って、見つめていた。ばらばらになった書類を拾い集めにかかると、ブキャナンが椅子の上で身をまわして、怒りの目でそれを見つめ、合衆国政府を構成する権力者たちの大半も同じことをした。

「すみません」と彼女は言い、書類と写真を整理して、フォルダーに戻した。

そのあとの会議のあいだ、彼女は意志の力のありったけをふりしぼって、じっとすわったまま、心中ひそかにその問題を考えていた。唇の隅にかすかな笑みが浮かび、その目には輝きがよみがえっていた。

# 33

カイルは、はっとわれに返った。あおむけに倒れていた。死んでいなかったことを驚きながら、深呼吸をした。肺に吸いこんだ空気は新鮮で、冷たく、力をよみがえらせてくれた。倒れたまま、脳を働かせて、記憶の断片をひとつにまとめ、いったいなにがあったのかをふりかえってみる。右利きであることが、自分の命を救ってくれたのだ。

あの一瞬の鉢合わせは、早撃ちコンテストのようなものだった。警備兵はＡＫ－47の銃床をつかんではいたが、引き金に指をかけてはおらず、その銃口をこちらに向けることをほんの少しためらった。プロフェッショナルはためらわない。カイルはすぐ、拳銃の銃口を警備兵の目に向けて、二発撃った。そして、至近距離から放たれた二発のでかい弾丸が、その頭部を完全に粉砕したのだった。

カイルは両手で自分の体をまさぐってみたが、痛みはどこにもなく、負傷箇所はひとつもなかった。顔は血まみれで、胸も、頭蓋(ずがい)を粉砕されたあの男の血と脳漿(のうしょう)と骨片にまみれていたが、実際には、予期せぬ衝撃を受けたためにほんの数秒、意識を失っていたにすぎない。

彼は肘で地面を押して、身を起こし、顔を拭(ぬぐ)った。足もとのところに、警備兵の死体が転がっていた。

ほかの連中は？　いまの爆発的な銃声で、村の全住民が目を覚ましたにちがいない！　が、かたわらに落ちていた拳銃を拾いあげているあいだに、混乱していた心が、警備兵は叫び声をあげず、ライフルを発砲してもいなかったことを認識していた。カイルの消音器付き拳銃が二度、つぶやくような音を発し、そのあとも、銃の自動機構が作動して、短い小さな音がしただけだ。爆発的な音はまったくしておらず、全住民に聞きつけられるほど大きな音がしたように思ったのは、あの銃声が自分の耳のすぐそばであがったからだった。自分と警備兵は、それまでに立っていた地点に倒れたが、ほかの人間はみな、眠ったままだろう。彼は袖(そで)で目の周囲を擦(こす)ってから、水筒の水を顔全体にふりかけて、きれいに拭い、ひと息入れた。

〝もうじゅうぶんに回復しただろう！　仕事を再開しろ！〟物理的な危害に無縁な、あの内なる声が叱責した。この間にも、砂漠の砂のように時は休みなく流れているのだ。

目の前に、家の影が、巨大な砦のようにそびえたっていた。カイルは背嚢(はいのう)を置いて、C－4のかたまりを四個、ポケットに押しこんだ。これまでは、ヘリコプター墜落地点にひきかえして、そこでC－4を爆発させるのがよさそうだと考えていた。だが、この夜を乗りきったあとも、生きのびるには多数の爆薬が必要になるだろう。

彼は、鉛筆のように細い起爆装置をひと握り、つかみとった。それには、デジタル時計のような小さなタイマーが付いていて、一定の時間後に、同時にすべてを正確に起爆させることができる。予見できない状況だから、時間を余分に見積もるとして、最低でも一時間が必要だろうが、脱出しやすくするためには、できるだけ暗いあいだにやっておくようにしたい。そこで、すべてのタイマーの作動時刻を、〇三〇〇時ちょうどに設定した。

長さ六インチほどの粘着性の爆薬を、まずは、この家の、さっき自分が発砲した角の部分に貼りつけて、子どもがシリーパティ（粘土のように自由に変形させられる合成ゴムのおもちゃ）で遊ぶような調子で、しっかりと固定し、起爆装置を、念のために二本、そこに突き入れておく。二個めのかたまりは、家の左側面にひとつだけある窓のすぐ下に仕掛け、同じパターンを踏襲して、家の各角と各壁の中央部に仕掛け、すべてをしっかりと固定して、内部に起爆装置を挿しこんだ。起爆装置が無言で光を点滅させ、仕事をやり終えたカイルは、汗が目に滴り落ちるほどの大汗をかいていた。背嚢を置いた場所へ懸命にひきかえして、背嚢と武器を回収し、自分自身と准将の着替え用に、物干し綱にぶらさがっている衣類を盗んでいく。

これは、過剰な殺戮になりそうだった。同時爆発が家の支柱を破壊して、眠っている男たちの上に倒れていき、それに伴う衝撃波は中和されることなく、家全体に伝わって、増幅されることになるだろう。時間のかかるやりかただが、この家は、潜在的敵対者、ジハーディストどもの最大の根拠地であり、一度の攻撃でそいつらを一掃できるとすれば、時間をかけるだけの値打はあるだろう。

それに、これはすばらしい陽動作戦にもなる。この家がスペースシャトルの打ち上げのような爆発を起こす前に、自分は遠くへ離れておかなくてはならない。

C－4を仕掛けるのに要した時間は八分で、塀のそばにひきかえしたときは〇一五三時になっていた。あと一時間と七分のうちに、なすべきことをすませて、この危険な場所(ダッジシティ)からおさらばしておかなくてはならない。このタイムテーブルには、あのいまいましいミスター・マーフィの不吉な訪問による十分の遅れも、避けられないものとして組みこんであった。彼は頭のなかのチェックリストを点検した——警備兵、ゼウス、食品店、戦士ども。立ち去る時だ。

塀に身を押しあげて、乗りこえると、あやうく山羊の上に降り立ちそうになった。山羊が飛びのいて、向きなおり、耳の大きい、白い毛に覆われた顔が目の前に見えた。なにかを食んでいるらしく、口が動いていて、好奇心も恐怖もうかがえない黒い目がこちらを見ていた。二本の角は根元で切られていて、切り株のようだった。その背後にも、まったく同じように見える山羊がいた。もし騒がれたら、だれかが目を覚ますおそれがあるし、二頭を同時に射殺することはできない。カイルはその場にじっと立って、山羊たちがこちらの品定めを終えるのを待った。二頭が歩み去っていく。

カイルはその反対方向へ足を向け、塀にへばりつくようにして街路を進んでいった。フランス人にしゃべらせる時が来た。

# 34

ほぼひと晩じゅう〈軍曹ネットワーク〉で連絡を取りあってきたドーキンズは、精神的に疲れきって、USS〈ブルーリッジ〉の舷側に立ち、冷たい海風が力をよみがえらせてくれるのを待った。在ワシントンの空軍と海兵隊の連絡係は代替のC－20を用意することはできず、CENTCOMの陸軍の連絡係も、それと同等の輸送機を入手することはできなかった。いまの状況では、シムズ大佐はアンドルーズ基地のがらんとした滑走路に降り立つことになってしまうが、それでも、仲間の軍曹たちが、オンボロ機であれなんであれ、とにかく翼のある乗りものを都合して、シムズが統合参謀本部議長を追いつづけられるようにしてくれるにちがいないという確信はあった。

「これは、あの遠い砂漠で死んだ連中に関わる問題ってことなら、われわれがなにか見つくろってやるぜ」空軍の一等軍曹は、きつい南部なまりで、そう約束してくれた。「C－20はむりだろうが、ひとつ思いついたことがあるんだ。ちょいと二、三カ所に連絡を入れさせてくれ」

なるほど、とドーキンズは思った。空軍はそんな調子で航空機を飛ばしているのか。

疲れとストレスが骨の髄まで押し寄せてくる感じがあったので、彼は自分のねぐら、上等兵曹階級の兵士にあてがわれている狭い兵員室の、六つの寝棚のひとつに、ひきとることにした。軍艦ではプライヴァシーの優先度は高くなく、その兵員室も、三段の寝棚が二列に並べて置かれているほど狭苦しい。夜間、そこには六人の中年男の放屁といびきとげっぷの混合物が充満するから、フライトデッキのほうがよほど静かな場合もあるし、そこなら悪臭に悩まされることはけっしてない。

彼は、スチールの壁にかこまれたその部屋に入ると、携帯電話に着信はないだろうと思いつつ、朝まで電話を放置しておけるようにと、最後のメッセージ・チェックをしてみた。あの空軍男がうまくやってくれたとしても、シムズがアンドルーズで輸送機を乗り換えるのは一時間かそこら先のことになるから、それまでちょっとは眠っておけるだろう。ノキアのボタンを押すと、忙しくしているあいだに二度、着信があったことが画面に表示された。どちらもワシントンの番号、どちらもシャリ・タウンの番号だ。両方とも、〝至急〟を意味する赤いアイコンがまたたいている。返信ボタンを押すと、発信音と、国際通話であることを告げる声が聞こえ、最初の呼出音が鳴った直後、相手が電話に出てきた。

「シャリ？　なにかあったのか？」

「よかった、電話してくれたのね、オーヴィル。いまこっちで、わたしには理解できないなにか……あの任務に関わるなにかが、起こってるの」その声は、ふだんのシャリらしくもなく高ぶっていた。「カイルのことでなにか耳にした？」

ドーキンズは、あれこれと考えをめぐらせはじめた。彼女は、国家安全保障会議でブキャナンのために仕事をしている。あの書状に関するなにかをつかんだのか？

「いや、なにも。受けいれるのはむずかしいだろうが、シャリ、彼はおそらく、あの墜落で死んだ。きみがつらい思いをしてるのは、よくわかってるよ。わたしもそうだしね」

「ううん、ちがうの、よく聞いて」早口に彼女が言った。「こんなことにひっぱりこむのは申しわけないんだけど、とにかく聞いて。ばかげた質問だと思われるのはわかってるけど、これはとても重要なことなの」

「オーケイ、言ってみてくれ」

「カイルは、その船を離れる前にタトゥーを入れた？」

「なんだって？」妙な質問をぶつけられて、ドーキンズは動転した。「いや、まさか。そもそも、ここは海の上だから、タトゥーを入れてくれる店なんてものはないんだ。それに、彼があの手のものをどう思ってるかは、きみも知ってるだろう。スナイパーには、印になるようなものがあってはならない。ぜったいにだ。彼が身元を判別できるようなマークを自分の体に入れるなどということはありえない」

スナイパーは、もし捕虜になっても、敵に自分の職務を知られないようにするものなのだ。

シャリがふうっと息を吐き、何千マイルもの距離をこえて、その音がドーキンズの耳に届く。

「それだったら、彼は生きてる」

しばしの沈黙。

「なにがもとで、そんなことを考えたんだ？」ドーキンズの眠気と疲労が一気に吹っ飛んでいた。

「あの墜落の公式ファイルを検分させられたの。それに、戦死した海兵隊員ひとりひとりのおぞましい写真が添付されていて」

「写真？　いったいぜんたい、どうやって個々の兵士の写真が撮れたんだ？」

「それもまた、いくつかの奇妙な事柄のひとつね。その写真は、ゴードン・ゲイツを通じて、ブキャナンにもたらされた。彼の民間警備企業(PSC)に所属するふたりの男たちが現地の村の近辺にいて、墜落現場に行くことができたとか。どうしてそんな経緯になったのかは、わたしたちにも見当がつかない。なんにせよ、それぞれの写真には、身元確認のためのドッグタグのクローズアップ画像が重ねられていたというわけ。そして、ダブル・オー、カイルであるとされる写真の顔は、人相の判別がつかないまでに焼けただれていたけど、そのドッグタグははっきりと読みとることができたの。ドッグタグは焼け焦げていなくて、周囲のゴムの部分も無傷だった。胴体も顔もひどく火に焼かれているのに、首にかけてたドッグタグがその高熱に無傷で残ったなんてことがありえるかしら？　ブーツの内側に巻かれていたタグも、確認できたわ。どちらもカイルのタグだったことはまちがいない」

大男の軍曹は、思わず口走りそうになったことばを必死にのみこんだ。性急に結論に飛びついてはならない。現場に傭兵が二名いた？

「そいつらがへまをやらかして、ドッグタグをまちがえたのかもしれないぞ」

「それはどうでもいいの、オーヴィル。わたしがほんとうに目を奪われたのは、その死体の左前腕。その部分がとてもはっきりと見てとれ、そこに、かなり大きなサイズのタトゥーがあったの。鷲と地球儀と碇の絵柄のなかに、アメリカ海兵隊のモットーのひとつ、〈不名誉より死を〉の文字が記されていた。わたしはこう考えてるの。カイルは、あなたやわたしが報告書を見て、それに目をとめることに賭けたんだと」

ドーキンズは顔をごしごしやった。なんてこった！

「なんとも言えないな、シャリ。もしかすると、わたしが気づかなかっただけで、タトゥーを入れてたとか。わたしはわざわざ、それを見つけようとしたわけじゃないからね。とにかく、彼はこの船を離れるとき、袖を下までおろしてたんだ。希望的観測を持つわけにはいかないな」

ちょっと間を置いて、シャリが言う。

「オーケイ。これなら、どうかしら。その報告書によれば、一名の海兵隊員が行方不明であり、彼は生存していると推測されている。戦闘経験のない、若い通信兵よ。その若い兵士があの地にひとりきりで取り残され、だれにも見とがめられずに墜落現場から姿をくらましただけじゃなく、これまでずっと、シリア軍はもとより、現地の民間人やベドウィンたちの目をかわし、わが国の衛星にも発見されずにいる。どう思う、ダブル・オー。あの任務に従事した兵士たちのなかに、そんなことをやってのけられる者が何人いるかしら？　通信兵にはむりなのは、たしかよね。だったら、だれがそんなことをしていると？」

「まいったな」しばらく黙りこんだあと、ドーキンズは穏やかに同意した。「カイルにちがいない。彼は生きてるんだ」

「ええ。彼は生きてる。ただ、わたしとしては、自分がなにかをする前に、この結論をあなたに確認してもらう必要があったから。なんとしても彼を取りもどさなくては。いまからボスに話を持ちかけて、この結論をもとにすぐさま行動にかからせようと思うの」

「やめろ！」動揺とためらいの気配を帯びていたドーキンズの声が、閲兵場で発するときの大音声に切り替わった。「それをやってはいけない、シャリ」

「なぜ？」

「いま、自分のオフィスからかけてるか？」

「ええと、〈スターバックス〉の外で、自分の携帯電話を使って。会議のあと、頭をすっきりさせるために散歩に出て、タトゥーをもとに考えた結論をあなたに確認してもらうために電話をしたの」

「オーケイ、よく聞いてくれ。いまどういうことになっているかを、大急ぎで説明しておこう。わたしのボス、第三三海兵隊遠征隊のシムズ大佐が、そちらに向かっているんだ」彼は、カイルがジェラルド・ブキャナンの特使から書状を受けとったことや、カイルがいったんは暗殺の指令を拒否したことや、シムズがその書状のコピーを上層部に手渡すために隠れ蓑（みの）の状況をつくって、そちらへ飛んでいる最中であることを、かいつまんで話した。

「ブキャナンは、国家反逆罪にあたる行為に関与しているように思えるんだ、シャリ」ドーキンズは言った。「カイルがミドルトン准将を生還させ、それでこの一件が明るみに出たら、そのときにはでかい問題が発生することになるだろう」

「その特使がどんなふうだったかを教えて」

シャリは、コーヒーの紙コップをごみ缶に放りこんだ。街路の先に、ホワイトハウスが、そしてその表側の黒いフェンスと広大な前庭が、見えていた。抗議をするひとと警察官と観光客がその前に入り混じって、群がっている。ブキャナンが准将を救出するのではなく、殺害するためにスナイパーを送りこんだのだとすれば、それは法を犯す行為だ。それに関するメモは、いっさい、トップシークレット文書にすら、なにも残されていないに決まっている。

「カイルに会うために、そこを訪れた男。彼の見かけはどんなふうだったの？」

「文官で、スパイみたいにふるまう男。ホワイトハウスから派遣されたことを、あとになって認めた。痩身長軀、どこやらのドゥワップ・カルテットのシンガーみたいに、たっぷりとある黒髪をきっちり後ろへ撫でつけていた。本名は知らされなかったが、おつにすました、じつにいやなやつだった」

シャリはため息をついた。

「だったら、サム・シェーファーね。ブキャナンの右腕といわれる男」

ドーキンズが言う。

「いいかい、シャリ、これは、早まった行動をとると、どつぼに落ちる事態だ。カイルに関するきみの考えを、ブキャナンとシェーファーに話したのか？」

「まだよ。さっき言ったように、まずあなたに電話して、確認しておきたかったから」

「そのふたりを信用してはいけない。もし彼らが、きみが会議のときに妙な行動をしたと疑っていたら、強制的に情報を吐かせようとするだろう」

「わたしはどうすればいいの、ダブル・オー？　カイルが大変な目にあってるのに、ここでじっとしてるわけにはいかないわ！」

「当面、カイルのことは心配するな。自分の面倒は自分で見られる男だ。それより、きみが傍受可能な回線で電話をかけてきたことのほうが心配だな、シャリ。特殊部隊員のわたしでも、神経がぴりぴりしてくるほどだ。そのふたりの男たちは、あの書状の秘密を守るためとなれば、なんでもやってのけるだろう。そうしなければ、ふたりそろって刑務所送りになってしまうからだ」声がひそめられた。「その〝なんでも〟には、このことを知ったかもしれないすべての人間を排除することも含まれる。つまり、カイルを。そして、わたしを。いまは、きみも含まれることになった」

「わたしも？」

「そうだ。この件がかたづくまで、職場に戻ってはいけない。で、きみが姿を見せなくなったら、彼らはすべての行動を停止させ、きみを探しだして、なにを知ったかを吐かせようとするだろう。きみがカイルと付きあっていることが露見するのはまちがいない。ブキャナンはあらゆる情報機関を意のままにできるのだから、この電話も国家安全保障局（NSA）に録音させているはずだ」

「NSAはわたしをどうにもできないわ。わたしは海軍士官という身分なのよ」

「そんなものはなんの防護壁にもならないだろう。わたしの言うことを信じろ。きみもわたしも、ブキャナンの手がのびてくる前に姿を消すようにしなくてはいけない、シャリ。この電話が終わったら、その携帯電話は捨てて、どこか安全なところへ行け。自分のアパートはだめだぞ」

「オーヴィル、黙って消えてしまうわけにはいかないわ！　これっきり職場に顔を出さなかったら、無断休暇ってことになってしまうもの」

「わたしの言ったとおりにしてくれ、ハニー」ドーキンズは言った。「いまは、そんなことを心配している場合じゃない。もし自分の家が焼け落ちそうになったら、まっさきにするのは自分の命を守ることであって、家の心配はあとまわしにするだろう。いますぐクアンティコへ行って、当直下士官（NCO）に会うんだ。その下士官がきみをVIP用宿泊施設にかくまってくれるから……そのあと、わたしが暗号化回線を使って、きみと連絡をとれるようにしよう」

彼は〝暗号化〟の語を強調して言った。

　シャリはようやく、ドーキンズの言っていることは正しいと気がついて、あやうく電話を落としそうになった。NSAはこの通話を盗聴しているだろう。とくにここは、ホワイトハウスを取り巻く目に見えない盗聴円錐（えんすい）の内部にあたるわけだから、当然のことだ。

「わかったわ。クアンティコの当直下士官は、わたしが行くことを知ってるのね」

「またすぐに、連絡をとりあおう」

ドーキンズは電話を切り、その携帯電話を舷側の向こうへ投げ捨てて、地中海の海中へ沈んでいくのを見守った。今夜はもう眠ってなどいられない。

ワシントンでは、シャリが迅速に動いていた。彼女も自分の携帯電話を、コーヒーのカップを放りこんだのと同じごみ缶に投げ捨て、車道におりて、タクシーをつかまえたのだ。

タクシーが走り去ったころには、いまの通話の録音を終えたNSAのスーパーコンピュータが、タウン少佐の電話番号をもとに、海兵隊曹長オーヴィル・オリヴァー・ドーキンズがかけたものであることを逆探知していた。

シャリ・タウンは、クアンティコへ駆けこむことはせず、タクシーの運転手に指示して、ヨルダン・ハシミテ王国の在米大使館へ車を向けさせていた。

# 35

ジェラルド・ブキャナンは、国家安全保障会議の会議に引きつづき、国務長官とともに大統領と内密の協議をおこなったが、そのあと自分のオフィスにひきかえすと、すぐさまサム・シェーファーを呼び寄せた。

「あのタウンという女は、いったいどうなってるんだ？　世界をゆるがす事態が生じているというのに、重要な会議の最中に、わたしのスタッフの一員がフォルダーを落として、その進行を妨げるとは、どういうことだ？　合衆国大統領の面前でだぞ？　なんということをしてくれるんだ！」

「タウン少佐は多大なプレッシャーにさらされておりまして、補佐官。今回の危機に際して休暇から呼びもどした職員が、彼女なんですよ」

「あの女はプロフェッショナルであるはずだ！」彼は椅子をまわして、窓の外へ目をやった。

「彼女のきょうの行動は、直接、わたしに跳ねかえってくる。だれもが、プレッシャーに耐えられない愚か者をわたしが使っていると考えるだろう」

シェーファーが片手で髪をくしけずる。

「あんなことが起こるとは、わたしにしても思いがけないことでして」

ブキャナンは好奇心を覚えて、怒りを静め、椅子をまわしなおした。

「どういうことか、言ってみてくれ」

「わたしは長らくシャリ・タウンと職場をともにしてきましたが、危機に際して、あれほど冷静でいられる人間はおりません。彼女の頭は、脳みそが火花を散らしそうなほど猛烈に速く回転しますし、彼女が取り乱すさまなどは、これまでは一度も見たことがなかった。かりにいまにも大惨事になりそうな状況に置かれたとしても、彼女はせいぜい片目をすがめて、思考するだけでしょう。それ以上の反応を示すはずはないのです」

「では、なぜそんな女が、大統領の高価な絨毯の上にトップ・シークレットのファイルを落としたのか?」

「あの海兵隊死亡者フォルダーのなかに、なにかを見つけたのでしょう、補佐官。会議のとき、わたしはメモを取らなくてはならないので、あれを彼女に渡して、検分させていたのです。あれが起こったとき、彼女は死亡者の写真を見ていました。最初はわたしも、その写真がひどくむごたらしいからだろうと考えました」

「だから、どうだと? 死体の写真というのは、たいていそんなもんだぞ」

「たしかに。彼女はまだ文書のページには行っていなかったので、写真しか見ていなかったということになります。フォルダーを落とす直前に、彼女が見ていたのは、人相の判別がつかない死亡者たちのうちの、あるひとりの写真でした。たんに見るのではなく、ピクセル単位で見分けようとするかのように、厳密に検分していました。フォルダーの中身をすべて床にぶちまけたとき、彼女はその写真を、こぶしが白くなるほど強くつかんでいたのです」

ブキャナンは首をふった。だから、どうだと？

「あのフォルダーは、わたしを含めて何人もの人間が見たが、そんな反応を示した者はいなかったぞ」

「わたしが言いたかったのは、まさにその点です。われわれのなかに、熟練した情報員の目であれを検分できる者が何人いるでしょう？　シャリ・タウンは、この建物に詰めている人間のなかでは最高の分析官のひとりであり、なにかを見落とすようであれば、ここで仕事をすることにはならなかったでしょう。ほかのだれも見つけられなかったなにかを、彼女が発見したことは明らかです。そういうことは、これが初めてではありません。以前、リビアの最高指導者カダフィが自国のミサイルのすべてを破壊したと主張したとき、彼女がまだそれが残っていることを発見したのをご記憶でしょう？」

「つまり、彼女はなにかを見つけたと」

ブキャナンが見たかぎりでは、あのフォルダーのファイルは予想したとおりのものだった。死んだ兵士たちの群れ。あれは、ゲイツ・グローバルの工作員の能力を目に見えるかたちで印象的に示す証拠でしかないはずだ。自分が見落とした細部、重要であるかもしれないなにかを、タウンが発見したというのは気にくわない話だった。

シェーファーが腕を組む。

「冷静そのものの少佐を取り乱させたものがなんであるにせよ、彼女が自制を失ったのは、オルガスムに達した場合はさておき、あれが生まれて初めてのことでしょう」

「ちょっと待て、サム。会議のあと、彼女はそれがなんであるかをきみに話さなかったのか？」ブキャナンは、デスク上の案件簿に両肘を置いて、身をのりだした。「あの女をここに呼びだせ。ただちにだ！」

「それはむりです、補佐官。彼女はさっさとハンドバッグを持って、この建物を出ていきました。散歩をしてくると秘書官のひとりに伝えて、出ていったきり、まだこちらに戻っていません」シェーファーは腕時計に目をやった。七時。「彼女が出かけてから、三十分ほどが過ぎています。彼女の携帯電話に電話をしてみましたが、応答がないのです」

「あの女、わたしを向こうにまわして秘密を守りとおそうというのか？」ブキャナンは、鉛筆をへし折ってしまいそうなほどの怒りを湧きあがらせた。

「それ以上にまずい事態です。十分前に、ホワイトハウスのオペレーターに指示して、タウンの緊急用ポケットベルに電話をさせました。ホワイトハウス詰めのスタッフはみな、その呼び出しに即座に応えなくてはなりません。ひとつの例外もなくです。それが、どうしたわけか、あの少佐は応答しないことを選択したのです」

「くそ！　なんとしてもあの女を見つけださなくては、サム」ブキャナンはあわただしく考えをめぐらせた。「そのあいだに、ほかの情報機関の連中にあのファイルを検分させて、なにが見つけられるかをたしかめるんだ。それと、ミズ・タウンのことをもっと詳しく知りたい。あの女を徹底的に調べあげてくれ」

「このオフィスにおいてですか？」

「いや。彼女が戻ってくるとは思えない」ブキャナンは推測をおこなって、結論を出した。「総動員だ。FBI、CIA、国土安全保障省、そして国家情報会議。彼女の情報機関員としての背景もチェックさせろ。彼女のオフィスのコンピュータからハードディスクを取りだして、国家安全保障局(NSA)に解読させろ。盗聴記録、コンピュータ・スキャンの履歴、音声・映像監視の完全な記録、写真類、財務情報と、しらみつぶしに調べあげ、それにとどまらず、彼女と知り合いの連中からも話を聞きだすんだ。彼女がやっていることのすべて、知っている人間の全員を把握したい。どこの食品店で買いものをしているのか、だれとセックスをしているのか、小学三年生のときの担任が飼っていたカナリアの名前はなんだったかなどなど、ありとあらゆることをだ！」

「捜索令状は？」

国家安全保障担当大統領補佐官は椅子にもたれこんで、その質問をはぐらかした。ホワイトハウスは外部からの盗聴が可能であり、そのことは過去に何度も実証されている。

「サム、いま思いだしたんだが、タウン少佐は中東の出ではなかったか？」

「母親がヨルダン人で、父親がアメリカの外交官でした。父親のほうは、彼女が幼いときに飛行機事故で亡くなっています」

「では、アラブ系だな。それなら、国際的危機に際しては、安全保障に関わる重大情報の秘密保持が肝要であることを考慮すれば、わたしとしては、タウン少佐はホワイトハウス内部に浸透したテロリスト潜入スパイであるとの見方を採らざるをえない。彼女は、国家の敵に力を貸しているのかもしれない」

シェーファーは破顔一笑した。ブキャナンは驚くべき人物だ。この男の力がおよばないものは、なにひとつないだろう。

「そうですね、補佐官。アルカイダとつながっている可能性があるとすれば、きわめて深刻な問題です。それに関するファイルを取り寄せましょう」

「それと、サム」

「なんでしょう？」

「夜が明けないうちに、タウンを拘留しておいてくれ」

# 36

豪華なC－20要人専用ジェット機は、少しの遅れでメリーランド州アンドルーズ空軍基地に着陸した。ラルフ・シムズ大佐は、長旅のせいで多少のよれは出ているものの、プレスの効いた制服に磨きあげた靴という身なりで、きれいにひげを剃っており、これなら自分はぱりっとした男に見えるだろうと思っていた。彼を将軍たちのもとへ運ぶという〝通常の〟機内業務をしてきた三等軍曹マーシャ・L・フォスターが先に出て、ジェット機の小さな階段の下で、気をつけの姿勢をとって待機し、シムズが滑走路に足をおろすのに合わせて、ぴしっとした敬礼を送ってきた。

「電話してね」

ウィンクをしながら、彼女が言い、電話番号が記された名刺を手渡してくる。彼女がいそいそと機内にひきかえし、階段を引きこんで、扉を閉じると、流線形のC－20はジープに先導されながら、左右にライトの並ぶ、がらんとした誘導路を進んでいった。

自分はターミナルの前に降ろされて、別のC－20に迎えられることになるのだろうとシムズは予想していたが、そこには暗闇以外なにもなかった。飛行場の遠いはずれに高い鉄条網があるのは見てとれたが、この反対側の隅につづく滑走路を示す青い誘導灯は見当たらなかった。滑走路の左右は藪(やぶ)と低木の土地になっていて、そこからフェンスまで草原がひろがっている。巨大な管制塔は数マイルのかなたにあり、それに設置されているライトの光で、かろうじて輪郭(りんかく)が見分けられるだけだった。チェサピーク湾から吹き寄せるそよ風が潮の香を運び、遠方の道路を走る車の音がかすかに聞こえていた。なにもない場所に降ろされたような気分だった。

「いったい、みんなはどこにいるんだ?」空気に向かって、彼は言った。

「ここですよ、大佐」藪のひとつが立ちあがった。ギリースーツに身を包み、長いライフルを両手で持った海兵隊員だった。「合衆国海兵隊前哨(スカウト)スナイパー、ゴンザレス二等軍曹です。身分証明書を見せていただけますでしょうか?」

シムズは、ほかのいくつかの藪も背後で動きはじめたのを感じながら、ラミネート加工された軍の身分証明書を手渡した。二等軍曹がちょっとの間、赤いフラッシュライトでそれを照らして、確認する。

「たしかに。ありがとうございます、大佐」軍曹が向きを変えて、闇のなかへ呼びかける。

「ディロンさん、出てきてください」

滑走路の向こう側にひろがる闇のなかで足音があがり、それが近づいてきて、小柄な男の人影だとシムズにも判断がついたとき、その人影が片手をさしだしてきた。

「合衆国空軍退役大佐、ビリー・ディロンです。初めまして」

そのころには、シムズの目も夜の闇に慣れてきていたので、ディロンが畝のある黒い与圧フライトスーツを着用していることが見てとれた。

「これはどういうことかね、二等軍曹？　なぜきみのチームがここにいるんだ？　それに、民間人であるディロン氏が部外者立入禁止地域でなにをしているんだ？」

ディロンが、着用しているのと同じフライトスーツをシムズに手渡した。

「それを着用してもらっているあいだに、説明をするよ。それを着ないことには、わたしといっしょに飛ぶことはできないからね。その制服は大型の旅行バッグに詰めて、貨物室に入れていく。急いでくれ、大佐。時間が肝心なんだ」

ゴンザレス二等軍曹が手ぶりをし、その部下たちがふたたびうずくまって、周囲へ顔を向ける。

「われわれはルジューン基地から派遣されたフォース・リーコン・チームでして。今夜は、ここで通常の演習をしております」ゴンザレスがにやっと笑い、グリースで黒くした顔のなかで白い歯がひらめいた。「二度かかってきた意外な電話がこの任務に関係していると申しあげておきましょう。なんと、わたしの上官は、あなたよりずっと先にここに着いていなかったら、おまえをぶっ殺して鳥の餌にするぞと脅しをかけてきたんですよ」

シムズは服を脱ぎ捨てて、下着だけの姿になり、先史時代の鰐の皮を彷彿させる、ぴちっとしたフライトスーツを着こんでいった。

「わたしも電話を受けてね」ディロンが言った。「先にちょっと、自分史をしゃべっておこう。何年か前、わたしは空軍のF‐16を、飛んではいけないことになっているところに飛ばしていて、そのとき、運のいい敵がミサイルを発射してきた。相棒のレーダー迎撃士官（RIO）は戦死したが、わたしは脱出して、骨を何本か折っただけですんだ。海兵隊の特殊作戦チームがやってきて、RIOの死体とともにわたしを国に連れ帰ってくれたんだ」シムズがファスナーをあげるのに手を貸す。「リハビリを終えたあと、もう軍用機を飛ばすことはできなくなったので、別種の航空機を飛ばす仕事に就いた。ただ、フォース・リーコンのみんなには大きな借りがあるというわけで、ずっとその借りを返したいと思っていたんだ」

ゴンザレスはいまはもう笑みを消し、その目を怒りに燃えたぎらせていた。

「われわれはよくは知りませんが、大佐、あなたがシリアで起こったことに仕返しができるなにかをなさろうとしていることだけは、わかっています。われわれは助力するためにここに来ました。あそこへ行った連中は、われわれの僚友ですからね」

「さあ、行こう」ディロンが言って、黒いフライト・ヘルメットをシムズに渡す。

「どこへ行くんだ？　ここに航空機があるのか？」

「すぐそこに。この前方、百ヤードほどのところだ」

彼が歩きだし、シムズはあとを追った。

その地点に近づくと、黒ずくめの地上クルーが大きなカモフラージュ・ネットに覆われたものに作業を施しているのが、シムズにも見えてきた。ディロンが合図を送り、彼らがそのネットをひっぱってはずす。

「こいつはいったいどういうしろものなんだ、ディロンさん？」

その航空機は、そこにあることがほとんど見てとれないほど、全体が真っ黒に塗られていて、機体に突起物はまったくなかった。三脚の車輪がその機体を支えている。機体に手を触れると、鏡のようになめらかだった。

「ビリーと呼んでくれないか、大佐」ディロンがシムズを導いて、奇妙な航空機をまわりこみ、尾翼に白で小さく記されている頭文字を指さした。「ハイパーXシリーズの最新鋭機、X43-Dスクラムジェット。われわれは、再使用型宇宙往還機の実験をしていてね。あなたは今夜、NASAの客人として空を飛ぶんだ、大佐。わたしは夜明けまでにこの機をカリフォルニアのエドワーズ空軍基地に降ろさないといけないんだが、その前にちょっと寄り道をして、あなたをアラスカへ運べるように手はずを整えておいた。こいつなら、時間がたっぷりと必要なその旅をしっかりこなしてくれる。さあ、のぼって、後部シートに乗りこんでくれ」

彼は外殻に設置された踏み段をぽんとたたいた。

「二時間のうちに、ワシントンからアラスカへ飛んで、また南のカリフォルニアへ飛んでいける？」

「ああ。前は、旧式なSR-71ブラックバードが最高速の航空機だったが、あれはたったのマッハ3、音速の三倍の速度しか出なかった。今夜はこの機を宇宙空間との間際、六マイルの上空まで上昇させるから、信じられないほどの星ぼしを見てもらえるだろう。ちょっとした無重力体験もできるしね。そのあと、水平飛行に持ちこんで最高速にあげてやると、スピードメーターの針がマッハ8に近いところを指すようになる。下降を開始したとき、この機は地獄から飛びだしてきた蝙蝠のように見えるだろう。大気圏に再突入すると、猛烈な高熱が発生するが、スペースシャトル時代よりはるかに進歩したセラミックの耐熱材がわれわれを守ってくれる」

「失敗はない？」

「失敗はない。命を懸けてもだいじょうぶだ。さあ、乗りこんで、バックルを留めてくれ」

「大佐？」

シムズがふりかえると、ゴンザレスがそこに立ったままでいるのが見えた。

「なにか言い残したことがあるのか、二等軍曹？」

「くそ野郎どもをやっつけてください、大佐」

「必ずそうしてやるさ、二等軍曹」

シムズが踏み段をのぼって、後部シートにもぐりこむと、前方のコックピットは見たことのないものだらけなのがわかった。地上クルーが周囲に集まって、酸素のホースやベルトを装着してくれた。

「後ろの準備はいいか？」機内通話装置の画面にディロンの顔が現われて、問いかけてきた。

「やってくれ、ビリー。さっきのスピードの話が嘘かどうかをたしかめさせてもらうよ」

　コックピットのキャノピーがおりてきて、所定の位置にロックされ、計器盤に緑や赤の光が輝き、マスクのなかへ冷たい酸素が送りこまれ、耳のなかに無線の声が聞こえてくる。

「じゃあ、楽しみにしておいてくれ。われわれはいたずらに、こいつを〝おっそろしく速い〟と言ってるわけじゃないからね」

# 37

カイル・スワンソンは、背嚢を鼠の足音のようにひそやかに床に置いて、ベッドの横へ移動した。ひげ面の男がコットンのシートをかぶって熟睡しているようすが、暗視ゴーグルを通した緑色の画像として明瞭に見てとれる。カイルはでかい拳銃をふりあげ、その男の頭頂部へ痛烈にたたきつけた。準備をするのに多少の時間が必要なので、この男には眠ったままでいてもらわなくてはならない。

彼はダクトテープをちぎりとって、それで男の口をふさいだ。隅に立てかけてあった箒を持ってきて、男の両肩の後ろに置き、プラスティック手錠を左右の手首にかけて、テープで箒に固定する。両足首と両膝も、テープでひとまとめにした。ダクトテープにはさまざまな使い道があるものだ。つぎは、ベッドの周囲にテープをまわして、胴体と両脚をそこに固定した。ほぼ準備ができた。ひとつしかないベッドサイド・ランプをつけ、光が漏れないようにタオルでそれを覆う。ここで重要なのは、なにが起ころうとしているかをこのフランス人に見せつけるようにすることだ。

レンジの前へ移動して、プロパンガスに点火し、大ぶりのスプーンを見つけだして、ガスの火であぶっておく。

ベッドのそばにひきかえすと、カイルはシーツを男の首のところまでめくりあげて、その胸の上に馬乗りになり、巨大な袖のようになったシーツの両端に体重をかけて、男を押さえこんだ。カップに汲んできた冷たい水を片手で男の顔にかけ、もう一方の手に持った拳銃を両目のあいだに突きつける。とんでもない起こしかただ。

男の目が、ぎょっとしたように見開かれた。カイルはなにも言わなかった。尋問する側には沈黙が大きな武器になることはわかっていたし、こいつがわが身に降りかかろうとしていることを回避する方策を考えようとする暇もないうちに、この状況の支配権を確立しておきたかったからだ。

カイルはショルダーホルスターに拳銃を戻して、鋭利な長いナイフを抜きだした。男の左手をつかんで、箒の柄に押しつけ、時間をかけて親指を切断する。黒ずんだ血が噴出し、テープにふさがれた口から、くぐもったわめき声が漏れた。カイルは男から身を離して、キッチンに行き、あの大ぶりのスプーンを持ってきて、それが灼熱していることがフランス人に見てとれるように掲げた。苦痛と衝撃と恐怖の涙が、男の目からこぼれていた。血を噴きだしている切断部にスプーンが押しあてられると、そこから湯気があがり、ふさがれた口から、またも悲鳴が漏れた。

悲鳴がおさまったところで、カイルは言った。

「ボンジュール、くそったれ」

椅子をひっぱってきて、それにすわり、男の顔をのぞきこむ。

「いまのは、時間を節約するためにやったことだ。おたがいプロフェッショナルなんだから、痛い思いはできるだけせずにすむようにしようぜ」彼はナイフの血を男の髪の毛で拭い、ナイフの腹を頭皮に押しあてた。「それとも、もっと痛い思いをするか。どこまでやるかは、おまえに決めさせてやる」

カイルは、この任務の事前ブリーフィングのときにもらっていた小さな写真を掲げてみせた。

「この男がだれかはわかるな？　なんと、こいつはおまえだ！　こんな偶然の一致があると思うか？　おまえの名は、ピエール・ドミニク・ファレーズ。元外人部隊の兵士で、いまは、カネしだいでだれにでも情報を売る密告屋だ。アラビア語とフランス語と英語とドイツ語がしゃべれることがわかってるんだから、おれの言っていることが理解できないなどと、ばかなことをほざくんじゃないぞ」

尋問の最初に、尋問者はとうになんでも知っているのだと相手に思わせるようにしておくと、口を割らせやすくなる。ファレーズは、フランス政府がこの男に関する記録のすべてをこちらに伝えてきたことを、まったく知らないのだ。

男が口をもぐもぐさせた。

「ふむふむ」においを嗅(か)ぎながら、カイルは言った。「これがにおうか？　肉の焼ける、まちがえようのないにおいが。おれもちょっと前、墜落したヘリコプターから脱出するときに、このにおいを嗅いだ。友人だったおおぜいの海兵隊員があそこで命を落とし、いまおまえが味わっているのより、はるかに熱い火に焼かれたんだ」

彼は男の上へ身をのりだし、親指が失われた左手の小指にナイフの鋭い刃先をあてがって、その指も切断すると、ちょっと時間をとって、ふたたびスプーンを火であぶってから、それを小指の出血部に押しつけた。またもや悲鳴。

「どうだ。おまえにはまだ八本の指と、十本の足の指と、鼻と、耳と、両目と、唇と、両脚と、両腕が、そしてもちろん、口にもケツにも押しこんでやれる一物と玉が、残ってる。おれはまだ、どこまでやるかは決めていないが、それをやると相当な時間がかかるし、おまえもかなり不快な思いをするだろう。つまり、おまえが質問にさっさと答えれば、こっちもおまえを蛙（フロッグ）のように切り刻まなくてすむということだ。いまから猿轡（さるぐつわ）をはずしてやるが、もし叫び声をあげようとしたら、このでかいナイフをその頬に突き刺して、歯を二、三本えぐりだすことになるぞ。そのあと、また尋問に取りかかる。わかったな？」

男が大きくうなずいて、イエスの意思表示をする。カイルはテープを引きはがし、急いで口を封じる必要が生じたときのために、その一端を頬に貼りつけておいた。

フランス人が深呼吸をくりかえして、息を吸う。

「あんたはだれなんだ？」

「質問をするのはこっちだ。ミドルトン准将はどこにいる？」

「あんたはアメリカ人だな」男が抗議した。「アメリカ人は、捕虜を虐待してはならないだろう」

カイルはさっき、情報を吐かせるために男を痛めつけるのはいやでたまらないが、ほかの方法では長い時間がかかるだろうから、職務のためだと心を鬼にして、そうする決心をしたのだった。こちらの持ち時間はあまりないのだ。そこで、彼は男の口にテープを貼りなおした。

「おれはやりたいことはなんでもやれるんだ、ドミニク。国際法はそれを容認するほど融通が効くってことじゃなく、ありがたいことに、おれが死人だからだ。おれはこの世に存在しない人間なんだ」

ナイフがひらめいて、左耳を深々と切り裂く。耳は出血しやすい箇所であり、見る間に、赤黒い血だまりが男の頭の下にひろがって、その濡れた温かい感触が、切断の痛み以上に男を怯(おび)えさせることになった。

予想どおりの悲鳴がやんだところで、カイルはふたたびテープをはがし、こんどはそれが丸まるにまかせた。

「つぎの〝手順〟は、おまえもよく知っているやつだ。おれがそれを知ってるのは、おれ自身が外人部隊との協働任務に配属されたときに覚えたからでね。一本の指の内側を掌(てのひら)まで深く切り裂き、そこの神経のすべてに痛みを与える」彼は、鼻と鼻がくっつきそうなほど、相手の間近へ身をのりだした。「そこで、もう一度だ、くそったれ。ミドルトン准将は、いったいどこにいる？」

ファレーズが屈服し、歯ぎしりしながら答えた。

「アメリカ人たちの家だ」

あの傭兵ども！

「じょうできだ、ピエール。それで、そいつらは何者なんだ？」

「ふたりいる。でかいほうはヴィクター・ローガンという、クレイジーで危険な男で、元はあんたの国の海軍のSEAL隊員だった。もうひとりはコリンズという元陸軍兵士だが、そいつは実際にはヴィクターの手駒のようなものだ。彼らはゲイツ・グローバルに所属していて、おれもあの会社に雇われたんだ」

カイルが反応を示さずにいると、ファレーズはパニックに陥った。

「待ってくれ！　おれはカネを持ってる。大金だ！　それをあんたにやるよ！」

「いらん。おれはカネのためにやってるんじゃない」

カイルは左の前腕をファレーズの口に押しつけておいて、傷ついた耳を平手で打った。

くぐもった悲鳴があがる。

「くそ！」男が激痛のあまり、フランス語で悪態をついた。「聞いてくれ。おれは助けになれる。あんたの助けになれるんだ！　あんたを彼らのところへ連れていくよ」

「准将はその家のどこに監禁されている？」

「奥の右側の小部屋。手錠でベッドにつながれてる。まだ、それほど痛めつけられてはいないが、ヴィクターは痛めつけたくてうずうずしてる。ヴィクターは人殺し野郎だ」その黒い目が、取り引きが可能かどうかを値踏みするように、カイルの顔をまじまじと見る。「急いだほうがいいぞ。朝になったら、ジハーディストたちがあの将軍を斬首することになってるんだからな」

「そのアメリカ人どもは、どういう警備態勢を取ってる？」

「なにも。ここの人間はみんなヴィクターを恐れてるし、彼らはたっぷりと銃を持ってる。彼らのじゃまをする人間はいないんだ。くどいようだが、助けにならせてくれ」

「どうやってだ？」

ピエール・ファレーズは、かすかな抜け道、チャンスができたと察知したようだ。

「あんたをあそこへ連れていき、おれがあのアメリカ人を攪乱しているあいだに、あんたが攻撃をかける。いっしょにあのふたりを殺して、将軍を救出し、そのあと、おれがあんたを安全にイスラエルまで導いていく。この国の村の連中はおれのことをよく知ってるから、助けになってくれるだろう。この土地には、あんたを脱出させられる人間はおれしかいないんだ」ファレーズは荒い息をついていた。

「見返りになにがほしい？」

「生かしておいてくれ」フランス人が言った。「あとで、アメリカ政府が気前よく報酬をはずんでくれるにちがいない。あんたがここでやったことは、だれにも口外しないよ」

カイルはうなずいた。

「悪くない。考えてみれば、おまえにはそれなりの価値があるだろうしな、ピエール。これ以上は切り刻まないと約束しよう」

彼は丸めてあるタオルを取りあげ、血を流している耳にそれを押しあてたところで、さっとナイフに手をのばして、右手の小指を切断した。

「おれをばかだと思ってるのか?」押し殺した声で、彼は言った。「これがお遊びじゃないことはわかってるはずだ。おまえをいっしょに歩かせて、待ち伏せに飛びこんでいくなどという間抜けなことを、おれがするわけがないだろう。まだほかに知ってることがあるんなら、それを吐け。洗いざらい吐くんだ。いますぐだ。さもないと、もっと切り刻んでやるぞ!」

フランス人スパイが心を折られて、泣きだす。

「知ってることはそれで全部だ! ほかになにが知りたい? 待ち伏せをさせるつもりなんかなかった。あんたの知りたいことはなんでもしゃべる! なにを知る必要があるのか、教えてくれ!」

カイルはあとずさり、ナイフを拭(ぬぐ)って、鞘(さや)におさめてから、ベッドに拘束されて血を流している男をじっと見つめた。この男が隠していることはもうなさそうだし、これ以上の切り刻みは逆効果になるだけだろう。自由を奪われたこの男は、尋問者が吐かせたがっていると思われることはなんでもしゃべろうという段階に達しているのだ。拷問をやめさせたい一心で、真実であろうが嘘であろうが、なんでもしゃべるだろう。

「オーケイ。信じてやろう」彼は医療キットから小さな箱を取りだした。「いまモルヒネを打って、痛みを消してやる。一時間ほど眠ってるあいだに、傷をふさいでおくから、目が覚めたら、いっしょになにか食って、あとのことを考えよう」

左腕にモルヒネを注射すると、心臓が脈をふたつ打つあいだに、ファレーズのまぶたがひくついて、目が裏返しになった。

フランス人が意識を失ったところで、カイルは服を脱ぎ捨て、盗んできたアラブの衣類を着こんで、灯りを消した。暗視ゴーグルをかけなおし、外のようすをチェックして、手早く背嚢とウェブギアと二挺のライフルをピックアップ・トラックの荷台に積みこむ。

さらなる陽動作戦をお膳立てするために、彼は屋内にひきかえし、火口が一個しかない小型のプロパンガス・レンジの火を小さくして、その火を吹き消してから、レンジの側面にC-4のかたまりを貼りつけ、あの家で爆発が起こる三十分後にタイマーを合わせて、起爆装置を埋めこんだ。

フランス人はなにも感じないだろう。やりたくなかった拷問を、やむをえずやってしまったのだから、この男には苦痛のない安らかな死を与えてやりたい。ファレーズはまだ眠ったままだったが、カイルはさらにたっぷり二本のモルヒネを注射して、全身に麻酔がかかるようにしておいた。この男が目覚めることは二度とない。やがて起爆装置がC-4を爆発させれば、密閉した屋内に徐々に充満していったガスが即座に誘爆を生じ、この家はピエール・ファレーズを道連れにしてふっとんでしまうだろう。

「おれはテロリストとは、とりわけ海兵隊員を殺したテロリストとは、けっして取り引きはしないんだ」死に瀕した男に、彼はささやきかけた。

ベッドサイド・ランプを消してから、外に出て、ドアに施錠する。塀を乗りこえて、トラックのほうへ足を向けたとき、重いエンジンのうなりが聞こえてきた。地に伏せて、トヨタの下に転がりこんだ直後、シリア陸軍のBTR－80装甲兵員輸送車が二台、前を通りすぎていった。そのヘッドライトの光が塀をないでいったということは、どうやら自分を捜索しているらしい。

どうして、やつらは自分の痕跡をたどれたのか？　ちくしょう、またもやマーフィーの法則がどじを踏ませようとしているのか。

巨大な二輛のBTRはさらに街路を何ブロックか進んでいき、あのアメリカ人どもがいる家の前で停止した。兵士たちが車輛から飛び降りて、家の周囲に散開し、内部へ攻撃をかけるのではなく、そこを護衛するように外を向いて並んだ。

# 38

カイル・スワンソンはトラックの下から這いだして、それの荷台に転げこむと、ドラッグバッグのジッパーを開き、取りだしたエクスカリバーの銃身を荷台のリアゲートの上にのせて、スコープに目をあてがった。真昼間のようによく見える。

二輛の車輛のどちらにも、左右に各四本のでかいタイヤが装着され、BPU-1砲塔に機関銃が搭載されていることが、はっきりと確認できた。ロシアが長年にわたって世界中に売りまくってきたこの種の旧式兵器は、古くなったとはいっても強大な威力を有していることに変わりはない。彼は記憶をたどって、グーグルより速く、その車輛の兵器システムに関する情報を探り当てた。二輛とも、五百発の実弾が装塡できて、二キロメートルの射程を持つKPTV重機関銃と、それよりは小型だが、二千発が装塡できて、一キロ半の射程を持つ七・六二ミリPKT機関銃を搭載している。砲塔の左右に発煙榴弾ランチャーが搭載され、そのばかでかいエンジンは時速五十マイル以上の速度で車輛を走らせることができる。先頭の車輛は上部にアンテナが並んでいて、それは大隊長クラスがこの任務を指揮していることをうかがわせるものだった。まる一個大隊が出動してきた？

指揮車輌から、ひとりの将校が降りてきて、まっすぐ家の玄関へ足を運び、強くドアをノックした。灯りがついて、ドアが大きく開かれ、着ているものはＴシャツとボクサーショーツだけだが、右手に拳銃を持った大男、ヴィクター・ローガンが戸口に現われた。シリア人将校はローガンの半分ほどしか体重がなさそうだが、権力者の威風を漂わせていて、怯えたようすは微塵もない。ふたりが二、三分、会話を交わし、ローガンが了解したようにうなずいて、家のなかへ戻っていき、まもなく、身なりを整えてひきかえしてくるのが見えた。先頭のＢＴＲ－80に乗りこんでいく。

将校が手をふり、軍曹たちが命令をがなりたてた。ローガンはその将校とともに、ぎこちなく先頭車輌のシートにすわり、兵士たちが急いで後部の兵員室に乗りこんでいく。歩哨の兵士を一名だけそこに残して、二輌のＢＴＲが発進し、あの墜落地点の方角へ向かった。

車輌がうなりをあげて闇のなかへ消えていき、残された兵士はＡＫ－47を構えて、家の玄関口に気をつけの姿勢で立った。カイルは息をひそめて、車輌がゼウスの前を通過していくのを見守った。そこに配された警備兵が居眠りをしていることがわかったはずだが、車輌は減速せず、そのまま走っていった。

家の灯りが消されていることもあって、戸口に配されている歩哨兵が気をゆるめた。オートマティック・ライフルを肩からおろして、壁に立てかけ、木製の梱包に腰かけて、壁にもたれこみ、膝に腕をのせて、らくな姿勢をとる。その男が胸ポケットに手を入れて、煙草を取りだすのを、カイルはスコープごしに確認した。マッチの火が見える。

カイルは、兵士が最初の一服を深々と吸いこんだときに、レーザーで測距し、男が煙を吐きだしたとき、その左腕の横を撃った。銃弾が心臓を引き裂く。被弾した人体は、かすかに痙攣（けいれん）しただけで、梱包の上から地面へ転がり落ちた。そいつが警告の叫びをあげることのないようにと、カイルは二発めを頭部へ撃ちこんだ。

いずれBTRがひきかえしてくるだろうから、行動を急がなくてはならない。カイルはエクスカリバーをバッグに戻し、トラックの荷台を降りて、その主武器を助手席へ移した。それから、運転席に乗りこんで、トヨタのエンジンをかけると、安定した重いうなりをあげて、それがまわりはじめた。

この行動は、〝予告攻撃〟の勘どころになるわけだから、偽装する必要はなかった。前回、ファレーズがここに来たときの経緯を模倣（もほう）しておけば、トヨタのエンジン音を聞き慣れている近隣の住民たちは、あのフランス人が訪ねてきたか、さっき軍隊がやってきたことに関係したことかのどちらかだと考えるだろう。運がよければ、ジンボ・コリンズも、なにも警戒せず、そのまま寝なおそうとしているかもしれない。

その家の前に車を停めると、カイルはシリア軍将校の行動をまねて、まっすぐに玄関口へ歩いていき、右手で拳銃を抜きだしながら、左手でドアをノックした。ふたたび、屋内に灯りがつく。コリンズが悪態をつく大声が聞こえてきた。

「おい、こんどはいったいなんなんだ?」

ドアが開かれるなり、カイルはでかい拳銃を突きつけて、ジンボ・コリンズの胸のまんなかを撃ち、後方へ倒れた男の驚愕した顔に二発めを撃ちこんだ。床に転がった死体を強く押して、戸口のそばから引き離し、出口がふさがれることのないようにしておいた。両手で拳銃をまっすぐ前方に構えて、すばやく室内に入りこみ、ターゲットの存在を探す。そこにはだれもおらず、彼はドアを閉じた。

奥にドアがふたつあったので、彼は左側のドアを選んで、その横手の壁に背中を押しつけて立ち、左手でドアを押し開けて、内部へ銃口を向けた。なんの反応もなく、ぞっとする悪臭がしてきただけだった。灯りがなかにも届いているので、ベッドに縛りつけられた若い女の腐乱死体が見えた。ひどいことをしやがる！　脈をとる気にもなれなかった。

カイルは身をひるがえして、ふたつめのドアを蹴り開けた。ボクサーショーツ一枚きりの男が、薄汚れた寝棚に手錠でつながれて寝そべっていた。男はひげを剃(そ)っておらず、室内には悪臭が漂っていた。男が、信じられないといった感じで目をしばたく。カイルにはまだその輪郭(りんかく)しか見てとれなかったので、灯りのスイッチを入れると、天井からぶらさがっている電球に光が点(とも)った。

「ハロー、将軍」とカイルは言い、ひそんでいる危険を探すために、拳銃を突きだして構えた姿勢をとって、部屋をひとまわりした。

「なんだ？」その声は、断固としてはいても、しわがれていた。ついさっきまで、ブラッドリー・ミドルトンは、自分が狂信者どもに斬首されることを考えていた。それがいま、脱出が可能になったと？　「きみはだれだ？」

「落ち着いて、将軍。ガニー・スワンソンです」

「スワンソン？　現役の海兵隊員は二十万人もいるのに、その戸口を抜けてきた最初の兵士が、よりによってきみなのか？　わたしを救出するのに、きみが派遣された？」

消音器付きの拳銃が、ふたりのあいだの空間でゆらゆらと揺れる。

「まあ、それはあまり正確とは言えませんな、将軍」カイルは応じた。「じつのところ、わたしはあなたを射殺するために派遣されたんです。命令は命令であり、良き海兵隊員はつねに命令に従うものです」

# 39

ワシントンでは毎夜、各国の大使館が、合衆国中央政界との友好を深め、関係を密にするために、パーティやレセプション、あるいは公式晩餐会といったものを催している。この夜もまた、ヨルダン・ハシミテ王国が、最新作『アラブ・ストリート』でハリウッドを震撼させた若手映画監督をたたえるための祝宴を開いていた。招待客のなかには、北西地区インターナショナル・ドライヴ－3504の飾り立てたゲートの前にリムジンを乗りつける者もいるが、その他の大半を占める連邦議会関係者は、ヨルダン大使館での飲み食いにありつくのが目的で、地下鉄や徒歩でやってくる。この種のパーティに出席すれば、そのぶん、飲食費を節約できるからだ。

シャリ・タウンは、その正面ゲートにいる警備員をつかまえて、公報部門の長に取りついでくれるよう、依頼した。五分もしないうちに、ほっそりとした優雅な女性が彫刻の立ち並ぶ通路を歩いて、警備員詰所にやってきた。黒のパンツスーツに、それと絶妙な対照をなす、雪のようにやわらかな白のシャネルのブラウスを合わせ、漆黒の髪を、顔の輪郭がはっきりとわかるほどのショートカットにしている。ベルギー・レースのざっくりとした白のスカーフを肩にかけ、先の尖ったロジェヴィヴィエのハイヒールで長い脚を際立たせていた。

「シャリ？　ダーリン！」女性が驚きの声をあげ、両手をひろげて、シャリを抱き寄せる。

「ここで毎晩開かれている退屈な催しにあなたが顔を出してくれるなんて、思いもよらなかったわ。どうして、先に電話を入れてくれなかったの？」

「ハイ、ママ」シャリはそう答えて、母を堅く抱きしめた。

レイラ・マフフーズ・タウンがささやきかける。

「あの映画監督さんは描写が辛辣なだけだけど、いい条件でパラマウントと契約したから、わたしたちがまた〝アラブのすべてがテロリストというわけではない〟パーティを開く口実ができたのよ」シャリが全身に緊張感をみなぎらせていることを、彼女は感じとった。ガラスがいまにも砕け散ろうとしているような、頼りない感触だった。「どうしたの？」

「面倒なことに巻きこまれちゃって」シャリもささやき声で応じた。「なかに入らせてもらえる？」

レイラが不審げに片方の眉をあげ、そのあと警備員に声をかけた。

「わたしに会いに来たの」

警備員がうなずき、シャリの合衆国海軍の制服と身分証明書を確認して、入館許可者名簿に記入する。双子のように見える、と彼は思っていた。それも、とても魅力的な双子のように。

母が娘を引き連れて、ひとの渦を掻き分けていく。そこには、小分けして盛られている料理をオープン・バーの酒類で流しこんでいる招待客が群れつどい、ヨルダン系アメリカ人の演奏家たちがのんびりと弦楽器をつま弾く古典的なアラビア音楽が背景に流れていた。レイラはそこを通りすぎるあいだ、つねに笑みを浮かべて、ハローと声をかけたり、肩をたたいたりしていた。シャリのほうは、ぱりっとした白の制服に身を包んでいても、母といっしょにいると、自分が未開の小国から来た人間のように感じられてならなかった。洗練された美の権化と言っていいレイラのそばにいると、たいていの女性が自分は野暮ったいと感じてしまうのだ。そこを通りぬけたあと、ふたりは二階にあがって、レイラの専用オフィスに入った。

ドアが閉じられるなり、シャリはやわらかい大きなソファに崩れ落ち、涙に潤んだ目で母を見つめた。彼女は泣きだし、泣きだしてしまった自分に怒りを覚えた。

「ごめんなさい、ママ。こんなふうに押しかけちゃって、ほんとに悪いと思ってるの」

母がハイヒールを蹴り脱ぎ、シャリの体に腕をまわして、やさしくゆさぶりながら、髪を撫で、ティッシュで涙を拭う。アラビア語で、彼女が言った。

「なにがあったの、あなた?」

シャリは、何年か前に父が飛行機事故で亡くなったとき以来、母がこれほど自分を慰める行為をしてくれたことはなかったと感じていた。

「なにか、大がかりで複雑で危険な事件がカイルに降りかかって、わたしもその渦中に巻きこまれてしまって」涙声でシャリは言った。「しばらく身を隠さなきゃいけなくなったから、こんな制服のまま、急いでここに来たの。大使館のなかは、ありがたいことに、治外法権だから。ここはヨルダン。ここにいれば、彼らはわたしに手出しできないわ」

「彼らって、だれのこと？」

「アメリカ合衆国政府」

レイラがもう一度、ぎゅっと娘を抱きしめて、ハイヒールを履きなおす。

「あらら、やっぱり、わたしの娘ね。お父さんに――彼に神の祝福を――そっくり。あなたはいつも、よく考えずに行動するでしょ？」母が言った。「彼はローリングストーンズのファンだったぐらいだものね。わたしにすれば、ああいう騒々しい音楽を聴かされずにすむようになったのはうれしいことだけど。いいこと、わたしが戻ってくるまで、この部屋を出ちゃだめよ」

# 40

「この資料はどれくらい新しいものだ？」国家安全保障担当大統領補佐官ジェラルド・ブキャナンは、コンピュータが打ちだしてきたシャリ・タウンとドーキンズ曹長の会話記録に目を通しながら、問いかけた。

「ほぼリアルタイム」サム・シェーファーが答えた。「三十分もたっていません」

「速いな」よしとうなずいて、ブキャナンは言った。

合衆国の巨大な〝安全保障装置〟が自分の意に子犬のように従うのを確認することを、彼は愛しており、その愛はことばでは表現しきれないほど強い。目の前にある紙片の束が、その広範な影響力と権力を実証していた。彼は大きな成果を得たのだ。

「国家安全保障局（NSA）が両者の氏名と番号をつかむのは、ごくたやすいことでした。彼女の携帯電話の番号にしても、そうです。傍受システムがこの通話を捕捉したとき、彼女はホワイトハウスの近辺にいました。コンピュータが自動的にその音声を文字に変えて、プリントアウトしたというわけです」

ブキャナンは、その会話記録を読みなおした。カイル・スワンソンが生きている。ミドルトンを死なせるために自分が送りこんだ男が、いまにも監禁小屋を発見しそうな状況にあるだけでなく、こちらに牙を向け、のみならず、このオフィスにつながりを持っていたとは！

「これで、彼女がなにを知ったかがつかめ、あのスナイパーがあの地でまだ生きていることもわかった。タウンとスワンソンはどのような関係にあったんだ？　われわれがその関係に気づかなかったのは、なぜなんだ？」

「秘書官部屋の女性たちによれば、タウン少佐は、自分は将校で彼は下士官ということがあって、それをずっと秘密にしていたようです。その種の男女関係は軍規に違反しますので。まあ、その軍規はしょっちゅう破られてはいますが」

「ハハッ！」ブキャナンは苦々しく笑った。「しょせん、一足す一は二というわけか。彼女は、スワンソンは死んだと考えていたが、あの写真がそうではないことを証明した。そこで、共通の友人に電話をし、自分もどつぼに踏みこんでしまったことを悟った。そういうことだな？」唇を引き結んで、笑みを浮かべた。「きみは秘書官たちの話を聞いたと？」

「はい、聞きました。彼女の友人や、職場の同僚と目される連中から。その全員を、内部が見えないヴァンに乗せて、フォールズチャーチの隠れ家（セーフハウス）へ運び、エージェントたちに命じて、彼女たちの気が萎（な）えるほど徹底的な身体検査をやらせ、そのあと、映画でよく見かけるように、ひとりずつ順に、強烈な照明を浴びせて事情聴取をさせました。わたしが、これは国家安全保障に関わる問題であり、この件が解決するまで、反テロリズム法に基づき、全員が外部との連絡を絶たれた状態で拘禁されることになったと説明すると、彼女たちはきわめて協力的になりました。その法律のC条項に、ホワイトハウス職員がテロリストの共犯者であることが明らかになった場合、その職員は軍事裁判に付されると記されていることを指摘してやったのです。全員が、洗いざらい話してくれました。彼女らのデスクも捜索させましたしね。その全部が、一時間たらずで完了したんです」

「反テロリズム法にそのような条項はないぞ」ブキャナンは言った。

「彼女たちはそんなことは知っちゃいませんよ」シェーファーが、してやったりという顔をした。

ブキャナンは小さな笑い声を漏らした。

「いま、その女性たちはどこにいる? 新顔が何人かいるのが目にとまったが」

「いまもまだフォールズチャーチです。これがかたづくまで、解放するわけにいきませんからね。女は秘密を守れないものですし、そのなかのだれかが夫か、ボーイフレンドか、あるいは、もっとありそうなこととして、親しい女友だちに打ち明けることになるのは、ほぼ確実でしょう。ただ、現状としては、彼女たちはある種の重要人物になった気分で、潜在的テロリストを捕まえることに協力的になっています。わたしが立ち去るときにはすでに、タウン少佐のことをあれこれとささやきあっていました。おそらく、映画でどの役をだれが演じているのかを推測するような調子でしょう」

「では、だれも傷つけてはいないと?」

「はい。全員に恐怖をたたきこんだだけです。いま肝要なのは時間です」

ブキャナンはメモをとった。

「彼女らが職場に復帰したときには、わたしがそのひとりひとりの履歴に〝よくやった〟という文句を内密に書きこみ、国土安全保障省長官にサインをさせることにしよう」

「それがよろしいかと」シェーファーが応じた。「わたしがスワンソン一等軍曹に関する海兵隊兵員名簿を取り寄せ、彼は身元の判明するようなタトゥーはしていないことを確認しました」

「そこで、彼女はこのもうひとりの男、ファーストネームで呼びあっているわけだから、親しい友人であるにちがいない男に電話をかけ、スワンソンがあの墜落を生きのびたことをたしかめあった」ブキャナンはそろえた両手の指先を顎の下にあてがいながら、考えていることを声に出した。「その男、ドーキンズ曹長もわたしが書いた書状を読み、それを指揮官であるシムズ大佐に渡した」身をのりだし、でっぷりとした肩をいからせて、顧問をじっと見つめる。「それはよろしくない。きみは、あの書状は抹消したと言った。そうではなかったか、サム？」

「おっしゃるとおりです、補佐官。スワンソンが開いて読んだあと、わたし自身も目を通して、焼き捨てました。あの大男、ドーキンズに空母のなかをあちこちとひっぱりまわされているあいだに、スワンソンがコピー機を使ったにちがいありません。いやまったく、油断のならないやつです」

「よろしくない。まったくもって、よろしくない。この事実は、われわれ四人の輪のなかにとどめおき、それ以外の人間には知られないようにしなくてならない。スワンソンはいまどこにいる?」

シェーファーが首をふる。

「われわれにもわかりません。シリアのどこかにおり、あなたの命令にそむいて、ミドルトン准将を単独襲撃で救出しようとしていることは明らかです。電子的手段による接触は完全に絶っています」

「では、タウン少佐は。なぜ彼女を拘束していないのだ?」

「発見できないもので。彼女のアパートは施錠され、灯りもつかず、音楽も鳴っていません。携帯電話とポケットベルは、〈スターバックス〉前のごみ缶のなかで発見されました。クアンティコの門衛の日誌にも、彼女がそこに現われたことを示す記録はありません」

「いずれにせよ、例の曹長は地中海のどまんなかにある空母上にいるわけだから、その男、ドーキンズは艦内営倉に収監されていると想定してよいのだな?」

ブキャナンが、尋ねる前から答えを知っている質問をたたみかけるために、シェーファーが不快な気分になっているのは明らかだった。

「いえ、補佐官。いまも空母上にいるとは思われますが、海軍犯罪捜査局(NCIS)はまだ彼を発見しておりません。ドーキンズも特殊作戦タイプの男ですので、当人が発見されたくないと考えているようなら、だれも発見することはできないでしょう。しかも、あの艦内には彼の友人がおおぜいいて、彼が身を隠すのに手を貸しているはずです。そして、あれはじつに大きな空母なのです」

ブキャナンは話を聞きながら、白い法律用箋にメモをとっていた。

「〈ブルーリッジ〉の艦長に指示を送り、艦橋に出頭するようにとのドーキンズへの命令を全艦通達でおこなわせろ。彼も、艦長からの直接命令にそむくことはないだろう」

「いいアイデアではありますが、補佐官」とシェーファー。「彼は、もしあの命令は不法だと考えているようなら、身をひそめつづけるでしょう。それでも、遅かれ早かれ、彼は発見されることになるでしょうが」

「となれば、残る相手は、書状そのものを持ち歩いているシムズ大佐というわけか」

「そこもまた空白でして、補佐官。数時間前にアンドルーズ空軍基地に到着したことはつかめましたが、そのあと、彼はこの惑星から消えてしまったのです。輸送機のクルーが飛行場のはずれの暗い場所に彼をおろしたとき、そこにはなにも見当たらなかったとのことなので、それもまた秘密行動の一環であったと考えられます。その時刻の前後にアンドルーズ基地から航空機が飛び立ったことを示す記録は、軍用機と民間機を問わず、管制塔にはまったく残っておりません。そのころにそこを離陸したのは、実験飛行のためにカリフォルニアへ向かったNASAのスクラムジェット実験機のみでして。つまり、シムズはまだワシントンにいて、ペンタゴンのだれかに接触を持とうとしていると想定されます。この通話記録によれば、彼は〝上層部のだれか〟に書状を渡そうとしているはずです」

「よくやった、サム。今後も、わたしの権限のもとに全力を傾注してくれ。彼ら四名はすべて、いまや国家安全保障を脅かす危険人物として扱われねばならない。事実を知る者が増えないうちに、あの書状を取りもどすようにしてくれ」ブキャナンは片手をふってみせ、シェーファーは退出をうながされたものと受けとめた。「わたしを失望させないように。わかったな？」

「わかりました。お任せください」

シェーファーは、さんざんたたかれた小さなサンドバッグのような気分で、腋に汗をかきながらオフィスを出ていった。一時的なホワイトハウス勤務は職歴に名声を加えてくれるのが通例で、そのあとはふつう、Kストリートを根城にするロビイストとなって、高額の報酬を得ることになるものだが、彼の仕事は失敗に帰そうとしていた。こんちくしょう、あのくそったれの海兵隊員め！

側近が退出して、ドアを閉じると、ブキャナンは壁につくりつけの金庫へ足を運んで、それを開いた。封筒に詰めた十万ドルの札束のかたわらに、偽名を使ってつくらせた、真正のカナダ国籍のパスポートと出生証明書と国際運転免許証と公式の職歴書があり、フライトの日付がオープンなままの飛行機の片道切符もあった。すべてがそろっていることを確認してから、彼は大きな封筒をブリーフケースに収納し、このあと二、三日はそうしておくことにした。だが、アメリカ政府でもっとも強大な男、困難な時代に必要とされる強力なシーザーになるのだという、生涯をかけた自分の計画を、あんな四人の小物がぶち壊しにするのを放置するつもりはさらさらない。シャリ・タウン、スワンソン、ドーキンズ、シムズの四人を、起訴も予審もさせず、弁護士も付けさせず、別々の監獄へ放りこんでしまえば、すべてかたがつく。ミドルトンについては、ゴードンの連中がいまも身柄を拘束しているから、まもなく殺害されて、始末がつくだろう。そのことを考えて、別のアイデアが浮かんだ。あの全員を、逮捕させるのではなく、処刑させてしまえばいいのでは？　これは、吟味する値打ちがあるぞ。なんにせよ、必要な書類や現金が手元にあるのがわかっているのは、気の休まることではあるが。

彼はデスクへひきかえして、暗号化回線につながっている赤い電話機のボタンを押し、自動ダイヤルでゴードン・ゲイツの内密の番号に電話をかけた。いまこそ、彼の助力を得るべき時だ。

「やあ、ジェラルド」発信者番号を確認したゲイツが、みずから電話に出て、冷静な声で応じた。

ブキャナンは、自分もできるかぎり穏やかな声でいようと心がけながら、前置き抜きで、現況を報告した。

「ゴードン、どうやら、われわれはかなりの困難に直面しているようだ」

# 41

カイルはまだ、薄汚れた室内のようすを入念に目で捜索していた。ひと目で全体が見てとれるほど狭い部屋ではあるが、戦闘状況においてはつねに最悪の事態を想定するものだ。隅のクローゼットのなかとか、ドアやカーテンの陰とか、暗がりのなかとかに、死をもたらすものがひそんでいるかもしれないし、小柄な敵はどこにでも隠れられることを経験から学んでいる。だれもいないことが確信できるようになったところで、彼はようやくミドルトンのそばへ近寄っていき、むすっとした声で言った。

「とはいうものの、あなたが周囲の連中によく言っていたように、わたしはそれほど優秀な海兵隊員ではない。そこで、ホワイトハウスからのじきじきの命令にそむいて、あなたをここから脱出させようというわけです」彼はにやっと笑った。「さあ、国に帰りましょう、将軍」

彼は手錠のぐあいを調べた。

「これをかけたのは、あのアメリカ人ども？　スミス・アンド・ウェッソン製ですよ」

ミドルトンは、無言でうなずいただけだった。彼は、特殊作戦における致命的に脆弱(ぜいじゃく)なリンクと見なしていた、カイル・スワンソン一等軍曹の突然の出現がもたらした衝撃から、まだ抜けだせずにいたのだ。たしかに、この男は前哨・スナイパーとしてはおおいに優秀だが、チーム・プレイヤーではまったくない、とミドルトンは思った。しかも、自分は、戦闘終了後にスワンソンが神経衰弱に近い症状を呈して苦しんでいるところを何度も目撃している。激烈な戦闘のあと、彼はそういう心的外傷後ストレス障害に陥り、その症状はすぐに消えて、平常の心理状態に復帰する。ただし、それは、つぎにまた症状が出るまでのことだ。ミドルトンにとって、いまの重大な問題は、信頼しきれない特殊作戦の兵士の手に自分の生命をゆだねざるをえないことだった。

カイルは准将に拳銃を手渡してから、ウェブギアのヒップバッグを探って、サバイバル・キットを取りだし、釣針や浄水タブレットや包帯といった物品のあいだから、小さなビニール袋をひっぱりだして、開いた。

「標準装備。スミス・アンド・ウェッソン用の万能鍵です」

鍵を一度まわしただけで、カシャッとなめらかな音を立てて、手錠のロックが解けた。それにこすられていた准将の手首が、赤く腫れあがって、水ぶくれができていた。

「いい感じだ」しわがれ声でミドルトンが言い、ずきずきする手首をさすって、血行が回復してくる感触を味わう。拳銃を返し、身を起こして、寝棚にすわりこみ、うなるような声でつづけた。「やつらに肋骨を少なくとも一本は折られているが、ガニー、動きまわることはじゅうぶんにできる。さあ、ここを脱出しよう」

カイルは片手をあげて制し、自分の口もとに指をあてた。

「音を立てないように、将軍。こんな夜中に物音を聞きつけるやつが近辺にいるとは思えませんが、万が一ということもあります。それに、いまはまだ脱出にふさわしい時ではありません」カイルは水をいっぱいに満たした水筒をミドルトンに手渡した。「これを飲んで。全部、飲みほして、水分を補給するんです」

彼は別の水筒の蓋(ふた)を開いて、自分も水を飲んだ。

ミドルトンがたっぷりと水を飲み、いくぶん気分がよくなったところで立ちあがろうとしたが、体があぶなっかしくぐらついたので、平衡感覚が戻ってくるまで、カイルが支えてやった。

「肋骨のところにテーピングをしますので、そのあと、この新しいローブを着こんでください」彼は盗んできた衣類を取りだして、寝棚の上にひろげた。

ミドルトンは、体を動かすつど、でかい針で内臓をつつかれて、折れた肋骨のぐあいが悪化するような感触を味わっていた。

「ここに送りこまれたのはきみだけなのか?」彼は問いかけた。

「あなたを救出するために一個フォース・リーコンが派遣されましたが、どうしたことか二機のヘリがからみあい、ここからそう遠くない地点に墜落しました。わたしはハッチから放りだされたというわけです」カイルは、ダクト・テープをミドルトンの腹部から胸の下部に巻きつけて、しっかりとテーピングを施していった。「あとになってわかったことですが、われわれは待ち伏せのなかへ飛びこんでいったようです」

「くそ、キリキリ来る！」テープがきつく巻かれる痛みに、ミドルトンがたじろぎ、歯を食いしばって言った。「ああ、そのとおりだ。やつらが待ち伏せのことをしゃべっているのが聞こえた」

「残念ながら、将軍、わたしは衛生兵ではないので。とにかく、あなたが動けるようにしておかねばなりません。肋骨の骨折はおそろしく痛いものですが、生命に別条はないでしょう」カイルはテープを切り、そのあとロールを短く切りとって、へし折られた指に巻かれていた包帯をはずした。そこにテーピングを施して、包帯よりもしっかりと固定する。「どうして、こんなことに？」

「あの傭兵どものひとりに逆らってね。あの男は、隣室でずっと女を痛めつけていた」

「そうですか。その女性なら、ここに入る前に目にしました。まだ十代の少女でした。死ぬ前に、その男にさんざん痛めつけられたのでしょうね」カイルはテープのロールを背嚢（はいのう）に押しこんだ。「服を着るのに手を貸しましょうか？」

准将が悪態をつく。

「ローガンめ。彼女はあの男に殺されたのにちがいない。かわいそうに」

カイルとしては、なんにせよ、ミドルトンが感慨にふけって、脱出が遅れることになっては困るので、黙ってバギーパンツをさしだした。准将がなんとかそれに脚をつっこんで、ゆるいベルトでウエストを締め、そのあと彼の手を借りて、長袖のシャツを着こんだ。彼はサンダルをさしだし、准将がそれを履く。

「オーケイ。では、表の間へ行きましょう」

ミドルトンの一歩めは足をひきずるような調子だったが、二歩めはもっとらくに足が出た。表の間に行き、テーブルのかたわらに置かれた椅子にたどり着いたころには、力が戻ってきた感じがあり、彼はその椅子に腰をおろして、カイルが彼の装備を回収するのを待った。そばの床に、顔と胸を血に染めたジンボ・コリンズの死体があった。

「もうひとりの男、ヴィク・ローガンが、まもなくひきかえしてくるだろう」彼が言った。

「それまでには、ここにおさらばしていますよ、将軍。やつは、シリア陸軍らしき一団とともに、ヘリの墜落現場へ向かいましたからね。われわれには、多少の時間のゆとりがあるというわけです。といっても、そんなに多くはないですが。銃を撃てる状態まで回復されましたでしょうか?」

「もちろん。もう少し水をもらえるかね?」

カイルは別の水筒を彼に手渡し、そのあと、ピタ・パンとオレンジジュースと乾燥イチジクとマーズ・バーをテーブルの上に並べた。

「食べてください。離脱する前に、まだ二、三分、待機しなくてはなりませんので」

准将は理由を問わなかった。無言で食物と飲料をがっついた彼は、力が一気によみがえってくるのを感じていた。

「どこでこんなものを手に入れたんだ、ガニー? ここに来る途中で〈ウォルマート〉に立ち寄ったとか？」

カイルは、さっき家を捜索したときに、玄関ドアの上のペグにAK‐47がぶらさがっていることに目をとめていたので、それをペグからはずした。弾倉が装塡（そうてん）され、手入れもなされている。彼はそれをテーブルの上に置いた。

「まあ、そんなふうなもんです。さてと、これから起こることを説明しておきましょう。この近くにある、アラブ人兵士どもが眠っている家のまわりにC‐4を仕掛けてきました。いまから約六十秒後に、それが爆発する。爆発の直後、あなたはわたしとともに玄関ドアから外に出て、外に駐めてあるトヨタのピックアップ・トラックをめざす。AK‐47を持って、助手席に乗りこむ。動くと痛むでしょうが、むりを押して、迅速に乗りこんでください」

説明しながら、彼は室内を調べていき、壁に貼られていた質のいい地図をはがして、丸めた。そのあと、拳銃の銃尾で、衛星電話をたたきこわしたが、二台のノートPCの打ち壊しに取りかかろうとすると、准将がそれを制止した。

「待て！　それは持っていこう」ミドルトンが言った。「そのなかに、やつらの作戦の全貌がわかる情報とEメールがあるはずだ」

カイルは地図と二台のノートPCを背嚢に押しこみ、ふれあがった背嚢をかつぎあげた。

「オーケイ。さあ、始めよう。ドアの横に立って、壁に身を押しつけるように。AKを構えて。わたしも同じことを、こちら側の壁のところでやる」

ミドルトンはちょっとためらってから、立ちあがった。

「口のききかたに注意しろ、一等軍曹」

「ミドルトン将軍、いまは対等に話をすることにしよう。この窮地から脱出するまで、おれが指揮を執る。あんたはおれの〝乗客〟だから、言われたとおりにするんだ。さあ、さっさとケツをあげて、そこの壁に張りつくんだ！」

ミドルトンが、顔をしかめながらも動きだす。銃を手にし、無力感から抜けだすことができて、気分がよくなっていた。隣室で死んだ哀れな少女のことと、待ち伏せで殺された海兵隊員やサウジの護衛兵や自分の補佐官のことが、頭に浮かんだ。いま、このドアからヴィク・ローガンが入ってくればいいのだが、と彼は思った。

やがて、予想以上に猛烈な爆発が生じ、その激震があたり一帯を揺るがした。カイルとミドルトンが身を押しつけている壁もその強烈な振動で揺れ動き、衝撃波が村全体へひろがるにつれ、空へふっとばされたさまざまな破片が雹のような音を立てて降りそそぎはじめた。

「いまだ……！」カイルはわめいた。「さあ、行くぞ！」

M16を構えて、先に戸口を抜け、トラックの運転席側へ走っていって、でかい背嚢とエクスカリバーを荷台に放りこんでから、運転席に飛び乗る。ミドルトンが足をひきずりながらそのあとにつづき、助手席にもぐりこんだ。C‐4の爆発と、それにつづいて生じた、屋内に貯蔵されていた弾薬の二次爆発によって、めちゃめちゃに破壊された建物から、キノコ状に火焔が立ち昇って、夜が白昼のように変じ、いたるところに光と影が踊っていた。

カイルがM16をかたわらに立てかけて、キーをひねると、小型トラックのエンジンが息を吹きかえして、うなりをあげた。そのころには、住民たちが家から駆けだして、ぞくぞくと街路へ出てきていた。

「乗ったな？」彼は暗視ゴーグルを装着しながら、准将に声をかけた。

「ああ。行こう」ミドルトンが答えた。「アクセルを踏みこめ」

道路の前方に、武器を持つ男の姿が出現したが、カイルはその男を撥ね飛ばして、さらにスピードをあげ、村を離れる方向へ車を疾ばした。トラックのほうへ駆け寄ってくる人影がいくつかあり、ミドルトンがそいつらに連射を見舞う。

カイルがギアを二速に入れると、トラックは四個のでかいタイヤで路面を噛んで、競走馬のように突進した。あのフランス人が物惜しみせず、外観は目立たないままに、内部の構造を強力なものに改造していたのがさいわいだった。強力な車であることが、ハンドルを持つ手に感じとれた。これのエンジンは、スタンダードなトヨタ・エンジンではない。ギアを三速にあげて、でかいゼウスの前を通過したとき、ひとりの兵士が砲座へよじのぼろうとしているのが、ふたりの目にとまった。彼はアクセルを床まで踏みこみ、暗視ゴーグルによって緑に変じた世界へ逃げこむべく、さらにスピードをあげた。

「だれかがゼウスによじのぼろうとしている！」ミドルトンが叫び、その一帯にオートマティックの一連射を浴びせた。

「そんなのはどうでもいい。引き金を引くと爆発が起こるような仕掛けをしてあるんだ」

ミドルトンがＡＫ－47を車のなかへ引きもどして、何度か深呼吸をする。自分は解放された！　やったぞ！

「で、脱出計画はどのようなものなんだ、ガニー？」彼が問いかけた。

「やってみるだけだよ、将軍」カイルは言った。「ここから先のことは、なにも考えてない」

# 42

墜落したヘリコプターの残骸（ざんがい）の周囲を、ユーセフ・アル・シューム少佐が細部を目で調べながら、なにも言わず歩きまわっている。寡黙な小男で、その高い階級とは裏腹に、体格は貧弱だ。ダマスカスの総合保安庁に注目され、重んじられるようになった理由は、肉体的強靭（きょうじん）さではなく、その脳にあった。彼はホムスの陸軍士官学校を首席で卒業し、旧ソ連軍で高度な訓練を受け、レバノンおよびイラクで長期の軍事活動に従事する間に、陸軍名誉章とウマイヤ勲章の両方を授与された。その後、ロンドンのシリア大使館および国連本部において陸軍武官として勤務し、完璧な英語を身につけた。アメリカ裏面史の研究にひそかな情熱をいだいているという点では、彼は一匹狼といえる存在だ。その彼が、ロサンジェルスの私立探偵のように、ゆっくりと足を運んで、系統的に現場の調査をおこなっていた。

　彼に命じられた任務は、アメリカ軍の急襲に関する特別調査を指揮することと、人質となっているアメリカ軍の将軍に対してなすべき処置を政府に進言することだった。ダマスカスは、今回の准将拉致事件をその発端から知っていたが、その発生を認める公式声明はまだなにも出していない。その拉致作戦に片目をつむっておくことで、シリア政府はバスラの〝レベル〟・シャイフから支援を受け、ゲイツ・グローバルからはミリタリークレジット・カード経由の振り込みで数十万アメリカドルをもらっていた。だが、いま、その拉致事件が外交問題に発展し、ユーセフ・アル・シュームが現場で事実を集め、進言をする任務を命じられたといういきさつだった。

アル・シュームは当初、単独でサーン村へ車を走らせるつもりでいたのだが、イラクの狂信者たちがアメリカ人の斬首をもくろんでいるとの伝言が入ったために、余分の兵力を引き連れていくことにしたのだ。彼は実際には、ただの少佐ではなく、将軍であり、総合保安庁の作戦部長でもあるから、兵力を集めるのになんの困難もなかった。アル・シュームが表向き低位の階級を使っているのは、一般人は将軍がそばにいると不安になるものであり、自分が一般人に対して重要な質問をしなくてはならない場合があるかもしれないからだ。配下の保安隊チームは、彼に忠実であるからこそ選抜された兵士たちのみで編成されているから、もちろん、その真の階級を知っている。墜落地点の調査を終えたあと、彼はアメリカ軍海兵隊の将軍を収監することになるだろう。シリア政府は、予想されたほど円滑には運ばなかった今回の事件がもとで、戦争に巻きこまれることになるのは避けたいと考えているのだ。

「きみはこの現場を入念に調査したのだな？　そして、だれかがこの墜落を生きのび、オートバイで逃走したとの結論を出したと」彼は、背後につづいている、心身ともに象を思わせる大柄なアメリカ人に、やんわりと尋ねた。

「ああ」ヴィクター・ローガンが、ぶしつけな出かたをした相手に鋭い目つきをくれて応じた。「そのだれかは西の方角、イスラエルとの国境へ向かった。その途中で、検問所のばかなふたりをぶっ殺したってわけだ」

小柄な将校は密な口ひげをさすっただけで、現場の周囲を歩きまわる行動を継続した。ある地点でしゃがみこみ、砂をすくいあげると、砂が指のあいだをすりぬけていった。こういうさらさらした砂地には、痕跡が残りやすいものだ。この〝海兵隊将軍誘拐事件〟においても、それは当てはまる。

「で、きみはその男の身元を突きとめた」

「おれじゃなく、おれの仲間たちがだ。完璧にな。写真とドッグタグをもとに。あれにまさる判別材料はない」

「たしかに、できただろう、ローガン君。写真は嘘をつかない。タグの身分証明も、読み誤るはずはない」アル・シュームは大男のほうへ身をまわすと、踵に体重をかけて、相手を見あげ、右手をふって、ゆるやかにうねる地平線を示した。「この土地には、身元が正確に確認されていない外国兵の骨があまたある」ふたたびローガンを見あげた。「きみはまちがいを犯したと、わたしは考えている」

「なんだと？」ローガンは、面と向かってその小男を笑いとばしそうになった。「あれはサルでもやれる仕事だったんだぜ」

「新たな仮説を立ててはどうかな、ローガン君――逃走したやつは、別の人間であるときみに思いこませようとしたと。そいつには、ドッグタグをすりかえる時間的余裕はあっただろうか？」

「ばか言え！　二機のヘリが衝突して、墜落し、ひとりを残して全員が死んだ。それだけのことだぜ」

「それはよくわかっている。しかし、そのできごとの直後、すべての動きが停止する短いいっときがあったはずだ。大事件を目撃した場合、その場に凍りついたように立ちつくして、脳と肉体が同調する時間をとるのが人間の習性であり、弾薬や燃料が爆発し、炎上しているとなれば、ひとびとがそこに接近するまでの時間は、さらに長くなるだろう。それが、高度な訓練を施されたプロフェッショナルの軍人ではない、ふつうの人間の反応だ。その間に数分が経過したならば、その兵士がさまざまな行為をすませ、煙と炎を遮蔽にして逃走する時間的余裕はじゅうぶんにあった。すなわち、きみの結論は経験に基づく推測にすぎず、たんなる仮定以上のものではないということだ。わたしの主張は正しいかね？」

「それなら、これはものすごくいい推測だと言わせてもらうぜ、少佐。見えたまんまが正しいってことが、ときにはあるもんだ。逃走して、安全な場所を探してるのは、ただの若い兵士にちがいない」

「同意しかねる。わが軍のヘリコプターとトラックが、こことイスラエル国境とのあいだの地域をすでに徹底的に捜索している。しかるに、検問所における襲撃をのぞいては、男の痕跡も、オートバイの痕跡も、まったく発見されていないのだ。タイヤの痕跡すらもない」

「だったら、そいつは砂漠で迷子になったんだろう。なんてことはない。あんたがいくら文句をつけようが、そいつは死んだに決まってるんだ」

彼らは、待機している装甲兵員輸送車のほうへ足を戻した。

「わたしであれば、その結論に達する前に、さらなる証拠を求めようとしただろう」

「ははあ、なるほど。そういうことなら、なにか考えがあるんだろうな？」

アル・シュームは顔をゆがめた。

「無礼な言いかただぞ、ローガン君。きみはへまをやらかした。きみはこの現場の調査にあたった熟練の軍事顧問であり、すべてがきみの評価に依存していたのだ。わたしの考えでは、その海兵隊員は、自分を若い通信兵に見せかけ、まさにきみがそうしたように、だれもが、あまり害のない存在であると思いこんで、それほど真剣に捜索をしないようにしむけた。われわれが追っている人間がひとりきりであることには同意するが、わたしの判断では、そいつは、きみをまんまとたぶらかしてしまうほど手ごわい相手であるにちがいない」

ローガンは、このちびのシリア軍将校の頭をたたき割って、ブーツでこなごなに踏みつぶしてやりたいと思った。しかし、武装した兵士たちが周囲にいて、間近からこちらを見ているので、彼はなにもしなかった。

「じゃあ、そいつは何者で、いまどこにいるんだ？」

が、ローガンが答えを得る前に、彼らがあとにしたサーン村ですさまじい爆発が生じ、ジハーディストたちが根城にしている家をふっとばした。暗い夜空に、火柱が立ち昇る。爆発の激震が砂漠をこえてきて、重い兵員輸送車をタイヤの上で揺り動かした。全員がそちらへ向きなおり、魅入られたようにその場に凍りついて、見守る。

アル・シュームがわれに返って、大きなため息をついた。

「わたしにはまだ、墜落現場から逃走した海兵隊員の名はまったくわからない。そいつの名は、きみが報告したものとはちがうからな。しかし、そいつがどこにいるかははっきりとわかる。まさに、あそこだ」少佐は炎を指さし、指揮車輛へ引きかえしはじめた。

「われわれはただちにあの村へひきかえす、ローガン君。わたしが致命的な誤認をしているのでなければ、きみはあの人質が逃げ去ったのを知ることになるだろう。きみの愚かさと傲慢さゆえに、わが国はきわめて不都合な外交上の立場に置かれることになった。きみを拘留せねばならない」彼は部下の兵士たちに合図を送った。「彼の武装を解除せよ」

ヴィクター・ローガンは、絶体絶命の窮地に立たされたことを悟った。もし拘留されたままになれば、人質に逃げられたわけだから、ゲイツ・グローバルは自分を見限って、シリア軍に引き渡すだろう。このちびのシリア軍将校が言ったとおり、自分がずっと責任を担っていたのだ。このままでは、自分もジンボもこの世から消えてしまう。待ち受けている黄金の壺に手を触れずに、果ててしまうことになる。

シリア軍兵士が徹底的な身体検査をして、ブーツに隠していたナイフも含めて、すべての武器を取りあげた。この種の検査に熟練しているというのは、彼らは通常の兵士ではないことを意味する。自分とは別の、たとえば、脱走を図った捕虜を撃つといったような分野のプロフェッショナルなんだろうと彼は推測した。

　窮地を逃れるには、兵士たちにがっちりと拘束されて、完全に支配されてしまう前の、最初の数分が勝負の時だった。だが、あの爆発が彼らの警戒心を高めていた。彼らがローガンを手荒く輸送車に押しこみ、這うしかできない状態に縛りつけた。それでも、両手は縛られていなかったから、脱出すれば、自由に動けるようになるだろう。まだチャンスはある。心に希望が生まれた。

　だが、この連中から逃れたとしても、自分はどこへ行けばよく、どうやって行けばよいものか？　ひとつずつ考えろ、ヴィク。まずは、ここを脱出することだ。

　巨大な車輛が発進して、彼は狭いシートに身を押しつけられた。車輛が、あの村の方角へ向きを変える。ローガンは膝の上で両手を握りしめて、協力の構図を頭に描いた。これは、友人間の誤解に基づく一時的な拘留ということにするのだ。

「話があるんだが、少佐？」エンジンの轟音をしのぐ大声で、彼は呼びかけた。

　前部シートにすわっているユーセフ・アル・シュームが、ふりかえった。なにも言わない。

「おれのコンピュータがあの家に残ってる。あんたの役に立つものがあのなかに入ってると言えば、あんたも興味を覚えるんじゃないか」

「どういう役に立つというのかね、ローガン君？　必要となれば、わたしはたいていのコンピュータを自分で扱えるが」

「いや、おれのは、アメリカの衛星が送ってくる映像をリアルタイムで受信できるんだ。おれが衛星携帯を使って送信をおこなえば、半時間ほどでコンピュータを衛星にアップリンクできる。これならどうだ？」

少佐がうなずいて、ふたたび背後をふりかえる。

「ほほう」

実際には、それらの衛星は、合衆国政府によって、ゴードン・ゲイツですら手が出せないほど厳重に警備されているから、ローガンがアクセスできるわけはないのだが、少佐がその事実を知っているはずはない。衛星というアイデアを餌にまいたことで、また何分か時間が稼げたようだ、とローガンは思った。少佐が衛星の助けを得るには、ローガンを生かしておかなくてはならない。つまり、ローガンの生命には価値があるという結論が成り立つ。キーボードを打たせるには、両手を自由にしておかなくてはならない。

そして、このあと、あの小さな家のドアを抜けて、屋内に入れば、当然のなりゆきとして、降伏のしるしに、両手をちょっと頭上へあげることになるだろう。ドアの上に隠してあるAK‐47をつかみとって、兵士どもに弾をぶちこみ、コリンズが何人かを仕留めてくれるのを期待しよう。屋外に何人かの兵士が残っても、屋内でこのちびの少佐を人質に取って、その耳にライフルを突きつけてやれば、悪くとも膠着状態には持ちこめるだろう。そうなれば、こちらの有利なようにことが運べる。交渉は、必ず強い立場に身を置いておこなうものだ。

そのとき、二度めの猛烈な爆発が起こった。ゼウスの砲手が、逃走する白いトラックを狙って砲火を開き、カイルが罠を仕掛けておいた太い砲身の内部で、砲弾がC‐4爆薬をたたいて、砲身をこなごなにふっとばしたのだ。周囲に置かれていた弾薬ケースがつぎつぎに誘爆して、新たな火焔（かえん）が立ち昇る。これもまた、ローガンにはまったく予期できなかったことであり、その顔にまぎれもない驚きの表情が浮かんだ。小柄な少佐がふたたびふりかえり、愛想がつきたと言いたげな目で彼を見つめた。

# 43

「かなりの困難？　ジェラルド、これはそんな程度のものではまったくないぞ」ブキャナンの説明を聞き終えたところで、ゴードン・ゲイツが言った。「きみはさまざまな点で過ちを犯した。もっと思慮深い男だと思っていたんだがね」

「この事態はすぐに鎮静させられる、ゴードン」困惑と怒りで首筋が熱くなるのを感じながら、ブキャナンはきっぱりと言いきった。「こっちはたんに、現状がどうなってるかをきみに伝えておきたかっただけだ」

侮辱されるのは気にくわないし、**ジェラルド・ブキャナン**がこの問題を引き起こしたかのようなゲイツのことばが意図的なものであることが、わからないわけがない。われわれは一蓮托生なのだ！　ゲイツはその身を、そしてその会社を、国家安全保障担当大統領補佐官から遠ざけようとしているのか？

ブキャナンはひとつ深呼吸をし、国家に危機を生みだす謀略ではなく、アスペンの気候を話題にするような、平静な口調で話をつづけた。

「選択肢を検討するために、きみとわたし、そしてリード上院議員が顔を合わせるのがよかろうかと思うのだが」

ゴードン・ゲイツが笑う。冷ややかな笑い声が、ブキャナンの取りつくろった冷静さを掻(か)き乱した。

「論外だ。きみがこの事態は沈静させられると言ったのだから、こちらはそのことばを額面どおりに受けとっておこう。きみがこのささやかな〝問題〟を解決したら、そのときに三人で集まることにしよう」

ブキャナンは椅子にもたれこんで、身をゆすった。

「しかし、ゴードン、わたしはきみの助けが必要なんだ！」

「ばかを言うな。もちろん、きみは現状に対処するために何千ものFBI捜査官(Gメン)を全土に配しているから、彼らが勤勉にきみの命令を遂行する過程で、なにかの事実をつかんで、明るみに出す可能性がないわけではない。もし熱心な連邦捜査官のだれかが、たまたまこの事実をつかんだら、そのときに、われわれは真の問題をかかえこむことになるだろう。関係者の連中を隔離して、ジェラルド、しっかり管理しておくように。きみは、愛国者法と国土安全保障省という後ろ盾を持ち、必要なありとあらゆる法的権限を行使できるんだ。司法長官に命じれば、法の遡及(そきゅう)適用だってできるだろう。きみは法を超えた存在なんだ！　これ以上、いったいなにが必要だというんだ？」

「助けるつもりはない？」

「わたしがなにをし、なにをしないつもりでいるかを、きみに知らせる必要はない」

そこで、長い間があった。

ブキャナンは、思考に没頭しているゴードン・ゲイツの骨張った顔が目に見えるような気がした。ビジネスマンではなく、殺人者としての顔が。

ゲイツが口を開いた。

「きみが大統領を説得して、テロ警戒（アラート）レベルを即刻、最上位のレッドにあげさせなくてはならない。シリア情勢を、いや、それより、議論の賛否を完全に押さえこめるような状況を持ちだして、それを理由にするんだ。北朝鮮がまた核実験を計画しているとか、イランがイラクとの国境に軍隊を集結させているとか。政府に反旗を翻（ひるがえ）したメキシコ陸軍の部隊が、国境のフェンスをぶち破ろうとしているといったようなものでもいい。想像力を働かせろ。全員の目がそちらに向けられて、われわれにさらなる隠れ蓑（みの）を与えてくれるような、国際的問題をひねりだすんだ。われわれの持ち時間は、二十四時間が限度だ」

「二十四時間？」

「そうだ。もし例のスナイパーがミドルトン将軍を生きてシリアから連れだせば、われわれは全計画が崩壊するのを目にすることになる。ミドルトンの帰還はなんとしても阻止せねばならず、きみの出した命令を知っている四人の人間もすべて処理しなくてはならない。きみがそいつらを捕まえなくてはならないんだ。その点を、すべてがいま危機に瀕していることを、ジェラルド、理解するように。すべてがだぞ！」

「わたしにはそれができる。すでに政府の全機構をそのために動かしているんだ」ブキャナンは言った。

ゲイツは、はるかに先を読んでいた。

「われわれの持ち時間はそれほどない。きみがレッド・アラートを発効させれば、国土防衛態勢が最大限に引きあげられる。その時点で、わたしが〈シャーク・チーム〉に対し、準備された〈プレミア作戦〉を実行する指示を送り、テロリストの攻撃をよそおって、ヒューストンとカンザスシティとアトランタとサンディエゴのシネマ・コンプレックスを襲撃させよう。二日以内に各地で一斉襲撃をおこなう用意もしてある。そのあと、翌週のあいだに各地の学校が、そしてショッピングモールが襲撃されるだろう。連日、どこかでなにかが起こるようになれば、この国の市民たちもやっと目が覚めて、現体制のような軍隊や警察や文民統制といったものは自分たちを守ってはくれないのだと気づくだろう。悲しいことだが、それが現実なんだと」

「わかった。膨大な犠牲者を出すことは避けられるか？」

ゲイツがいらだって、ため息を漏らす。

「つまらんことを言ってくれるな、ジェラルド。たとえ民間人に甚大な被害を強いることになっても、それによって、この国はようやく、進むべき方向へ針路を転じることになるんだ。現在のこの国は、憲法という古びた文書があるために、その方向へ進むことができずにいる。テレビが連日、時々刻々と、おおぜいの子どもを含めて何千何万のアメリカ人が——9・11同時多発テロより、はるかに多い人数が——殺されたことを全土に報じれば、きみはまちがいなく戒厳令を敷くことができ、新たな憲法を起草することもできるだろう」

「おおいにけっこうなことだ」ブキャナンは汗をかいていた。

「さあ、急いでやれ、ジェラルドよ。なすべき仕事をやれば、きみは二週間後にはアメリカ合衆国を動かす身になっているだろう。時計が時を刻んでいる。きみがそれらの未決事項を解決したのちに、また話をするのを楽しみにしておこう。それまでのあいだも、その連中に関する情報はどんなささいなものでも、こちらに知らせてくるように。つまるところ、わたしは助けになれる方策をいろいろと持っているということだ」

ゲイツは電話を切った。

そのとき、ついに、ゴードン・ゲイツは怒りをあらわにした。ヴェネツィア製の繊細な青いガラス・ボウルをつかみあげて、壁にたたきつける。ボウルがこなごなに砕け、彼は大声でわめきたてた。

「とてつもないへまをやらかしてくれたな、ブキャナン！」

ブキャナンには、あの四人をかたづけられるような度胸も才覚もない。スパイや特殊部隊員がうごめく闇の世界に住んだことが一度もないからだ。わたしがおまえのへまの後始末をしなくてはならんとは！　あの軟弱者め！　ゲイツはグラスにきついスコッチを注ぎ、家の裏手にひろがる湖を窓ごしにながめながら、たっぷりと飲んだ。それから、デスクの上の特殊通信装置を起動し、いくつかの〈シャーク・チーム〉に送る暗号メッセージの作成に取りかかった。数個チームを別々に送りこんで、脅威となった四人の人間を狩らせるようにするのだ。

多大な出費をし、計画を練りに練って、ここまで作戦を進めてきた以上、ブキャナンのような無能な官僚のせいで、それがだいなしになるのを放置するわけにはいかない。〈プレミア作戦〉を実行に移せば、その襲撃がもたらす惨劇の責任は正体不明のテロリストどもに押しつけられるだろう。

敵の襲撃に見せかけるという発想は独創的なものでないし、彼もそのことはよくわかっていた。はるか昔の一九六〇年代、ペンタゴンが熱くなって、キューバに侵攻し――ソ連製のミサイルと民間航空機を撃墜し、何人かの民間人をターゲットにして射殺し、政府の要人たちを殺害して――その責任をすべてカストロになすりつける戦術を本気で考えたことがあった。だが、そのときはケネディ大統領が介入して、その作戦をやめさせたのだ。ゲイツは士官学校時代にその陰謀を詳細に研究し、それには現代世界に適用する利点があると考えるようになった。今回は、自分が私的に遂行するのだから、国家の指導者に攻撃の実行を阻まれるおそれはない。

合衆国政府は、ある程度までは国民の自由を保障しつつ、襲撃を阻止し、恐怖を取り除いてくれるだれかに助けを求めるだろう。混乱に秩序をもたらすのは、勲章で飾り立てて愛国者であることを見せびらかす英雄ではなく、別のだれか、すなわち、世界最大の民間警備企業を率いる人間になるのではないか？

それにはまず、ブキャナンがやらかしたへまの後始末を、シリアにいる例のスナイパーの処理も含めて、すませておかなくてはならない。

# 44

二台の装甲兵員輸送車のヘッドライトが墜落現場から離れていくのが見えると、カイルはすぐ、ピックアップ・トラックを道路の右側へ出し、耕作地の手前にある涸れ谷（ワジ）へくだっていった。密に茂った木立と藪（やぶ）のそばに車を駐めて、エンジンを切る。トラックが舞いあげた砂埃（すなぼこり）が道路に落ちて、タイヤの痕跡を消していた。

ミドルトン将軍がささやきかける

「なにをするつもりだ？　ここを脱出せねばならないというのに」

カイルは人さし指を立てて、彼を黙らせた。三十秒もしないうちに、巨大な二台の装甲兵員輸送車が、まだ二カ所の炎上地点で爆発音が響いている村へひきかえすべく、ごうごうと通りすぎていった。

カイルはトラックから飛び降りて、背嚢（はいのう）のなかをかきまわし、クレイモア地雷の負い革をつかみだした。ミドルトンはまだ車を降りようとしない。

「こんどはなにをするつもりだ？　運転席に戻れ！　車を走らせろ！」

「道路にクレイモアを設置するんだ」負い革を肩にかつぎながら、カイルは言った。

「クレイモアではBTR‐80は破壊できんぞ、スワンソン一等軍曹」

「わかりきったことを言ってくれるな、ミドルトン准将」カイルはやりかえした。「とにかく、つぎにこの道路を走ってくる車輛はおそらく、われわれを追うBTR‐80のどれかだ。うまくいけば、クレイモアがタイヤをパンクさせるか、ことによると燃料タンクを爆発させて、装甲車から頭を出している連中を始末してくれるかもしれない。後続のBTRは、待ち伏せがあるのか、ほかにも地雷が仕掛けられているのかと心配して、停止するだろう」

「よく考えろ、スワンソン！　時間のむだだ。後続の車輛は破損した車輛を迂回して、進みつづけるに決まっている」

「いや、ちがう。そっちこそ、よく考えろ！　これを設置して、仕掛け線（トリップワイヤ）を張るのは、三分ですむ。最初のBTRが地雷を爆発させれば、たとえ破損が起こらなくても、やつらは状況を把握するために車輛を停止させるだろう。それで、最低でも十分の遅延が生じる。単純な算数だ、将軍。こっちは少なくとも七分という時間を余分に稼げる……あんたがむだ口をたたかず、おれにこの仕事をさせてくれたら、そうなるってことだ」

　カイルは涸れ谷（ワジ）の斜面をのぼって、ひきかえし、クレイモア・キットの負い革を開いた。こういうものを扱うのは得意だから、指がひとりでにすばやく動いて、なじみの機器をチェックしていく――強力なM18A1地雷、M57起爆装置、M40テストセット、全長百フィートの起爆用ワイヤを巻きつけたスプール、電気雷管、絶縁テープ、二本の木製支柱。致命的な兵器を構成するすべてのものが、携帯用のパック一個に収納されていた。

地雷の凹面部に、敵戦車の装甲を貫通できるスチールの鉄球を埋めこんで、飛散させるというコンセプトを最初に発想したのは、第二次世界大戦時のドイツだった。ヴェトナム戦争の時代には、アメリカ軍歩兵のほぼ全員が、それを近代化した軽量版の地雷、クレイモアを携行するようになった。この地雷は一インチ半の厚みしかなく、そのなかにC-4爆薬と七百個の鉄球が詰めこまれていて、敵兵を殺傷し、装甲の薄い車輛を破壊することができる。カイルはこれを、待ち伏せと周辺防御のための完璧な兵器と見なしていた。うまくやる秘訣は、正しい仕掛けかたをよく憶えておくことだ。クレイモアという名称は、意味もなく付けられたのではなく、古代スコットランドで使われていた両刃の大剣に由来する。つまり、どちら側でも斬れるということだ。これを仕掛けた兵士は、後方への跳ね返りを避けるために、少なくとも二十ヤードは距離を取って、物陰に隠れなくてはならない。オリーヴドラブ色のケーシングの殺傷をもたらす側の表面に、〈前部を敵側へ〉の注意書きがあった。

カイルは、設置用スパイクを地面にしっかりと埋めこんで、地雷を仕掛け、トリップワイヤを道路の上、四インチほどの高さに渡してから、その一端を支柱の一本に結びつけた。すばやく回路テストをすませ、地雷の上に木の葉や細枝をかぶせておく。この暗さをあてにできるし、シリア軍は襲撃を受けるとは予想していないだろう。走ってきたBTRがトリップワイヤをひっかければ、何百個もの鉄球が六十度の角度で六フィートの高さへ飛散する。その殺傷範囲は、三百三十フィートにおよぶのだ。

彼は急いでピックアップ・トラックにひきかえし、エンジンをかけて、ギアをローに入れた。藪を踏みにじりながら、涸れ谷（ワジ）の斜面をのぼり、地雷を仕掛けた地点の向こう側にあたる路面に車を乗り入れる。

「もし、最初に民間の車輛が走ってきたら？」ミドルトンが問いかけた。

「まったく、あんたは心配性だな」カイルは吐き捨てた。「ひきかえして、警告看板を立てろとでも？　これほどの大騒動が起こってるんだから、民間人は家でじっとしてるさ。もしそうなったら、そうなったときのことだ。しかし、そうはならないだろう」

　彼ははやくもミドルトンにうんざりしてきた。だが、まだ百マイルはミドルトンを乗せて、車を走らせなくてはならないのだ。

　沈黙が降りたなか、車はヘッドライトを消して、つっぱしり、カイルは暗視ゴーグルを通して、見慣れた周囲の光景を見ていた。

　ミドルトンはいくぶんリラックスしたようだった。

「きみはいまも〝シェイク〟と呼ばれてるのか？」

「いまそんなばかなことを言いだすのはやめてくれ、将軍。そんな話はあとまわしだ。いまは忙しいのでね」

　カイルはアクセル・ペダルから足を離し、ブレーキを踏まずに減速して、トラックを停止させた。

「こんどはなんだ？」ミドルトンがシートの上で身をひねり、カラシニコフをつかみとった。

「前方、一キロメートルほどのところに、検問所がある」

「どうしてそんなことを知ってる？　ここから見えるのか？」

「いや。前に襲ったことがあるんでね」カイルは言った。「村に入る際に」

彼は運転席を離れて、トラックの荷台にあがった。

「つまり、またそれをするということか？」将軍が、助手席後部の小窓を通して問いかけてきた。「どうやって？」

「エクスカリバーを使って」カイルは保護用のドラッグバッグを開いて、長いスナイパー・ライフルを取りだした。

「暗すぎるうえに、遠すぎる」ミドルトンが文句をつけた。「きみが自分をどんなに優秀と考えていようが、ここからあそこに命中させるのはむりだ。やつらに警戒させて、無線で応援を求める時間を与えるだけのことだぞ」

カイルはエクスカリバーを調整し、薬室に弾を送りこんでから、トラックの運転席の上に背嚢を置き、安定した射撃台に使えるように、それを押して窪みをつくった。暗視ゴーグルをはずし、スコープのダイヤルをクリックして、暗視に合わせる。ほぼ即座に、視野が真昼のように明るくなった。センサーがありとあらゆる光源と熱源を捕捉して、増幅し、内蔵コンピュータがそれらの形状を明確に描きだしていた。

警備兵のひとりが、検問小屋の屋根にすわって、煙草を吸っている。もうひとりは、その建物の片側に立っていた。どちらもライフルを持っているが、侵入者に注意するのではなく、遠方の火焔の光景に目を奪われているらしく、村から立ち昇る炎をながめている。カイルは立っている男にクロスヘアを重ね、スコープに演算と自動調整を任せながら、遊びがなくなるところまで引き金を引いた。青いストライプ光が点ったところで、引き金を絞りこみ、発砲する。

兵士の体のどまんなかに命中し、でかい弾丸がその体を引き裂いて、背後の砂嚢にたたきつけた。カイルが次弾を薬室に送りこんだとき、もうひとりの警備兵が、相棒がつまずいて倒れたと思ったらしく、立ちあがって、なにがあったのかと屋根の端から下をのぞきこんだ。二秒とたたず、また青いストライプ光がスコープのなかで輝く。彼は撃った。その寸前、ターゲットが動いたために、狙った胸部ではなく、上方の耳に銃弾が命中して、頭部の大半をふっとばした。

カイルはエクスカリバーをバッグに収納し、背嚢をトラックの荷台におろして、運転席にひきかえした。

「どうだ。たやすいもんじゃないか？」彼は暗視ゴーグルをかけなおし、エンジンを始動して、車を出した。

検問所を通過するとき、ミドルトンがそこのようすをうかがうと、警備兵のふたりが死体と化し、ひとりは銃弾の威力で頭部が粉砕されているのが見えた。〝ジェイク〟はこの真夜中に、ピックアップ・トラックの荷台に立って、一キロメートルの遠方にいたやつの頭部に命中させ、それをたやすいことだと考えているのか？

「ほう」将軍は、ためらいがちに賞賛のことばを口にした。「頭部に命中させたとは」

カイルは黙って運転をつづけた。

# 45

村に入っていくとき、ユーセフ・アル・シュームはBMR装甲兵員輸送車のハッチに立って、四連装砲から煙を噴きあげているゼウスの残骸(ざんがい)を見ていた。ジハード戦士たちの住居が爆発して、激しく炎上し、そこから飛び散ったさまざまな破片が、アメリカ人たちが根城にしている家の表から街路に至るまで散乱している。爆発の猛威によって、アメリカ人たちが根城にしている家のドアがずたずたに裂け、蝶番(ちょうつがい)ひとつで戸枠からぶらさがっているというありさまだった。歩哨として残していった兵士の死体が、玄関前の階段わきに転がっていた。彼は両車輛に停止命令を出し、部下たちが車輛から降りて、周辺を警戒する態勢をとった。

「ローガン君、いっしょに来たまえ」

ローガンが彼を追ってハッチをくぐり、兵士のひとりがローガンの背中に拳銃を突きつけて、そのあとにつづく。

「友人に呼びかけるんだ」アル・シュームは命令した。

「ヘイ、コリンズ！　ジンボ！　なかにいるんだろう！　おれだ、ヴィクだ。銃をおろしておけ。いまから、なかに入るからな」ローガンが戸口へ足を踏みだしたが、シリア軍将校は拳銃を突きだして、その前に立ちふさがった。

「わたしが先に入る」

ぶらさがっているドアをよけて、アル・シュームは家に入りこんだ。部屋の隅に、ジンボ・コリンズの死体が転がっていた。彼は家の奥へと移動した。

ローガンは、背後から兵士に銃を突きつけられ、両手を肩の高さにあげた格好で、階段をのぼっていった。チャンスはいましかない。AKをつかみとって、この兵士を撃ち倒し、あのこざかしいちび将校を人質に取るのだ。戸口を抜けた瞬間、ローガンは兵士に後ろ蹴りをくらわせて、宙に舞わせた。上に手をのばし、戸口の上で待ってくれているAK－47をつかみとろうとしたが、掌が空気を掻き分けて、なにもない壁をたたいただけだった。彼はそこを見あげた。銃がない。なくなってる！　彼は両手をおろした。

少佐がペグに目をとめた。

「あそこに武器を隠しておいたのだな、ローガン君？　いざという場合に……こんなふうにできるように」

アル・シュームがローガンの頭部に、拳銃の銃尾をたたきつけた。目のなかで火花が飛び、ローガンはよろめいた。

「きみは逃亡をくわだて、おそらくその過程でわたしを撃っただろう」二名の兵士が駆けつけてきて、ローガンを押さえこみ、殴りつける。「またあのようなことをしたら、その隅に転がっている友人同様、きみも死ぬことになるぞ。さて、例の将軍はどこにいる？」

「あっちだ。あのドアの奥の部屋のなか」ローガンは指さした。「手錠で寝棚につながれてる」

アル・シュームがそのドアを開き、なかを一瞥して、すぐにひきかえしてきた。

「あそこにはだれもいない。どうやら、きみはもっとも貴重な捕獲物を失ったようだ。では、くだんの魔法のコンピュータはどうなったか？　どこにあるのだ？」

ローガンはテーブルを見やった。いつもそこに、盗聴防止電話と並べて、ノートPCを置いていたのだ。電話は破壊され、コンピュータは二台ともなくなっていた。ジンボがどこかに隠したのかもしれないので、彼は探しだそうと、室内を歩きまわりはじめた。

「どこかにあるはずだ。見つけたら、あれでなにができるかを実地に示せる。ゲイツ・グローバルはすごいネットワークを持ってるんだ」

めまぐるしく頭を回転させながら、彼はキッチン・エリアをひっかきまわし、リヴィング・エリアにある数少ない家具のなかを調べていった。二台ともなくなっていることが、はっきりしてきた。

「おい、これはどういうことだ！」

シリア軍将校が予備寝室のドアを開き、惨殺された少女の死体を見ていた。死体は全裸でベッドの上にさらされ、乾燥した血液と傷口に蠅がたかっている。大きく開いたまま生命を失った目が戸口を見つめ、その口は幅の広いテープにふさがれていた。

ローガンは彼を押しのけて、室内へ駆けこみ、死体のそばで足をとめた。ここは一世一代の大芝居をしなくては、これが自分の最後の呼吸になってしまうだろう。チャールズ・ブロンソンをまねようかと思ったが、感情をこめる必要があるので、クリント・イーストウッドのように重苦しくいくことにした。

「なんてことだ！　ジンボ、おまえはとんでもないろくでなしだ！」怒りの声をつくって、彼はわめいた。ジンボ・コリンズの死体のそばへ駆けもどって、その脇腹を痛烈に蹴りつける。「このひとでなしの変態野郎！　彼女に手を出すなと言ったのに、やめられなかったのか！　地獄に墜ちて、腐っちまうがいい！」

ローガンは、衝撃を受けたように見せかけようと息を荒らげながら、将校のほうへふりむいた。

「彼女はおれたちの掃除婦だった。ジンボは前からあの少女に目をつけてて、彼女にやらせたいことをよく口走ってた。あいつは性犯罪の前歴がある変態野郎で、それがもとで陸軍をたたきだされたんだ。おれは、彼女に手を出させないようにしていた。おれたちは作戦を遂行するためにここに来たんであって、性的な妄想をからめてはならないんだからな。あの変態野郎はたぶん、この午後に彼女をレイプしたんだろう。おれは遅い時刻にここに入ったから、なにも知らなかった。彼女がここにいることすら、知らなかったんだ！」

「若いムスリムの女が、おまえたち異教徒によって純潔を穢(けが)され、殺害された」硬い冷ややかな声で、将校が言った。「おまえは隠した武器を手に取ろうとした。おまえのコンピュータが将軍の脱走の際に持ち去られたのは明らかだ。そして、いまもこの地で、何者かが単独(ワンマン)・の戦い(ウォー)をくりひろげている」

将校がヴィクター・ローガンの胃のあたりへ拳銃の銃口を押しつけ、胸から顎へと銃口をあげてきた。

「おまえを生かしておくべき理由は尽きた、ローガン君。こうなれば、あの少女を死なせたことの報いとして、村人たちにゆっくりとおまえを殺させるしかない。彼らが懲罰(ちょうばつ)に関してきわめて創意に富むことはたしかだ。長いナイフが役割のひとつを務めることになるだろうな」

ローガンは生まれて初めて恐怖を覚えた。

「おれはあの少女になにもしちゃいない！」こんどは、映画『メジャーリーグ』でクリーヴランド・インディアンズのピッチャー役を演じたときのチャーリー・シーンの熱っぽさをまねて、抗議した。「彼女に触れてもいない。誓ってほんとうだ、少佐。彼女をものにしようとしてたのはジンボなんだ！」

「嘘はやめろ！」少佐がふたたび拳銃の銃尾をローガンにたたきつけた。「ここからでも、死体が腐敗臭を発しているのがわかる。おまえがやったか、そうなるようにさせたかのどちらかだ。おまえはけがらわしい屑野郎でしかない。いずれにせよ、この国の法にのっとり、おまえには死刑が科されるだろう。いますぐ、その頭に弾をぶちこんでやることもできるが、それより、公衆の面前で処刑されるほうがこのましい」

ローガンは大汗をかいていた。

「やめてくれ。そんなことは考えてくれるな。おれがゲイツ・グローバルを通じて、膨大な情報を得られることは知ってるだろう。別のコンピュータを持たせてくれれば、おれは自分のパスワードを使って、情報源にリンクすることができる。あんたが知りたいことはなんでも教えてやれるんだ」

また時間稼ぎをしようと、彼は取り引きに出た。約束した情報を与えられないのは、二台のコンピュータが突然なくなってしまったからだということにして、失地の回復を図ろう。それに、この将校があの女のことでほんとうに動揺しているとは考えられない。アラブ人が女をどんなふうに扱うかは、この目で見てきているのだ。

「それにはかなりの時間を要するだろう」シリア人将校が応じた。「おそらく、この村のどこを探しても、もうコンピュータはないだろう」

「いや、ある。一台あることはたしかだ」頭に浮かんだ思いつきに必死でしがみついて、ローガンは言った。「おれたちに手を貸していたフランス人がいるんだ。ここからほんの数ブロックのところに住んでる。おれは、彼が商売用にノートPCを使ってて、ワイヤレス機器も持ってるのを知ってる。おれがそれを使えたら、情報源にリンクできるだろう」

それを使えなくすることはいつでもできるし、その原因は砂にでも、組み立ての悪さにでも、なんにでもできる。こいつに殺される時間を少しでも先のばしにできることなら、なんだってしてやろう。

「ほんとうか？　いや、こんな話は時間のむだだ。わたしはただちに、脱走した将軍の捜索に取りかかろうと思う」

「あのな、少佐、あんたがおれを役立たずと考えてるのはわかってるが、おれにはまだ、あんたがやつを捕まえるのに手を貸せる道が残ってる。ほんとうに、おれにはそれができるんだ。将軍をかっさらった海兵隊員はなにかの特殊部隊員にちがいないし、それはつまり、そいつとおれは、合衆国の同じ教練所(スクール)で同じ訓練を受けたってことだ。なにしろ、おれは元SEAL隊員だからな。おれはそいつと同じように考えることができる！　そいつの限界と強みが、そいつがなにを選択するかが、わかる。おれは、あんたがやつらを見つけだすのに手を貸せるんだ」

　いまのローガンは、生きのびるために、水中で立ち泳ぎをして、漂ってきた藁(わら)をつかもうとしている男と同じだった。

「特殊部隊員として訓練され、技術を習得した兵士は、わが国にもおおぜいいる。おまえは必要ない」

「彼らがいま、ここにいるのか？　いま、ここに？　合衆国の特殊部隊訓練課程を受けた者が何人いる？　彼らのだれであろうと、そいつに出しぬかれることになるのはまちがいない」

「ミステリー本によくあるようにしろということか、ローガン？　盗人を捕まえるには盗人を使えと？」

「のみこんでくれたか。それに、おれもあんたと同じく、なにがなんでもそいつを捕まえたい。おれがやつを捕まえられなかったら、あんたに撃ち殺されることになるのはわかってる。そいつが、おれがここを脱出するための切符ってわけだ。そうだろう？」

「だろうな」

アル・シュームは、フランス人の家に行って、彼のコンピュータを持ってくるようにとの指示を二名の部下に出した。彼はピエール・ファレーズを何年も前から知っており、辺境地帯のテロリストに関する上質な情報源のひとつと見なしていた。もっとも、あの男はどちらの側にも転ぶやつであって、今回のアメリカ人将軍の誘拐事件に関しては、なにを知っているにしても、一度も報告も入れてきていないのはたしかだった。しばらくしたらあの男に会って、話を聞いてみよう、と彼は頭のなかにメモを取った。

アル・シュームは携帯電話を使って、ダマスカスにある自分のオフィスに連絡を入れ、海兵隊の将軍が、明らかに、熟練のアメリカ軍特殊部隊員の助力のもとに脱走したことを、早口のアラビア語で通達した。そのあと、口をつぐんで、相手の話に耳をかたむけ、手帳に書きつけをした。ついで、いくつかの質問をし、顔をしかめながら相手の答えを聞き、電話を切った。

「わが国の情報機関が、これの背後にいる男の名をつかんだ」ローガンに向かって、彼は言った。「合衆国海兵隊のスナイパーで、名はカイル・スワンソン。優秀な男であるらしく、ときにＣＩＡの仕事もしているそうだ。困ったことに、ダマスカスは、わが政府はどうすべきかの判断をわたしに迫っている」

「あんたがその種の判断をするのか？」ローガンが問いかけた。

「わたしは総合保安庁で作戦部長の任にあり、必要なことはなんでもできる権限を与えられているから、階級にはなんの意味もない。つまり、いつでもおまえの命を奪うことができ、それに対して疑義をさしはさむ者はいないということだ。了解したか？」

ヴィクター・ローガンは大きくうなずいた。なんてこった！　こいつがスパイのトップだったのか！

アル・シュームが踵(かかと)を支点に、くるっと身をまわして、戸口に向かう。

「もうしばらく、生かしておいてやろう、ローガン。あの狐を追う猟犬になってもらう。おまえは、その仕事をうまく、きわめてうまくやれることを証明するのが身のためだぞ」

ローガンは無表情を保つようにつとめた。

「心配ご無用、閣下。やつらはおれが取りもどしますよ」

そのとき、そこから数ブロック先で、フランス人の家に仕掛けられた爆弾が爆発し、またもや雷鳴のような轟音がとどろきわたった。アル・シュームは壁へふっとばされ、砕け飛んだガラスから目を守ろうと顔を覆った腕に、破片が突き刺さってきた。ローガンは床に転倒し、その上にテーブルが倒れてきた。天井から埃が舞いおり、床にガラスの破片が大量に散乱した。ふたりが視線を交わしあう。

「わたしが推測しよう。その海兵隊員はフランス人の家にも行ったのだ」アル・シュームが立ちあがって、服についた埃をはらい、腕に刺さったガラスの破片を無頓着に引き抜いてから、外に出て、いま立ち昇ったばかりの火焔をながめやる。傷の処置をするために、兵士が駆けつけてきた。「おまえはたいした工作員だな、ローガン」

その背後で、ヴィクター・ローガンはにやにや笑いを嚙み殺していた。これで、あそこのコンピュータもぶっ壊れたはずだ。

# 46

シャリ・タウンが語るこれまでのいきさつに、ヨルダン大使、サミール・アブー・アドワンは黒い口ひげをつまみながら、耳をかたむけていた。シャリの母であり、大使のよき友人であるレイラ・マフフーズ・タウンが娘の隣に腰かけて、やさしく彼女の手をさすっている。先にレイラから概要を説明されている大使は、いまシャリ本人から話を聞いて、衝撃と憤懣を募らせていた。合衆国大統領が誘拐された海兵隊将軍の暗殺を命令するなどということはありえない、とアブー・アドワンは思った。そのような命令がホワイトハウスから発せられたとしても、それは大統領からのものではないにちがいない。シャリの上司が乱心して、国際危機をつくりだしているのだ。

「きみ自身がその書状のコピーを持っているわけではないのだね、シャリ？」

大使が、心からの同情を示す、なめらかなバリトンの声で問いかけた。老練な外交官である彼は、状況に応じてさまざまな声を使い分けることができるが、もしいま、声だけを取りつくろったとしても、レイラに本心を見抜かれてしまうのがおちだろう。ここは正直にいくのが最善だ。

「はい、大使。持っていません」

「そして、きみ自身はそのコピーを目にしたこともない。それでまちがいないね？」

「まちがいありません」

大使が両手の指を組んで、その上に顎をのせる。

「ジェラルド・ブキャナンは、イタチのように狡猾な男だ」彼が言った。「そういうことをやっても、なんの不思議もない。大統領がそんなことをやったとは、とうてい考えられない。きみの情報は、現在の状況に重大な意味を付け加えた」

レイラが目をしばたく。

「どのような状況でしょう？」

「わたしが〝悪質な〟大使と化して、緊急事態が持ちあがったことを理由に、来客を無視せざるをえない立場を強いられているのも、その状況の一端かな。国土安全保障省がテロ・アラート・レベルを最高度のレッドにあげ、各テレビ・ネットワークの報じるところによれば、アメリカの情報諸機関が合衆国に対するテロリストの攻撃の可能性を示す確証をつかんだ。階下で開かれているパーティも、来客たちがその事実を知れば、早々にお開きとなるだろう。きみの話を聞いて、そのアラートにもブキャナンが関与していることが明らかになったというわけだ」

「わたしが国家安全保障会議に出席したのはつい数時間前のことですが、そのようなテロリストの話はまったく出ていません」両手で持ったティッシュをくしゃくしゃにしながら、シャリが言った。「実際、論議はシリアとミドルトン将軍のことに絞られていました。テロ対策のような問題は、関係諸機関の総意を得るまでにかなりの時間を要するのが通例です。わたしは中東の担当者ですので、そのような議論が持ちあがれば、耳に入らないはずはないのに、なにも聞いていません」

「そういうことなら、わたしは別の問題にも注意を向けざるをえない」アブー・アドワンが言った。「先に国務省から、合衆国はシリアに対する軍事行動の検討に入ったとの通知があったんだ」

「でも、なぜ？」シャリは立ちあがって、精妙に織られた絨毯の上を歩きまわりはじめた。涙は涸れ、職務に心が向けられて、パズルの断片を拾い集めようとしていた。「シリアの関与を示す確証は、少なくとも公式にはなにもない。将軍はサウジアラビアで拉致されたのであって、シリアではないんです！　なのに、シリアがなぜ、わざわざ将軍を自国に連れこんで、そのことをあからさまに宣言し、しかるのち、テロリスト・グループに公然と斬首をさせるという脅迫をおこなわなくてはならないのでしょう？　そんな脅迫をすれば、合衆国は、まさにいま生じているような敵対行動に出ることになるのでは？」

「まさしく、〝なぜ〟だね」大使が同意した。「その〝なぜ〟を解き明かすために、きみとわたしときみの母上が、いまからただちに国務省に出向いて、それと同じ質問をぶつけることにしよう。わたしは、きみと面会する前に、レイラの話に基づいて、各方面に電話を入れ、現在の状況の意味合いを把握するための会議を、ジェイムズ・ダルトン国務次官の臨席のもとに、シリア、イスラエルおよびレバノンの大使とおこなう手はずを整えておいたんだ。アンマンの外務相から、アブドラ国王もわが国の政府も重大な懸念をいだいていることをアメリカに伝えるようにとの忠告を受けてね。わたしは、その会議にきみも出席させるようにと依頼しておいた。ダルトン氏は、きみは法的には逃亡者であると言ったが」

そのことばにシャリは衝撃を受け、大きく息を吸いこんだ。

「国家に対する裏切り者と見なされるのは、気分のいいものではありません」

「わかるよ、シャリ。きみは正しい行動をしたのであって、いったんこの危機が解消されれば、その件はわれわれが丸くおさめてあげよう。きみの情報によって、われわれの隣国、シリアが今回の誘拐事件に積極的な関与はしていないことが明らかになった。それどころか、シリアはミドルトン将軍がその裏庭に出現するまで、そのような事件が起こったことすら知らなかったのだ。シリアはまた、強大になりすぎて、周辺諸国への影響力をほしいままにするようになったイラクの〝レベル〟・シャイフとの距離を置こうともしている。シリア政府は、本人がなんと言おうが、シャイフがみずからの関与を隠蔽（いんぺい）し、ダマスカスに難儀をもたらすために、ミドルトンをシリアへ移したと考えているんだ」

「シリア政府を信じてよろしいのですか？」シャリは大使をまじまじと見つめた。

大使がうなずく。

「彼らはいつなんどきでも、白頭鷲（アメリカンイーグル）（アメリカの紋章）の尾羽をむしることにやぶさかではないが、こんな事件を起こせば、ことは彼らの手には負えないまでに紛糾する。シリアは、頭上から巡航ミサイルが雨あられと降ってくる事態はぜったいに避けたいと考えているんだ」彼は立ちあがり、しわひとつないスーツのしわをのばした。

「ところで、シャリ、きみにとって良き知らせが入ったように思う。シリアの信頼すべき消息筋から、ミドルトン将軍はもはや囚われの身ではなく、あの悲惨なヘリコプターの墜落を生きのびたアメリカ海兵隊員の助力のもとに脱出したとの報告がもたらされたんだ。きみの友人、カイル・スワンソンとミドルトン将軍は、目下逃走中であるらしい」

シャリは母親の隣に腰をおろした。

「神に感謝！　ふたりともぶじなんですね？」

「現在はそのようだが、シリア陸軍が追跡にかかっている。交戦になる前に、この騒動を外交的に解決できることを願おうではないか」大使が応じた。「では、出かけようか？」

シャリはしりごみした。

「わたしは逮捕されるのでしょう？」

「シャリ、きみ自身が出席しなくてはならないんだ。わたしはきみを私的な随行者として国務次官のもとに連れていくから、きみの口から彼に経緯を話しなさい。まずもって、きみが拘留されることはないだろう。加えるに、この会議には、きみの母上とわたし自身はもとより、ほかの大使各位も出席するわけだから、もしブキャナン氏が性急な行動に出ようとすれば、不快な外交的結果を招くと警告されることになるだろう」

「ブキャナンをご存じないのですね、大使。彼は、やりたいことはなんでもやってのける男です。もしそこに姿を見せたら、わたしはどことも知れない秘密刑務所に何年も送りこまれることになるでしょう」

大使が声を低める。

「この一件がかたづくまで、きみをわたしの目の届かないところに置くつもりはない。きみが国家に罪を着せられることはないと約束しよう。ダルトン次官は古くからの友人で、名誉を重んずる男であり、きみの持つ情報には、身の安全を要求できるだけの価値がある。出席すれば、きみは、ひとえにこの真実を明るみに出すために生きのびようとしたことを、みずから明らかにすることができるんだ。実際、きみの政府はおそらく、ブキャナン氏の公判において、きみを彼にとって不利な証人として招喚することになるだろう。それだけでなく、きみがこの情報をメディアに持っていかなかったことに、多大な謝意を示してもくれるだろう」

その十分後、シャリは黒いメルセデスの助手席にすわっていた。隣の運転席には、ドライヴァーとボディガードを兼ねるハンサムなヨルダン軍兵士が乗りこんでいる。彼女の母親と大使が後部シートに並んですわり、大使は携帯電話で会話をしていた。

大使が言ったとおり、テロ・アラートの予期せぬ引きあげという話がひろまると、飲食が目当てで集まっていた来客の全員が、起こりつつある事態に対処するために、それぞれのオフィスへとってかえし、大使館のパーティは早々にお開きとなった。街路には多数のタクシーが走りまわっていて、交通量がふだんのこの時刻よりも多かった。

外交官車輛用のナンバープレートをつけたメルセデスは大使館通り（マサチューセッツ・アヴェニューのなかの、各国大使館が並んでいる部分の俗称）をしずしずと進んでいき、シャリは、まだ夜になったばかりなのに明るく輝いている、目になじんだワシントンの記念碑や広場の光景を見て、安らぎを覚えた。ひとびとが職場をあとにして、バーやレストランに群れつどい、いつものナイトライフが始まろうとしていた。メルセデスのドライヴァーが、テールランプを点滅させているバイク・メッセンジャーのわきを擦りぬけて、追いこしにかかる。夜になっても、この種のバイク便は、ある連邦政府機関から別の機関へ、あるいはKストリートにオフィスを構えるロビイストへ、重要な書類を届けるための効率的な手段として用いられている。政府が眠りこんでしまうことはないのだ。

信号が赤になって、三車線の交通が停止したとき、シャリは、国務省まであとたった五ブロックしかないことに気がついた。国務省がこの騒乱を食いとめてくれるだろう。カイルが生きているのがわかって、たまらなくしあわせな気分だった。ミドルトンを救出して、ともに逃走しているのだとすれば、いまのカイルは本領を発揮する状況にあり、教本に記載されているありとあらゆる術策を使って、追跡をかわすだろう。もうすぐ、またいっしょになれる。

窓をたたく音がして、彼女はぎょっとした。バイク・メッセンジャーがほほえみかけ、窓をおろすようにと身ぶりを送ってくる。黒いヘルメットの下のヴァイザーごしに、痩せた顔と、手入れされた口ひげや真っ白な歯並びが見えた。たぶん、道順を尋ねたいのだろう。運転席側の窓からも音がして、ドライヴァーがそちらを見ると、別のバイクがそばに寄ってい て、それのライダーが小さなハンマーを窓にたたきつけていた。うがたれた穴から、SIG ザウアー拳銃の銃口が突きこまれ、狼狽している若いドライヴァーに四発の銃弾が撃ちこま れた。悲鳴をあげて顔を覆ったシャリの両手に、ドライヴァーの血と脳漿が飛び散る。シー トベルトをしているために、彼女はろくに身を動かせなかった。

そのとき、助手席側にいるバイカーもまた小さなハンマーで窓を破り、シャリは砕けたガ ラスが飛んできて、鋭い針やナイフのように尖った破片が肌に突き刺さるのを感じた。後部 シートでレイラが悲鳴をあげ、前に身をのりだして、シャリに手をのばそうとし、アブー・ アドワン大使のほうは、アームレストのなかに隠してある拳銃を急いで取りだそうとしてい た。バイカーのふたりが、ついに拳銃を車内に押しこみ、〝神は偉大なり〟の意味でよく知 られていて、テロリストが頻繁に口にする「アラー・アクバル」の雄叫びをあげながら、弾 倉の全弾を車内にいるすべての人間にたたきこんだ。

二人組はそれぞれのバイクにまたがると、ライトを消したまま、スピードをあげて、鋭く 左右にバイクをふりまわしながら、公園をつっきっていき、またたく間に闇のなかへ姿を消 した。そのころ、彼らが点火してメルセデスの車内に投げこんでおいた二個の手榴弾が爆発 し、歩行者たちが度肝を抜かれ、車を前進させようとしていたほかのドライヴァーたちがあ わててバックした。

二人組のバイカーたちが向かったのは、とあるレストランの外の荷降ろし場に駐車して待機している、配管会社のロゴが描かれたパネル・トラックだった。彼らがそのトラック後部の乗降板をのぼって、なかに入りこむと、パネルの扉が閉じられ、青塗りのトラックは車の流れに入りこんで、メリーランド郊外の荒れ果てた地域にあるガレージをめざした。

ゴードン・ゲイツはヴァージニア州のアレクサンドリアにいながら、その一部始終を、〈シャーク・チーム〉のバイク用ヘルメットに装着された小型カメラから転送されるストリーミング映像で観ていた。NSAのコンピュータが、ヨルダン大使館発の通話のなかにシャリ・タウンの名を捕捉して、傍受し、それで得られた情報をブキャナンが彼に伝えた。そして、ゲイツがそれをもとに、もっとも近辺にいる〈シャーク・チーム〉に任務を割り当てたのだった。彼らはうまくやったようだ、と彼は思った。これで、ひとりは始末した。

# 47

「きみはいまも、あのちょっとした〝心的地震〟をわずらってるのか？」ブラッドリー・ミドルトン将軍が、あいかわらずＡＫ‐47を手に、トラックの周囲の闇をのぞきこみながら、問いかけた。

「そうでないことを願っとくんだな」カイルは前方の道路に目を据えて、暗視ゴーグルがつくりだす緑と黒の光景を見つめていた。ライトを点灯せず、路面の穴を迂回しながら、できるかぎりの高速で車を走らせている。「おれがスナイパーとして、いちばん好ましく思う状況はなんだかわかるか？」

「なんだ？」

「自分でパートナーを選ぶこと。それなら、少なくとも自分の好みの人間といっしょにいられるからだ。いまとはちがって」

気づまりな沈黙が降りたなか、カイルはひたすら西へとトラックを走らせた。走行キロを刻むごとに、永遠につづくわけがない幸運の借りが増えていくように思えた。すでにサーン村から六キロほど離れているが、途中でほかの車輛に出くわすことはなかったので、よどみなくトラックを走らせることができた。

「あと二マイルほど行ったら、〈マクドナルド〉があるから」カイルは将軍に声をかけた。自分たちは協調して動かなくてはならないというわけで、和解のしるしにジョークを飛ばしたのだ。こういう状況においては、敵は一本に絞りこんだほうがいい。「そこに立ち寄って、コーヒーにビッグマックといこう」

ミドルトンが、状況が異なれば笑い声に聞こえたにちがいない、うめき声を漏らす。彼も、お返しにジョークを飛ばしたいと思った。

「わたしはバーガーキングのほうがいいな。チーズがたっぷりのダブルワッパーにしよう。直火焼きのやつだ」

「そう来ると思ったよ。あんたはなんにでも議論をふっかける口だな？」カイルは問いかけた。

「ああ。あまのじゃくと呼ばれてるぐらいでね」鋭く息を吸いこんで、ミドルトンは言い、その声はしわがれていた。

「マクドナルド（ミッキーD）があると言ったのは、もちろん嘘さ」彼は将軍に水筒を手渡した。「もうちょっとしたら、なにか食えるだろう。ぐあいはどうだ？」

「良くなったような、悪くなったような」ミドルトンが口ごもる。考えこんでいるようにも、集中を強めているようにも見えた。彼が口を開く。「わたしを殺すためにきみを送りこんだのは、だれなんだ？」

カイルは、路面にできた深いぎざぎざの穴を避けるために、速度を落としてハンドルを切った。激しい揺れがあると、折れているミドルトンの肋骨が肺に突き刺さるおそれがあるからだ。

「ジェラルド・ブキャナン。国家安全保障担当大統領補佐官がホワイトハウスの公式用箋を使って、おれ宛ての直接命令を書いた。理由は示されず、任務だけが記されてた。あんたを救出する作戦が失敗に終わったら、あんたを射殺せよと」

「彼にそんなことができるはずはない」

「いや、それができたんだ」カイルはアクセルを踏みこんで、ふたたびスピードをあげ、走行距離をさらに一キロばかり刻んだ。「彼はCIAに処理させることで、軍の命令系統を迂回した。おれはそんなふうにしてCIAに使われたことが、ときどきあるんだ。おれにそれを手渡したのは、彼のオフィスから派遣された男だった」

「なぜ彼はわたしが死ぬことを望んだのだろう？」ミドルトンが問いかけた。

「おれにきかれてもね、将軍。ただ、あんたにはひとをカリカリさせる傾向があるからな。あのアメリカ人傭兵どもがこのことに関わってるのはなぜなんだ？」

「やつらはゲイツ・グローバルに雇われてる。あの会社が組織的にこの誘拐をたくらんだということだ。わたしは軍の民営化法案に反対する立場だからな。やつらはどのみち、ジハーディストどもを使って、わたしを斬首させるつもりだったのに、それと同じ仕事をやらせるために、ブキャナンがきみを送りこんだのはなぜなんだろう？　斬首の計画が失敗した場合の保険としか考えられないんだが？　なんにせよ、ゲイツとブキャナンには直接のつながりがあるにちがいない」彼は息を吸いこんで、また顔をしかめた。

カイルは暗視ゴーグルをはずしてみた。黒い空に、新たな一日が始まる徴候が現われていて、裸眼でも道路の形状がはっきりと見てとれるようになっていた。

「将軍、この救出作戦そのものが仕組まれたものだったことを頭に入れておくように。われわれは待ち伏せに飛びこんでいくところだった。そもそも、この作戦は成功するはずがなかったんだ。おれも、ひとつまちがえば助からなかっただろう。あの傭兵どもに情報を伝えられるのは、政府の最上層部にいる人間にかぎられる。ブキャナンは最初から、その輪のなかにいたんだろう」

「くそ。これは、しばらく時間をとって、よく考えてみなくては」ミドルトンは黙りこんだ。はるか前方で、ヘッドライトの光が道路を横切っていくのが、まだ残る闇のなかにはっきりと見てとれた。

「あれは、ダマスカスとアンマンを結ぶ幹線ハイウェイを走ってるトラックにちがいない」カイルは言った。「あそこで、この道路を進むのは打ち止めにする」

ミドルトンがそこに目をやると、陽が昇って、昼の日ざしが路面を焼く前に目的地に着こうとするトラックで混みあっていることがわかった。

「車の通行が途切れるのを待って、ひそかに横断するということだな。ゴラン高原は、真西へ三十ないし四十マイルほどのところだったか？」

「そっちへは行かない」とカイルは応じた。

「しかし、あの高原にはイスラエル軍が全面的に展開しているんだぞ」ミドルトンが反論した。「ここから脱出するにはあそこがいちばんの早道だし、イスラエル軍のもとにたどり着けば、確実な保護が受けられるんだ」

「国境のこちら側には、それと同じくらいおおぜいのシリア軍兵士がいて、将軍、彼らが総がかりでわれわれを捜索しているだろう。ちょっと待ってくれ」

そのとき、遠くの幹線ハイウェイに並行する、舗装された細い側道が見つかったので、カイルは鋭く右へハンドルを切って、その道路にトラックを乗り入れた。右折する際、わざと道路標識を地面からもぎとって、道路わきの藪を踏みつぶし、そのあと低いギアに入れて、タイヤの痕をくっきりと路面に残してから、その道路を北へ向かう。

急な右折でふりまわされた将軍がドアに体をぶつけ、苦痛のうめきを漏らした。

「北へ向かうのか？　ダマスカスへ？」

「いや、まさか」

カイルはトラックを停め、舗装面をはずれないように慎重にハンドルを操作して、三点方向転換をし、いま来た方角へ車首を戻した。トラックを飛び降り、小さな灌木のかたまりを箒代わりにして、方向転換の痕跡を消し去る。灌木のかたまりを荷台に放りこんで、元の道路にひきかえし、ふたたび車を東へ走らせた。

「二キロほど行ったら、また方向転換をする。あの村に仕掛けた爆弾と、クレイモアの罠が、思った以上の効果を発揮したらしい。それが彼らの追跡をかなり遅らせたからこそ、いまだにBTRが現われず、あとを追ってくるやつもいないんだ。こちらに近づいてくるヘッドライトは見当たらないから、おそらく、彼らは行動を停止して、再集結し、増援を求めているんだろう」

彼はアクセルを踏みこんで、がらんとした道路をつっぱしった。

「この先に、南へ向かう細い道がある。そこに乗り入れて、しばらく走ってから、どこかの穴にもぐりこんで、昼をやりすごすことにしよう。彼らは明るくなりしだい、多数のヘリを飛ばしてくるだろうから、昼間は車を走らせるわけにいかないんだ。それに、おたがい休息が必要だし。おれはまる二日、眠ってないし、あんたは負傷してるからな」

ミドルトンがシートにもたれこむ。

「わたしならそういうやりかたはしないだろうね、ガニー」

「わかってるさ。逃げろという自然の衝動にケツを押されてるときに、じっとしてるのはつらいもんだが、敵の領土からひそかに、生きて脱出するには、これが最善の方法なんだ。いまの時点では、彼らはわれわれがどこにいるかを知らないし、おそらくは、まっすぐイスラエルへ向かったものと判断するだろう。だから、こっちはそれとはちがう選択をしなくてはならないし、北へ向かってレバノンに入るというのは問題外の行動だ」

田舎道にトラックを走らせていき、空が明るい灰色に変じて、ぎらつく太陽の上辺が地平線に顔をのぞかせてくるのが目に入ったころ、目当ての道路に行き当たったので、彼は右折してその道に乗り入れた。シリア軍は、逃走に使われる可能性があるすべての道路に警戒線を張るだろう。ひどく急激に朝が明けてきたために、自分がむきだしで、無防備なように感じられた。太陽がこちらを指さして、居どころを教えているような気がした。隠れられる場所は、まだどこにも見つからない。

# 48

「やあ、ラルフ、きみは地球の裏側にいるはずじゃなかったかね？」

ハンク・ターナー将軍が、ラルフ・シムズ大佐の敬礼に応えて握手をしながら、言った。そのあと、ターナーはシムズを、さまざまな航空機の写真が壁に飾られている広大なオフィスへ案内し、そこのばかでかいデスクの背後にすわっている、銀髪を短く刈りこんだ空軍の三つ星将軍に紹介した。

第一一空軍司令官ピーター・ブレイディ中将もシムズと握手を交わし、その黒い目で、海兵隊第三三遠征隊司令官の髪や着衣が乱れきっているさまをしげしげと見つめた。

「着衣がちょいとひどいありさまになっているね、大佐。まあ、すわってくれ。コーヒーは」

「ありがとうございます、閣下。いただきます。なにしろ、NASAのX43－Dスクラムジェットで、隕石のように舞い降りてきましたので」

シムズは、半袖の夏季用制服の上に、借りものの空軍の上着を着こんでいた。地中海の温暖な気候に合わせた制服が、アラスカのアンカレッジ郊外にあるエレメンドーフ空軍基地にふさわしいわけがないからだ。つい数時間前まで、彼の制服は糊(のり)がきいて、ぴしっと決まっていたが、いまはしわだらけで、ぐしゃぐしゃになっていた。

ブレイディ将軍の目が細められた。

「大佐、そんな航空機は存在しないはずだが、乗り心地はどうだったかを聞いてみたい気はするね」

「はい、閣下、おっしゃる意味はわかります。わたしもそのような航空機は初耳でしたし、自分がそれの後部シートに乗りこむことになった経緯もはっきりしません。乗りこめとパイロットに言われて、そうしただけのことでして」彼は腰をおろし、温かいコーヒー・マグを両手でくるむように持った。「むさくるしいありさまになっていることはご容赦ください。フライトスーツを脱ぐなり、この司令部の上級曹長に急(せ)きたてられて、こちらに参りましたので、着替えの時間がろくになかったのです」

ターナー将軍が、自分のカップにコーヒーを注ぎなおす。

「きみがなにか特別なものを携えてこちらに来ると聞いたので、わたしは乗機に何度も点検をやらせて、ここで待っていたんだ。聞くところでは、〈軍曹ネットワーク〉が頻繁に使われていたらしい。それはつまり、きわめて聡明な連中が、きみの知らせは統合参謀本部議長を地上に足止めにしなくてはならないほど重要なものだと考えていたということだ。じつに興味深い」将軍は大きな革張りの椅子にすわって、脚を組んだ。「聞かせてもらおうじゃないか、ラルフ」

シムズはコーヒーをたっぷりと飲み、口から胃へ温かさがひろがっていく感触を楽しんだ。

「ブレイディ将軍への礼を失するつもりはありませんが、閣下、このことは〝内々の〟話にすべきだと考えます」

ターナーが手をふって、一蹴する。

「ピート・ブレイディとは二十年来の付き合いでね。彼の助言も求めたい。きみがなにを言おうと、彼はちゃんと耳をかたむけてくれる。つづけたまえ」

「はい、わかりました。かいつまんでご説明申しあげ、そのあと、そちらのご質問に、できるかぎりお答えしたいと存じます」

彼はビニール袋におさめた封筒とメモをターナーに手渡すと、無言で立ちあがり、ふたりの将軍たちがなかの書状に順に目を通し終えるのを待った。

「それは、ブキャナン国家安全保障担当大統領補佐官の上級軍事顧問がじきじきに、カイル・スワンソン一等軍曹に手渡したものです。」大佐はふたりに説明した。「ブキャナンはそれを抹消せよとの指示を出していましたが、スワンソンが一計を案じてコピーを取り、その顧問はそうとは知らず、それを焼却しました。これがオリジナルというわけです。その後、スワンソンはスケジュールにのっとって、ミドルトン救出任務に向かうフォース・リーコン・チームに加わりましたが、その命令に従う意図はありませんでした。二機のヘリの墜落によって、スワンソンも死亡したと思われたのですが、そのとき、わが部隊の曹長がこの書状を持ってきたのです。スワンソンは、ミドルトン将軍をあの地から生きて脱出させるつもりでいたのです」

ブレイディが書状を封筒のなかへ戻した。

「そこで、きみは、これをハンクに届けるために地球を半周してきたと？」

「はい、閣下。メッセンジャーに託すには危険すぎますので、命令系統のいくつかを故意に迂回しました。わたしのような階級の者が申しあげるのは僭越ですが、選挙で選ばれたのではなく、大統領によって民間から採用された一介の文官が、ホワイトハウスの権力をみずから行使したり、誘拐されたアメリカ軍将軍の暗殺を命令したりするのは、違法な行為であるにちがいないと考えます」

ターナーが古風で優雅な万年筆のキャップを開けて、小さな手帳になにかを書きつけた。

「まったく、違法もきわまれりだ。きみがわたしを追いかけてきたことを、ブキャナンは知っているのか？」

「知りようがないと思います」とシムズは言って、またひとくちコーヒーを飲んだ。「この書状のことを知っていた人間は、ブキャナンとその顧問をのぞけば、スワンソンとドーキンズ曹長とわたしだけです。そしていま、スワンソンは死んだことになっています。ブキャナンは、書状は抹消されたと考えているはずですので、未決事項はないと見なしているでしょう」

ピート・ブレイディ将軍が、窓の外へ目をやる。外は暗くなり、雨滴が窓ガラスをたたいていた。

「彼は知っているぞ、大佐」

「どういうことでしょう?」シムズは問いかけた。

「一時間ほど前、国土安全保障省がテロ・アラート・レベルを最上位のレッドへ引きあげ、その直後、ワシントンでテロが発生して、ヨルダン大使が殺害された」ブレイディが、インターネットからダウンロードしたそれの報道記事をシムズに手渡す。「アラスカにいるわれわれは、あまり心配してはいないが、注意を引かれたのはたしかだ」

「わたしは国家軍事指揮センターから、ほかでもないジェラルド・ブキャナンの権限に基づく極秘暗号文の命令書を受けとった」オフィスのなかを歩きまわりながら、ターナー将軍が言った。「きみは、発見されしだい、なんと、国家反逆罪の嫌疑によって逮捕されねばならないとなっていた。尋問のために、国土安全保障省の係官が身柄の受け取りにやってくるまで、きみはここに拘束されねばならないことになっている。おもしろい話ではないか。きみは地中海にいるはずなのに、彼はそんなメッセージを、このアラスカに足止めになっているわたしに送りつけてきた。きみはその理由をどのように推測するかね?」

ラルフ・シムズは唇を嚙んだ。逮捕される?

ブレイディ将軍がその命令書を読みなおす。

「彼がこれほど必死になってきみを拘束したがる理由が、われわれにはよくわからなかった。いまやっと、その理由がわかった。アラート・レベルの引きあげは、きみが悪党のレッテルを貼られたこととも、ハンク宛ての奇妙なメッセージとも無関係だと思っていたが、もはや偶然の一致とはとても考えられない」

「残る疑問は、ブキャナンが単独で動いているのかどうかということだ」ターナーが壁の地図のほうへ足を運ぶ。「大統領は今夜、いつもの資金集めパーティの一環で、サンディエゴを訪れていた。その席で支持者たちと握手をしているときに、ワシントンでテロが発生したことが伝えられ、彼はアラート・レベルの引きあげを許可した。そして、スピーチは取りやめにして、大統領専用機に乗りこんだ。同機はすでに飛び立っている」彼は地図をとんとたいた。「われわれはここ、はるか北のアラスカにおり、軍曹たちが介入してくる前は、わたしは六カ月前から予定に組まれていた会議に出るために北京へ飛ぶことになっていたが、むろん、その予定はキャンセルした。中国へは行かず、エアフォース・ワンがアンドルーズに到着するのに合わせて、わたしもワシントンへ飛ぶことにしたんだ。きみもいっしょに来たまえ、ラルフ」

「さっき、ワシントンを発ったばかりですが」うめくようにシムズは言った。

「ぐちをこぼすな、大佐。特殊作戦を指揮する男が小娘のようにぐちってる姿を空軍の連中に見られては困る。ともあれ、きみは帰りの機中で睡眠がとれるし、いくつか良き知らせもあるんだ。どうやら、ガニー・スワンソンはヘリの墜落を生きのびたらしいぞ。しかも、シリアで拘束されていたミドルトン将軍は行方知れずとなっている。スワンソンが彼を救出し、彼が拘束されていた村に大騒動を引き起こしたようだ。彼らはいま逃走中で、シリア軍が躍起になって追跡している。ただでさえ興味深い状況が、さらに興味深いものになっているんだ」

ブレイディがオフィスのコンピュータ端末へ顔を向け、気象情報のプログラムを起動する。

「この風雨は一時的なもので、すぐにやむし、すべての機がいつでも緊急離陸できる態勢になっていることは、軍曹たちが保証してくれている。こうやってしゃべっているあいだにも、わたしのガルフストリームⅡ-SPが暖気運転を始めた。さあ、大統領に会いに行こうじゃないか」

第一一空軍司令官はクローゼットへ足を運んで、フライトスーツを取りだし、下着だけの姿になって、それを着こんだ。

「われわれもピートのガルフストリームに乗りこんで、ひきかえそう」ターナーが言った。「北極まわりで中国へ行くのに乗る予定にしていた、でかい専用機を使う手もあるが、ピートのおもちゃのほうがずっと乗り心地がいいからな」壁の大きな時計に目をやる。「ころはよし。あと二、三分で、ガルフストリームは飛び立てるだろう。ワシントンで、彼らを粉砕してやるのだ」

「わたしは逮捕されたのでしょうか？」シムズは問いかけた。

「いや、まさか」吐き捨てるようにターナーが言った。「われわれが、あの威張りくさった男から命令を受けるいわれはない。ブキャナンはよからぬことをたくらんでおり、それはわが海兵隊員たちが殺されたこととも関係しているはずだ。わたしがその真相を根こそぎ掘り起こしてやるぞ」

　ふたりの将軍たちが準備をしているあいだに、シムズは、ワシントンで発生したテロ事件の報道記事に目を通しておくことにした。

「あ、くそ!」彼は大声を出した。

「〝あ、くそ〟とはなんだ?」ターナーが問いかけた。

「この記事です、閣下! ワシントンで発生したテロ事件で、四人が殺されたという。被害者は、大使と、そのドライヴァー、大使館員、そして合衆国海軍士官のシャリ・タウン少佐となっています」シムズの顔は、怒りで真っ赤になっていた。

「それがどうした、大佐。説明してくれ」

「ターナー将軍、これは公然の秘密と言ってよろしいでしょうが、タウン少佐とわれわれのスナイパー、ガニー・スワンソンは、ずっと付きあっていたのです。同僚たちはなにも尋ねず、どこにも口外しなかったので、公的にはだれも知らなかったことになっています。聞いたところでは、婚約が間近だったとか。大声を出してしまったのは、ひとつには、彼女とスワンソンには直接のつながりがあったからです。もうひとつは、彼女がブキャナンのホワイトハウス・スタッフの一員として、中東担当を務めていたからです」

　将軍たちが目を見交わす。

「なんてこった、ハンク。ろくでなしどもは、大使を狙ったわけではなかったのか!」ブレイディが言った。「やつらの狙いは、その女性だったのだ!」

　ターナーとブレイディとシムズは外に出て、飛行列線(フライトライン)で暖気運転をしているガルフストリームへ足を運んだ。冷たい空気のなかにジェットの排気ガスがたなびき、磨きあげられた機体が小雨に濡れて、光り輝いていた。ブレイディがシムズに問いかける。

「きみは、ガニー・スワンソンがミドルトンを生きて脱出させられると考えているのか？」

シムズはきっぱりとうなずいた。

「はい、わたしは、ガニー・スワンソンは水の上でも歩けそうな男だと考えるようになっています。彼が失敗するほうにお賭けにならないのがよろしいかと」

そのとき、空色と白でくっきりと塗り分けられて、アメリカ合衆国のVIP専用機であることがわかるボーイング707が、轟音をあげて彼らの前を通りすぎ、スピードをあげて離陸していった。

「わたしの乗機が飛び立った。空っぽで飛ぶのはもったいない話だが」ターナーが言った。

「中国に行くんじゃなく、本拠に帰れるようになって、クルーはよろこんでるさ」ブレイディが口をはさんだ。

彼らが見守るなか、その機はなめらかに高度をあげていった。遠くの地上でまばゆい閃光があがり、輝く小さな点がひとつ、光の筋を残しながら、めくるめく速さで運動量と高度を増して、空を駆け昇っていく。スティンガーだ。肩載せで発射されたそのミサイルが、熱せられたボーイングのエンジンの一基に命中して、爆発させ、瞬時に大きな火球が暗い空に出現した。炎に包まれたボーイングの機体が、地面へと落下していく。

ラルフ・シムズは将軍たちの体をつかんで、滑走路の上へ押し倒し、自分もそのふたりのあいだに身を伏せた。

「なんてこった！　ターナー将軍、あなたはあの機に乗ることになっていたのですよ！」

「アラート・ワン発令！　戦闘機をスクランブル発進させよ！」

ブレイディがそばにいた警備兵に叫びかけ、警備兵が無線をつかみあげて、エレメンドーフ指令センターへその命令を中継した。サイレンがうなり、救急車と消防トラックがいっせいにガレージから出てきて、滑走路の先へ走っていく。

ヒューという音が空に響き、地を揺るがす炸裂音が届いた。基地のフェンスの外から発射された一発の迫撃砲弾が、夜空を昇っていく。それが広大な格納庫の間近に落ちて、爆発する前に、二発めが発射されていた。三発めの迫撃砲弾が、揮発性の液体と弾薬が大量に収納されている建物にもろに命中する。火山噴火のような爆発が生じた。悪天候を避けて、そのなかで整備作業がおこなわれていた三機の戦闘機が粉微塵にふっとび、整備クルーの体が瞬時に灰と化す。シムズは、迫撃砲がこちらを狙っているのではないことを見てとり、将軍たちを立たせて、ともに遮蔽物の陰へ駆けこんだ。

空軍憲兵隊が飛びだしてきて、フェンスのほうへ走りだしたとき、さらに三発の迫撃砲弾が落下して、その二発が主滑走路に穴をうがった。最後の一発が巨大な管制塔をかすめて、そばに駐車していたトラックに当たり、その周囲全体に炎がひろがる。

空になった迫撃砲を憲兵隊が発見したときには、〈シャーク・チーム〉はすでにそこを離れていた。そのチームのふたりはどちらも、かつては憲兵隊の一員であり、空軍からの除隊が間近になったころ、ゴードン・ゲイツの提示した大金に買収されて、〈シャーク・チーム〉に入ったのだった。用いられた兵器は、万が一、彼らが必要になった場合に備えて、基地に近いアパートの一室に秘匿されていた。彼らはまた、新たな身分証明書と新たなパスポート、そして残高がたっぷりとある銀行口座を与えられており、いずれはその失踪が明らかになるにしても、それはファーストクラスでシアトルへ高飛びしたあとのことだろう。

しばしののち、地上部隊が基地の外側まで展開して飛行経路の安全を確保したところで、ブレイディの操縦するガルフストリームが、レザーシートにストラップで身を固定したターナーとシムズを乗せて、滑走路を離れた。その左右に、翼を接するように、二機の完全武装したF‐16が就いて、エスコートしていた。

エレメンドーフに猛攻が加えられたことが合衆国大統領に伝えられたとき、大統領専用機はアリゾナ砂漠の上の穏やかな空を飛んでいた。護衛のために、さらに四機のF‐16が急発進して、エアフォース・ワンの上下左右に就いた。大統領は、テロ・アラート・レベルの引きあげは適切なことだったと確信していた。またもや、アメリカに対して攻撃が加えられたのだ。

# 49

ゴードン・ゲイツは、エレメンドーフ空軍基地への攻撃が完了したことを伝える〈シャーク・チーム〉からの保護されたEメールを受信すると、それに目を通してから、Magneto社のソフトを使って、電子的に削除した。メールが、この世に存在しなかったもののように消滅する。あのチームは甚大な損害を与えて、みごとに逃げ去ったのだ。ゲイツはずっと前に、古来からある〝警備兵をだれが警備するのか？〟という問いに真実を見いだし、膨大な時間とカネを注ぎこんで、多数の軍事基地の警備兵たちのあいだに浸透していた。意外にも、やってみれば、もっといい報酬がもらえさえすればすぐに転ぶ優秀な兵士を見つけだすのは、さして困難なことではなかった。

シムズ大佐がエメレンドーフに向かったことを突きとめたのは、ブキャナンの動かす国家安全保障網だった。大佐はそこで、中国への移動を遅らせて待っている、統合参謀本部議長のターナー将軍に会うことになっていた。シムズは、例の書状をターナーに渡しただろう。つまり、スティンガー・ミサイルによるボーイングの撃墜は、ターナーとシムズの両方が死に、暗殺を命じた書状は墜落した機中で燃えつきたことを意味する。完璧だ。迫撃砲による攻撃は、テロリストの犯行である可能性をにおわせるためのお飾りにすぎない。

ゲイツは、この転換点をもとに状況を吟味した。シャリ・タウンは、ヨルダン大使の車に対する攻撃のなかで排除された。シムズとターナーの死についても視覚的に確認したいところではあったが、航空機の墜落は過去に何度も見ているし、あのふたりが処理ずみになった公算は圧倒的に大きい。実際、撃墜があって以後、彼らの消息はなにも伝えられていない。つまり、あの書状のことを知った連中のうちの三人は死に、残るは、雲隠れが巧みな海兵隊員ども――スワンソン、ドーキンズ、ミドルトン――ということになる。

空母艦内にある曹長は姿をくらますのがうまいことを証明しており、それは、特殊任務のヴェテランを賞賛する笑みをゲイツの口もとに浮かばせていた。あの男を見つけだすには、とりわけ、艦内に助力者が何人もいれば、かなりの時間を要するだろうが、遅かれ早かれ発見されるのはまちがいない。当面、その問題は海軍犯罪捜査局の連中に任せておくしかないだろう。いずれにせよ、ドーキンズがなにを申し立てようが、証拠はなにもないのだから、あの男はそれほど害にはならないし、いまは海の上で完全に孤立しているのだ。

彼は、ミドルトン将軍とカイル・スワンソン一等軍曹の問題に目を向けた。やつらはシリアで騒乱を引き起こしているようだ。あのふたりを捕まえることが、重大な要件となる。計画の成否は、やつらを発見できるかどうかに懸っているのだ。あの地の〈シャーク・チーム〉のひとりは死に、あとのひとりはシリア軍に拘束されているが、いまも生きて、スワンソンの追跡に手を貸している。〈シャーク・チーム〉はすべて使い捨てだから、ゲイツはなにも心配してはいなかった。高額の報酬と諸手当のパッケージには、リスクが伴うものだ。

とにかく、スワンソンはミドルトン将軍を解放し、これまでのところは〈シャーク・チーム〉とシリア軍をけむに巻いている。捜索にあたる目の数は多いほうがいいということで、ゲイツは〝レベル〟・シャイフにメッセージを送って、さらに多数のジハーディストを捜索にさしむけるようにと要請していた。とはいえ、あのバスラの聖職者をあまりあてにしてはいけない。あの男は、小ずるい悪魔のようなやつだ。

ゲイツは、壁につくりつけのバーへ足を運んだ。そこの冷凍庫に入れてあるアブソリュートのボトルを取りだし、トール・グラスにウオッカを注いで、アイスキューブとソーダ水とライムのスライスを加える。かきまわしてから、ウオッカ・トニックを飲み、考えをめぐらせた。

グーグルアースを使えば、軍の情報システムに接続することなく、上質の地図を見ることができるだろう。彼はシリアを選び、そこの拡大地図を大きなプラズマ・スクリーンに表示させた。その国の南部地域に移動してから、マウスを使ってさらに拡大し、地図を傾ける。ろくになにもない、と彼は思った。大半が平坦で茶色く、ところどころに細い耕作地があるだけだ。心を特殊部隊員モードにして、カーソルをサーン村に合わせ、ポインティング・ツールを用いて、トレースし、可能な逃走ルートを計測した。スナイパーと将軍は日中はどこかに隠れているはずだから、こちらの持ち時間はたっぷりある。

スワンソンは、人口の密な地帯を回避するだろう。シリア軍はヘリを何機も飛ばしているだろうが、捜索すべき面積が数百平方マイルにおよぶから、おそらくは、やつを発見できない。おびただしい数のヘリコプターが捜索に飛びまわれば、当然、スワンソンとミドルトンは日中はどこかに身を隠しているにちがいないからだ。自分があのスナイパーの立場なら、夜になってから南へ向かい、朝が明けるまでにヨルダンとの国境へたどり着こうとして、つっぱしるだろう。

彼は、よく冷えたウオッカ・トニックをひとくちやってから、グーグルアースの地図を最小化し、スワンソンの軍歴のデジタル・コピーを画面に表示させた。非の打ちどころがない。こいつは、まぎれもなく本物の戦士だ。ブキャナンがあの仕事のためにこの男を選んだのは大失敗だった。〈シャーク・チーム〉に引きこめば、最高の指揮官になるだろうが、こいつはカネでは転ばないだろう。

この男を阻止しなくてはならない。スワンソンとミドルトンは、そろって死んでもらわねばならない。まずは、やつらを発見させなくてはならないが、特殊部隊員タイプの追跡に関して、〈シャーク・チーム〉よりも腕が立ち、ありとあらゆる裏工作を心得ている人間がいるとすれば、それはだれなのか？　ヴィクター・ローガンは、見境なく暴力をふるう性向はあっても、もっともすぐれた男のひとりであることはまちがいない。だが、ゲイツは、より特殊化した軍事顧問をシリア軍に貸しだすことに決めた。

キーボードを打って、私的なデータベースを呼びだし、いま使える男を探しだす。ビデオ・リンクが装備された、パイロットの不要な無人航空機UAVを一機、ヨルダンの地上に配してあったので、それに指示を送って、発進させた。これで、スワンソンが身を隠さなくてはならない相手がひとつ増えるだろう。そのあとゲイツは、レバノンの僻地でヒズボラの戦士たちの訓練を支援している〈シャーク・チーム〉を増援に送りこんだ。そのチームは、機体の左右にミニガンが装備されたUH‐1Eヒューイ・ヘリコプターを使いこなせる。つぎに、ヒズボラのゲリラ部隊を返り討ちにするための、イスラエル軍の対ゲリラ作戦訓練を指導している、二個〈シャーク・チーム〉をイスラエルから現地へ送りこんだ。彼らは装甲された軍用のハマー、すなわちハムヴィーを使うだろう。先に現地の砂漠へ派遣しておいた捜索チームに、シリアの連絡員を通じて、暗号化メッセージを送っておく。〈シャーク・チーム〉に所属する熟練の五名が専門的技術を駆使して、この捜索活動に大きく貢献してくれるだろう。加えて、イラクのジハーディストの増援もある。捜索の目は増えた。

ゲイツは海兵隊員の軍歴をさらに詳しく調べて、なにか役に立つものはないかと探した。このスナイパーは、きわめて攻撃的であることをすでに証明している。スワンソンもミドルトンも、捜索の到来を待ち構えているだろう。おそらくは、ミドルトンは高性能の双眼鏡を用い、スワンソンのほうは、五〇口径のM82特殊スコープ付きライフルに装着された、ウナートルの高倍率テレスコープを用いて、監視しているだろう。そのライフルはでかい。ひどくかさばり、携行に苦労する武器であることは、自身もそれを携えた経験のあるゲイツにはよくわかっていた。いざ逃げようというときに、それがスワンソンの行動を鈍らせることになるだろう。

担う重量が増えれば、それだけ動きは遅くなるし、このＳＡＳＲは、弾をこめる前ですら三十七ポンドもあるのだ。それだけでなく、あのスナイパーは重い背嚢とライフル以外の武器も携行し、おそらくは各種の装備もしているだろう。いずれ不要な品目は捨てはじめるだろうが、現時点においては、スピード競争に敗れつつある。彼らが休息をとっているいま、ふたたび動きはじめる前のいまが、捕まえるのに絶好の時だ。

ゴードン・ゲイツは、ドリンクのグラスを、デスクのぶあついガラス製の天板にたたきつけるように置いた。あのライフル！　そうだ！　スワンソンの軍歴をスクロールしていくと、スワンソンが先ごろ、サー・ジェフ・コーンウェルの会社へ軍から派遣され、新世代のスナイパー・ライフルを開発する仕事を手伝っていたことが記されていた。これまでに、さまざまな銃器関係の雑誌に掲載された漠然とした記事を読んで、その実験的なライフルには高度にコンピュータ化された魔法のようなスコープが装着されており、コーンウェルがそれを生産に移すためにヴェンチャー・マネーを集めていることは知っている。インターネットで〝スナイパー〟関係のウェブサイトをサーチして、そのライフルのことを調べていくと、それの名称が判明した。エクスカリバー。それを調べにかかると、〈アーサー王の剣〉にまつわるサイトがやたらと多かったが、そのうちようやく、コーンウェルの未来的兵器の仕様のいくつかが記されているサイトに行き当たった。それは通常のＳＡＳＲよりはるかに軽く、もしスワンソンの携行しているのがそのしろもの、エクスカリバーであれば、担う重量をかなり軽減できているだろう。だが、それには潜在的な弱点がひとつある。これ、これだ！

ゲイツはエレクトロニック・ローロデックスを開き、目当ての外国の電話番号を見つけだした。場所はロンドン。電話をすると、穏やかなイギリス人の声が聞こえた。

# 50

ユーセフ・アル・シュームは、好機の到来を待っていた。ローガンが言ったとおり、あのスナイパーは日中はどこかに潜伏しているだろうから、性急な行動は必要ないし、賢明でもない。アル・シュームは、村に近い道路際に設置された大きなテントのなかで休息をとりながら、部下の兵士たちが、道路に埋設されているかもしれない地雷や仕掛け爆弾(ブービートラップ)を探索するさまをながめていた。テントからほど遠くないところに、地雷のワイヤをひっかけて炎上したBTR-80装甲兵員輸送車の黒焦げになった車体があった。地雷の炸裂(さくれつ)で、装甲車の上に顔を出していた二名が頭部をふっとばされ、燃料タンクが引き裂かれて爆発し、それによってさらに三名が命を落とした。アル・シュームが死なずにすんだのは、たまたま、あとにつづく二輛めのBTRのなかにいて、ダマスカスと交信をしていたからだった。それをせず、もし先頭車輛に乗りこんで、その上に顔を出していたら、自分の頭もふっとばされていたところだ。

シリア軍情報将校にとって、これは驚きに満ちた一日だった。地雷によるBTRへの待ち伏せで、五名の部下が死んだ。そのほかにも一名があの村の家の玄関前で死に、そこではアメリカ人傭兵もひとりが死んだ。十一名のジハード戦士が根城にしていた家が木っ端微塵(こっぱみじん)にふっとばされて、そこにいた全員が死んだ。だれにでも情報を売っていたフランス人の家も爆発し、ばらばらになった死体が、煙を噴く廃墟のなかで発見された。ゼウスの警備に就いていた兵士とその砲手が、砲撃をしようとして、命を落とした。道路の先にある検問所では、ふた組の警備兵が惨殺された。ふた組がだ！　海兵隊の将軍は逃走した。もうたくさんだ。

アル・シュームは、このテントから捜索を指揮調整して、スナイパーを捜索網の中心へ追いこむつもりでいた。増援の部隊とヘリコプターの到着を待つあいだに、一個分隊を村へ派遣し、もっとも意外性のあるそこに、あのアメリカのトラブルメーカーがひきかえして身をひそめていることがないかどうか、家を一軒一軒あたらせて調べさせておいた。

彼の前のテーブルの上に、大きな地図がひろげられ、そのかたわらには、二個の無線機や、ティーと水の魔法瓶や、きれいな白い皿に盛られた食べものも置かれていた。アル・シュームはパンとチーズをぱくついた。

「どうだ、ローガン君。彼はどこに行ったと考える？」

ヴィクター・ローガンは、干からびた血液や内臓の断片が帯状にこびりついたまま放置されている、兵員輸送車の残骸(ざんがい)に目を奪われていた。そのそばに駐車している無傷なほうは、地雷探索班が一帯の安全を宣言するまで、そこに縮こまって待っている獣のように見えた。あのスナイパーは、なにをなすべきかをよく心得ているのだ。ローガンは、地図の下半分を掌(てのひら)でなぞった。

「南。ヨルダンの方角です」

「わが部隊の斥候が、ここから数キロメートル西にあたる交差点で、道路標識が損傷し、大型トラックのタイヤがそこで急転回をして、北へ、レバノンの方角へつづく痕跡を残していることを報告しているが」

　ローガンは首をふり、太い両腕を胸の前で組む姿勢になって、懸命に頭を絞った。

「それは、そっちへ誘導するための、けちな策略でしょう」

「同感だ」アル・シュームは言った。

　それでも、あのアメリカ海兵隊員のこれまでの行動をふりかえれば、偽の痕跡を残すために逆戻りをくりかえすほどの時間はなかったかもしれないというわけで、彼としては、その地域へいくつかのチームを派遣せずにはいられなかった。そういえば、前に読んだ推理小説のなかに、連続殺人犯が執拗に追ってくるニューヨークの刑事とその美しいＦＢＩの相棒を罠にかけるという話があったような……はっとわれに返って、彼は現在の問題に心を戻した。

「彼はできるだけ速く、将軍を西へ、イスラエルの方角へ連れていくだろうと考える者もいよう」彼はローガンに目を向けた。「なぜ、そうはしないのか？」

「やつは、おれたちがいまやってるのと同じ推論をするからです。安全を求めるには、イスラエルに向かうのがいちばん理に適い、いちばん速いルートだから、やつはあんたの部隊がそっちへ押し寄せると考える。だから、そっちのルートは使おうとしないし、逆に東へ向かうのは同じくらい危険な地帯に入りこむことになるから、それもできない。南へ向かえば、そっちにはアメリカに友好的なヨルダンがある。おれなら、そっちへ行くでしょう。やつが向かうのはそっちってことです」

アル・シュームはそれにも同感して、頭をかきむしった。ローガンは推測をほしいままにできるが、彼はあらゆる可能性を探らねばならず、しかもその可能性は数多くあるのだ。イスラエルへの直行ルートを排除することはできないので、彼はさらに手持ちの兵力を削って、シオニストとの国境へ捜索チームを派遣していた。

それにまた、逃走車そのものにも問題があった。海兵隊員が盗んだトヨタの古いピックアップ・トラックは、シリアでは、全土ではないにせよ、もっともありふれた自動車だ。人口が密な地域ではどこでも、白いトヨタのピックアップ・トラックが終日、さまざまな方角へ行き交っている。そのどれが逃走車輌であってもおかしくないのだ。

同じプロフェッショナルの兵士として、アル・シュームは、ヘリコプターが墜落してもなお職務に執着し、この村に侵入して、将軍をかっさらっていった敵兵に、しぶしぶではあれ、敬意を覚えずにはいられなかった。だが、いまはそんなことはどうでもいい。自分の職務はそのふたりを捕まえることであり、自分はその職務を果たすまでだ。少女殺しの咎でヴィクター・ローガンを裁くのは、そのあとのお楽しみに取っておくことにしよう。

立ちあがって、向きを変えたとき、ひとりの兵士が呼びかけて、指さした。村のほうから、ダークブルーのランドローヴァーがこちらに近づいてくるのが見える。タイヤから背後へ砂煙を舞いあげて走ってくるその車は、エアコンがきいているらしく、着色ガラスの窓が閉じられていた。それがテントのそばで停車すると、後部シートから、白いきれいなローブをまとい、頭に布を巻いた、灰色のひげと濃い睫毛の男が降りてきた。

「アル・シューム将軍」来訪者が言った。「わが親愛なる友よ」

アル・シュームはうやうやしく頭をさげ、そのあと、ダマスカスのモスクから訪ねてきた高位の導師を抱擁した。手を貸して、聖職者をテーブルの前の椅子にすわらせ、ティーを注ぐ。警備兵がローガンを、声の届かないところへ追いやった。

「あなたにお会いすると、いつもよろこばしい気持ちになります。あなたはつねに、アラーの平安とともにありますからね。それにしても、なにがあって、この辺鄙な地へおいでになったのです?」アル・シュームは問いかけた。「コーランの教えを説く方がこんな世俗的な業務にわずらわされる必要はないでしょう」

老人がティーを飲み、そのあと五分ほど儀礼的なやりとりがあった。子どもたちのことはもちろん、農産物や家畜のこと、そして妻のことも話題にのぼった。アル・シュームは、しだいにいらだちを募らせていった。イマームは、ただの物見高い観光客になるためにモスクを離れたわけではあるまいに。ことによると、政府がアル・シュームの仕事ぶりを報告させるために、ここへ送りこんだのかもしれない。

「無線の音量をうるさいほどあげていることについては、どうかご容赦ください」彼は言った。「わたしはいま、逃走したアメリカ人たちを見つけだすための広範な捜索を指揮しているところでして」言外の意味を読んでくれ、ご老体。

「それも、わたしがここを訪れた理由のひとつでね。きみの家族にまつわる楽しい話を聞かせてもらうことより、そちらのほうが大事だ。わたしは、同胞の聖職者であり、重要な同盟者である、イラクのシャイフ、アリ・シャラル・ラサドの依頼を受けて、やってきたんだ。彼は預言者に――その名をほめたたえよ――仕える、おおいに尊敬されている人物でね」

「その名をほめたたえよ」アル・シュームはおうむ返しに言った。「あなたの使命遂行にお力添えできることがあるのなら、なんでもいたしましょう」

あの〝レベル〟・シャイフがこれほど位の高い聖職者をメッセンジャーとして送りこんできたとなれば、それは正当さや重大さに疑いをさしはさむ余地のない依頼であるにちがいない。

「われらが友は、きわめて困惑している。彼はこの早朝、あのアメリカの将軍をイラクの病院へ安全に運ぶためにと、飛行機をさしむけたのだ。彼は、わが国がこの誘拐事件になんらの関与もしておらず、その将軍が拉致されて以後、状況に多くの変化が生じたように思われることを知っている。これは、最上層部が扱うべき事柄となったことを」

「そうであるからこそ、わたしはいま、ここにいるのです」アル・シュームは言った。

間を置かず、イマームが話をつづける。

「むろん、われらが友は、きみがダマスカスからここへ派遣されたことは知らなかったし、誤解があったことに対しては衷心より謝罪したいと申し出ている。彼はけっして、きみやきみの能力をないがしろにしたわけではない。たんに、この状況を収拾して、わが国を助けよ

う と試みただけのことなのだ」

アル・シュームは、掌(てのひら)をひらいた両手をテーブルに置いて、目を伏せ、羊のように従順で控えめな姿勢をとった。それで、いったい論点はなんなのだ？

「ところが、これはきみにも容易に想像がつくであろうが、アメリカの将軍が別のアメリカ兵の助けを受けて逃走したばかりか、シャイフがその将軍の警備のために派遣していた聖なる戦士の全員が殉教したことを知らされたとき、彼は驚愕した。いやはや、全員が殉教したとは！」

「それは事実です。彼が派遣したイラク人たちは、警備の任務を果たすにはあまりに不注意でした」〝不注意〟の語を言ったとき、アル・シュームの声には侮蔑(ぶべつ)の響きがあった。

老人が顎ひげをさする。その黒い目には、弱々しい肉体には似つかわしくないほど強い光があった。

「侮辱的なことがあった。アメリカ人異教徒、ゴードン・ゲイツがなんと、われらが友に対し、さらにまた多数の兵士をこの地へ派遣して、きみの捜索活動に合流させよとの命令を送ってきたのだ。コーランの教えを説く男に対して、そのようなことを命令するとは！　不埒(ふらち)なことを！　そのようなわけで、われらが兄弟は、われわれ全員にとって最善となる決断を下した」

「なるほど。で、どのような決断を？」

「当然ながら、きみの作戦行動にはいっさい介入しないことにしたのだ、兄弟よ。彼は、きみがこの状況を解決することに全幅の信頼を示し、彼自身はいま求められている別の事柄、より実り多き事柄に、関心を向けることにしたのだ」メッセージを伝え終えたところで、老人は立ちあがって、シリア軍情報将校と別れの抱擁をした。「インシャラー。アラーの意志は果たされた」

イマームは、アル・シュームの息子たちが預言者に奉仕することによって強い男に成長しますようにと祝福を贈ってから、ランドローヴァーへとってかえし、粛々と走り去っていった。

アル・シュームは、その青いSUVが来た道をひきかえして消えていくまで、見送っていた。くそ！　あのイラクのブタ野郎、最初はひそかにこの国に入りこんで、アメリカの将軍をこの自分、アル・シュームの鼻先からかっさらおうとしたくせに、いまになって捜索を放棄することにしたとは。彼らが逃げだせば、すべての責任を自分がひとりで負うことになってしまうではないか。

「いまのはどういう話だったんです？」ローガンが身をかがめてテントのなかへひきかえしながら、問いかけた。

「なんでもない」アル・シュームは言った。「たまたまこの地域を通りかかった旧友が、なにが起こっているのかといぶかしんで訪ねてきただけだ」

アリ・シャラル・ラサドはすでに、その組織、〈アラーの聖なる新月刀〉は事件に無関係だと全世界に対して嘘を言い放っているが、こんどはこの騒乱のすべてから手をひこうとしているのだ。あの老イマームはよく、シリア政府の非公式の密使としてメッセージの伝達をおこなっているからいまの要請は政府の要請でもあり、政府はいま、国際緊張を緩和するために老イマームと同様の対応をとろうと考えているのだろう。なにもない辺鄙な土地に設置されたテントのなかにすわっていると、ダマスカスを遠く離れていることに心が押しつぶされそうな気分になる。ここに釘付けにされているのは、最終的な意思決定に自分が関与できないことを意味するのはたしかだからだ。自分は意思決定に関与するのではなく、二名のアメリカ海兵隊員を追うためにここに送りこまれてしまった。もしスケープゴートが必要になれば、自分が犠牲者に選ばれることになるかもしれない。

空を見あげると、太陽がさらに高く昇っていた。ヘリコプターは、このあたりの上空にはまったく見てとれない。彼は、無線網の音量をあげた。アメリカ人たちを捕まえるのは、早いに越したことはない。そうすれば、つぎのヘリに乗ってダマスカスへ戻り、英雄として街に迎えられることになるだろう。彼は、アメリカ人傭兵のほうへ顔を向けた。つい十分前まではそうではなかったが、いまはなんとしても、この男の助けが必要だった。

「われわれは時間を浪費しているな、ローガン」

# 51

その荒れた道路は、砂漠に特有の茶色ではなく、農耕地であることを示す緑豊かな土地へとつづいており、道路の左右に、乾燥した気候での耕作を可能にするための灌漑水路が点在していた。広大な土地が、ゲートのある細い用水路によって縦横に区切られ、農業用水が各区画へ順番に送られるようになっている。太陽が地平線から完全に昇りきり、それまで守ってくれていた闇をぎらつく陽光が消し去ったとき、カイルは幹線にあたる用水路を見つけだした。その地域の大部分に水を供給している用水路らしく、水面がさがってしまっている。彼はトラックを四輪駆動にして、荷車用の小道へ乗り入れ、車体をはずませながら、その広い用水路の川床へくだっていった。

ミドルトンが揺れ動く車のなかでふりまわされて、苦痛に顔をしかめたが、カイルはかまわず、四輪がすべて水中に浸かるところまでくだっていった。そして、その用水路から水を耕作地へ流すためと、農機具が収穫物を道路の反対側へ運ぶための、両方の目的に設けられている大きな暗渠のなかへ車を乗り入れた。天井までの空間が広く、タイヤが半分だけ水中に浸かった格好で、トラックはうまく暗渠のなかにおさまり、前後の端も闇のなかに隠れてくれた。車を駐めて、エンジンを切ると、そこは静寂に包まれた。

「日中はここにいる。選択の余地はない」

ミドルトンがシートの上で姿勢を直し、前後の大きな開口部に目を向けた。

「むきだしもいいところだ」それに反論しようとしたカイルを制して、ミドルトンがつづける。「きみの言うとおりだ。ほかに選べるところはない」

カイルは運転席のドアを開き、よどんだ水のなかに足をおろした。

「車体が水面からじゅうぶんに高いところにあるから、問題ない。おれはタイヤの痕を消しに行ってくる」

水を踏んで歩き、日ざしの下にひきかえすと、彼は十分ほどをかけて、道路から灌漑用水へとつづいているタイヤの痕を消し、そのあと、双眼鏡を使って、周囲の畑地を検分した。わりあい涼しい朝だというのに、あたりは静かで、作業をしている人間はひとりもいなかった。彼はトラックへひきかえして、後部の荷台にのぼった。

そこにミドルトンが、AK-47をかかえて立っていた。

「外のようすはどうだった?」

「なにも。いまのところはオーケイだ。この時刻に農作業がおこなわれていないのだから、いまは畑に水をやるだけの時期なんだろう。農民たちがここを通りぬける心配がないとすれば、われわれは運がよかったということになる。地図を調べてみよう」

彼らは運転席の屋根に地図をひろげ、それぞれがその両端を押さえた。

「あんたが拘束されていたのはここ、サーン村というところだ」カイルは、人口が一千人未満の村を表わす小さなシンボルに指先をあて、その指を黒い線に沿って滑らせた。「われわれはこの道路をここ、ダマスカスへつづく広いハイウェイと交差するあたりまで車を走らせ、そこで逆戻りをくりかえした。いまいる場所はほぼこのあたり、二カ所の人口密集地の中間点で、東にはスワイダー市、西にはダルアー県がある」

そのとき、トラックのエンジン音が聞こえたので、彼は話をやめて、銃を手に取り、ミドルトンもそうした。カイルは、暗渠の片側を監視するようにとの身ぶりを准将に送り、自分は反対側を監視した。トラックが道路を走ってくる音が近づき、さらに近づいて、暗渠の上の短い溝橋(こうきょう)をごろごろとこえ、走り去っていく。

「たぶん、日中はこういうことが何度もあるだろう。農耕用の車輛が通りかかることが」

「さて、こことほかの土地との距離はどれくらいになるんだろう?」ミドルトンが目を細めて、地図を見た。

カイルは、地図の下辺にキロメートルの尺度が表示されているのを見つけ、それをもとに指で地図上の距離を測った。

「この道路を行くと、スワイダーまで約四十四キロメートル。いまいる場所から一マイルほどのところに、別の細い道路があり、それは南の方角へ、どれくらいかな――十七キロほどのびている」

「ヨルダンとの国境まではつづいていないな」ミドルトンが地図を観察する。「つぎの交差点で、この道は終わってる。それでも、ここから南へまっすぐのびているようには見える」

「ヨルダンまでの距離は、おおよそ二十一マイルだろう」カイルは地図で距離を測った。

「そこに近いところまで車を走らせ、今夜は、もし必要なら、そこに潜伏するという手は使える。とにかく、そこに近づかなくてはならない」

「このトラックは放棄したほうがいいか？」

「いや。これは頑丈な車だし、いろんな改造が施されてる。なんにせよ、別の車を盗んだら、さらに警戒を強めさせるだけだろう」

ミドルトンがカイルに目を向けてくる。

「とにかく、そこに近づかなくてはならないというのは、どういう意味で言ったんだ？」

カイルは背嚢に手をつっこみ、墜落のときに死んだパイロットから拝借してきた電池式の衛星電話を取りだした。

「この二、三時間後、正午ごろに、眠らせてあるこの電話を起こし、艦隊に乗り組んでいる仲間に連絡を入れて、支援を求める。彼らは、回収する相手がおれだけだったら、そうはしないだろうが、あんたを回収するためとなれば、危険を冒してでもやってくるだろうさ！」

「階級にはそれなりの特典があるということだ、ガニー。いますぐ連絡を入れて、その要請をしてもよさそうなものだが、なぜそうはしないんだ？」

カイルはすわりこんで、銃をかたわらに置いた。

「電話の電源を入れたら、こちらの位置を暴露することになる。シリア軍もワシントンも通話を傍受するだろうから、それまでに、やつらが捜索にふりむけられる昼の時間をいくらか削ってやり、なおかつ、海兵隊遠征隊(MEU)が回収作戦を遂行できるだけの時間は残すということだ」

　ミドルトンもすわりこみ、傷めている肋骨(ろっこつ)のあたりを押さえながら、らくな姿勢をとった。

「ワシントンということばを聞いて、あることを考えさせられた。わたしが拘束されているあいだに、なにかきわめて異例な、あるいは重大なできごとが起こったということは？」

「いや、起こってない。なにもなかったと思う」カイルは言った。「ただ、国を発(た)ったあと、なにもかもがひどく急速に進みはじめたので、それからはニュースをまったく観ていないんでね」

「真剣に考えてくれ、ガニー。軍隊に打撃を与えるようなできごとはなかったか？」

　カイルは寝そべって、背嚢に頭をのせた。

「なにも思い浮かばないな。おれはちょっと睡眠をとっておく必要があるから、将軍、二時間ほど監視を受け持ってくれ。そのあと、おれを起こして、あんたが睡眠をとる。おれはもう、ぶっ倒れそうだ」彼は軍帽を目の上に置き、すぐにまたそれを持ちあげた。「いや、待(ま)てよ。ひとつ思いだした。元空挺隊員のミラー上院議員が、資金集めツアーの途中で心臓麻痺(ひ)を起こして、死んだ」

「ミラーが？　上院軍事委員長の？」

「ああ、そうだ。スピーチのあと、ホテルの自室で倒れたらしい」

「やられた！」パズルが解けたといった感じで、ミドルトンが低く口笛を吹く。「トム・ミラーはわたし以上に強硬に、合衆国軍隊の民営化に反対していた議員なんだ。わたしは彼に協力していたから、来週、彼が委員長を務める委員会で証言をし、その悪質な裏面を明るみに出して、法案の成立を阻止するつもりだった」

「では、ミラー上院議員が死に、あんたが誘拐されて、もし死んだとすれば、なにがどうなると？」カイルは軍帽を頭にのせなおした。

「まずいことになるぞ、ガニー。まったくもって、まずいことに。公聴会は予定どおりにおこなわれるだろうが、ただし、ミラーの後任として上院軍事委員会委員長を務めるのは、ルース・ヘイゼル・リード議員になるだろう」

「それで状況が変わる？」カイルは話をよく聞こうと、身を起こして、すわった。

「ああ。大きく変わる。〝ランボー〟・リードは、民営化法案起草者のひとりなんだ。民営化されれば、軍事予算の大部分が最低価格で落札した企業に向けられることになるが、それでもその金額は数兆ドルにのぼり、強大な政治権力がそれに伴う。さらにまずいのは、そのパターンを踏襲して、連邦政府のほかの機関までが民間へ売りはらわれるようになることだ」准将は手の甲で目をこすった。「冗談じゃなく、ガニー、そのことがアメリカにもたらす脅威は、テロリスト・グループに匹敵するほど大きいんだ。ゲイツはその状況をつくりだすために、配下の傭兵にわたしを誘拐させた。やつらは軍の大失敗をつくりだすために待ち伏せを計画したが、ヘリが墜落して、それと同じ結果が生じた。ブキャナンがきみを送りこんだのは、わたしがぜったいに生きて帰国できないようにするためだった。〝ランボー〟・リードが軍事委員会委員長を引き継いで、その法案を通過させるだろう。やつらの全員がぐるなんだ。くそ、ガニー、わたしはなんとしても国に帰らねば」

「耳を澄ませ！」

ヘリコプターのブレード音が聞こえていた。まだ遠いが、近づきつつあった。

# 52

白のピックアップ・トラックが発見されたとの報告が入るつど、ユーセフ・アル・シュームは、ビニールシートをかぶせてコルクボードに貼りつけてある地図の該当地点に赤い画鋲を突きたてていった。数時間後には、地図は小さな画鋲だらけになっていたが、そのどれもがこの大捜索の失敗を示唆するものでしかなかった。検問所や捜索チームに停止を命じられたトヨタのトラックは何台もあったが、身柄を拘束されたときに、盗みだしたことを白状した愚か者ひとりをのぞいて、すべてが正当な所有者だった。正午ごろになってようやく、彼はレバノンに至る北部方面にふりむけていた兵力のすべてと、イスラエルとの国境につづくルートを厳重に監視させていた部隊の一部を引きあげ、ローガンのアドヴァイスを受けいれることにした。ヨルダンに至る南部方面全体に捜索網を展開することにしたのだ。

彼は黒のマーカーを手に取り、イスラエルと接する部分の南端から始めて、その東のダルアー県を経て北東方向のスワイダー市へ、そこから南へくだって、ヨルダンに接する最南端のエル・アドナータまで、線を引いていった。カップを逆さにしたようなかたちの、捜索対象地域が浮かびあがる。彼らはこのなかのどこかにいるはずだから、この地域全体に網を張りめぐらし、箒で掃くように捜索部隊と斥候を巡回させることにしよう。

自分の幕僚の面々がダマスカスから到着したので、やろうと思っていることを彼らに指示し、捜索網を設定して、それに必要な命令を出すのは彼らに任せた。ヘリコプターが一機また一機と飛び立っていき、道路担当部隊も、割り当ての地域が決められしだい、シリア南部一帯へ展開していくだろう。これまで、アル・シュームは失敗を犯したことは一度もなく、逃走のたくみなこのスナイパーも必ず見つけだせると確信していた。首都ではおそらく、競争相手の連中が自分の後釜にすわろうと画策しているだろうから、いまや、この追跡は誇りと能力を懸けての挑戦だった。あの海兵隊員どもに逃げられたら、同時に、自分のキャリアもおしまいになってしまうのだ。そんなことになってはならない。

暑気が募っていた。テントの下にいると、風はそよとも吹かず、なおさら胸苦しい。彼はベレーをかぶりなおして、サングラスをかけると、ヴィクター・ローガンと、レバノンから応援にやってきた二名の傭兵たちの話を聞こうと、外に足を踏みだした。その二名が乗ってきたヒューイは、ローターを完全に停止して、遠くに駐機している。先にローガンから知らされているので、長身の浅黒い男は南アフリカの出身で、袖なしシャツを着て太い腕を誇示しているパイロットのほうは、ロシアの特殊任務部隊スペツナズの元隊員であることはわかっていた。

ローガンがそのふたりを紹介したが、アル・シュームは彼らの名前には注意をはらわなかった。ローガンがつづける。

「あとふたり、イスラエルから陸路でやってきます。一時間後ぐらいには、ここに到着するでしょう」

「けっこう」アル・シュームは言った。「今後も、きみが指揮を執るのかね？　それとも、わたしはほかの男と協議しなくてはならないのか？」

「ゲイツ・グローバルとのやりとりはすべて、これからもおれを通してになります」

あつかましく思われないように注意しながら、ローガンは言った。だれに対してしゃべっているかを忘れてはいなかったし、新参のふたりにも、口のききかたに気をつけないとシリアの刑務所に放りこまれるはめになるぞと警告してあった。

アル・シュームは捜索パターンを変更しようとしていることを説明した。

「ターゲットのないところへ飛んでいってもらっても、しかたがない。燃料と時間を浪費するだけだし、まもなく、きみたちの専門的知識が必要となってくるだろう。チームにブリーフィングをし、アメリカ人どもが発見されしだい、そこへ急行できる準備を整えておいてくれ。発見されれば、彼らは逃走を図ると予想されるから、そのときがきみらの出番になるだろう」

ローガンがライフルのストラップを締めなおす。

「良い計画ですね。準備にかかりましょう」

「おおいにけっこう」アル・シュームは言った。「なにか展開があれば、すぐに知らせよう」

身を転じて、テントの下へひきかえすと、ボード上の地図に突きたてられた画鋲の数がさらに増えていた。彼は新たな命令を下した——新たに設定した捜索地域にあるトヨタのピックアップはすべて停止させ、二名の海兵隊員が発見されるまで、解放してはならない。同じ車輌をまた別の場所で停止させていては、意味がない。このままでは、画鋲にふりまわされているようなものだ。

「受信！　なにかの電波が来ています！」〈ブルーリッジ〉の戦闘指揮センターで通信コンソールに就いている水兵が、立ちあがって叫びたい気持ちを必死に抑えこみながら、つとめて冷静な声で呼びかけた。

通信担当の上等兵曹と当直の士官がコンソールの前に移動し、それぞれがヘッドセットを装着する。

「なにが来てると、アームストロング？」当直の大尉が問いかけた。

「衛星電話からの反復信号です、大尉。コールサインは、ロングライフル」

上等兵曹がコンピュータのキーをたたいて、最新のコールサイン・リストを呼びだし、スクロールさせていく。

「救出任務に派遣されたガニー・スワンソンのコールサインだ！」

「わたしがやろう」デイヴィッド・ガーヴィー大尉が急いで〈トーク〉ボタンを押した。

「ロングライフルへ……こちら〈ブルーリッジ〉……受信できるか？」

カイル・スワンソンが、ミドルトン将軍に親指を立ててみせる。

「大きく明瞭に」彼は応答した。「ひとつ〝荷物〟があるから、フェデックスに引き取りに来てもらう必要がある」

「そちらの住所は、ロングライフル？」

この通信は暗号化されてはいても、傍受可能な周波数帯が使われているから、両者はいずれも、できるかぎり暗号を用いて話す必要があった。

「〈シンプルシャック〉」

カイルは、この作戦専用に暗号化された数字の列から、該当のものを見つけだして、答えた。〈シンプルシャック〉は、地図上の水平方向では1、垂直方向では10のボックス・グリッドを表わす暗号で、受信者が同じ暗号シートを持っていないかぎり解読できない。つごう百にのぼる小さなボックスのそれぞれに、適当にアルファベットをつづった暗号が割り当てられていた。特定の文字が、三つか四つのボックスに、ランダムなやりかたで割りふられている。たとえば、〝THE〟は、最初に使用されたボックスでは〝1－12－16〟に相当するが、二個めでは〝36－98－53〟となる。さらなる安全を期して、この暗号は特定の時刻をもって変更されることになっていた。これを解読するには、国家安全保障局(NSA)の強力なコンピュータを使っても、かなりの時間を要するだろう。

「こちらのドライヴァーがその住所に行き着くのに、どれくらいの時間がかかる？」

「二、三時間程度のものだ。そのあと、われわれは〈ペンギンの行進〉を見に行くことになる」その暗号もまた、この作戦専用のもので、〝ペンギン〟は南を意味する。

「その〈行進〉を了解。六十分以内に回収時刻を決定し、こちらから連絡を入れる」ガーヴィーは交信を終了した。「上等兵曹、わたしは艦長に会いに行く。その二名との交信周波数を維持しておくように」

「アイアイサー」

上等兵曹、ドワイト・マーシャルはそう応じたあと、個人的なお膳立てに取りかかった。ガーヴィーが立ち去ったのを見届けて、内密の通信回線に切り換える。

艦内の後部で、壁に設置された電話が重々しく鳴った。

「はい？」太い声が答えた。

「ダブル・オー、いま、あんたの部下のガニー・スワンソンからの通信を受信した。彼は〝荷物〟を持って、出てこようとしている。あんたもこれには首をつっこむ必要があると思う。いまから、五名に護送態勢をとらせて、あんたの連行にさしむけるから、海兵隊遠征隊(MEU)の副司令官(XO)と会うようにしてくれ」

マーシャルは通話を切り、海兵隊員をひとり見つけだして、その男に指示を伝えさせた。完全戦闘装備をし、銃をロックト・アンド・ローディッドにした小チームが、ドーキンスを護送するために、梯子(ラダー)をくだっていく。このあとの計画がどうなるにせよ、海兵隊遠征隊副司令官は、海軍犯罪捜査局(NCIS)の背広組捜査官の干渉を許さず、自分がまっさきに手をつけたいと考えるだろう。

ドーキンズはブーツを履(は)いた。彼はこれまでずっと、気の利いた水兵たちが下層デッキの奥深くにしつらえている隠れ家で、心地よく、のんびりとすごしてきた。そこの扉はロックができ、内部にはテレビとおもしろいビデオがたくさんあり、便器とシャワー付きの洗面所(ヘッド)が手近にあり、快適な寝棚と粗末でもすわり心地のいい椅子があり、《プレイボーイ》誌から《スポーツ・イラストレイティッド》誌や《ヴォーグ》誌に至るまで、さまざまな雑誌や書籍が並べられ、棚にはきれいなシーツが収納されていた。テーブルの上には、食堂のテーブルや艦内の店から集めてこられた果物やキャンディバーのボウルが置かれている。彼が避難所にしていたそこは、おそらくは艦内全体でもっとも快適な場所、男女の水兵たちが海軍の規則を大幅に破って、ファックに励むときに使う、秘密の愛の巣だった。

# 53

ケーブル・ニュース・ネットワーク特派員、ジャック・シェパードは、まだ夜というには早い時間なのに、フリート・ストリートにあるパブへ、CNNロンドン支局に研修生として勤めている脚の長い魅力的な若い女性を連れていき、ともにビールを楽しんでいた。ブロンドで胸の大きいその女性、クリッシー・ロジャーズは、ネブラスカ出身のジャーナリズム・スクール卒業生で、年季の入ったこわもての外国特派員が人目につかない小さなブースのなかで語ることばの一言一句に、魅入られたように聞き入っている。シェパードのほうは、彼女をベッドへ連れこむのは、カネのかかるディナーの前にしようか、あとにしようかと考えていた。そのとき、ベルトにクリップ留めしている携帯電話が鳴り、振動した。彼はしぶしぶ電話に出た。

「シェパードだ」

「あー、わが友、CNNのジャック・シェパード。こちらは、バスラにいるきみの友だ」

聞きちがえようのない、〝レベル〟・シャイフの朗々とした声だった。話が聞かれないようにと、シェパードは席を離れて、ブースの外に出た。

「こんにちは、シャイフ。どういったご用件でしょう？」

むだ話に時間を浪費することはない。〝レベル〟・シャイフがわざわざ電話を入れてきたのだから、なにか理由があってのことにちがいなかった。

「せっかくの夕刻にじゃまを入れて申しわけないが、きみに伝えておきたいことがあってね」しばしの間。「もちろん、この話には複雑な背後事情がある。わたしの名や立場を出してもらっては困るんだ」

「なんでもないですよ、シャイフ。どうぞ、ご遠慮なく。こっちはつねに勤務態勢をとっていますので。で、どのようなお話でしょう？」

穏やかな笑い声。

「アメリカ人はせっかちだな。じつは、誘拐されていた海兵隊のミドルトン将軍が、あのヘリコプターの墜落を生きのびた、カイル・スワンソンという名の海兵隊スナイパーの助力を得て、犯人たちのもとから脱走してね。シリア軍とその情報部隊が、両名を見つけだすべく大々的な捜索をおこなっている」

「この話を報道してもよろしいのですか？」

「うん、まったく問題ない、ジャック。ただし、その報道にわたしのことは出さないようにしてくれ。わたしもついさっき、シリアから報告を受けたばかりでね。いまこうしてしゃべっているあいだにも、追跡（マンハント）は続行されているから、急いで、このニュースをオン・エアするのがよかろう。またそのうち、会いに来てくれ、ジャック」〝レベル〟・シャイフが、また穏やかに笑った。「それと、すてきなミズ・ロジャーズとごいっしょのところにじゃまを入れて、まことに申しわけなかった」

クリッシーの名を出すことで、〝レベル〟・シャイフは、特派員がつねに監視されていることを暗に知らせたのだ。だが、シェパードは気にしなかった。透明人間になっていては、テレビ・ニュース業界で仕事はできない。彼はブースにひきかえし、ビールの残りを飲みほして、テーブルの上に代金を置いた。

「行くぞ、クリッシー。オフィスに戻るんだ。ちょっとした仕事ができた」

そのころ、ヨルダンのアンマンでも、そこのホテルの一室をオフィスにしているアルジャジーラの特派員に電話がかかって、同じ通報がおこなわれていた。

両テレビ・ネットワークの本拠地、CNNのアトランタと、アルジャジーラのドーハは、準備を一時間ほどで終えて、そのニュースを報道した。どちらも、〈特報〉のロゴを大きく画面に表示し、膨大な数の視聴者がそのニュースを観た。すでに、レッド・アラートがらみの報道で持ちきりになっている、そのふたつの二十四時間体制のケーブルテレビ局は、まもなく、饒舌なコメンテーターたちを動員して、アメリカとシリアがいつ交戦状態に入るかを論じさせることになるだろう。

サーン村の郊外に設置されているテントの外は、オーヴンのなかのように暑く、遠方には、熱の生みだす蜃気楼がゆらめいていた。ひと晩じゅう起きていたアル・シュームは、汗にまみれ、疲れ、いらだっていた。折りたたみ式の寝棚がテントの一隅に据えられたので、彼は少しは眠っておこうと、もしなにかあればすぐに起こすようにと強く命じて、そこに横になった。みずから捜索に動きまわる立場ではないし、地図や無線の扱いは幕僚に任せておけばいいとあって、自分にできるのは待つことだけだった。待つことなら、眠っていてもできる。ローガンのようすをうかがうと、二名の傭兵たちとともに、ヘリコプターの開け放たれた貨物室にたむろして、音楽を聞いている姿が見えた。ローガンは煙草を吸っている。彼らは戦うために生まれてきた男たち、〝戦争の犬〟であって、解き放たれる時を待っているあいだも、無頓着にのんびりとすごしていられるのだ。アル・シュームは腕時計に目をやった。二時。眠っていられる時間は、せいぜい二時間ほどのものだろう。


ハンク・ターナー将軍とラルフ・シムズ大佐は、アラスカからの長い飛行に入って、ロッキー山脈の雪をいただく峰々の上空にさしかかった、ガルフストリームⅡ-SPの機中で眠っていた。ターナーは夢のなかで、自分の乗機だった巨大なボーイングが爆発して炎に包まれる光景を見ているところだった。ピート・ブレイディ将軍が、ガルフストリームの操縦を副操縦士（コ・パイロット）に引き継がせて、キャビンの通路へ足を運んでくる。

「起きてくれ、ご両人」彼は立ちどまって、のびをした。「えらいことが起こってるぞ」

彼がさしむかいのシートに腰をおろしたとき、海兵隊のふたりがまばたきをして、目を覚まし、シートの上でしゃんと背筋をのばした。

ターナーは瞬時に目を覚ましたが、それでも、頭をもっとすっきりさせようとして、ぶるんと首をふった――わたしはあの機に乗っているはずだったのだ！

「なにがあったんだ、ピート？」きかずにはいられなかった。「また攻撃が？」

「いいや。ペンタゴンが、あんたへの通達を中継してきてね。ガニー・スワンソンが衛星電話で〈ブルーリッジ〉に連絡を入れてきた。ミドルトンがいっしょにいるらしい。スワンソンが、ヨルダンとの国境に近い、シリアのある地点の座標を知らせてきたので、彼らをそこから脱出させるために全軍が動きはじめた」

「ただちにそこへ展開させられる部隊はあるか、ラルフ？」ターナーが海兵隊遠征隊の大佐を凝視する。

シムズは、あの闘士のまなざしには見憶えがあると思った。この男は、いつでも戦ってやるという気構えになっているのだ。

「あの艦に乗り組んでいたフォース・リーコン航空機および人員戦術回収作戦（TRAP）チームは砂漠での事故によって失われましたが、いずれにせよ、今回はきわめて慎重に作戦を進めたいと存じます。完全装備の二個小隊を数機のヘリコプターに分乗させて、コブラ攻撃ヘリコプターを護衛につけ、Ｆ-4編隊による適切な先導のもとに送りこむことを推奨します。ミドルトン将軍とガニーの周囲に堅固な防御網を設定し、われわれの部隊以外はだれもそこに出入りできないようにするのです」

「それにはどれくらいの時間がかかる？」

シムズは、前回の作戦の事前ブリーフィングを思い浮かべて、いくつかの暗算をした。

「現在の艦隊の位置からすれば、閣下、すでに座標はわかっていますので、一時間以内に準備を完了して、発進できるはずです。飛行時間は一時間弱、そのあとの地上での行動は十五分たらずで終えて、帰投できるでしょう」

ターナーが万年筆を取りだして、メモを書きつけた。ピート・ブレイディのほうに顔を向ける。

「エアフォース・ワンは、もうワシントンに戻ったのか？」

「いや、まだだ。さっき確認したばかりだが、あの機はアーカンソーの上空を飛んでいるところだった」

「そうか。では、わたしが直接、大統領と話をして、エアフォース・ワンの針路をわれわれのほうへ転じてもらう必要があるな。あの機が堅固な護衛のもとに着陸できて、われわれとの協議をできるかぎり早く始められるようにするための、安全な空軍基地を見つけだしてくれ」

「わかった」とブレイディ。「ほかになにか？」

ターナーが、いま書きつけたメモに目をやる。

「この文言を艦隊と海兵隊遠征隊（MEU）へ送付し、大統領に対しては、暗号化した大統領限定の極秘文書として送付してくれ。即刻、救出作戦を決行するのだ！」

ブレイディが口笛を吹いた。

「ほう、ハンク、でかい危険を冒すじゃないか。本来、こういうことをするには、ものすごく煩雑な事務手続きが必要なんだぞ」

「くそくらえだ。そんな時間があるものか。わたしはこれをVOCO——司令官による口頭命令として送付しようとしている。これは、わたしからの直接命令なんだ。これの送付が終わったら、わたしの幕僚に命じて、他の各軍の総司令官たちに警告を送らせる」

シムズ大佐は、ブレイディがガルフストリームの通信室に入りこむのを見届けてから、言った。

「ご立派です、閣下」

「このめちゃくちゃな状況にはもううんざりでな、ラルフ。あのふたりの勇敢な男たちを失うわけにはいかない。四つ星を付ける身になっても、ときには、自分は政治家ではなく、戦士なんだということを思いだすようにする必要がある。シリアは、いくら声高に言いたてようが、われわれと一戦を交えたくはないだろう。こちらが痛烈に蹴とばしてやるのが先決で、謝るのはあとでいい」

副大統領は困っていた。緊急の国家安全保障会議が開かれるというのに、重要なメンバーが、三名をのぞいて、だれも出席していないのだ。

「大統領はカリフォルニアからの帰途にあって、まもなく乗機が着陸するはずだから、彼がホワイトハウスに戻ったところで、わたしの口から説明をすることにしよう」ほかの面々に向かって、彼は言った。「ターナー将軍も、空路でひきかえす途中だ。そういうわけで、説明のつかない空席はあとひとつとなる。シェーファー君、ブキャナン氏はどこにいる?」

サム・シェーファーが立ちあがって、上着の裾をひっぱった。

「存じあげません、副大統領。オフィスにはおられませんでした」

眼鏡の奥で、副大統領の目がいぶかしげにくもる。

「きょうはまったく見かけていないと? 彼は、われわれがアメリカ本土へのテロリストによる攻撃という重大な危機に、そしてまた、敵対的なメディアが戦争の勃発をがなりたてる事態に対処しなくてはならないことを認識していないのか?」

「それがその、副大統領、わたしはけさの五時に、ブキャナン氏のオフィスに行き、デスクをはさんで短い協議を持ちました。彼はいつものように、ブリーフィング・ペーパーを書いておりました。そのあと、六時にようすを見に行ったときは、姿を見かけなかったのですが、わたしは、彼は朝食のために食堂へ行ったか、すでに会議の場に出かけたかしたのだろうと考えました。それ以後は、まったく姿を見かけておりません」

副大統領がうなるように言う。

「すぐに彼を見つけだせ! 五分以内に、彼をその席にすわらせるようにするんだ。話はわかったな?」

「はい、副大統領」サム・シェーファーが息をのみ、あたふたと部屋を出ていく。

「ブキャナン抜きで、会議をつづけよう」副大統領は言った。「国務長官、なにか知らせがあると言っていたね？」

　国務長官が、ブリーフィング用のフォルダーを間近へ引き寄せる。

「シリアはパニックに陥っています。メディアがあのニュースを世界中に報じた時点で、彼らはまずいやりかたをしたことを悟ったようです。わが国のレッド・アラートも、ヨルダン大使の暗殺も、アラスカにおける攻撃も、ミドルトン将軍の誘拐も、おそらくは彼らにすれば、望ましい展開ではなかったでしょう。あのテロリズム支援国家にとっても、これは重大な危機です。わが国が痛烈な対応として軍事的手段に訴えれば、ダマスカスは取り引きに出て、紛争を回避しようとするでしょう」

「ダマスカスはなにをもくろむ？」

「ミドルトンと彼を救出した海兵隊員の発見と保護を軍に命令し、われわれが武力を行使することなく彼らを回収できるように取り計らうでしょう。そして、この事件はすべて、彼らが悪辣（あくらつ）な外国の過激集団と呼んでいる連中のしわざであったとするでしょう」

「彼らがその見返りに求めるものは？」

「戦争にならないことと、彼らの助力に対する謝意の公式な声明です」

　副大統領はそのことばを法律用箋に書きとめた。

「よさそうな感じだな。なにか反論は？」その意見に反対する者はいなかった。「これをわれわれの進言として、大統領に伝えよう。国務長官、もしこれが罠であって、われわれの兵士がなんらかの危害を受けることがあれば、そのような背信への対価はきわめて苛烈なものとなることを、シリアに伝えておくように」

テーブルをかこむ面々から、賛意のつぶやきが漏れる。

「では、会議はこれにて終了。仕事を再開してくれ」自分のオフィスへ戻る途中、副大統領は、彼の身辺警護に就いている護衛官チーフの肘に手をかけて、そばへ引き寄せた。「ジム、きみの部下たちに命じて、ジェラルド・ブキャナンを見つけだし、できるかぎり早く、わたしのもとへひったててくれ」

「申しわけありませんが、副大統領、そういうことはわれわれの職分ではありませんので」

「よせよ、ジム。それぐらいのことはわかってる」副大統領は言った。「きみは頭の切れる男だ。なにかいい手を考えつくだろう。とにかく、あのでぶをここに連れてきてくれ」


わたしがここにぐずぐずして、責任を一身にかぶるつもりでいるだろうとブキャナンが考えているとしたら、あいつは頭がいかれてる。サム・シェーファーは、磨きあげた靴の底で大理石に痕跡を刻みながら、玄関ホールを通りぬけ、護衛官デスクでサインをして、外に出た。長い車寄せを歩いていき、正門からホワイトハウスをあとにして、走らないように心がけつつ、広場を抜けて、ワシントンのダウンタウンに入る。二ブロックも行かないうちにタクシーが走ってきたので、それをつかまえた。

「レーガン国際空港へ」彼は運転手に告げた。

タクシーがポトマック川を渡っていくとき、シェーファーは携帯電話を取りだして、ゴードン・ゲイツに電話をかけた。最初の呼出音で、相手が出る。

「彼は逃げた」シェーファーは言った。

「そうなるだろうと思った。ブキャナンはハムスター並みの度胸しか持ちあわせない男だからな」ゲイツが応じた。「きみは、打ち合わせどおり、ニューヨークへ飛んでくれ。機中で、だれかがきみに声をかけてくるだろう。〈シャーク・チーム〉にようこそ、サム」

## 54

午前五時、ノースダコタ州マイノット空軍基地のがらんとした滑走路にただ一機、エアフォース・ワンが降り立ち、その周囲に警備兵が展開した。アメリカ合衆国大統領は、地下二百メートルの強化金庫に入ったのと同じくらい強固に身の安全を確保されたと言っていい。マイノットの市街地から十マイルの距離にあるその基地は、カナダとの国境に近く、通常の状況においても警備は厳重に保たれていた。そこは、第五爆撃飛行隊と第九一戦略ミサイル航空団の本拠地であり、百五十基のミニットマン大陸間弾道弾(ICBM)を擁する地下サイロがある。マイノットから飛び立つB－52H爆撃機の多くが、空中発射巡航ミサイルを搭載している。もし大統領が決断すれば、それらの爆撃機が爆弾やミサイルをシリアに雨あられと落下させることになるのだ。

大統領は物静かで思慮深い男だが、過去三年の在任期間を通して、これと同様の状況に直面してきたために、もとは黒かった髪が灰色に変じている。彼は、統合参謀本部議長ターナー将軍から渡された文書に目を通し終えたところだった。その上辺には、〈ホワイトハウス〉の文字が青で印刷されている。大統領はいま、機内のひろびろとした執務室におり、デスクの向こう側に置かれた大きな椅子にすわっているターナーと海兵隊大佐は、徹夜明けのような顔をしていた。

「わたしはこんな命令は出していない」大統領が言った。「こんな途方もない書状を目にしたのは、これが初めてだ」

「大統領がこの命令を出されたとは考えておりません」ターナーが応じた。「そうであるからこそ、旅程を中断していただいて、わたしがみずからこれをお渡しすることにしたのです。なにはともあれ、その下辺にジェラルド・ブキャナンの署名があることはたしかなのです」

大統領が、執務室にいる主要な側近たちにその書状をまわした。大統領首席補佐官が問いかけてくる。

「なぜ彼はこんなことをしたのだろう、将軍？」

ターナーは揉み手をして、思案した。

「シムズ大佐とわたしも、同じことを考えていました。ミドルトン将軍の誘拐にはそれなりの動機があるにちがいなく、もっとも明白と思われる動機はわが国とシリアの交戦を招くことであり、現にそのような事態に至っています。しかし、この書状はもっと深い動機の存在を示唆するものであり、そうであるとすれば、交戦は真の動機を隠すためのものにすぎないかもしれません。彼は簡潔に、もしミドルトンを救出できない場合は、射殺せよとだけ記している。なぜか？　フォース・リーコン・チームは失敗するだろうと考えるべき理由はなにもなかった。彼らは悪運に見まわれただけであり、そうでなければ、ミドルトンはとうにシリアから脱出していたでしょう。では、なぜ、将軍をまちがいなく死なせるために、海兵隊最高のスナイパーを送りこまねばならなかったのか？　ブキャナン氏は救出作戦が失敗に終わることを、あらかじめ知っていたというのが、わたしの結論です。だとしても、なぜ……そして、どうして、知っていたのか？」

大統領が椅子に深々と背中をあずけて、腕を組む。

「シムズ大佐、その救出作戦が外に漏れていたのだろうか？」

「はい、大統領。われわれはすぐれた作戦を立て、すぐれた兵士たちを準備し、成功の確率は圧倒的に高いと見なしていました。つねに演習をくりかえしてきた作戦であり、不時着したパイロットの回収にそれと同じ作戦を用いてきたのです。わたしはターナー将軍の考えに同意します。ブキャナン氏は、作戦が災厄に見まわれるという情報を事前に得ていたのでしょう」

「どうも腑に落ちない。ジェリー・ブキャナンとは旧知の仲でね。彼はいつも的確なアドヴァイスをしてくれる、信頼のおける人物だった。これは、筋の通らない話としか思えない」

首席補佐官がまた口を開く。

「疑問に答えられるのは当のジェリーだけでしょう、大統領。友人としての個人的関係はわきに置き、まずは彼を召喚して、疑義を質すことをお勧めします」

「先ほど、副大統領がそれと同じ命令を出したと伝えてきた。ブキャナンは国家安全保障会議の場に姿を見せなかったそうだ」上院議員を経てホワイトハウスの主になる前は、ある大学の学長だった大統領は、学究的で論理的な思考をし、つねに他人より半歩先を読んでいるように見える人物として知られている。「文脈のなかで考えてみよう。ブキャナンはアラート・レベルをあげるようにとわたしに進言したが、いまのわたしは、もはや彼の助言や行動を信じることはできない。本土が攻撃にさらされているのはたしかだが、テロリストの犯行であることを示す証拠はなにも見つかっていない。わたしは、このレッド・アラートはたんなる陽動であり、より大きな計画の一部にすぎないと考えるようになった。わが国としては、なによりもまず国境の緊張をやわらげる必要がある。そこで、われわれは、ミドルトンが無傷で解放されることを支援するという、シリアの取り引きを受けいれた」

ターナーが驚いた顔をした。取り引きの話は初耳だったのだ。

「ついさっき届いた申し出でね、ハンク。きみの機が着陸をおこなっている最中に、それを知らせる電話が入ったんだ。なんにせよ、これは良き知らせではある。取り引きの細目については、国務長官が検討に入っている。これで、きみの救出チームは発砲することなく、そこへ入りこめるようになった。ありがたいことに、シリア危機は去ったように思われる。いま、われわれがなすべきは、この事件全体の背後になにがあり、だれがいるのかを究明することだ」

「そういうことですか！」ひきずるような口調で、ターナーが言った。

シムズ大佐は、当初の作戦ブリーフィングのときからつねにあった緊張感がほぐれるのを覚えていた。終幕は近い。

機内執務室には女性がひとりだけおり、大統領がその女性、ルース・ヘイゼル・リード上院議員に目を据えた。

「どうやら、上院議員、ミドルトン将軍は、きみが委員長を務める軍事委員会で来週開催される予定の、軍事民営化法案の公聴会に間に合うように帰還できる見通しが立ったようだ」

彼女は故郷のサンディエゴへ、その地でも人気のある大統領にあやかるために、自家用ジェットで飛んで、政治献金を集め、そのあと、ワシントンへ戻るために、エアフォース・ワンに同乗させてもらったといういきさつだった。

「はい、大統領」と彼女が応じる。「専門家抜きで公聴会を開くのは望ましくなかったので、これはすばらしい知らせです。彼が恐ろしい試練から回復するのに時間が必要でしょうから、公聴会はしばらく延期しようと思います」

彼女がちらっとターナーへ目をやると、相手はにやにや笑っていた。

大統領が立ちあがって、ラルフ・シムズのほうへ片手をさしだす。

「大佐、きみは勇敢な行動をして、このことを明るみに出してくれた。きみはなんの悪事も働いてはいないから、逮捕されたり嫌疑を向けられたりすることはない。来訪将校用の宿舎に行って、ぐっすり眠ってくれ。航空機を一機、用意させておくから、あすになってから海兵隊遠征隊(MEU)へ帰還すればいい。良い仕事をしてくれた」

そのあと、大統領はターナー将軍とも握手をした。

「ハンク、いまからでも北京での会議に間に合うかもしれないぞ。このあとの処理は、われわれに任せてくれ」室内を見まわす。「この危機のあいだ、つねに支援してくれた全員に感謝したい。では、諸君の許しを得て、いまからリード上院議員と内密の話し合いを持ちたいと思う」

その十分後、ルース・ヘイゼル・リードがエアフォース・ワンの搭乗階段を駆けおりていった。その顔が真っ赤になっているのを、階段下で警備に就いていた一等軍曹が見ていた。彼女がティッシュで目を拭いながら、待機していたスタッフの車に乗りこんでいく。

# 55

午後四時になる直前、側近のひとりが肩をたたいて、眠っていたユーセフ・アル・シュームを起こした。

「将軍、ダマスカスから連絡が入っております」側近が言った。

アル・シュームは、遅い午後の暑気が強まったような感触を覚えながら、まばたきをして、目を覚ました。

「すぐに出る」と応じて、掌に水筒の水を垂らし、その水で顔を拭う。

側近が、マイクロフォン付きのヘッドセットを手渡してきた。

「こちらアル・シューム」彼がそう言うと、先方は、ものやわらかで愛想のいい外交官的な口調で応答した。

「これは公式のもの？」鋭い口調で彼は尋ねた。「それはどこから出た命令です？」

側近は、あえて近づこうとはしない。

「それは狂気の沙汰です！　少なくとも夜になるまで、この捜索をつづけさせてください。まちがいなく、彼らを捕まえてみせます！」

また聞き手にまわり、その間、アル・シュームは荒い息をつきながら、ヘッドセットの左右の耳あてを握りしめて、強く耳に押しつけていた。

「はい。もちろん。当然です。命令を了承しました」

アル・シュームはヘッドセットをはずして、通信兵へ投げかえし、テーブルの上の地図に目をやった。赤い画鋲の数がさらに増えていたが、それは……なにも示してはいない！　アメリカ人傭兵たちと協働すべきだというこちらの進言を無視して、ダマスカスが決断を下すとは！　アメリカ軍の将軍とスナイパーに危害を加えてはならないだと！　彼らを回収するためにやってくるアメリカの部隊に手出しをしてはならないだと！　だが地図をながめても、こちらから連絡を入れなおして、命令の変更を要求する根拠にできるようなものは、なにも示されていなかった。彼はなにも言わず、テントの外へ歩きだした。

サングラスをかけて、ヘリコプターのほうへ足を運んでいくと、さらにまた二名の傭兵たちが到着しているのがわかった。ひとりはドイツ人で、もうひとりは有名なネパールのグルカ兵だったアジア人だ。ローガンをかこんでいる四人の傭兵たちをながめやったアル・シュームは、そのなかでもっとも危険な男は、傷痕のある顔と酷薄そうな唇を持ち、ベルトから湾曲した大きなククリ（グルカ族やインド人が用いるナイフの一種で、農作業や狩猟などにも使われる）をぶらさげている小柄なアジア人戦士だと判断した。ローガンが向きを変えて、アル・シュームを迎え、箱のような物を片手でさしだしてくる。

「残念ながら、重大な計画の変更があった、ローガン君」アル・シュームは言った。「重大どころか、根本的な変更だ。わが政府がアメリカと直接、外交的接触を持ち、またもや、外交官たちが現場の兵士の進言を無視して、同意に達したんだ。わたしに与えられた新たな命令は、逃走中のアメリカ軍海兵隊員たちを発見せよという点では同じだが、発見しても、彼らは客人として扱われ、この国から撤収するまで保護が与えられねばならないというやつでね」

彼は掌を上に向けて、両手をひろげた。

「もう、わたしにはなにもできないというわけだ」

ローガンの日焼けした顔に、ねじくれた奇妙な笑みが浮かぶ。ローガンはアル・シュームを、ほかの四人から離れた場所へ連れていった。

「それは政府の方針。あんたはいいまも、あの連中を捕まえたいと思ってるんでしょう？」

「もちろんだとも、ローガン君。あのふたりを殺してやりたい。あのスナイパーのせいで、わたしは愚か者のように思われるはめになった。これは許しがたいことだ。この失敗はわたしのキャリアを損なうだろう」彼は、果てしなくのびる平坦な田園地帯のほうへ顎をしゃくってみせた。「数百もの兵士と何ダースものヘリコプターや車輌を捜索にふりむけたというのに、実りのない一日となった。彼らがあのどこかにいるのはたしかであっても、わたしの持ち時間は尽きた。いまとなっては、個人的な欲望は二の次にして、政府からの直接命令に従うしかない。たとえ彼らを発見しても、わたしが殺すことはできないんだ」

ローガンは彼の真意を読みとっていた。

「そうです。あんたが、やつらを殺すことはできない。しかし、おれたちになにかをしろと命令することはできるんじゃないですか？　おれもやつらを殺してやりたいと思ってるんです。心底から」背後へ親指を向け、ヘリコプターに荷物を積みこんで、離陸の用意をしているほかの傭兵たちを指し示す。

「きみに見せたいものがある」とアル・シュームは言い、ローガンをテントの下へ連れこんだ。ほかの兵士たちを退出させてから、多数の赤い画鋲が突き刺されている地図を傭兵に見せる。「それぞれが、白いトヨタのトラックを示している。だが、あの男たちがどこにいるのかは見当がつかない」

「なるほど。これを見てわかるのは、シリアにはトヨタのトラックが山ほどあるってことだけですね」ローガンが一枚の紙片を手渡してきた。「その座標を見てください。北緯三十二度四十五分、東経三十六度二十五分」

アル・シュームは指で地図のグリッドをなぞっていき、ダルアーとスワイダーの中間点に黒のマーカーで円を描いた。

「なぜ、この地点と特定できるんだ？」

「とにかく、そこにやつらがいるんです、将軍！　まちがいなく、やつらはそこにいる！　イスラエルから来た仲間の連中がGPS探知機を持っていて、アメリカにあるおれたちの本社が、あのスナイパーが使ってる信号の周波数を知らせてきたってわけです。やつらはいま、その小さな円のなかでじっと動かず、夜が来るのを待ち受けてる。あるいは、そこにだれかが出現して、やつらをふっとばすことになるか。おれたちがやつらを仕留めに行けばいいいんじゃないですか？」

「わたしは命令に逆らうことはできない」アル・シュームは両手を腰にあてがって、幕僚の大半に聞こえるような大声で言った。そのあと、声を低めて話をつづける。「その座標の近辺にいる捜索部隊をよそへ移動させることにしよう。もし部下のだれかが海兵隊員たちを発見したら、わたしは彼らを保護するしかなくなってしまうんだ」

「じゃあ、こうすれば問題はないのでは？　おれがヘリに乗りこんで、そこの上空へ飛んでいき、なすべきことをやって、さっさとずらかり、そのあと、あんたの部下たちがやってきて、ふたつの死体を発見し、大手柄をあげるというのはどうです？」

「あのアメリカ人二名が敵の領土にいるのはまちがいないし、そこの村人たちが、突如、そのどまんなかに十字軍兵士が出現したことに逆上して、彼らを殺すということがあっても、おかしくはないだろうな。ただし、まもなくアメリカは別の救出チームを派遣する予定であり、今回は、わが政府がそれを許可していて、言うまでもなく、わたしはそれに最大限の協力をする立場であることを念頭に置くように」

　そのときふと、アル・シュームはあることを思いついた。

「ちょっと待ってくれ。たぶん、死体が燃えつきることはないだろうから」と言い置いて、アラビア語でメモを書きつけ、それをローガンに手渡す。「これを、死体のどこかにつっこんでくれ。それが、この殺害は〝レベル〟・シャイフの私兵団、〈アラーの聖なる新月刀〉

の仕業であることを示す証拠になる。あのバスラの破廉恥な悪党に罪をなすりつけてやらねばな。これなら、一石二鳥というわけだ。あの男は二名の海兵隊員たちを惨殺した責任を問われ、わたしは彼らを保護するためにあらゆる手を尽くした英雄と見なされることになる。ダマスカスも満足してくれるだろう」

　ローガンがそのメモをポケットに押しこむ。

「その救出チームはいつごろ到着すると？」

「正確にはわからないが、いまから一時間の猶予をきみに与えよう、ローガン君。その時間内に、そして、わたしがその近辺から捜索部隊を遠ざけたことをだれも気づかないうちに、かたづけてもらわねばならない。そのあと、きみときみの仲間たちはどこかへ消えてくれ。金輪際、その顔は見たくない。もしまたきみに会うことがあったら、サーン村であの子を殺したことへの報いをたっぷりと受けさせてやるぞ」

　彼はヘリコプターを指さし、幕僚によく聞えるように声を張りあげて、ローガンをどなりつけた。

「きみらのような役立たずの犬どもに、もう用はない。とっとこの国から立ち去れ！」

「あばよ」とローガンが応じ、身を転じて、ヘリコプターのほうへ駆け去っていく。立てた人さし指をまわして、ローターを回転させろとパイロットに指示していた。

# 56

ブラッドリー・ミドルトン将軍は気を逸(はや)らせていた。自分とスワンソンは自由の身だ！スワンソンが衛星電話を使って海兵隊遠征隊(MEU)と交信し、シリア軍のマンハントが終わったことを知らされた。シリア政府は、そもそもは彼らが強く望んだわけでもない事件がもとでアメリカの急襲を受けるのはよしとせず、平和的に問題を解決することに同意したのだ。回収作戦が妨害にあうことはないはずだし、そのチームが着陸する場所は、すでにスワンソンがここから南へ十キロメートルの地点に設定している。ところがそのあと、スナイパーは、移動しようというミドルトンの要求を無視して、監視に就かせ、自分は眠ってしまった。

「行くのは、おれが行くぞと言ったときだ」スワンソンはそう言い残していた。「おれたちに発砲するなという命令が、この地域にいるすべてのシリア兵に伝わってる保証はないんだ。着陸地点(LZ)には、ヘリがそこに着陸する直前に行き着くようにしたい。開けた場所に、このケツを撃ってくれと言わんばかりにつったってるなんてことにならないようにだ」

少なくとも、トラックを駐めている小さなトンネルのなかは、日ざしがさえぎられ、タイヤを浅く沈めている流水によって車体が冷やされているおかげで、それほど暑くはなかった。

ミドルトンはＡＫ－47の銃口を、暗渠の一方の端から反対側の端へ向けなおし、間に合わせの潜伏場所の左側にスワンソンが積みあげていた灌木の陰にうずくまった。上の道路をときおり車が通りかかったが、たまに頭上から聞こえてくる、それら自動車やトラックやトラクターの音には慣れてきた。何度か遠方からヘリコプターの音が届いてきたが、軍の部隊がそばにやってくることはなかった。農夫が驢馬に引かせる荷車の音が、いつまでも響いているような気がした。

ミドルトンは水筒に詰められているきれいな水をひとくち飲んでから、暗渠の反対側へひきかえしにかかった。

「とまれ！」トラックの後部からカイル・スワンソンの手がのびてきて、ミドルトンの肩をつかんだ。完全に目を覚まして、そこにすわりこんでいた。「あれが聞こえるだろう？」スナイパーがエクスカリバーを右手でつかんで、トラックの荷台から飛びおりる。「ヒューイが接近中だ」

それまでミドルトンにはなにも聞こえていなかったが、いまは、ヒューイ・ヘリコプター特有のバタバタ、バタバタと響くローター音が聞きとれるようになっていた。

「おそらく、なにかの痕跡を見つけようとして、道路の上空をたどっているだけだろう」

スワンソンはすでに暗渠の反対側へ行って、灌木の陰にしゃがみこんでいた。

「それはちがう。高度が低すぎるし、この数分はまっすぐに飛行してる。グリッド捜索はしていないし、道路の上空でターンしたり、交差点をチェックしたりもしていない。あれは囮兆だ」

「だから、どうだと？　われわれをLZまで乗せていってくれるつもりなのかもしれないぞ」そのことばを口走った瞬間、ミドルトンは後悔したが、スワンソンが聞かなかったふりをしているのがわかった。「そうだな。そんなばかな話があるわけがない」

ヴィクター・ローガンは、ヒューイを飛ばしているふたりのあいだへ身をのりだし、地表まで百フィートほどしかない空を飛行しているヘリコプターのGPS座標を大声で伝えていた。左右とも開けっぱなしのサイドドアを、強風が吹きぬけている。地表には、動くものはなにも見当たらなかった。

「オーケイ」座標が正確につかめたところで、彼はマイクロフォンを通して言った。「減速して、左まわりに大きな旋回を始めてくれ」

騒々しいヘリコプターが機首を転じて、左旋回を始めると、ローガンは、自分が操作するつもりでいる、機体の左右に装備されたミニガン銃座のコントロール類の最終チェックをおこなった。

GPS座標は、おおよその地点を確認する助けにしかならない。十桁の座標は一メートル未満の精度を持つが、ヒューイのような不安定に空中を移動するヘリコプターからだと、その特定の一メートルを判別するのは事実上、不可能だ。ここから絞りこめる範囲は、せいぜいがフットボール場ふたつぶん程度のものだろう。なにかが見えたら、ヘリを停止、旋回させて、クルーが怪しげなものを発見したらしい地点の上空へひきかえして、その地点を確認するようにするしかなかった。銃をぶっぱなすのは、たやすい。むずかしいのは、ターゲットを見つけだすことだ。

下の地形は平坦で、緑なす畑地が灌漑用水で縦横に区切られていた。ローガンはそれを見て、そこには海兵隊員が身をひそめられる水路が多数あるにちがいないと推測した。だが、ミドルトンは現役の海兵隊員ではないし、負傷をして、体調を崩している。そのことが、やつらを発見するための一助になるはずだ。

「おい、ローガン」ロシア人コ・パイロットが呼びかけてきた。「ここがそうだ。やつらはどこにいる？　まちがいなく、GPSに正しい数字を入れたんだろうな？」

「あたりまえだ、ばか。ちゃんと正しい数字を入れたぜ。黙ってヘリを旋回させて、よく見とけ」てめえはどこにいるんだ、スナイパー？

ヘリが二度、大きな旋回を終えたところで、ローガンは、太い用水路のひとつを詳しく調べてみることに決めた。

「ほぼ二時方向に、暗渠がひとつある。あれをチェックしよう」

ローター音が低くなったのが聞こえたとたん、カイルは肩ごしに背後へ声をかけた。

「トラックに乗りこんで、エンジンをかけろ、将軍。急いで動かなくてはならない」

ミドルトンが反論する。

「わたしは手を貸せる。きみの監的手（スポッター）をやろう。ふたりで攻撃するほうが効果的だ」

「だめだ！　すっこんでろ！　トラックに乗るんだ！　おれはあんたの身の安全も考えなきゃいけないんだぞ！」

カイルは灌木（かんぼく）の陰に低くしゃがみこんだ。隠密性こそが最高の武器、敵に見られる前に、こちらが敵を見つけられるようにしなくてはならない。ローター音がさらに低くなって、バッサ、バッサ、バッサといった感じの音になり、ヘリがホヴァリングに入ろうとしていることがわかった。ヘリが上空に静止して、じりじりと降下してくれれば、いずれはこのなかにあるトラックが見えるようになるだろう。

ローターが空気を掻（か）いて生みだす激しい下降気流が地面を打ち、用水路が漏斗（じょうご）となって、強風がトンネルに吹きこんでくるのが感じられた。カイルは片手で灌木の一部を押さえてはいたが、それ以外の部分は吹き飛ばされて、体が部分的に露出してしまった。

暗渠の入口から三十ヤードほど向こう、地表から七十ヤードほどの上空でヘリコプターがホヴァリングし、周囲全体を監視下に置くために、ゆっくりと三百六十度の回転を開始した。右側面がこちらに向いたとき、そこにミニガンが搭載されているのが見えた。もしあれが火を噴いたら、おれたちは料理されてしまう。

カイルはつかんでいた灌木を手放して、エクスカリバーを肩づけし、コンクリート敷きの用水路通路の曲面部に体の左側を押しあてて、姿勢を安定させた。そして、ヘリコプターが左まわりに回転して、キャノピーの正面がこちらを向いたときには、目にスコープをあてがっていた。左側のシートにパイロット、右側のシートにコ・パイロットがいて、そのあいだに、おそらくは機関銃を撃つやつがいるのが、見えた。

「見えたぞ！」ロシア人が無線で呼びかけて、そこを指さす。「あそこにやつらがいる！」

ヴィクター・ローガンがさらにまた身をのりだすと、道路下のトンネルのなかに男がひとりいるのが見えた。スナイパーだ。すでに長いライフルの銃口をあげて、ヘリコプターに狙いをつけている。

「くそ！」もはや手遅れと思いつつ、彼はミニガンを発砲しようと、そちらへ手をのばした。

カイルは引き金を絞るのを、胆力と速度と物理法則が許す最後のぎりぎりの瞬間まで待っていた。エクスカリバーのスコープのなかにコ・パイロットの姿が大きく、鮮明にとらえられ、それに対する発砲を促す青のストライプ光が輝いていたが、装甲を貫通できるこの五〇口径弾で仕留める相手をただのひとりにはしたくなかったからだ。ようやくヘリがしかるべき角度になったとき、彼は引き金を絞りこんだ。

でかい銃弾がプレキシガラスのキャノピーを貫通し、ロシア人の顎の下に命中して、後頭部をふっとばす。銃弾はそこから上方へ方向を転じて、ヘリの屋根をつらぬき、ローターを制御するギアとロッドの複雑な機構がおさめられているハウジングに貫入した。

カイルはスコープにヘリをとらえたまま、次弾を薬室へ送りこんで、二発めを撃った。その銃弾もまたキャノピーを貫通し、跳弾となってコントロール・パネルをつらぬいた。パイロットが火線から逃れるべく、機首を右へめぐらせて、高度を稼ごうとしたが、それができずにいるうちに、カイルはなんとか三発めを発砲していた。安定を失って、ぐらつくヘリを狙って、あとずさりながら、弾倉が空になるまで撃ちまくる。

「ローターのコントロールができない！」南アフリカ人のパイロットが叫んだとき、ヘリのエンジンが咳きこんで、コントロール類をまったく動かせなくなった。頭上で、ローターのギアがめちゃくちゃに嚙みあって分解していく大きな引き裂け音が響き、コックピットのなかに火災が生じる。

パイロットはホヴァリングを脱して、不時着に持ちこもうと、エンジンを最大出力にして、ヘリを動かそうとした。だが、ヒューイは反応せず、機体が傾きはじめた。

「墜落する！」彼は叫んで、両腕で顔を覆った。

パイロットとはちがって、行動の自由がきく後部シートに乗りこんでいるヴィクター・ローガンは、ハーネスのストラップを解いて、あおむけに横たわった。後部シートの金属製支柱をつかみ、前部区画との仕切りに両足を強く押しつけたとき、ヘリコプターは水を含んだ緑なす畑地に墜落した。意識が飛ぶ。

カイルは、四百ヤード向こうの地面にヘリコプターが墜落する前に、トラックに駆け寄っていた。エンジンをかけて、ギアをニュートラルに入れたミドルトンが、運転席から助手席に移って、シートベルトを締め、窓の外へカラシニコフの銃口を突きだしている。

スナイパーは運転席に乗りこむと、エクスカリバーを将軍に押しつけ、ウェブギアから弾薬をつかみだして、投げ渡した。

「再装塡！」

自分はトラックのギアをローに入れて、アクセルを床まで踏みこむ。トヨタの強力なエンジンが吠え、大きなタイヤが、用水路の泥でわずかに滑りはしたものの、しっかりと路面をとらえ、トラックは左右に水をふりまきつつ、日ざしの下へ飛びだしていった。墜落したヘリが見えたが、それはもはや脅威ではないので気にせず、カイルはハンドルをぐいと右へ切って、エンジンをうならせながら用水路の土手をのぼり、舗装道路にトラックを乗せた。

「どこをめざすんだ？」五発の五〇口径弾を弾倉に装塡した将軍が、さらに一発を装塡口に滑りこませながら、問いかけた。

「とにかく、ここを離れる！　めざすのはＬＺだ」トラックの挙動を安定させたところで、彼はバックミラーをのぞいた。ヘリコプターの残骸から、ふたつの人影が這いだしている。

「やつらはさっきの地点を寸分のまちがいもなくつかんでいた、将軍。おれたちの居どころを正確に知っていたんだ」

ミドルトンがエクスカリバーをふたりのあいだに置く。

「あのヘリコプターは旧式で、なんのマークもなかった。傭兵どもだったにちがいない」

いつなんどき、また道路をそれることになるかもしれないとあって、カイルは四輪駆動のままでトラックを走らせながら、ミドルトンの推測に同意した。

「ああ、あのフランケンシュタインみたいな連中にちがいない。それだけじゃなく、おれたちを追跡する傭兵の数が増えていることもたしかだ」

「わたしが艦隊に連絡を入れて、ここにF－4を送りこませるようにしようか？」ミドルトンが携帯電話へ手をのばす。

「いや、それはいけない。こちらの位置を正確に知らせなくてはいけなくなるし、それを敵に傍受されるおそれがある。とにかく、予定の回収時間はもうそんなに先のことじゃないから、それまで、かくれんぼをしているしかない」

「どこで？」

「知るもんか、相棒」カウボーイ風のしゃべりかたで、カイルは応じた。「おれはこの土地じゃ、よそ者なんでね」

ミドルトンがのけぞって、笑いだす。

# 57

「計画が完全に失敗したわけじゃない、ルース・ヘイゼル。まだ、やれることが残ってるぞ」

ゴードン・ゲイツ四世持ち前の、なめらかな弁舌や抑制のきいた口調にはなんの翳りもない。ハイスクールのフットボール・チームの試合を論じているような口ぶりだった。

だが、リード上院議員は事態をそのようには見ていなかった。

「あれはわたしに対してなのよ、ゴードン。アメリカ合衆国大統領からじきじきに脅しを受けたのは、ほかのだれでもない、わたし、このわたしなの。愉快なわけがないでしょう」

いま彼らがいるのは、ゲイツが休日をすごすためにコロラド州アスペンに構えている別邸の裏手、だれにも見られるおそれのない、手入れが行きとどいた庭園のなかだ。彼はしゃべりながら、砥石にあてがった戦闘ナイフの鋭い刃を前後に滑らせて、磨きあげていた。

「彼ははったりをかけただけさ。なにか証拠をつかんでいるようなら、きみはとうに身柄を拘束されて、ここを訪ねることはできなかったはずだ」

「まだゲームは終わっていないと考える理由はなに？」

「きみがそれを知る必要はない」刃をなめらかに滑らせて磨きあげるのは、ナイフの使いかたをよく心得ている男にとって、快い作業だった。「いまはただ、ミドルトンとスナイパーはまだ救出されてはいないことを頭に入れておけばいい。救出される前に、なにかの凶事が彼らに降りかかるかもしれない」

「で、わたしはどうすればいいの？　ジェラルド・ブキャナンは、逮捕されたらすぐ、ひたすら保身のために、わたしたちふたりの名を共犯者として出すでしょう。彼は愚か者よ。あんな男をこれに引きこんだのが、失敗だったわ」

「ジェラルドのことはわたしに任せてくれ。彼はわれわれにとって、なんの脅威でもない。まあ、本人はそうは思っていないだろうがね。まったく、愚かな男だ。そうじゃないか？　傲慢(ごうまん)で、愚かな男。われわれはほかの人間を見つけるべきだった」

リードは、エアフォース・ワンの機中で痛烈に叱責されたときのことを思いだし、声を震わせて言った。

「大統領の叱責は、まさに雷だった。わたしをどなりつけたのよ！　彼があんなに怒りをあらわにするのは、いままで見たことがなかったのに」

「彼はなにを言ったんだ？」

「手短に言えば、こう。司法長官の指揮のもとに全面的捜査がおこなわれるであろうし、大統領はだれが逮捕されることになっても口を出さない。また、ミドルトンの誘拐は彼に証言をさせないためにもくろまれた謀略の一環だったことがわかったので、民営化法案は廃案になる。大統領は、たとえ法案が議会を通過しても、自分のもとへ送られてくる前に拒否権を発動することを、全米に向けての記者会見で発表すると断言した」

それを聞いて、ゲイツはナイフを研ぐ手をとめた。

「おもしろい」

ナイフ研ぎはおしまいにしよう。〈プレミア作戦〉は打ちきることに決めた。この週末には、子どもらが安全に、最新のアニメ映画を観に行けるようにしてやろう。こうなっては、またシネマ・コンプレックスを爆破して、大統領を困らせたところで、なんの意味もない。たしかに、あの男は頭が切れる。だが、大統領というのはいずれは執務室を去る身であって、一方、ゲイツ・グローバルはそのあとも存続し、それどころか、さらに大きくなっているだろう。

「まあ、二年ほど計画を先送りにして、やりなおすというだけのことだ。このつぎは、経済界と民間企業に友好的な人物をオーヴァル・オフィスに送りこむとしよう。きみのような人物をだ、上院議員。きみはその職に就きたがっていたんじゃないのかね？」

ルース・ヘイゼルは、花々が咲き誇るこの美しい庭園で政治家としての人生に終止符を打つ決心をした。

「もういいの。この年末、任期が終わった時点でカリフォルニアに帰って、つつましく目立たない人生を送ることにするわ。デル・マーの自宅と刑務所のどちらを取るかは、いともたやすい選択というわけ」

「わたしの名がからむような未決事項は残さないだろうな？」

「ただのひとつもね、ゴードン。わたしのファイルにも、メモにも、コンピュータにも、あなたに嫌疑が向けられるようなものは、なにひとつない。この計画に関することは、愛人との睦言でも、側近との私的な会話でも、口にしたことは一度もない」ルース・ヘイゼルは正面から彼の目を見据えた。「かりに予審かなにかで出廷することになっても、あなたのことはひとことも言わない。もしあなたを窮地に追いやるようなことをすれば、あなたは〈シャーク・チーム〉を使ってわたしを始末するでしょう。それぐらいのことは、前からわかってるわ」

「いや、そこのところは思いちがいをしてるね」ゲイツがにやっと笑って、身をまわし、力をこめてナイフを投げた。ナイフが回転しながら飛んでいき、十フィートほど先の木の幹に深々と突き刺さる。「始末するのは〈シャーク・チーム〉じゃない。わたし自身がやるんだ」木のそばへ足を運び、ナイフを抜きとって、また研ぎはじめた。「これで、相互理解に達したのじゃないかね？」

「ええ、そうね。完全に」彼女はそう応じて、ショルダーバッグに手をつっこみ、ティッシュを一枚抜きだしながら、近ごろ携行するようになった九ミリ拳銃の感触をたしかめた。チャンスを待とう。

# 58

トラックでハイウェイを南へつっぱしっていくと、やがて、東西に走る幹線道路と交わる地点にさしかかった。道路の片側に、くたびれた古い自動車、事故車、廃棄された機械装置、農機具といったものが、フェンスで仕切られることもなく、散乱している場所があった。おそらくは、はるか以前に、だれかがそのそばの道路で事故を起こし、壊れた車を道路の外へ押しだして遺棄したのが発端となってできあがった、機械の墓場だ。もつれあったがらくた（ジャンク）の広がりは、十エーカーほどにもおよんでいる。カイルがそちらへハンドルを切って、周囲をめぐっていくと、事故で横転して、このジャンクの山へ押しこまれ、酷烈な太陽と風のなかでぼろぼろに錆（さ）びついてしまった古いメルセデスのカーゴヴァンが見つかった。

カイルは、残骸（ざんがい）と化したその車のそばにトヨタを停止させた。

「ここで打ちどめだ、将軍」彼は言った。「着陸地点（LZ）までの残りの数キロメートルは、徒歩で行く」

「車で行かないのはなぜだ？」ミドルトンがトラックを降りる。

カイルは背嚢（はいのう）の中身を空け、そのなかから、携行すべきものだけを選びだした。水筒、予備の弾薬、数個の手榴弾と発煙筒、二台のノートＰＣ、そして衛星電話。ふたりがそれぞれライフルを持ち、カイルはそれに加えてエクスカリバーを肩にかつぎ、拳銃をミドルトンに渡した。最後のひとっ走りのために荷物を軽くしておくべき時だし、もし走るのに不都合なものがウェブギアに残っていれば、それも捨てるつもりだった。いったん空にした背嚢に、二台のノートＰＣと衛星電話を押しこんで、将軍に持たせる。

「やつらはいま、トラックを探す範囲を狭く絞りこんでいるだろうから、こっちはトラックを乗り捨て、道路ではないところを進むようにしなくてはいけないんだ」

水を飲んでから、動きだして、畑地のなかへ分け入り、ミドルトン将軍がそのあとにつづく。着陸地点まではほんの数キロメートルだろうが、まっすぐそこへ向かうわけにはいかないとカイルは考えていた。大きくまわりこんでいき、太陽を背にする格好で、側面もしくは背後からそこに入る心づもりで進んでいくと、何世代にもわたって山羊や羊などの動物とその飼い主たちに踏みかためられて、できあがった小道が見つかった。おそらくは、水場へつづいている。

「ここは集落の中心にごく近いから、ひとの動きに目を光らせておくように。だれかに見られてはまずい」

足跡が残らないよう、彼は先に立って、慎重に一歩ずつ足を踏みだしながら、畑地のなかへ入りこみ、その小道と並行に進みはじめた。ゆっくりと足を進めていく単調な時間ができたことで、あのヘリコプターが自分たちの居どころをつかんだ理由を考えるゆとりが生まれた。シリア軍が捜索をつづけても、こちらを発見できなかったのに、あのヘリはまっすぐに飛来し、しかも傭兵どもが乗りこんでいた。どう考えても、あの傭兵どもはこちらの居どころを知っていたとしか思えない。フォース・リーコンによる救出作戦が外部に漏れていたのと同じく、自分たちもだれかの裏切りにあったのだと想定するしかない。

彼は立ちどまった。ミドルトンがそばに寄ってくる。あの機械の墓場から二マイルほど、最初は畑地を抜け、そのあとは踏み分け道に沿って、進んできたところだった。そこから、その小道は狭い上り坂になって、不規則な地形の場所へ通じていた。もはや耕作地はなく、遠い丘陵地へとつづく起伏の多い土地がひろがっているだけだった。

「あそこに陣取ることにしよう」最初の低い塚を指さして、彼は言った。

数分後、最初の塚の頂きが間近になったところで、カイルはふたりが身をひそめられるだけの穴を掘りにかかり、その間に、ミドルトンが灌木を集めてきて、その潜伏場所の前の地面に積みあげていった。カイルはそのあと、ミドルトンに双眼鏡を持たせてその場に残し、自分は周辺を探索するために塚をさらに上方へ登っていった。すぐ背後のささやかな平地に小道があり、その小道はこれより少し高い塚をまわりこむようにしてつづいていた。その塚の斜面を大股に五歩で登りきると、そこは好都合な場所だとわかったので、また穴を掘って、ちょっとした岩壁をつくり、灌木で覆ってから、斜面をくだってひきかえす。こんどは、その潜伏場所へつづく足跡を入念にたっぷりと残しておいた。

そのあと、小道を離れて、前方にある狭い谷間の両側を探索すると、大岩と礫から成る平原があるのが見えた。そこに、第三の潜伏場所を設営する。

　カイルは駆け足で、最初の潜伏場所に戻った。ミドルトンともども、また水を飲んでから、並んでそこに伏せ、自分たちが進んできた土地を、ミドルトンは双眼鏡を、カイルはエクスカリバーのスコープを使って観察し、その間にカイルが、この脱出作戦のつぎの段階を説明した。

　そのとき、ふたりが同時にそれを見た。高速で走る車輛が道路の上に巻きあげている、三角状の砂埃（すなぼこり）を。車輛は、その見慣れた形状から、ハムヴィーとわかった。

「やつらが来たぞ」ミドルトンが言った。「運がよければ、やつらは車を停めて、ジャンクヤードを調べにかかるだろうが、あのまま走ってきたら、まっすぐこっちにやってくることになる」

「運まかせにはできない」とカイルは応じた。「電話の電源を入れて、いますぐここに来るようにと海兵隊遠征隊（ＭＥＵ）に伝えてくれ」


　ヴィクター・ローガンは、地図を膝に置き、両膝のあいだにＧＰＳ探知機をはさんで、ハムヴィーの助手席にすわっていた。ヘリの墜落がもとで、全身が痛く、背骨には、どこかにひびが入ったのにちがいないと思うほどの激痛があった。それでも、顔面に被弾したロシア人や、両腕を粉砕されたパイロットにくらべれば、まだましだ。傭兵ローガンは、肉体的苦痛は無視して、ＧＰＳの表示を読んだ。スナイパーが動いているときは、その数字は絶えず変化していたが、ここ一分ほどは同じ数字が表示されている。

大男のドイツ人が慣れた手つきでハムヴィーを運転し、グルカ人は後部シートにのんびりとすわっていた。どちらも、なにも言わない。ローガンが前方へ目をやると、道路は平坦にまっすぐのびていて、ほかに車輛はなく、一マイルほど先の交差点の右側に、ジャンクヤードのように見えるものがあるのがわかった。その交差点の位置を測定し、そのあと、GPS上で、いま自分がいる道路上の地点から線を引いて、座標を表示させる。

「そこで曲がれ」左手四十五度の方向を指さして、彼はドイツ人に指示した。

ドイツ人ドライヴァーはアクセルペダルから足を離すことなく、一気にハムヴィーを畑地へつっこませ、でかいタイヤで作物を押しつぶして、進路を切り開いていった。

「くそ!」ハムヴィーが道路をそれたのを見て、ミドルトンが大声で悪態をついた。

やつらはジャンクヤードへ向かわなかったどころか、そこを調べようともしなかったのだ。ハムヴィーがこちらの方角へ、高速で迫ってくる。

「よし」カイルは言った。「移動に取りかかろう」

迫り来るハムヴィー以外のことは頭からはらいのけ、体内時計の進行が緩慢になるのに応じて、ゆっくりと呼吸をしながら、かたときもスコープから目を離さず、注視する。そうしながら、前方二百ヤードの範囲の土地の起伏をエクスカリバーに演算させた。

ハムヴィーが三百ヤードの距離に迫り、二百四十ヤードの距離に迫ったところで、停止する。

カイルは、スコープに自動測距をやらせた。

「くそ、あれでは遠すぎる」

ドライヴァーが運転席を降り、車内に手をつっこんで、武器を取りだした。頭を剃りあげた肌の白い男で、細いサングラスをかけ、チューインガムを嚙んでいるように見えた。青いストライプ光が輝くのを待って、カイルはその男を撃った。こちらに向けられている左半身に腕をかすめて銃弾が命中し、心臓と肺を粉砕する。衝撃で、大男は横手へふっとび、地面に落ちる前に絶命した。

ミドルトンがＡＫ－47を発砲し、ヴィクター・ローガンが助手席から飛び降りて、灌漑用水のなかへ転がりこみ、グルカ人が後部シートから外へ出て、車体の反対側へ飛びこんだ。鬱蒼とした綿の木の茂みがそのふたりの姿を隠してしまう。

カイルがさらに二度発砲して、ハムヴィーのエンジン・ブロックに銃弾をたたきこむと、こちらの位置を探るための、抑制された三点斉射による探索応射があった。そのあと何分か、散発的な撃ち合いがつづいた。ローガンとグルカ人が潜伏場所の側面へまわりこむべく、発砲をしながら、這い寄ってくる。

と、畑のなかから黒い点が上昇し、こちらに向かって飛んできた。

「手榴弾だ！」とカイルは叫び、必死にミドルトンを押し倒した。

爆発が地を揺るがせて、破片を撒き散らし、土と砂から成る噴煙を立ち昇らせる。爆発が生じるなり、襲撃者たちが立ちあがって、駆けだし、発砲を再開すべく、また物陰に身をひそめた。

「よし、いまだ」カイルは言った。「あんたが先に行け」

這える程度に身を起こしたミドルトンが、あとずさりで穴から出て、向きを変え、小道を走っていく。塚をまわりこんだところで、しゃがみこみ、カイルに呼びかけてきた。

「さあ、来い！」背後の平原を狙って、将軍が短い斉射をした。


その人影があとずさったとき、ローガンはGPSの表示を読んだ。数字はそれまでと同じだった。走っていったのは将軍だ。つぎはスナイパーだろう。爆発が生じた地点と、将軍が姿を消した地点の中間に、彼は慎重に狙いをつけた。


カイルは片手にエクスカリバー、片手にM16を持って、穴から飛びだし、将軍の掩護射撃のもと、身を低くして走った。ローガンの放つ銃弾が周囲に着弾したが、なんとかぶじに、ミドルトンのいる藪に頭から滑りこむことができた。さっきまでいた地点とそこを結ぶ線上に、さらに弾が撃ちこまれるあいだ、ふたりは動かずに待った。

「背嚢を捨て、衛星電話を持って、あの岩場まで走っていき、発煙筒を焚いてくれ」カイルは言った。

ミドルトンが指示に従い、カイルは敵の頭をさげさせておくために何発か掩護射撃をした。

ミドルトンが新たな地点にたどり着くのを待たず、自分も駆けだし、大股に二歩走って、低い塚の頂きをこえ、その向こう側につくっておいた潜伏場所に背嚢を放りこんでから、エクスカリバーの銃身をつかんで、それもまた穴のなかへ投げこんだ。十メートルほど駆けもどって、低い藪の陰に飛びこみ、設定した待ち伏せ地点へ這っていく。

グルカ人とローガンはほぼ同時に最初の潜伏場所にたどり着き、そこで迅速な行動にかかろうとしていた。ローガンがまたGPSの表示を読むと、数字がわずかに変化し、その数字が固定していることが見てとれた。つまり、スナイパーが新たな潜伏場所に入ったということだ。アジア人に掩護をさせて、小道が塚をまわりこむところまで這っていくと、岩と灌木のかたまりに行き当たった。あれがそうだ、とローガンは察知した。岩と灌木で造作した、急ごしらえの潜伏場所だ。土の小道の上に足跡がくっきりと残っている。

そのとき、パーンという音が聞こえ、小道のかなり先で煙が立ち昇るのが見えた。赤い煙の出る発煙筒を焚いたということは、まもなく救出チームが到来して、LZが危険地帯になることを意味する。だが、当面はそんなことを気にしてはいられない。アル・シュームもまた、煙のあがった地点へヘリコプターをさしむけるだろうから、海兵隊とシリア軍が同時にそこに到着して、どうすべきかの答えを双方が探るという状況が生まれるだろう。興味深い展開ではあるが、こちらはそれまでにおさらばしておかなくてはならない。

二十フィートほど離れた地点にいるグルカ人に手ぶりで指示を送ると、その男が初めて笑みを浮かべるのが見えた。ヒマラヤで生まれ、寒冷なエヴェレスト山のふところで育ったその小柄な兵士は、戦闘が平地から丘陵地に移ったことで、気分をよくしていた。彼の同胞たちは何世紀にもわたって、世界でもっとも高い山岳地で暮らしてきたとあって、こんなささやかな丘陵地に対してすら共感を覚えるのだ。この程度の丘陵地なら、そこのいちばん高い傾きですら、自分は汗ひとつかかず登りきれるだろうと彼は思っていた。グルカ人は小道へまっすぐに向かおうとはせず、ローガンがアメリカ人どもの動きを抑えこむために掩護射撃をしているあいだに、その左側へ這ってまわりこんでいった。そして、ライフルを背中にまわし、ぶあつくて長い、湾曲したナイフを鞘から抜きだした。人間の血を味わわせてやるまでは、ククリは鞘に戻さないことにしているから、きょうはこいつに海兵隊員の血を味わわせてやるとしよう。

一分とかけず、グルカ人は岩の横手へまわりこんで、スナイパーに手が届きそうな距離にまで迫っていた。潜伏場所のなかへ手榴弾を放りこみ、自分は爆発の破片を避けるためにあとずさって伏せ、すぐにまた立ちあがって、すさまじい雄叫びをあげながら突進し、ククリをふりおろす。が、そこに人体は見当たらず、手榴弾の破片でずたずたになった長いライフルと背嚢の残骸があるだけだった。へまをやらかしたとグルカ人が悟った瞬間、カイル・スワンソンが塚の頂きに出現し、爆発の煙を通して、M16の銃弾をもろにその男にたたきこんだ。

カイルが攻撃のために身をさらしたのはほんの一瞬だったが、そのわずかな時間に、ヴィクター・ローガンが、爆発の砂塵を通して動く人影を目にとめて、すばやく連射をしていた。カイルの胃のあたりに銃弾が食いこみ、その体がごろごろと転がり落ちて、グルカ人の死体に折り重なった。

「やった！」ローガンが叫んだ。「仕留めたぜ、この野郎！　おれのほうが腕が立つんだ！」

そのとき、傭兵は後頭部に冷たい金属が押しあてられるのを感じた。なんの反応もできないうちに、ブラッド・ミドルトンがでかい拳銃の引き金を引き、三発の銃弾がヴィクター・ローガンの頭蓋骨と脳を粉砕した。

「いや、それはまちがいだ」将軍が言った。「おまえはシェイクの足もとにもおよばない」

その背後の空が、迫り来るヘリコプターの群れでざわついているように見えた。

# 59

ジェラルド・ブキャナンがマイアミ国際空港に着き、アメリカンエアライン(AA)のプエルトリコ行き107便に搭乗すると、フライトアテンダントがてきぱきと出迎えて、ファーストクラスのシートへ案内した。湿っぽいワシントンをあとにし、フロリダの目がくらむほどまばゆい太陽と青い空の下に来ているとあって、彼は上機嫌だった。こういう暮らしに慣れるようにしなくては。カリブ海には多数の島があるから、そのどれかに身を落ち着けることにしよう。新たな身分はすでに確保してあるし、逮捕や本国送還を免(まぬが)れるために買収しなくてはならない公職者のリストも持っている。二、三カ月たったら、妻のマージと子どもたちを呼び寄せ、どこかのビーチのそばに新しい住まいを設けることにしよう。

新たなアメリカの僭主(せんしゅ)となる夢は捨てることになっても、別の夢、たっぷりのカネとイタリアのリヴィエラに大きなヨットを所有する、長い快適な暮らしが待っているのだと思うと、興奮が抑えきれなかった。彼はアテンダントに礼を言って、ドリンクを頼み、通路側のやわらかい青のシートに腰をおろして、シートベルトのバックルを留めた。すぐに別のアテンダントが、よく冷えたアブソリュートにライムツイストを添えたドリンクを運んできた。

　彼は隣のシートの乗客に目をやった。はやばやと運がいいほうに向いてきたらしく、隣席には、肌がいくらかあらわになるほど短いルーズなTシャツにジーンズという姿の魅力的な女がすわっていた。濃い茶色の髪をポニーテールにまとめて、テニスシューズを脱ぎ捨て、ゆったりとしたシートの上で前かがみになって、トレイ・テーブルにのせたノートPCを操作している。どういうプロジェクトに取り組んでいるのかわからないが、彼女がマウスをクリックするつど、さまざまなグラフやチャートや複数ページから成るレポートが画面に表示された。彼女のドリンクのグラスには、白ワインが満たされている。

「やあ、どうも」彼は声をかけて、自分のドリンクをひとくちやった。うまい。「どのようなお仕事をなさっているのか、お尋ねしてもよろしいかな？　複雑なことをなさっているように見えますが」

「あ、それほどでも。魚類に関することなんです」はにかんだような顔になって、女が答えた。化粧っけはあまりなく、大きなワイヤフレームの眼鏡をかけている。知的な青い目が、好奇心に駆られたように彼を見つめた。「どこかで拝見したことがありまして？　つまりその、テレビでよく見かける有名な方なんじゃないですか？」

　ブキャナンは、すべてを語って、その名と称号と途方もない権力や影響力によって彼女の気を惹きたいものだと思った。だが、なにもかもが過去のもの。新たなパスポートが、自分は別の人間であり、知性を試す新たな挑戦を見つけだそうと将来に目を向けている男であることを示していた。

「いや、残念ながら」彼は片手をさしだした。「わたしの名はボブ・ウォルシュ。油田の探査が仕事でして。で、そちらはどういう方？」

「トリッシュ・キャンベルです。どうぞよろしく」彼女がワインを飲んで、コンピュータの画面を指さす。「海洋生物学が専門で、マサチューセッツのウッズホール海洋学研究所に所属しています。まもなく絶滅危惧種リストに記載されることになると思われる、ある種の魚に発信機を取りつけるためにあの諸島へ出かけなくてはいけなくなりまして」

彼は、女がはめている大きな腕時計に目をとめた。多種多様なダイヤルのあるダイヴァー用のクロノグラフだ。

「それを見つけるために、実際に海を泳ぐ？」

「いつもです」彼女が小さなローションのチューブを取りだして、左右の頬にローションを塗る。「塩水と熱い日ざしは、若い女の肌によくないので」

旅客機の扉が閉じられ、パイロットが離陸を始めることを伝えた。彼女がノートＰＣをかたづけ、首にストラップをかけて、豊かな胸の谷間にぶらさげているｉＰｏｄのイヤフォンをはずす。引き締まった体をしているのは、ダイヴィングをしているからか。彼女がぴちっとしたウェットスーツを着て、スキューバのタンクをかついでいる姿が、たやすく思い描けた。そのあと、ものの数分もしないうちに、ＡＡ１０７便は雲のなかに突入していた。隣席の女がおしゃべりをしながら一杯めのドリンクを飲みほしたので、ブキャナンはおかわりを注文した。

「あちらで油田の探査をなさるご予定?」トリッシュ・キャンベルが問いかけた。

「いや。たまっていた休暇を使いきろうと思ってるだけでね。そのあとはまた、どこか別の陰気な油田地帯、おそらくは北海へ行って、骨まで凍えることになりそうだ」彼は言った。

「しばらくは、家族といっしょにいられない。よければ、今夜のディナーをごいっしょしたいんだが、どうだろう?」

女は彼の顔をまじまじと見て、しばらく質問を宙に浮かせたのち、にっこりとほほえんで、言った。

「よさそう」

ブキャナンは、今回の挫折によって激しく揺らいでいた自信を取りもどしはじめていた。あのいまいましいスナイパーめ!　ゴードンがきわめつけにむごたらしいやりかたで、あの男を始末してくれればいいのだが。この調子なら、トリッシュ・キャンベルはディナーをともにしてくれそうだ。そして、夜が深まるころには、こちらがしたいことになんでも応じてくれるようになっているだろう。女たちはいつもそうなるのだ。

ラウドスピーカーから、電子機器の使用を許可するアナウンスが流れてきたので、トリッシュがノートPCを取りだし、iPodのイヤフォンをはめなおした。彼女がキーボードを何度か打つと、MTVのロック・ミュージック映像が表示されたが、音は本人にしか聞こえない。画面では、セクシーな娘が、オーヴァーサイズのバスケットボール・ジャージと野球帽姿の少年を押して、横を向かせていた。

「どういう魚に発信機を付けるつもりなのかね？」彼は尋ねた。

彼女がこちらに目を向けて、音量をさげる。

「なんですって？」

「すまない。きみの仕事のことを尋ねたんだ。どういう魚に発信機を付けるつもりなのかね？」

「海洋生物学者にそんなことをお尋ねになるとは」トリッシュが笑う。MTVを中断し、なにかのプログラムを立ちあげて、大きな魚がゆっくりと泳いで行ったり来たりする映像を画面に表示させた。「鮫（シャーク）」彼女が質問に答えた。「シャークが専門なんです。がっかりさせたんじゃないかしら。もっとすごいものがご覧になりたかったんでしょう？」

「そんなことはない。じつに興味深いよ」女の仕事に魅せられたふりをすると、ことはいつもうまく運ぶものだ。

トリッシュがノートPCをトレイ・テーブルに置いて、彼のほうへ身をのりだし、iPodのイヤフォンをその耳にはめる。豊かな胸が腕に押しつけられる感触があり、さわやかな香水の匂いがした。これなら、騒々しいMTVもよろこんで我慢するし、彼女をベッドに誘おうという気にもさせられる。

「これって、ほんとにすごいんですよ。いいですか？　ちゃんと聞こえそうですか？」彼がうなずくと、彼女はつづけた。「じゃあ、しっかり見て、しっかり聞いて」

彼女が数字のキーを五度たたいて、〈ENTER〉キーを押した。

魚の映像が薄れていって、静止画のスライドショーが始まる。つぎつぎに変わっていく画像を、ブキャナンはあっけにとられて見つめていた。最初の画像は、自宅の前庭に立っている彼の全身像だった。つづいて、小型グランドピアノの上にいつも飾っているマージの絵画を撮った画像、そして、彼女が飼い犬のリオと遊んでいる画像。十四歳の息子、レスターがサッカーに興じている画像。娘のミッシーがプリンストン大学の図書館で勉強をしている画像、半裸のミッシーがベッドに寝そべって、眠たげにカメラにほほえみかけている画像。いとこのフローレンスとその子どもたちの画像、弟とその家族の画像、そして、介護付き住宅で寝たきりの暮らしをしている母の画像。

最後は、静止画ではなく、ライヴ・カメラの映像になった。デスクの椅子にすわったゴードン・ゲイツが、正面からブキャナンを見つめていた。

「やあ、ジェラルド」彼が言った。「どこへ行くつもりだ？　声に出して言うのではなく、返事をキーで打って、そのコンピュータ画面の横にある小さなカメラのレンズを見るように。手早く、すませてしまおう」

「ゴードン？　これはどういうことだ！」思わず声が出てしまったが、トリッシュが彼の腕の下部を強くつまんで、キーボードを指さし、「タイプして！」と言ったので、彼は言われたとおり、キーボードを打った――〈これはどういうことだ？〉

「いまのは、きみの全ファミリーの写真を集めたアルバムだ」イヤフォンを通して聞こえるゲイツの声は、冷ややかだった。「ベッドにいるミッシーの写真は気に入ったかね？　きみのかわいいプリンセスはお楽しみのあとだったように見えるが、いまはそんなことはどうでもいい。きみの隣にいる若い女と、その便にたまたま航空警察官として乗りあわせて、通路をはさんだシートにすわっている大男は、〈シャーク・チーム〉でね。彼らは、きみが言われたとおりにするのを確認するためにそこにいる」

〈なぜこんなことをするんだ?〉

「きみはわたしをさしおいて逃げだした、ジェラルド。わたしを見棄てていったと言ってもいい。わたしを怒らせるような行動をしたわけだから、きみにはその落とし前をつけてもらわねばならない」

〈わたしはだれにもしゃべるつもりはない〉

「それはぜったいにたしかだな。いまごろはもう、タイプ打ちした手紙をトリッシュが彼女のブリーフケースの上に置いているはずだ。それは、この事件はすべてきみの責任であることを認める、全面的自白書でね。きみはワシントンで大がかりな政変を起こそうとたくらみ、その隠蔽工作として戦争を始めさせるためにミドルトンを誘拐させた。そしていま、自分が過ちを犯したこと、多数の人命が失われたこと、自分がホワイトハウスにおける地位と権力を濫用したこと、アメリカ合衆国の威信を失墜させたことを悟った。それには、そういう高貴な内容が記されている。よくできた文書でね。二ページにわたって、いろいろと書かれている。きみが起草した新憲法もその封筒におさめられることになるだろう。手紙に署名をしろ」

「署名をすませたら、トリッシュがきみに小さな白い錠剤を二個、手渡すだろう。旅客機の前部にある洗面所に入って、それを服め。二十秒もしないうちに、なんの苦痛も感じず、すんなりと眠りこんで、死ねるだろう」

〈だれがそんなことをするものか、ゴードン〉

「ちょっと待て、ジェラルド。映像を調整する」なにかの信号が割りこんできて、画面の右下に小さな画像がポップアップした。「きみのたいせつな母親だ、ジェラルド。パームビーチの老人介護施設で眠っている。きみはつい四時間前に母親を訪ねただろう？　ともあれ、わたしはいま、ひとりの看護師をそこに立たせて、この映像を撮らせている。きみがその文書に署名をしなければ、母親は地獄のような末期をもたらす薬剤を満たした注射をされて、犬のように処分されるだろう。内側から火に焼かれるような感覚に襲われ、それが五分間もつづいてから死ぬ。リストの二番めは、若きサッカー・スターのレスターだ。彼は高層ビルの窓から落下するだろう。それにしても、レスターとは、どこやらの経済学者みたいな名前をよくぞわが子につけたもんだな？　とにかく、ひとりまたひとりと死んでいくことになる。そのあと、いずれにしても、〈シャーク・チーム〉がきみを殺すだろう」

〈頼むからやめてくれ。どうか、そんなことはしないでくれ〉

「なら、その手紙に署名しろ。その錠剤を服め。かたづいたら、トリッシュがこちらに知らせてくる。看護師が母親に注射をするのを、三分だけ待たせておく。それが過ぎたら、年老いた女が無残な末期を迎えることになる。あばよ、ジェラルド。正しい行動をするんだな」

〈やめろやめろやめろやめろやめろ〉

画面がふたたび魚の映像になり、トリッシュがノートPCをかたづけて、彼の耳に挿しこまれていたiPodのイヤフォンをはずす。彼女がプラスティック製のトレイ・テーブルに手紙をのせ、その上にペンを置いた。

「二分五十九秒……二分五十八秒……」

手紙に目をやったジェラルド・ブキャナンは、涙があふれてくるのを感じた。自分は国家の救世主としてではなく、ベネディクト・アーノルド（独立戦争の際、国を裏切ってイギリス側に走ったワシントンの部下）以後の最大の裏切り者として、歴史に名を残すことになるのだ。いやだ！　代償が大きすぎる！　何世代にもわたって、悪名を馳せることになってしまう！

「二分三十秒」いまや嘲笑まで浮かべて、トリッシュが言った。その手のなかに、白い二個の錠剤をおさめた小さなビニール袋があった。

彼は目を閉じ、ペンを取ってしまわないように両手をしっかりと組んで、しばらく背もたれに頭を押しつけた。ひとはみな、わがファミリーのみなも含めて、いつかは死なねばならない。しょせん、ひとはみな、死すべき存在なのだ。死は、だれにでも、いつかは訪れる。フライトアテンダントのもとへ駆けつけることもできようが、航空警察官だと乗客たちに思われている男が実際には〈シャーク・チーム〉の一員なのだ！　彼はほかの選択肢をあれこれと考えてみた。立ちあがって、騒動を起こせば、こんな人目の多いキャビンのなかで自分を殺すことはできなくなるだろう！　いや、やつらならできる。やつらはプロの殺し屋だ。自分は死んだも同然だ。あとは、どうやって死ぬかを選ぶだけの問題だ。

「二分よ、ダーリン」トリッシュが耳もとでささやいた。その胸が熱かった。「今夜のディナーに出かけられなくなって、おあいにくさま」

ブキャナンは彼女を見やって、言った。

「嫌味な女め」

「あそこにレニーがいることをお忘れなく。ミッシーは、この週末にわたしが処理するでしょうね」冷ややかな笑みを浮かべて、彼女が応じた。「でも、その前に、あなたのかわいいお嬢さんにちょっと楽しませてもらおうかしら。オールナイトでね。もう、一分五十秒しか残ってないわ。あなたの飼い犬は、あすの朝、毒殺される。マージはレイプされ、そのあと燃えさかる家のなかで焼死する。いとこのフローとその家族は、悲劇的な自動車事故にあって……一分四十五秒」

おぞましい話をやめさせたい一心で、ブキャナンは自分の名を書きなぐった。トリッシュが手紙をひったくり、トレイに二個の錠剤を置く。彼はもうなにも言わず、それをつかみあげて、清潔な洗面所へ足を運び、カップに水を満たして、鏡に映っている男が取り乱さないうちに、すばやく錠剤を服んだ。ゲイツは嘘をついた。苦痛をもたらさない錠剤ではなかった。ブキャナンは体を激しく痙攣させ、全身の血が燃えるような激痛に悲鳴をあげて、狭い洗面所の仕切りを猛烈にたたいた。驚いて駆けつけたフライトアテンダントがドアをこじ開けると、でっぷりとした体を胎児のように丸めた、ジェラルド・ブキャナンの死体があった。

その口から、石鹸(せっけん)の泡のようなものが吹きだしていた。

トリッシュが、通路の向こうにいる相棒に目をやる。

「残り十五秒だった」そう言うと、彼女は確認の暗号をゲイツに送信した。

# 60

サー・ジェフリー・コーンウェルと、ブラッドリー・ミドルトン准将と、O・O・ドーキンズ曹長が小さなテーブルをかこんですわり、太平洋に沈んでいく夕日をながめている。週のまんなかにあたる日のこの時刻とあって、断崖に面する〈ラ・フォンダ・レストラン〉は無人に近い客の入りだった。メキシコの町、プエルト・ヌエボの二キロほど郊外にあるその店は、週末にバハ・カリフォルニア半島の海岸線に車の行列をつくってカリフォルニア州から押し寄せてくるアメリカ人たちを、主たる収入源にしているのだ。断崖の側面に、八十フィートほど下方の白砂のビーチまで、垂直につづくような急な階段が設けられており、そのビーチの向こうにひろがる海の上では、まだ数人のサーファーたちがボードに乗って、太陽が没する前に最後にもう一度、いい波をつかまえようと待ち受けていた。彼らは、暗くなってからサーフィンをするのは安全ではないことを知っている。鮫は夜に餌食を狙うことが多いからだ。

コーンウェルは、〈ヴァガボンド〉を近くのマリーナにしっかりと係留したあと、ディナーには少し早めだが、ロブスター・タコスとよく冷えたパシフィコ・ビールで来客たちをもてなそうと、レディ・パットを伴って、この店にやってきたのだった。近所のレストランで演奏しているマリアアッチ・バンドの音が、潮風に乗って届いてくる。ディナーのあと、レディ・パットはミドルトンの妻ジャニスと連れだってショッピングに出かけ、三人の男たちは居残って、ビールを飲んでいた。彼らがいっせいに、敬礼をするような格好でビールのボトルを掲げた。

「アメリカ合衆国海兵隊(USMC)一等軍曹、カイル・スワンソンに」とジェフが言い、あとのふたりがそれに唱和する。

「センパーファイ」

「安らかに眠れ」

彼らはみな、六カ月前に執(と)りおこなわれた葬儀に参列し、カイルには家族がいなかったので、柩(ひつぎ)に掛けられていた国旗は、折りたたまれたのち、涙に濡れた目を濃いサングラスで隠したレディ・パットに手渡された。儀仗兵による弔砲があり、統合参謀本部議長ヘンリー・ターナー将軍が短い送別の辞を述べて、アメリカ合衆国大統領にマイクロフォンをまわし、大統領が名誉勲章追叙の声明文を読みあげた。葬儀はおごそかで、しかるべき手順にのっとっていたが、細かい点は曖昧模糊(あいまいもこ)としていた。

いまはもう、それから長い時が流れている。ミドルトンがビールをたっぷりと飲んで、小さく笑った。

「シェイクはわたしを新兵のように扱ったもんだ」悲惨な失敗に終わったシリアでの作戦を

思い起こして、彼は言った。「敵に撃たれる前に、彼と撃ち合いをするんじゃないかと思ったことが、二度ばかりあったな」

「終わってみれば、楽しい追いかけっこだったと」ジェフは言った。彼は数週間前、その作戦に関する詳しい説明をミドルトンから受けて、最後に残った謎を解決していた。

「そんなに楽しんでもいられなかったです」とドーキンズ。「われわれが着陸地点(LZ)に到着したとき、そこはヘリコプターが主役の航空ショーみたいなありさまでした。シリア軍が対決姿勢を見せたので、こちらもそれに応じて、兵士たちを左右へ展開した。両軍が向かいあい、全員がいつでも発砲できる態勢をとった。そのとき、その真上、地表から百フィートとない低空へ二機のハリアーが飛来して、シリア軍を退却させたってわけです。そのあとは、すべてが気らくなもんでしたがね」

　イギリス人は、またビールのおかわりを注文した。

「エクスカリバーのことについては、謝罪のことばも思いつかないほど申しわけなく思ってる。もちろん、その問題点はすでに改善したが」

「シェイクがあのライフルと、背嚢に入れたコンピュータを穴のなかへ投げこむのを目にしたときは、思わず失禁しそうになったよ。その直後、手榴弾が爆発して、ゲイツを有罪にするための物証のほとんどが失われてしまった。おかげで、あのろくでなしは、まんまと起訴を免(まぬが)れたんだ」

「将軍」ドーキンズが口をはさむ。「カイルは、証拠を集めに行った刑事じゃないんですよ」

「それはよくわかってる。彼は、われわれの居どころが探知されていると考え、信号を出している可能性があるのは、あの長いライフルと二台のノートPCしかないと推測した。どれがそうかと究明しているような時間はなかったから、やむをえず、彼はその全部を捨てた。それがうまくいった。あの傭兵どもはいっぱい食わされ、われわれをではなく、GPSの示す地点を襲撃したんだ」

ジェフは、温かい小麦粉のトルティーヤにロブスターをはさんで、ホットソースをたっぷりとかけた。かぶりつくと、天国のひときれを口に含んだような気分になった。そのあと、彼は冷えたビールを飲んで、肩をすくめた。

「われわれがエクスカリバーにGPSシステムを組みこむ設計をしたとき、それがライフルの携行者に不利になるような使いかたをされることがあろうとは、だれひとり考えもしなかった。それは、ほかの電子機器と協調して、射手に現在位置を示す支援をおこなうだけのものであって、逆用されるかもしれないとはだれも予想しなかったんだ。ただし、われわれのなかの三人だけは、その可能性があることを知っていた。そのうちのふたりは、すでに死んだ。ひとりは、わたしの右腕だった、あの陽気でしたたかな元空挺隊員ティモシー・グラッデン。あいつがわれわれをゲイツに売ったんだ」

外は薄暗くなっていて、まだ海に残っているサーファーは三人だけになり、波はあいかわらず不規則に小さくうねっていた。

「うちの警備チームが外部との通信システムをチェックして、わが社のだれかがゲイツに電話をかけたことを突きとめてはいた。しかし、わたしは、あの傭兵の死体からGPS探知装置が発見されたという話をきみに聞かされるまで、そんなのはよくある産業スパイ的な行動のひとつにすぎず、そういう事例はこの業界では珍しくもないことだと考えていたんだ。エクスカリバーのたったひとつの欠点が、あやうく武力紛争を引き起こすところだった」

「しかし、そうはならなかったし」とミドルトン。「今後も、そうはならないだろう」

「もちろん！」ジェフは言った。「不幸なことに、ティム・グラッデンはこの二週間ほど前、いっしょにヨットで大西洋を渡ってくる途中、悲惨な事故に見まわれた。ひどい悪天候のさなか、船から海に転落し、いまなお発見されていないんだ。悲劇だね」

薄れゆく日ざしのなかに、まだサーファーがひとりだけ居残っていた。ぼさぼさの金髪にひげ面という男で、急いでこちらへ戻ってこようとしているようには見えなかった。

「あの若者ときたら」コーンウェルは言った。「この世になんの未練もないような感じで、じっとすわってるじゃないか」


そのサーファーは、ビーチに置いたボードにすわって、沈みゆく夕日と断崖へ交互に目をやりながら、いい波が来るのを待っていた。死者になるのは、そう悪いものでもなかった。死者として生きていくことができそうだ。とにかく、シャリがいなくなったいま、そんなことはどうでもいいのでは？　彼は、腹部の左側にあるむごたらしい傷痕を無意識にさすっていた。そこから、医師たちが二発の銃弾を取りだし、その一発が体内へ押しこんだ不潔な衣類の切れはしによる重大な感染症を防ぐために、のちにふたたび傷口を切開して、処置をしたのだ。彼は大腸と脾臓の一部を失い、体内を引き裂いた銃弾の破片によって、臀部の骨の一本を損傷した。だが、それは肉体的なものにすぎない。なによりもつらいのは、シャリを失ったことだった。

このK-54ビーチを見渡す小さなレストランのなかで友人たちが待っていたが、彼の注意は打ち寄せる波のパターンだけに向けられていた。傷が癒えるのはひどく遅かったが、負傷からの回復は前に何度も経験している。だが、心の一部が失われた痛みは、いつまでも癒えないだろう。この心の痛みを消してくれるものはなにもない。もちろん、耐えられる程度まで痛みをやわらげてくれる薬物があることは知っているが。

水平線に影がうねり、海面が盛りあがって、ひと組の波がまっすぐにビーチへ押し寄せてくる。波が大きく、高くなっていくのを見た彼は、ボードを海に出して、パドリングに取りかかった。やがて、最初の波がやってきて、長いボードをその強力なうねりのなかへ引きこんだ。彼は波の動きに合わせて、十五年前から使っているボードの上で身を起こし、足を踏ん張って立ちあがると、むだな力を抜いて、完璧にバランスをとり、サーフィンの楽しみの真髄と解放感にひたりつつ、みごとに波に乗りきって、浜にたどり着いた。

もはやカイル・スワンソンではないその男は、サーフィンをやめて、ボードをかつぎあげ、くたびれた階段を、このK-54ではよくあるように、断崖の岩にボードを二度ばかりぶつけながら、のぼっていった。そのボードの傷痕は、それの持ち主の傷痕と同様、名誉の負傷なのだ。

その翌日、〈ヴァガボンド〉はサンディエゴに到着し、そこに群れている、たいていの国の全艦隊より数が多い合衆国海軍艦艇のあいだを縫って、埠頭へ入っていった。陸路でサンイシドロの町から国境をこえるのではなく、海を渡ってきたので、国境の検問にあうことはなかった。二隻の航空母艦が停泊中で、それに乗りこんでいた海兵隊の新兵たちは新兵訓練所へ送られ、SEALの兵士たちはコロラドのビーチで訓練を施されることになるだろう。二つ星の将軍となったブラッド・ミドルトンは、そこに集まっている艦艇をサー・ジェフと肩を並べて、しばらくながめたあと、下のデッキにおりていき、ひとつの船室のドアをノックした。上級曹長に昇進したドーキンズがドアを開き、ミドルトンがなかへ足を踏み入れる。

「準備はできたか？」ミドルトンは問いかけた。

将軍は、彼が新たに率いる部隊にひっぱりこむ屈強な戦士タイプの兵士たちを見つけだすべく、海軍と海兵隊の各精鋭部隊を対象にしたユニークな〝ショッピングツアー〟に、ドーキンズを伴って出かけようとしていた。議会の公聴会とそれにつづく調査が完了したあと、ミドルトンは〝舞台裏〟へ姿を消し、ドーキンズを作戦チーフとして引きこんだのだった。

カイル・スワンソンが死者として生きることに同意すれば、そのスナイパーを軸として、ひとつの特殊部隊を編成する決定が下されていた。プロのアメリカンフットボール・チームが、エース・クオーターバックを軸として、チャンピオンの座を狙うようなものだ。彼の周囲に、それぞれの専門分野では同等の能力を持つ脇役たちを配することは可能だろう。引き入れた兵士たちは、表向きはこの世に存在しないわけだから、どこにでも行け、なんでもできるユニットができあがる。

カイルは同意したが、条件をひとつ付け、その希望は受けいれられた。彼はいま、船室の奥に立ち、くしゃくしゃになったタオルを肩にかけて、鏡をのぞきこみ、長い髪を黒く染めたあとの顔がどんなふうに見えるかをたしかめているところだった。

「チャールズ・マンソン（一九六九年に映画監督ロマン・ポランスキーの妻、シャロン・テイトを含む五人を殺害した、カルト集団の教祖）みたいに見えるな」彼は言った。

「いやいや、ひたいにちっぽけな鉤十字（かぎじゅうじ）のタトゥーを入れなきゃいいんだ」とドーキンズ。「そうすりゃ、そこらのヘヴィメタ・フリークみたいに見えるさ」

「心の準備はできているか？」ミドルトンが、ベッドに腰をおろして問いかけた。「いったん始めたら、きみが独力でするしかなくなるんだぞ」

「十二分にできてるよ、将軍。ジェフも、エクスカリバーIIの実地テストを望んでることだし。二、三日後には戻ってきて、仕事を始められるさ」

「オーケイ、シェイク。五日後にまた、きみがこのヨットに戻ってくるのを楽しみにしておこう」ミドルトンは立ち去った。

ドーキンズがカイルの肩をこぶしでごつんとやり、ドアを閉じながら、手をふった。

「またな」

カイルは、カリフォルニア州が発行した、ジェイムズ・K・ポーク名義の運転免許証の写真を見つめた。同じ名義で発行された社会保障カードと二枚のクレジットカードが、一千ドルの現金とともに、テーブルの上に置かれていた。写真のなかの黒髪の男は、その髪を背後でポニーテールにまとめ、ひげをこざっぱりと刈りこんでいる。彼は鋏（はさみ）を取りあげて、ひげの手入れに取りかかった。

鏡の横に、《デンヴァー・ポスト》紙と《ロッキーマウンテン・ニュース》紙の社会面の切り抜きが貼りつけられていた。ジェフとパットとともに夕食をとったあと、彼はエクスカリバーⅡを銀色のSUVのトランクに入れて、東へ車を走らせた。新たに買いこんだ何枚ものCDで絶えず音楽を流しながら、車を転がしていると、じつに六カ月ぶりに心からの安らぎを感じることができた。

# エピローグ

**コロラド州アスペン発、UNP**（アメリカのインターネット・ニュースサイト）：警察発表によれば、行方不明だった億万長者実業家、ゴードン・ゲイツ四世の死体が、昨日遅くロッキー山脈の岩場で発見された。

法執行機関から得られた情報では、ゲイツ氏は頭部への一発の銃弾によって死亡しており、原因は狩猟事故であろうとのこと。

ゲイツ氏は多数の勲章を授与された退役軍人であり、熱心な狩猟家でもあったが、先週の土曜日、名士の山荘が多いその山中の別邸で例年クリスマス・シーズンに開く政治資金集めパーティでホストを務めたのを最後に、行方知れずとなっていた。招待客のなかの何人かが、彼は真夜中に、先ごろ、ふたりのキャンパーを殺し、ひとりを負傷させたマウンテンライオンを見つけだすために、それがうろついている奥まった渓谷へ出かけていったと証言している。

「ゴードンは本気でそのライオンを仕留めたがっていましてね」ワシントンＤＣに本社を置くゲイツ・グローバルの顧問弁護士ウィルフォード・スタントンは語った。「狩猟ガイドにかなりのカネを払い、その特定の一帯で足跡をたどるために軍隊風の探知装置まで使っていたんです。彼はこの地域のだれにとってもそのライオンは危険だと感じ、自分がそれを撃ち倒してやりたいと思っていたんでしょう」

マット・ランドール保安官の話では、ほかのハンターたちもそのマウンテンライオンが当該地域をうろついているのを頻繁に目撃していたという。

「ゲイツ氏は森林迷彩の服装をしていただけで、明るい色調の警告ヴェストは着用していませんでした。だれかが彼の動きに目をとめて、あわてて発砲したのでしょう。被害者は左のこめかみに一発の大口径弾を浴び、倒れる前に死亡していたと思われます」

警察はほかのハンターたちを対象に捜査をおこなったが、成果はなかった。

「警察は、この不幸な事故に関する情報が寄せられることを期待しております」

多国籍持株会社、ゲイツ・グローバルは、撃った人間の逮捕と有罪判決につながる情報に対し、百万ドルの賞金を懸けた。

ゲイツ氏は先ごろ、政府との業務契約にまつわる汚職行為に関して、連邦捜査局から強い嫌疑を向けられ、海兵隊のブラッドリー・ミドルトン准将誘拐事件およびシリア危機との関与が疑われたことで、彼の所有する企業の社会的評価が深刻な打撃をこうむっていた。同社は事件に関与した認識はいっさいないと主張し、ゲイツ氏はＦＢＩに対し、同社の書類およびデータベースの捜索を要請した。その巨大企業と誘拐事件のつながりを示す証拠は、なにひとつ発見されなかった。

# 訳者あとがき

世にスナイパー小説は数あれど、〝本物の（元）スナイパーが書いたスナイパー小説〟は本書が初めてではないだろうか。しかも、本書の主著者ジャック・コグリンは、ただのスナイパーではなく、〝海兵隊屈指〟と評されたスナイパーなのだ。

著者の分身とも言える本書の主人公は、カイル・スワンソン。海兵隊きっての前哨スナイパーという設定だ。

物語は、いまなお治安の回復が遅々として進まないイラクで幕を開け、アサド父子の独裁が継続する隣国シリアを中心に展開する。ことの発端は——

イラク駐留アメリカ海兵隊准将ブラッドリー・ミドルトンを乗せたコンヴォイが襲撃されて、ミドルトンが拉致され、随行員の全員が殺害される。イスラム過激派をにおわせるグループによる犯行声明がなされたが、事件の真相は闇に包まれていた。拉致犯たちは、イラク南部の都市バスラを支配する反権力シャイフ、ラサドの所有機を使って、ミドルトンをシリアへ移送する。

ミドルトン拉致事件は、ワシントンDCにおいてひそかに進められている大がかりな陰謀の一環であり、その陰謀には政府の要人らも加担していた。

そのころ、カイルは、恋人である国家安全保障会議の中東担当情報分析官のシャリを伴って、親しい友人であるサー・ジェフの豪華な大型ヨット〈ヴァガボンド〉の船上にあった。その船旅はただのヴァケーションではなく、ジェフの経営する兵器会社が開発中の最新鋭ハイテク・スナイパー・ライフル、エクスカリバーを市場に出すのに必要な資金を集めるために、招待されたヴェンチャー・キャピタリストたちの前で実演会をおこなうという重要な目的があった。

アーサー王伝説に登場する魔剣、エクスカリバーにちなんで名づけられたそのライフルは、スコープに各種のハイテク装置がビルトインされており、射手はスコープに示された指標に従うだけで正確無比の射撃を遂行できるという恐るべき武器だ——もちろん、名手が使わなくてはどんなハイテクも意味はないが。カイルはそのデモンストレーションをみごとに成功させて、ヴェンチャー・キャピタリストたちを感嘆させ、ジェフをおおいによろこばせる。だが、このときにはだれも気づいていなかったが、エクスカリバーには、携行者にとって致命的な弱点がひとつあった。それは両刃の剣であって、やがてその弱点がある人物によって見抜かれ……。

これ以上はネタばれになるので、一旦停止。
イエロー・アラート代わりに、著者略歴を挿入――

主著者ジャック・コグリンは、生まれも育ちもマサチューセッツ州ウォルサム。十九歳で海兵隊に入隊し、スナイパーとして世界各地の危険地帯において作戦に従事する。二〇〇三年に第二次湾岸戦争（イラク戦争）が勃発し、アメリカおよび多国籍軍が〈イラクの自由作戦〉を展開した際、第四海兵軍第三大隊の一員としてバグダッドに入り、トップランクのスナイパーとして任務を遂行した。彼の元指揮官のひとりにインタビューをしたアメリカの軍事ジャーナリスト、ピーター・マーズ（『セルピコ』などの原作者とは別人）は、〝ジャック・コグリンは海兵隊屈指の、ことによると最高のスナイパーである〟と評している。除隊後の二〇〇五年、ケイシー・クールマンおよびドナルド・A・デイヴィスの助力を得て、イラクにおける自己の体験を記した自伝的ノンフィクション、***Shooter*** を刊行し、作家としての第一歩を記す。

共著者のドナルド・A・デイヴィスは、すでに二十冊以上の著書を刊行しており、そのなかには《ニューヨーク・タイムズ》のベストセラー・リストに採りあげられた作品がいくつか含まれている。ヴェテラン作家ならではの経験を生かして、作家としてはまだ新人であるコグリンの〝掩護射撃〟を受け持っているのだろう。

（略歴終わり）

ミドルトン拉致事件によって、カイルとシャリの休暇は取り消され、カイルは、緊急指令を受けて地中海に展開中の空母へ、シャリは、ワシントンDCに戻り、ホワイトハウスで開かれる国家安全保障会議(NSC)に出席する。

空母に着いたカイルのもとに、政府の特使が現われ、ミドルトン救出チームに同行せよと告げ、奇妙な命令書を手渡す。そこには、なんと、救出が不可能となった場合、重要な情報が漏れるのを防止するために、ミドルトンを射殺せよと書かれていた。不審に思ったカイルは、万一に備え、安全策を講じてから、救出チームに同行して、シリアへ飛ぶ。しかし、思わぬ事態が起き、彼は苦闘を強いられる。

同じころ、ワシントンDCでは、シャリの身に陰謀の魔手が忍び寄っていた。シャリは難を逃れることができるのか？　そして、カイルはいかにしてミドルトンを救出し、シリアから脱出するのか？

シリアとワシントンDCを主要な舞台として展開するこの物語は、全篇に強い緊迫感がみなぎり、随所にちりばめられた〝本物の元スナイパーならではの心理描写〟によって戦場のリアリティがみごとに表現されている。

本書は、コグリンのフィクション処女作であり、カイル・スワンソンを主人公に据えたシリーズの第一作であり、シリーズ全体から見るとプロローグ的な性格を有する作品でもある。

本国アメリカでは、本書が好評をもって迎えられたのを受けて、すでに続篇、*Dead Shot*（二〇〇九年）、*Clean kill*（二〇一〇年）、*An Act of Treason*（二〇一一年）が刊行され、いずれも本書以上に高い評価を勝ち得ている。ハイテク時代のスナイパーを描いて、彼の右に出る者はいないだろう。それだけでなく、本書は――共著者の力もあってだろうが――物語としてのおもしろさを決定づけるプロットやストーリーテリング、キャラクター造形に関しても巧みであり、たんなるスナイパー小説の範疇（はんちゅう）をこえた作品に仕上がっている。将来有望な冒険小説の新星が出現したと断言していいだろう。

二〇一一年五月

# クリス・ライアン

## 抹殺部隊インクレメント
伏見威蕃訳

SISの任務を受けた元SAS隊員は陰謀に巻き込まれ、SAS最強の暗殺部隊の標的に

## 逃亡のSAS特務員
伏見威蕃訳

記憶を失ったSAS隊員のジョシュに迫る追跡者の群れ。背後に潜む恐るべき陰謀とは？

## 究極兵器コールド・フュージョン
伏見威蕃訳

国際情勢を左右する女性が消えた。元SAS隊員の父親と恋人のSAS隊員が行方を追う

## 反撃のレスキュー・ミッション
伏見威蕃訳

誘拐された女性記者を救い出せ！　元SAS隊員は再起を賭け、壮絶な闘いを繰り広げる

## ファイアファイト偽装作戦
伏見威蕃訳

CIA最高のスパイが裏切り、テロを計画。彼に妻子を殺された元SAS隊員が阻止に！

ハヤカワ文庫

# 冒険小説

## レッドライト・ランナー抹殺任務
クリス・ライアン／伏見威蕃訳

ＳＡＳ隊員のサムが命じられた暗殺。その標的の中に失踪した元ＳＡＳ隊員の兄がいた！

## 鷲は舞い降りた〔完全版〕
ジャック・ヒギンズ／菊池　光訳

チャーチルを誘拐せよ。シュタイナ中佐率いるドイツ軍精鋭は英国の片田舎に降り立った

## 鷲は飛び立った
ジャック・ヒギンズ／菊池　光訳

ＩＲＡのデヴリンらは捕虜となったドイツ落下傘部隊の勇士シュタイナの救出に向かう。

## 女王陛下のユリシーズ号
アリステア・マクリーン／村上博基訳

荒れ狂う厳寒の北極海。英国巡洋艦ユリシーズ号は輸送船団を護衛して死闘を繰り広げる

## 高い砦
デズモンド・バグリイ／矢野　徹訳

不時着機の生存者を襲う謎の一団――アンデス山中に繰り広げられる究極のサバイバル。

## ポロック＆バー＝ゾウハー

### 樹海戦線
J・C・ポロック／沢川　進訳

カナダの森林地帯で元グリーンベレー隊員とソ連の特殊部隊が対決。傑作アクション巨篇

### 終極の標的
J・C・ポロック／広瀬順弘訳

墜落した飛行機で発見した大金をめぐり、元デルタ・フォース隊員のベンは命を狙われる

### エニグマ奇襲指令
マイケル・バー＝ゾウハー／田村義進訳

ナチの極秘暗号機を奪取せよ――英国情報部から密命を受けた男は単身、敵地に潜入する

### パンドラ抹殺文書
マイケル・バー＝ゾウハー／広瀬順弘訳

KGB内部に潜むCIAの大物スパイ。その正体を暴く古文書をめぐって展開する謀略。

### ベルリン・コンスピラシー
マイケル・バー＝ゾウハー／横山啓明訳

ネオ・ナチが台頭するドイツで密かに進行する驚くべき国際的陰謀。ひねりの効いた傑作

ハヤカワ文庫

# マイクル・クライトン

## 北人伝説
乾　信一郎訳

十世紀の北欧。イブン・ファドランはバイキングと共に伝説の食人族と激戦を繰り広げる

## ジュラシック・パーク 上下
酒井昭伸訳

バイオテクノロジーで甦った恐竜が棲息する驚異のテーマ・パークを襲う凄まじい恐怖！

## ロスト・ワールド ——ジュラシック・パーク2 上下
酒井昭伸訳

六年前の事件で滅んだはずの恐竜が生き残っている？　調査のため古生物学者は孤島へ！

## 大列車強盗
乾　信一郎訳

ヴィクトリア朝時代の英国。謎の紳士ピアースが企てた、大胆不敵な金塊強奪計画とは？

## ディスクロージャー 上下
酒井昭伸訳

元恋人の女性上司に訴えられたセクシュアル・ハラスメント事件。ビジネス・サスペンス

ハヤカワ文庫

# マイクル・クライトン

## エアフレーム—機体—上下
酒井昭伸訳

大型旅客機に異常事態が発生し、大惨事になった。事故調査チームの前に数々の苦難が。

## トラヴェルズ—旅、心の軌跡—上下
田中昌太郎訳

ダイヴィング、キリマンジャロ登頂など、クライトンの自己探求の旅を綴った自伝的作品

## タイムライン 上下
酒井昭伸訳

中世に残された教授を救え。量子テクノロジーを用いたタイムマシンで学生たちは旅立つ

## プレイ—獲物—上下
酒井昭伸訳

暴走したナノマシンが群れを作り人間を襲い始めた……ハイテク・パニック・サスペンス

## 恐怖の存在 上下
酒井昭伸訳

気象災害を引き起こす環境テロリストの陰謀を砕け！　地球温暖化をテーマに描く問題作

ハヤカワ文庫

# ディーン・クーンツ

## 善良な男
中原裕子訳

人違いで殺人を依頼されたレンガ職人のティムと殺し屋が繰り広げる逃亡と追跡のドラマ

## 一年でいちばん暗い夕暮れに
松本依子・佐藤由樹子訳

悲しい過去を背負う男女に邪悪な追跡者の魔手が。ふたりを護るのは、一匹の運命の犬！

## オッド・トーマスの霊感
中原裕子訳

死者の霊が見える若者オッド・トーマスが、悪霊に取り憑かれた男の死の謎を解明する。

## オッド・トーマスの受難
中原裕子訳

オッドの親友が姿を消した。オッドは彼を探すが、行く手には死の罠が待ち受けていた。

## オッド・トーマスの救済
中原裕子訳

山奥の修道院で次々と起こる怪異にオッドが挑む。サスペンス溢れるシリーズ最高傑作。

ハヤカワ文庫

# 話題作

## 深海のYrr（イール） 上中下
フランク・シェッツィング／北川和代訳

海難事故が続発し、海の生物が牙をむく。異常現象の衝撃の真相を描くベストセラー大作

## 黒のトイフェル 上下
フランク・シェッツィング／北川和代訳

13世紀半ばのドイツ、ケルン。殺人を目撃した若者は殺し屋に追われ、巨大な陰謀の中へ

## 砂漠のゲシュペンスト 上下
フランク・シェッツィング／北川和代訳

砂漠に置き去りにした傭兵仲間たちに復讐を開始した男。女性探偵が強敵に立ち向かう。

## LIMIT（リミット） 全四巻
フランク・シェッツィング／北川和代訳

二〇二五年の月と地球を舞台に展開する巨大な陰謀。最新情報を駆使して描いた超大作。

## MORSE―モールス― 上下
ヨン・アイヴィデ・リンドクヴィスト／富永和子訳

スウェーデンのスティーヴン・キングの異名をとる俊英が放つ青春ヴァンパイア・ホラー

ハヤカワ文庫

# 話題作

**テンプル騎士団の古文書** 上下
レイモンド・クーリー／澁谷正子訳
中世ヨーロッパで栄華を誇ったテンプル騎士団。その秘宝を記した古文書をめぐる争奪戦

**ウロボロスの古写本** 上下
レイモンド・クーリー／澁谷正子訳
表紙に蛇の図が刻印された古い写本。写本の内容が解明された時、人類の未来が変わる！

**神の球体** 上下
レイモンド・クーリー／澁谷正子訳
世界各地で、空中に浮かぶ巨大な謎の球体が出現。その裏で、恐るべき陰謀が進行する。

**傭兵チーム、極寒の地へ** 上下
ジェイムズ・スティール／公手成幸訳
ロシアの独裁政権を打倒すべく、精鋭の傭兵チームが繰り広げる死闘。注目の冒険巨篇。

**メディチ家の暗号**
マイケル・ホワイト／横山啓明訳
ミイラから発見された石板。そこに刻まれた暗号が導くメディチ家の驚くべき遺産とは？

ハヤカワ文庫

訳者略歴　1948年生，1972年同志社大学卒，英米文学翻訳家　訳書『脱出山脈』ヤング，『傭兵チーム、極寒の地へ』スティール，『解雇手当』スウィアジンスキー（以上早川書房刊）他多数

HM=Hayakawa Mystery
SF=Science Fiction
JA=Japanese Author
NV=Novel
NF=Nonfiction
FT=Fantasy


# 不屈の弾道

〈NV1242〉

二〇一一年六月二十日　印刷
二〇一一年六月二十五日　発行
（定価はカバーに表示してあります）

著者　ジャック・コグリン
　　　ドナルド・A・デイヴィス
訳者　公手成幸
発行者　早川浩
発行所　株式会社早川書房

郵便番号　一〇一‐〇〇四六
東京都千代田区神田多町二ノ二
電話　〇三‐三二五二‐三一一一（大代表）
振替　〇〇一六〇‐三‐四七七九九
http://www.hayakawa-online.co.jp



乱丁・落丁本は小社制作部宛お送り下さい。
送料小社負担にてお取りかえいたします。



印刷・中央精版印刷株式会社　製本・株式会社川島製本所
Printed and bound in Japan
ISBN978-4-15-041242-5 C0197


＊本書は活字が大きく読みやすい〈トールサイズ〉です